人民共和國文化與文學叢書

五 編

李 怡 主編

第28冊

小說湖南與當代中國
——湘楚文化視野下的湖南小說研究（1978～2013）

唐 偉 著

花木蘭文化事業有限公司

國家圖書館出版品預行編目資料

小說湖南與當代中國——湘楚文化視野下的湖南小說研究
（1978～2013）／唐偉 著 — 初版 — 新北市：花木蘭文化事業
有限公司，2017〔民106〕
目 2+224 面；19×26 公分
（人民共和國文化與文學叢書 五編；第28冊）
ISBN 978-986-485-099-0（精裝）
1. 中國小說 2. 現代小說 3. 文學評論
820.8　　　　　　　　　　　　　　　106013299

特邀編委（以姓氏筆畫為序）：

吳義勤　孟繁華　張　檸
張志忠　張清華　陳思和
陳曉明　程光煒　劉福春
（臺灣）宋如珊
（日本）岩佐昌暲
（新西蘭）王一燕
（澳大利亞）鄭　怡

ISBN-978-986-485-099-0

人民共和國文化與文學叢書
五　編　第二八冊　　　　　ISBN：978-986-485-099-0

小說湖南與當代中國
——湘楚文化視野下的湖南小說研究（1978～2013）

作　　者　唐　偉
主　　編　李　怡
企　　劃　北京師範大學民國歷史文化與文學研究中心
　　　　　四川大學現代中國文化與文學研究中心
總 編 輯　杜潔祥
副總編輯　楊嘉樂
編　　輯　許郁翎、王　筑　美術編輯　陳逸婷
印　　刷　普羅文化出版廣告事業
出　　版　花木蘭文化事業有限公司
社　　長　高小娟
聯絡地址　235 新北市中和區中安街七二號十三樓
　　　　　電話：02-2923-1455／傳眞：02-2923-1452
網　　址　http://www.huamulan.tw 信箱 hml810518@gmail.com
初　　版　2017年9月
全書字數　214912字
定　　價　五編30冊（精裝）台幣56,000元

小說湖南與當代中國
——湘楚文化視野下的湖南小說研究（1978～2013）

唐偉　著

作者簡介

唐偉，漢族男，處女座，祖籍湖南東安。吉林大學文學博士，北京大學博雅博後。文學專業數十載經歷，習作發表三十有餘篇。農活不會，愧對先人；術業不精，自慚形穢。當強不強，而立未立。羞乎哉？羞矣羞矣。

提　　要

　　本書以文學／美學言說爲支點（小說湖南），實現了對「改革開放」、「社會主義市場經濟」等意識形態的反思重構（當代中國）。誠如雷蒙・威廉斯在《文化與社會：17801950》1987 年版前言中說的那樣：「隨著我們自己時代危機的持續，這些早期作家的坦誠、多元化觀點以及對同胞的責任感，多數情況下不像是已經過時或局限於某個時期的思想，而更像是共同奮鬥的同代人所發出的聲音。換句話說，這個危機程度之深、範圍之廣，使得我們即便身處自己的世界，也隨時可以與這些最早的奉獻者們分享思想。」湖南當代小說家們，矚目中國的基本國情，以高度的家國憂患意識和開放的世界眼光，指認並反思危機現實，將地方生活提煉爲一種文學性的普遍想像。借用威廉斯的話，1978 ～ 2013 的「小說湖南」，「不像是已經過時或局限於某個時期的思想，而更像是共同奮鬥的同代人所發出的聲音」。在當代中國的認知框架中，「隨著我們自己時代危機的持續」，區域文學的審美敘事轉化爲了文化政治意義的「地方性知識」，而「當代中國」的政治經濟學敘述，則是在區域文學文化視角討論下，逐漸顯明出自身的景深與複雜，矛盾與裂痕。

謹以此書獻給我夢迴縈繞的故鄉，
並告慰我埋骨鄉土的爺爺唐成順、奶奶翟英秀！

當代的意識與現代的質地——
《人民共和國文化與文學叢書》第五編引言

李　怡

　　我們對當代批評有一個理所當然的期待：當代意識。甚至這個需要已經流行開來，成為其他時期文學研究的一個追求目標：民國時期的文學乃至古代文學都不斷聲稱要體現「當代意識」。

　　這沒有問題。但是當代意識究竟是什麼？有時候卻含混不清。比如，當代意識是對當代特徵的維護和強調嗎？是不是應該體現出對當代歷史與當代生存方式本身的反省和批判？前些年德國漢學家顧彬對中國當代文學的批評引發了中國批評家的不滿——中國當代文學怎麼能夠被稱作「垃圾」呢？怎麼能夠用作家是否熟悉外語作為文學才能的衡量標準呢？

　　顧彬的論證似乎有它不夠周全之處，尤其經過媒體的渲染與刻意擴大之後，本來的意義不大能夠看清楚了。但是，批評家們的自我辯護卻有更多值得懷疑之處——顧彬說現代文學是五糧液，當代文學是二鍋頭，我們的當代學者不以為然，竭力證明當代文學已經發酵成為五糧液了！其實，引起顧彬批評的重要緣由他說得很清楚：一大批當代作家「為錢寫作」，利欲薰心。有時候，爭奪名分比創作更重要，有時候，在沒有任何作品的時候已經構思如何進入文學史了！我們不妨想一想，顧彬所論是不是大家心知肚明的事實呢？

　　不僅當代創作界存在嚴重的問題，我們當代評論界的「紅包批評」也已然是公開的事實。當代文學創作已經被各級組織納入到行政目標之中，以雄厚的資本保駕護航，向魯迅文學獎、茅盾文學獎發起一輪又一輪的衝鋒，各

級組織攜帶大筆資金到北京、上海，與中國作協、中國文聯合辦「作品研討會」，批評家魚貫入場，首先簽到，領取數量可觀的車馬費，忙碌不堪的批評家甚至已經來不及看完作品，聲稱太忙，在出租車上翻了翻書，然後盛讚封面設計就很好，作品的取名也相當棒！

當代造成這樣的局面都與我們的怯弱和欲望有關，有很多的禁忌我們不敢觸碰，我們是一個意識形態規則嚴屬的社會，也是一個人情網絡嚴密的社會，我們都在為此設立充足的理由：我本人無所謂，但是我還有老婆孩子呀！此理開路，還有什麼是不可以理解的呢！一切的讓步、妥協，一切的怯弱和圓滑，都有了「正常展開」的程序，最後，種種原本用來批評他人的墮落故事其實每個人都有份了。當然，我這裡並不是批評他人，同樣是在反省自己，更重要的是提醒一個不能忽略的事實：

> 中國當代文學技巧上的發達了，成熟了，據說現代漢語到這個
> 時代已經前所未有的成型，但這樣的「發達」也伴隨著作家精神世
> 界的模糊與自我偽飾。而且這種模糊、虛偽不是個別的、少數的，
> 而是有相當面積的。所謂「當代意識」的批評不能不正視這一點，
> 甚至我覺得承認這個基本現實應當是當代文學批評的首要前提。

因為當代文學藝術的這種「成熟」，我們往往會看輕民國時期現代作家的粗糙和蹣跚，其實要從當代詩歌語言藝術的角度取笑胡適的放腳詩是容易的，批評現代小說的文白夾雜也不難，甚至發現魯迅式的外文翻譯完全已經被今天的翻譯文學界所超越也有充足的理由。但是，平心而論，所有現代作家的這些缺陷和遺憾都不能掩飾他們精神世界的光彩——他們遠比當代作家更尊重自己的精神理想，也更敢於維護自己的信仰，體驗穿梭於人情世故之間，他們更習慣於堅守自己倔強的個性，總之，現代是質樸的，有時候也是簡單的，但是質樸與簡單的背後卻有著某種可以更多信賴的精神，這才是中國知識分子進入現代世界之後的更為健康的精神形式，我將之稱作「現代質地」，當代生活在現代漢語「前所未有」的成熟之外，更有「前所未有」的歷史境遇——包括思想改造、文攻武衛、市場經濟，我們似乎已經承受不起如此駁雜的歷史變遷，猶如賈平凹《廢都》中的莊之蝶，早已經離棄了「知識分子」的靈魂，換上了遊刃有餘的「文人」的外套，顧炎武引前人語：「一為文人，便不足觀」，林語堂也說：「做文可，做人亦可，做文人不可。」但問題是，我們都不得不身陷這麼一個「莊之蝶時代」，在這裡，從「知識分子」

演變爲「文人」恰恰是可能順理成章的。

在這個意義上，今天談論所謂「當代性」，這不能不引起更深一層的複雜思考，特別是反省；同樣，以逝去了的民國爲典型的「現代」，也並非離我們「當代」如此遙遠，與大家無關，至少還能夠提供某種自我精神的借鏡。在今天，所謂的批評的「當代意識」，就是應該理直氣壯地增加對當代的反思和批判，同時，也需要認同、銜接、和再造「現代的質地」。回到「現代」，才可能有眞正健康的「當代」。

人民共和國文學研究，我以爲這應當是一個思想的基礎。

目次

緒 論

第一節 選題緣起與方法思路

一、選題緣起

「中國問題複雜嚴重，攪纏一堆——什麼問題都有，什麼問題都不輕，什麼與什麼都相連。任你拈出一個問題，都不能說不是；任從一處入手，都未嘗不可影響其他。」〔註1〕早在上世紀30年代，梁漱溟先生就已敏銳地意識到現代中國問題的複雜性。而今視之，梁當年的這一論斷非但沒有過時，毋寧說更適用於今日當代中國。但對當代中國的繁雜問題〔註2〕，我們又何從說起呢？在一個「一切堅固的東西都煙消雲散了」〔註3〕的認識論整體性近乎

〔註 1〕 梁漱溟：《鄉村建設理論》，上海人民出版社，2011年版，第24頁。另，在趙汀陽看來，梁漱溟是「重思中國」運動早期最具思想力度的人物。見趙汀陽《天下體系：世界制度哲學導論》，中國人民大學出版社版。

〔註 2〕 美國前國防部長柯慕理接受中國記者採訪時說到，「研究當代中國不是一件容易的事情。中國是一個極度複雜的，有時甚至存在內在矛盾的社會，局外人很難解讀清楚。一些分析家強調中國自1978年改革開放以後的社會發生了巨大的改善，另一些人則強調中國政府對人權的壓制和威權政治控制……中國崛起將帶來機會與風險、實力與脆弱共存的複雜局面」。見王文《大國的幻象》，東方出版社，2013年版，第232頁。

〔註 3〕 《一切堅固的東西都煙消雲散了》是美國紐約市立大學教授馬歇爾·伯曼的代表作，書的副標題是「現代性的體驗」，導論是「現代性的昨天、今天和明天」。作者用迷人的筆觸，以十九世紀的政治和社會革命為背景，透過歌德、馬克思、陀思妥耶夫斯等人的主要作品，向我們展示了一幅充滿矛盾和曖昧不明的現代世界畫面。通過重新闡釋馬克思和深入思考羅伯特·摩西對現代

破產的現代、後現代混雜難辨的時代，重建作爲認識論方法的整體性談何容易？在一個眾神狂歡的全球化世界〔註4〕，找尋到洞徹事實眞相的眾神之「神」又豈是易事？正是在這一意義上，別說對當代中國的複雜性認識愈來愈難以把握，就連對當代中國的文學創作和生產作一整體判斷也已變得勉爲其難──嘗試挑戰去做那種宏觀的整體論斷，最終也只能是淪爲仁者見仁智者見智的眾說紛紜、各執一詞〔註5〕。

　　但問題的棘手之處又在於，儘管那種整體性的認識論，因技術理性的侵襲和專業分工的區隔而變得舉步維艱，可我們又總是迴避不了整體性認識論的誘惑與詰問──這不僅是因爲人的意識事件本身帶有整體性特徵，另一方面，其實也並非我們想像的那樣，是科學技術革命與社會分工帶來了整體性損耗的後果，可能恰恰相反，「總體範疇的統治地位，是科學中的革命原則的支柱」〔註6〕。從認識論的意義上說，人面對宇宙世界，只有借助於一種普遍的整體結構框架，才能對物理事實或精神世界進行分類、整理和組織〔註7〕：無論是中國傳統的「天人合一」思想，還是古希臘羅馬的「萬宗歸一」觀點，莫不都是如此。從這一意義上說，不是說整體性的認識論不再可能、不再現

城市生活的影響，作者標示出了二十世紀及其以後的歷史發展軌跡。

〔註4〕嚴格說來，全球化並非是近20年來出現的新現象。事實上，馬克思早在1848年發表的《共產黨宣言》中就已經指出了全球市場的存在。美籍日裔學者福山也認爲，當今的全球化不過是過去200年歷史進程的加速與深化。參見福山《危機與未來：福山中國講演錄》，中央編譯出版社，2012年版。

〔註5〕2006年末，德國漢學家顧彬接受中國媒體採訪時，發表「中國當代文學是垃圾」一說（顧彬後來澄清說這是媒體的斷章取義，他的「垃圾」說其實只是針對棉棉、虹影、衛慧三人的小說創作而言），這一被歪曲的觀點此後在中國當代文學界持續發酵。2007年，在北京舉辦的一次世界漢學大會上，顧彬拋出「當代中國沒有一部好的話劇，也沒有優秀的小說」的觀點，輿論一片嘩然，陳平原在會上表示不解。2009年11月1日，在中國人民大學舉辦的「中國文學與當代漢學的互動」會上，顧彬再度拋出當代文學整體評價的話題，但他澄清說自己從來沒有說過「中國沒有文學」之類的話，引發與會者激烈討論。此後，《北京文學》、《遼寧日報》等多家媒體及文學刊物參與其中，就如何評價中國當代文學成就的話題，刊發了一系列文章，產生了極大反響。對中國當代文學總體持悲觀或者說否定態度的主要有顧彬、肖鷹、張檸、林賢治、王彬彬等人，而對此持不同意見的則有王蒙、孟繁華、陳曉明、張清華等人。

〔註6〕盧卡奇：《歷史與階級意識》，杜章智，任立，燕宏遠譯，商務印書館，1992年版，第76頁。

〔註7〕恩斯特·卡西爾：《人論》，甘陽譯，上海譯文出版社，1985年版，第88頁。

實，關鍵是如何去尋找、捕獲一個眞實的整體性「方案」。當然，即使在「一切堅固的東西都堅不可摧」的時代，也從來不存在空洞無物的整體性或普遍性，或者說根本就沒有完全自足的特殊性。「全球性的思想方式停止把普遍的東西與具體的東西、總體的東西與獨特的東西對立起來。普遍的東西變成了獨特的（這就是宇宙世界）和具體的（這就是地球世界）」〔註8〕，這一頗具辯證意味的思維提示我們，以管窺豹或一葉知秋，或不失爲一種選擇。而問題在於，又如何找到那片合適的知秋之「葉」呢？黑格爾辯證法的精髓即在於，他始終是以特殊性來言說普遍性，即整體性、普遍性始終蘊含於具體的部分與特殊性之中，「普遍的東西，因爲它畢竟是它的特殊的東西的總體，所以並不自在自爲地是一個規定了的特殊的東西，而是通過個別性才是它的諸屬之一，它的其他諸屬通過直接外在性便從它那裏排除出去。另一方面，特殊的東西同樣也並非直接地和自在地是普遍的東西，而是否定的統一剝去了它的規定性，從而把它提高爲普遍性」〔註9〕。對當代中國的整體認知來說，體認當代中國的複雜性，總是不可避免地要從當代中國的經濟、社會、文化等局部事實入手，就此而言，「小說湖南」也或可成爲「當代中國」普遍性的特殊肉身之一。

　　本文以「小說湖南與當代中國」爲題，在湘楚文化的視野下研究 1978～2013 的湖南小說。但筆者的初衷並不是將問題僅局限於湖南小說的審美範疇，或是在小說湖南與當代中國間架構起一種庸俗的反映論圖式，而是欲以管窺豹，以湘楚文化爲觀察視角，考察 1978～2013 年的湖南小說，以此剖析中國當代文學的整體症候，並由此輻射當代中國的歷史與現實。也就是說，本是地域文學／文化探討的宏觀研究，當其被置入當代中國的整體認知框架中時，辯證地轉換爲了一項具有個案意義的微觀研究。質言之，即以討論小說「湖南」之特殊性，來言說文學「中國」之整體性以及當代中國的複雜性，同時也是在當代中國複雜性的語境中來觀照小說湖南，在一個互動的結構參照中來理解彼此。以「部分」言說「整體」，這並非什麼創新之舉，毋寧說從來都是把握「整體」的傳統路徑。這正如馬克思的《資本論》，雖然作者聲稱是要研究資本主義生產方式以及和它相適應的生產關係和交換關係，但眾所

〔註 8〕埃德加・莫蘭：《整體性的挑戰》，陳一壯譯，《江南大學學報》（人文社會科學版），2013 年第 1 期。

〔註 9〕黑格爾：《邏輯學》下卷，楊一之譯，商務印書館，1981 年版，第 354 頁。

周知，《資本論》主要是以當時的英國作爲研究對象，馬克思說：「這種生產方式的典型地點是英國。因此，我在理論闡述上主要用英國作爲例證。」而今視之，《資本論》的經典意義毋庸置疑。梁漱溟先生的鄉村建設理論研究亦復如此，即論者的問題意識同樣是植根於當時整個中國社會的普遍性與複雜性，「整個社會構造問題是一根本問題。……鄉村建設運動如果不在重建中國新社會構造上有其意義，即等於毫無意義」〔註 10〕，這也是他所謂「什麼與什麼都相連」、「任從一處入手，都未嘗不可影響其他」的題中之義。但對筆者來說，問題或在於，1978～2013 年的湖南小說，又何以構成當代文學甚至是當代中國的整體性問題呢？簡言之，「湖南」分部何以能典型代表「中國」整體呢？

　　不妨做一個歸類意義的二分，即梳理出湖南小說 1978 年以來大致的演變軌跡（同時可以梳理其他任何一個省市 1978 年以來的當代小說史），然後再概括出中國當代文學 1978 年以來的歷史變遷。「新時期」之初，文學與政治度過了難得的一個「蜜月期」。文學的影響經全國優秀中、短篇小說獎與茅盾文學獎等文學獎項的官方認定，從而更具社會轟動效應。而這一時期的湖南小說則堪稱領全國風騷──湖南作家在始於 1978 年的全國優秀中短篇小說獎評選中連續 7 年榜上有名，在 1982 年頒發的首屆茅盾文學獎中，湖南小說更是獨占兩席，從「湘軍」到文學「湘軍」，湖南作家群由此得名；80 年代中期，在中國當代文學如何「走向世界」以及文化思想解放的背景下，尋根文學與先鋒小說風生水起，而作爲「尋根」先驅的韓少功和至今仍保持「先鋒」姿態的殘雪兩位湖南作家，從來都被視爲這兩大文學思潮的主力干將。90 年代是長篇小說的時代，在社會主義市場經濟條件下，當代文學的創作生產和評價研究機制均有所變化，文學在整個社會生活中的重要性開始退居次席，那種席捲全國的文學思潮，也越來越變得不再可能。90 年代初，文學炒作的聲音不絕如縷〔註 11〕，而在這最初的頗具爭議的文學炒作聲浪中，我們很難聽到湖南作家與湖南小說的聲音。直到韓少功 1996 年《馬橋詞典》的出版，由此引發的文學爭議與新聞事件，才讓湖南作家與湖南小說從文壇的背景回到

〔註10〕 梁漱溟：《鄉村建設理論》，世紀出版集團，上海人民出版社，2011 年版，第24 頁。

〔註11〕 「王朔現象」和「陝軍東征」是 90 年代初期的當代文壇值得引人注目的現象。而二者之所以能進入大眾視野，均與大眾媒體的推波助瀾難脫干係。

前臺。90 年代末，湖南長篇小說強勢發力，作為「官場文學第一人」的王躍文和再版了 52 次的《滄浪之水》的作者閻真，這兩位湖南小說家把批評界所謂的「官場文學」這一題材類型演繹成一種熱議的社會文化現象。從當代文學歷史演變軌跡來說，湖南文學趣味的歷史變遷，湖南小說從體制中心滑向市場邊緣，又從大眾邊緣挺進市場中心，這一歷程也恰好完整地勾勒出中國當代文學嬗變的軌跡。就區域文學的整體症候而言，即使「湖南」小說未必是代表「中國」當代文學的最佳載體，但稱「湖南」是言說「中國」的一個合適典型，應該不會有太大爭議：1978～2013 湖南小說的演變軌跡與中國當代文學的發展脈絡在文學史的完整性與文學思潮的階段性特徵上可以說是高度的重疊吻合。換言之，1978～2013 湖南小說遭遇的歷史與現實，基本上是中國當代文學面臨的問題，而中國當代文學的問題又是當代中國複雜性的一個維度面向，從這一意義上說，小說湖南無疑是當代中國複雜性的一個縮微隱喻。

　　那麼，為什麼選擇以湘楚文化為線索來貫穿 1978～2013 年的湖南小說？以湘楚文化為線索的湖南小說所構成的整體研究對象，能否有效參與到「當代中國」的討論題域中去？進一步說，「小說湖南與當代中國」的研究，究竟有著怎樣的學術價值？對上述問題的回答，首先恐怕得有賴於「小說湖南」概念的確立與敞開——從概念的嚴格界定意義上說，「小說湖南」是本文首次提出的概念，事實上也是本文論證的目的性方向。湖南小說或湖南的小說，只是一個自然事實的客觀指述，雖言明了小說創作生產的地理空間邊界，但缺乏一種整體的精神觀照與內涵辨析，並不具有學理概念的指示意義。本文欲建構的「小說湖南」，是對特定歷史時期的湖南小說予以「概念化」（conceptualizing），即是說，小說湖南是在當代中國的總體問題意識參照下，以湘楚文化為線索，對 1978～2013 期間的湖南小說展開的分析研判結晶。作為一種具有精神內涵的概念意象，小說湖南是 1978～2013 湖南小說精神題旨與美學風格的雙重提煉。

　　也正是在這裡，我們找到了以湘楚文化為貫穿線索的正當理由：文化成了文學聯接政治與社會的一道中介，即文學（小說湖南）——文化（湘楚文化）——社會／政治（當代中國），文化既是觀照文學的視角，同時也是考察社會結構的內部支撐。這正如格爾茨所言：「文化的概念是對人的概念造成的影響。當文化被看作是控制行為的一套符號裝置，看作是超越肉體的信息資

源時，在人的天生的變化能力和人的實際上的逐步變化之間，文化提供了聯接」〔註 12〕。文化的這一人類學釋義，能在多大程度上爲文學意義的文化研究所用並不重要，重要的是，人類學闡釋語境中的文化概念，是向著社會意義的人充分敞開的，即是說，文化的屬人特性，在確證其自身概念豐富性的同時，又恰當地勾連起了文學與社會的內在聯繫。對此，還是格爾茨說得更爲乾脆：「剝光五光十色的文化的形式，就會發現社會組織的結構性和功能性的規律」〔註 13〕。從這一意義上說，湘楚文化的視野選擇，並不是主觀任意的人爲選擇，而是本文擇定研究對象、確立問題意識之後的一種由文學而社會的邏輯必然結果。不妨還是套用格爾茨在《文化的闡釋》中的那句話：我們需要的是在不同的現象中尋找系統的關係，而不是在類似的現象中尋找實質的認同〔註 14〕。

需要說明的是，儘管從時間上看，本文的立論框架屬於「新時期」〔註 15〕以來的歷史階段，但這並非是「新時期」的時間敘事與小說湖南的空間定位的拼貼組合。所謂「新時期」文學的「新時期」事實上蘊含了一種未來承諾，以此與文革文學甚至是十七年文學區別開來，從根本上說，則意味著從「革命中國」到「現代中國」亦即「改革開放中國」的現實語境的轉換（嚴格說來，「革命」與「現代」在概念層級上並不對等）。而隨著歷史的漸次展開，文學「新時期」的承諾或部分兌現，或期待落空——與其說作爲政治的「新時期」與作爲文學的「新時期」是重合的，不如說是前者爲後者奠定了根本前提，即政治——社會意義的「新時期」的限度也就是文學「新時期」的限度。

政治——社會意義的「新時期」是由改革開放開啓的。但就「改革開放」的概念構造而言，這本身也是一個頗具狡點性的詞組，或者說是需要我們予以解釋澄清的概念。在中國「新時期」的改革開放之初，至少在 80 年代初的時代語境中，「改革」與「開放」所對應的主體並不相一致：「改革」主要是

〔註 12〕 克利福德・格爾茨：《文化的闡釋》，韓莉譯，鳳凰出版傳媒集團，2008 年版，第 56 頁。
〔註 13〕 同上，第 42 頁。
〔註 14〕 同上，第 48 頁。
〔註 15〕 中國當代文學的「新時期」界定，存在諸多爭議。而本文之所以以學界約定俗成的共識爲本文的邏輯起點，是因爲考慮到即使是持論有據的持相反意見的人，似乎也並未找到比「新時期」更恰切的一個概念。

指在社會主義內部進行政治改革，而「開放」則主要是指對外的經濟開放以
及由此而來的文化、思想的放鬆管制。但需要指出的是，最初的政治改革又
是以經濟體制改革爲突破口的，即我們必須從政治的角度來理解這一主題的
轉換〔註16〕。中國改革開放的總設計師鄧小平曾多次強調，中國改革深入的
標誌是政治體制改革而不是經濟體制改革，有研究者統計，在中共十三大
（1987 年）以前，鄧小平就政治體制改革的講話竟達 76 次之多〔註17〕。而中
國的改革之初遵循的也確實是政治的邏輯，在鄧小平看來，「只搞經濟體制改
革，不搞政治體制改革，經濟體制改革也搞不通，因爲首先遇到人的障礙。
事情要人來做，你提倡放權，他那裏收權，你有什麼辦法？從這個角度來講，
我們所有的改革最終能不能成功，還是決定於政治體制的改革。」〔註18〕以
1980 年 8 月 18 日召開的中央政治局擴大會議爲例，在這次會議上，鄧小平作
了題爲《黨和國家領導制度的改革》重要講話，這是中共第一份關於政治體
制改革的報告，講話「深刻地揭露了我國政治體制存在的弊端及其孳生的根
源，強調了進行政治體制改革的重要性和必要性，系統地論述了政治體制改
革的目的、意義和主要內容」〔註19〕。80 年代初展開的包括經濟改革在內的
所有改革，事實上都是以政治改革爲突破口的。一直到 90 年代施行社會主義
市場經濟體制改革，「改革」的對應主體才逐漸由政治轉換到了經濟上，從而
「改革」與「開放」取得了大致相同的位置主體。從時間安排上看，「改革開
放」儘管差不多是同時啓動的一項綜合戰略國策，但回顧歷史，我們也不難
發現，其實是「撥亂反正」的「改革」在前，「對外搞活」的「開放」殿後，
這恰恰也說明了，爲什麼在詞序上是「改革開放」而不是「開放改革」的結
構組成〔註20〕。從這一意義上說，本文所謂的「改革」中國、「開放」中國、
「社會主義市場經濟」中國以及「鄉土中國」、「市井中國」則分別是從歷時

〔註16〕 1978 年 12 月，中共十一屆三中全會提出經濟體制改革和積極開展對外經濟合
作的方針，經鄧小平多次闡發，1987 年中共十三大正式概括爲改革開放總方
針。

〔註17〕 楊繼繩，《中國當代社會階層分析》前言，《中國當代社會階層分析》，江西高
校出版社，2013 年版。

〔註18〕 《鄧小平文選》（第 3 卷），第 164 頁。

〔註19〕 馬立誠、凌志軍：《交鋒：當代中國三次思想解放實錄》，人民日報出版社，
2011 年版，第 116 頁。

〔註20〕 參見《中國的改革與開放》（宋健，1985）、《關於改革與開放關係的深層探析》
（蒍努力，2001）等。

的宏大敘事與共時的日常敘事兩個層面來回應「當代中國」的歷史構成與現實內涵。

在進入小說湖南之前，首先得對本文選取的湖南小說的遴選標準加以說明。雖則有 1978～2013 這樣一個「新時期」的時間限定，但本文也不可能在絕對的意義上窮盡這一時期所有的湖南小說。在嚴家炎先生爲「二十世紀中國文學與區域文化叢書」所作的總序中，嚴先生認爲，撰寫區域文化與文學類的專著，「大可不必求全，不必擔心遺漏某些與區域文化關係不密切的流派、社團和作家」，嚴先生特意以湖南作家爲例，指出「湖南作家很多，但如果研究湖南文學與楚文化，那麼恐怕應該抓住幾位典型的作家如沈從文、葉蔚林、古華以及 50 年代的周立波等，有些作家可略而不談」〔註21〕。事實上，不只是地域性文學研究不能求全求大，任何冠以「中國」或「世紀」的文學史不也都如此麼？即我們不可能在完全絕對的意義上來言說「中國」或「世紀」。也就是說，我們只能依據某種相對客觀的標準來選擇 1978～2013 年間有典型代表性的湖南小說作爲研究對象。而既然選擇的是「代表」作家作品，那麼毫無疑問，必然是有著相當影響力的典範。但嚴格說來，「典型」或「代表」仍是十分可疑的字眼，何爲「典型」？代表誰、由誰來代表以及在何種程度、何種範圍、何種意義上堪稱「代表」？而「影響」有時也容易泛泛而論，或演變成某種自行其是的自我設定。作家或作品的影響，如果不是泛泛而論，其實也是分而有別的。爲不使文學的影響力流於空疏，本文以文學影響的受眾爲區分主體，以可量化的文學影響指標爲依據，即主要參照官方的主流文學獎項、學院的關注熱度和作品的社會銷量來平衡官方、學院以及民間三種受影響群體，力求全面深刻且有代表性。

詳細說來，官方的主流文學獎項，主要是指中國作協主辦的茅盾文學獎、魯迅文學獎等；學院的關注熱度則是指通行的文學史、學術期刊、碩博論文等入選研究對象；民間影響主要是指由圖書的熱銷所引起的大眾媒體聚焦，並有可能衍生爲文化現象或社會話題。當然，官方、學院與民間三者並不是完全割裂孤立的，三者往往相互滲透、彼此影響。建構這樣一個持論有據的「代表」框架，反映在論文的章節上，就是本文第一章討論的是獲首屆茅盾文學獎的古華、莫應豐的小說創作；第二章以學院關注度頗高的韓少功、殘雪的小說創作爲例；第三章論述的是社會影響力較大的王躍文、閻眞的小說

〔註21〕嚴家炎：《二十世紀中國文學與區域文化叢書‧總序》。

創作；第四章以鄉土中國與市井中國的湖南景觀爲依據，在日常敘事的層面來審視小說湖南與當代中國的聯繫。有意思的是，當把小說湖南影響做出官方、學院、民間的區分以力求公正的時候，也正好是一個歷時的階段性區分，即他們恰好是不同時期的湖南老、中、青三代作家，這一方面可以突出湖南作家群的發展變化，同時也符合本文以年代時間來強化文化的空間維度的這樣一個思路。而最爲重要的是，這種歷時性的劃分，恰恰是當代中國的現代性危機在不同歷史階段的不同表徵，即小說湖南的代表作家恰恰是對改革中國、開放中國、社會主義市場經濟中國所生產出的內在危機做出的文學反應。

其次，從文學研究的層面講，無論是從以往研究成果的數量上講還是以質量論，1978 年以來的湖南小說研究都遠未充分展開。比如，當上世紀八十年代，湖南小說家屢次斬獲全國性的文學獎項時，評論界曾以「湘軍」（後來演變爲文學「湘軍」）來讚譽命名，這一命名方式事實上是直接影響或暗示了後來「陝軍東征」、「文學豫軍」等批評術語的產生，從而出現了當代文學批評界文學「地方軍」扎堆叢生的現象。但問題在於，這種以別稱、戲稱來命名地方作家群的方式，是否恰切或存在操之過急的嫌疑？以及它給當代文學批評研究帶來了怎樣潛移默化的影響？此類種種問題都沒有得以進一步深入。再比如，於 90 年代後期崛起的湖南中青年作家王躍文、閻眞等，他們從官場腐敗日益嚴峻、公平正義瀕臨破產、世道人心遭遇危機的社會現實出發，創作出《國畫》、《滄浪之水》等名噪一時的長篇巨作，且歷經十餘年仍保持暢銷熱度不減的勢頭，這種基於複雜社會現實而生的文學，其實是一個很值得玩味的社會文化現象，但文學批評界往往是有意地以所謂「官場小說」的類型文學標準視之，從而使得一個原本複雜的問題被大大地簡化了。有的學院派批評，則乾脆不屑一顧，這又反過來構成我們這個時代文學趣味另一種曖昧複雜的面向。此類種種同樣有待我們用足夠的耐心和細心去逐一考察。

二、「文學」與「文化」的思路：毛澤東作爲方法

在結構安排上，本著前三章基本上是以不同的當代中國危機語境爲依託（政治、社會、文學等），採取兩個主要湖南作家爲一論述單元、在每章以專門一節總結出一個主題的操作模式。對當代中國不同類型危機語境的言說，既爲經世致用與理想浪漫相調和的湘楚文化精神的契入提供了條件前提，同時也是對湘楚文化精神本身的縱深展開。質言之，本文以湘楚文化的透視角

度，托出小說湖南的歷史身影，再以小說湖南的文學身影，來觀照整個當代文學及當代中國的複雜現實。但這並不意味著，論者就此認爲地域文化對作家創作的影響是決定性的，毋寧說是傾向於將二者的聯繫看作是一種生成性的相互闡釋關係。

所謂「決定性」與「生成性」的區別，前者導向必然的因果聯繫，而後者則認爲二者間是存在一種邏輯關聯，但這種關聯並非是一種單一對應的因果必然，而是參照性的或然聯繫。既然不是從實證主義的思路來考察湘楚文化，也不是把湘楚文化當作小說湖南發生的決定性因素，那麼，這也注定了本文是以作家、作品爲中心，而不是把文學當作文化的注腳。從這一意義上說，本文主標題中的「與」，也不是一個簡單的聯詞，更有「參與」、「付與」的意思，意即作爲當代中國當代文學文化的一部分，小說湖南是怎樣具體參與其中的。詳細說來，主要是思考小說湖南作爲一種超越的社會象徵表意系統，是怎樣參與當代中國的歷史與現實建構，並以自己獨有的方式來講述、想像、建構湖南同時也是中國的地域歷史、文化傳統等問題。

討論湘楚文化對湖湘人士的生成性影響，我們不妨以毛澤東爲例——就地域文化與作家的辯證關係而言，毛澤東可能比專業意義的湘籍作家更能說明問題。無論是作爲開國領袖的政治家，還是作爲文學愛好者的詩詞好手，從小就遍訪三湘四水的毛澤東，難脫其與湘楚文化的內在聯繫。毛澤東的文治武功、建國理政，既詮釋注解了湘楚文化，又極大地豐富補充了湘楚文化。但很顯然，孤立的湘楚文化的解釋框架，無法涵括毛澤東的全部價值，從另外一方面說，不惟毛所生於斯長於斯的湘楚文化框架窮盡不了毛的價值，任何一種單一的視角——傳統文化也好、馬列主義也罷，也都不能架構起毛澤東爲人爲文的成因緣起，這正如孟繁華先生在評價毛澤東的文藝思想時說到的那樣，「事實上，我們的敘述無論怎樣自圓其說，它仍然是一種『虛構』，它不可能窮盡毛澤東文藝思想的內涵，這也正是毛澤東作爲一個偉大人物的豐富性魅力所在」〔註22〕。本文考察文學與文化的方法論依據也是基於此，即地域文化只是考察作家作品的一個視角而已，或者說只是充當文學與社會的一個中介，並不擁有最終意義的決定權。

「如果我們給 20 世紀文學人物排一排座次，『第一人』既非魯迅，也不

〔註22〕孟繁華：《毛澤東文藝思想》，《中國當代文學通論》，遼寧人民出版社，2009年版，第22頁。

是文壇上其他標誌性人物，而是毛澤東」〔註23〕，顯而易見的是，毛澤東開國政治領袖的身份，很大程度上沖淡了其作爲一位文學家的角色。毛澤東早期的寫作，多數是著眼於解決中國積弱積貧的戰亂危機，表現出強烈的事功色彩；而建國之後的寫作，又不同於一般作家，即在於他的寫作既是一種目的性明確的政治實踐，又有文學想像的成分；既具有綱領性文件的指導功能，又不乏強烈的個性著述色彩。僅就文學意義的寫作而言，毛澤東的詩詞雄奇豪放，洋溢著濃鬱的浪漫主義精神，毛青少年時期作的《詠蛙》，「獨坐池塘如虎踞，綠楊樹下養精神，春來我不先開口，哪個蟲兒敢作聲？！」此等霸氣又豈是一般人所有？1918 年，毛澤東寫給羅章龍的《送縱宇一郎東征》一首七言詩，通篇 154 字，氣象開闊，豪氣干雲，「表現出對以屈原爲代表的人傑地靈的湘楚浪漫主義文化精神的繼承和仰慕。」〔註24〕但另一方面，除了洋溢著濃鬱湘楚浪漫主義精神的詩詞創作之外，毛澤東的作爲文藝指導方針的《在延安文藝座談會上的講話》以及《實踐論》、《矛盾論》、《新民主主義論》等一大批綱領性政論雄文，則具有很強的實用主義色彩。這些篇章大多都是從中國革命的現實出發，以政治功用爲旨歸。毛澤東對中國社會的分析、對現實國情的思考，一定程度上是接受馬列主義並加以創造性發揮的結果，但需要指出的是，青年毛澤東對馬列主義的接受，暗含著一個必不可少的前提，即他受經世致用的湘楚文化影響而形成的特色鮮明的實用理性的價值思維取向。

　　毛澤東青少年時期就非常注重知識的實踐功能，「閉門求學，其學無用，欲從天下國家萬事萬物學之，則汗漫九垓，遍遊四宇尙已」〔註25〕，毛並不一味死讀書，更不讚同讀死書，「經世致用精神對毛澤東的影響是顯而易見的——無論是其詩詞文章還是後來日益彰顯的領袖才幹」，〔註26〕他始終是「站在牢固的經世致用的基點上（這也是對他有很大影響的湘學士風的一大特徵）」〔註27〕，「從根本上說，經世致用精神是毛澤東於國勢阽危、西潮東漸

〔註23〕李潔非、楊劼：《解讀延安——文學、知識分子和文化》，當代中國出版社，2010 年版，第 123 頁。
〔註24〕陳晉：《毛澤東的文化性格》，中央民族大學出版社，2004 年版，第 323 頁。
〔註25〕毛澤東：《講堂錄》，《毛澤東早期文稿》，湖南出版社，1995 年版，第 587 頁。
〔註26〕張育仁：《鯤鵬之夢——毛澤東詩化哲學評傳》，遼寧人民出版社，1994 年版，第 82 頁。
〔註27〕陳晉：《毛澤東的文化性格》，中央民族大學出版社，2004 年版，第 305 頁。

的大時代對傳統知行觀所作的壯懷激烈的詩性參悟。」〔註28〕可以看出，湘楚文化的經世致用精神，一方面體現在毛澤東的政論文章上，後來被其創造性地闡釋發揮爲「實事求是」；另一方面也體現在他對湖湘另一經世之才曾國藩的服膺上，「愚於近人，獨服曾文正」〔註29〕，曾國藩的很多格言，比如「不說大話，不騖空名，不行架空之事，不談過高之理」、「吃千般苦，讀萬卷書；不問收穫，但問耕耘」，都是毛所極力推崇的。如果說王夫之、曾國藩等湖湘大儒將湘楚文化經世致用精神首開局面，那麼「年少崢嶸屈賈才，山川奇氣曾鍾此」〔註30〕的毛澤東則爲經世致用的湘楚文化注入了新的元素與活力。

需要指出的是，湘楚文化的經世致用精神，既是一種以政治功用爲主要取向的價值標準，倡導爲民族國家（江山社稷）建功立業，爲民生太平奮鬥不息，同時又是一種相對靈活的處世法則，意即「世」不同，「用」也就不同。因此，從經世致用作爲一種靈活處世法則的角度講，本文所謂小說湖南求是忠誠、創新圖強、有爲擔當的現代言說，恰好是這一精神在不同歷史時期的不同反映形態。換言之，湘楚文化經世致用的精神主軸支撐起了論文的論述框架，而充溢期間的理想浪漫的楚文化精神，則構成一種有益補充，經世致用與理想浪漫的衝突調和，構築起小說湖南的深層題旨和文脈胎記。經世致用與理想浪漫的在毛身上的結合，具體影響到當代文學而言，則轉譯成了「革命現實主義與革命浪漫主義相結合」的文藝指導方針。

以毛澤東爲例，旨在闡明地域文化對作家的創作固然有不可或缺的影響，或是潛移默化，或是潤物無聲。但不管怎麼說，地域文化影響對作家的創作都不是決定性、支配性的。毛澤東蓋世的政治功業也好，卓越的文學成就也罷，儘管一定程度上都是應民族危亡之際而生，但起決定作用的，還是其自身的氣質稟賦和才情脾性。本文所說的湘楚文化視野下的1978～2013湖南小說研究，也是從這一思路出發，即並不認同地域文化決定論的線性因果邏輯。

三、歷史敘述

目前已有的有關1978年以來湖南小說的研究成果，多是在上世紀80年

〔註28〕張育仁：《鯤鵬之夢——毛澤東詩化哲學評傳》，遼寧人民出版社，1994年版，第102頁。

〔註29〕毛澤東1917年8月23日致黎錦熙信，《毛澤東早期文稿》，湖南出版社，1995年版。

〔註30〕毛澤東：《毛澤東詩詞選》，人民文學出版社，1986年版，第137頁。

代以及 90 年代初期發表的。胡宗建的《文壇「湘軍」》(湖南文藝出版社，1991年版）是最早對文學「湘軍」展開集中研究的一本「專著」（這本「專著」實質上是由單篇的作家論、作品論合集而成）。因出版年代較早，作者主要討論的是韓少功、肖建國、孫健忠、古華、譚談、莫應豐、葉蔚林等湘籍作家 80年代的創作情況，90 年代與新世紀尚未來得及涉及。

劉洪濤的《湖南鄉土文學與湘楚文化》（湖南教育出版，1997 年版）是嚴家炎先生主編的「二十世紀中國文學與區域文化研究叢書」之一，該著主要著眼於湘楚文化對湖南鄉土文學產生影響的具體內容、途徑和方式以及湖南鄉土作家對湘楚文化的闡釋、提煉和昇華兩個方面，試圖闡明湘楚文化在多大程度上規定並制約了湖南鄉土小說家的思維模式、思想觀念，而鄉土作家對湘楚文化的關注和闡釋又如何激發他們旺盛的創造力和想像力。作者認為鄉土傳統和現代化本質上是對立的，這種對立在湖南語境中具體表現為邊地原始自然狀態與城市現代文明的對立、少數民族與漢族的對立、邊疆地區的邊緣地位與城市中心位置的對立。不足之處在於，儘管作者也意識到了文學之於文化的超越性功能，但仍有將文學作為文化注腳的嫌疑。

田中陽的《湖湘文化與 20 世紀湖南文學》（嶽麓書社，2000 年版）對湖湘文化精神與 20 世紀湖南文學（主要是小說部分）間的制約與被制約關係做了深入探討。在對湖湘文化精神的基本特質及其形成的時代背景、地理區域因素和歷史局限作了富有創見的分析後，作者從「創作心理定勢」的角度系統探討了湖湘文化精神對 20 世紀湖南文學潛移默化的影響，同時對湖湘文化精神與毛澤東文藝思想及文學創作實踐間的聯繫也有獨到分析。

蔣靜編著的《茶子花流派與中國文藝》（湖南師範大學出版社，2006 年版）對建國以來湖南小說的鄉土特色冠以「茶子花流派」之名，論者認為以周立波為首，包括孫健忠、古華、葉蔚林、譚談等 36 位絕大多數為湖南籍的作家，他們創作了數以百計的優秀作品，獲得過國際和國家級獎勵三十餘次，影響較大。論者將茶子花流派的發展分為 1956～1981 的形成期、1982～1991 的興盛期、1992 至今的發展期等三個時期，並概括出茶子花派笑看時代、表現農民、重視審美、湖湘風味等四個特點，同時也指出茶子花派存在深入農村自覺性不高、對社會問題重要性認識不足、受公式化高大全及自由化影響較深等缺點。

淩雲嵐的《五四前後湖南的文化氛圍與新文學》（北京大學出版社，2008

年版）以 1917～1927 年間的湖南文學和文化現象爲研究對象，作者的目的並不在於評價湖南現代文學的成就，而是試圖回答是什麼樣的區域文化產生了這樣的文學，文學作爲社會象徵表意系統又怎樣參與文化的建構，並以自己的方式講述、想像、建構這個地區的歷史、文化傳統等問題。作者首先從報紙、學堂與學會角度分析新思潮在湖南的輸入擴散，並在校園文化背景下展開新文學與新文化的論述，始終圍繞文學這一軸心，文本充分，史料詳實，論證有力。

董正宇的《方言視域中的文學湘軍──現代湘籍作家「泛方言寫作」現象研究》（中國社會科學出版社，2008 年版）上編從類型、動因、形式以及價值等四個方面論述了現代湘籍作家泛方言寫作的諸多面向，下編則以作家爲中心，討論了沈從文、周立波、韓少功以及彭家煌、古華、何頓等湘籍作家的語言特色。作者認爲從文學語言審美效果角度看，現代湘籍作家的泛方言寫作存在程度不一的粗鄙化問題；從創作技巧層面看，則存在一個口語方言與書面方言的轉換難題。而在全球化的背景下，現代湘籍作家的泛方言寫作能否發展存續是一個有待時間檢驗的問題。

胡良桂的《新湖南文學史稿》（湖南人民出版社，2008 年版）是對新中國 17 年（1949～1976）湖南文學創作的總結研究，以作家的地域性而言，該著包括了湘籍作家和非湘籍作家在湖南的文學創作。論者認爲新湖南文學大致可分爲文革前夕（1949～1966）和文革十年（1966～1976）兩個時期，與此同時，論者又特別指出，新湖南文學史是以毛澤東時代爲主，理應推至 1942 年毛澤東《在延安文藝座談會上的講話》（1942）：《講話》既是新文學的指南，也開闢了湖南文學的新階段，因此《新湖南文學史稿》是一部毛澤東時代的湖南文學斷代史。

此外，關於「新時期」湖南文學研究以及湖南文學與湖南地域文化關係的研究論文也有不少，但有影響力的並不多。汪名凡《已是山花爛漫時──從湖南作家群看新時期小說創作十年》（《長沙水電師院學報》（社會科學版），1987 年第 1 期）認爲湖南作家群醞釀於周立波回湘主持文藝工作的 50 年代末、60 年代初；另文《革命現實主義的新勝利──湖南作家群創作特色初探》（《湖南師範學院學報》（哲學社會科學版）1987 年第 1 期）則認爲堅持文藝爲人民、爲社會主義服務，堅持革命現實主義，是湖南作家群遵循的創作基本原則。沈敦中《深深眷戀土地的一群──論現當代湖南小說中的風俗描寫》

（《吉首大學學報》，1994 年第 4 期）也認爲濃鬱的風俗民情是湖南作家筆下
一大共同特色。新時期湖南作家筆下的風俗描寫大致可歸納爲「注重風俗的
政治層面，以風俗演變表現實政治變化」、「關注點從社會政治生活轉向人和
人性，以風俗映襯人性」、「注重風俗的文化內涵」等三種模式。艾斐《論「茶
子花派」的創作思想、創作題材和創作方法》（《中國文學研究》，1987 年第 4
期）則更進一步認爲湖南作家群中涵溶著一個日見發達的文學流派，即「茶
子花派」，這個流派除了在藝術風格上表現出一定相似性外，還有創作思想題
材和方法上的共鳴和共振。羅仕安的《「湘軍」雄風楚人魂——湖南當代文學
發展縱觀》（《懷化師專學報》，1993 年第 3 期）認爲湖南當代文學是在現代文
學和時代的基礎上，尤其是在毛澤東文藝思想指引下發展起來的。余三定《湖
南近年探索小說創作的特點》（《理論與創作》，1988 年第 1 期）認爲湖南新時
期小說創作存在「超越生活，進入生活內層」、「回溯遠古，面對時代和未來」、
「突出感覺，指向深層理性」等多種「二律背反」現象。胡宗健《試論湖南
青年作家的創新》（《當代文壇》，1986 年第 4 期）以何立偉、韓少功、殘雪等
人的創作爲例，勾勒出湖南青年作家嘗試「反人物」、「反虛構」和「反主題」、
開放性的結構形態；另文《衝突與齟齬——湖南小說群體的「文化相」》（《理
論與創作》，1988 年第 2 期）認爲湖南作家群在新時期之初顯示出敏捷的現代
意識和個體人格意識。陳一輝《「海的渴慕者」——湖南作家群研究之一》（《杭
州大學學報》，1991 年第 4 期）認爲湖南作爲楚文學的主要區域呈開放狀態。
現代及當代兩個時期的湖南作家在個性氣質、文學素養與藝術追求均存在不
同，但兩代「湘軍」可尋找出體現群休特質的輪廓來。新時期湖南作家繼承
了前輩作家的憂患意識與社會責任感。劉文華《一種思路　一種推測——新時
期湖南小說創作的整體估價》（《理論與創作》，1992 年第 1 期）把新時期湖南
小說創作分成 1979～1984 年創作「動蕩時期」、1987 年「先鋒或新潮時期」、
1988 年至今的「沉寂或積累時期」三個階段。龍長吟《湖南歷史文化與當代
小說的發展》（《理論與創作》，1993 年第 1 期）認爲湖南當代小說擁有社會主
義文學的全部特徵和總體風貌，同時又是湖南歷史長河中具有賡續性的精神
文化現象。湖南當代小說的黃金時期是在 1978～1984 年。熊育群《雄風勁起
湘軍再著風流》（《湖南日報》，2002 年 9 月 4 日），在這篇記者採訪中，龍長
吟認爲文學湘軍有關注現實憂國憂民、獨立品格、藝術素質較高等三個特點。
從 1978 年到 2002 年，新時期湖南文學經歷了「輝煌」（1978～1983），「尾聲」

（1984～1989），「徘徊」（1990～1994），「重振」（1995～1999），「高峰」（2000
～2002）五個階段。佘丹清《湖南現當代小說發展史述略》（《零陵學院學報》，
2003 年第 1 期）認爲 1978～1984 年是「文學湘軍」的成名期；1985～1989
年是湖南當代小說多元探索期，湖南小說在全國佔盡先機；1989～1991 年是
湖南當代小說的調整期。1992～2002 年，湖南文學新的發展時期。湖南現當
代小說區域化明顯，但不成流派。柏定國《新中國五十年湖南中篇小說巡禮》
（《雲夢學刊》，2004 年第 1 期）認爲湖南文學的「新時期」始於周立波《湘
江一夜》的發表和獲獎。新時期湖南中篇小說在遽然變化的時代裏獲得了生
機。涂昊《論新時期湖南小說的邊緣性特徵》（《湘潭師範學院學報》（社會科
學版），2009 年第 3 期）認爲湘楚文化對新時期湖南作家創作的影響主要表現
爲一種更加自由與奔放的浪漫主義，一種戀鄉懷舊的執拗情結。

　　龔軍輝《湖南當代小說創作得失兩題》（《益陽師專學報》，1995 年第 3 期）
認爲湖南當代小說偏重於現實主義而浪漫主義精神不足，對西方文化也表現
出淡漠的態度。胡光凡《大氣‧理想人格‧藝術探索精神——湖湘文化與文
學斷想》（《理論與創作》，1996 年第 4 期）認爲湖湘文化——文學是一個開放
的地域性概念。湖湘文學上起屈原賈誼，中繼柳宗元、王夫之下至毛澤東等。
田中陽《沉重的「浪漫」——論湖南新時期小說的「湖湘文化」精神》（《理
論與創作》，1996 年第 5 期）認爲先秦楚文化和近世湖湘文化是「湖湘文化」
最輝煌的兩個時期，湖南新時期小說一方面承傳著先秦楚文化、楚文學的浪
漫主義精神，同時又承傳著近世湖湘文化「經邦濟世」精神，從而表現出「沉
重的浪漫」的特點；另文《近世湖湘文化精神與 20 世紀湖南小說敘事》（《湘
潭大學學報》（哲學社會科學版），2004 年第 2 期）認爲 20 世紀湖南小說敘事
語式和語態帶有明顯的局限性。20 世紀湖南小說敘事視角的選擇，是由以政
治作爲人生第一要義、以經世致用作爲立身處世的基本原則的湖湘文化精神
規約著的作家創作心理定勢的表達。魏怡《關於「湖湘文化」與「文學湘軍」
的幾個問題》（《武陵學刊》，1997 年第 2 期）認爲「湖湘文化」是「楚文化」
的集中體現，既不能拋棄「楚文化」的歷史特色，也不能簡單地等同「楚文
化」。「文學湘軍」是對「湖湘文化」影響最大的方面軍。特別是楚騷中表現
出的憂國憂民、追求變革的浪漫情懷。歐陽友權《湖南文學的湖湘文化背景》
（《理論與創作》，1998 年第 6 期）認爲湖南文學根深葉茂主要根源於湖湘文
化，流寓文化、理學文化、紅色文化和地域民俗文化構成湖湘文化的主體。

韋平《淺談「湖湘文化」與 20 世紀湖南文學》(《理論與創作》，1998 年第 6 期)認為 20 世紀湖南文學總特點是崇尚經驗理性，強調知行合一，在創作中不追求文學的形而上思考，而偏重於作品的思想內涵和歷史氛圍。胡光凡《湖湘文化與文學「湘軍」》(《岱宗學刊》，1999 年第 3 期)首先區別了傳統文化和文化傳統兩個概念，作為傳統文化的湖湘文化，是歷史形成的已經定型的地域文化形態；湖湘文化傳統則是指作為一種歷史現象的湖湘文化整體及其內含的基因至今仍滲透活躍在社會生活的各層面。湖湘文學是湖湘文化的重要組成部分，在不同的歷史時期深受湖湘文化影響。言力《「經世致用」：一柄世紀文學的雙刃劍——〈湖湘文化精神與二十世紀湖南文學〉一書的思想延續》(《湖南社會科學》，2001 年第 5 期)認為經世致用是湖湘文化的世紀情結，屈賈情結是近代湖湘人士的文化心理凝聚點，是近世湖湘文學光大弘揚的激勵點。文學湘軍從政治目的出發，創造出空前大氣的作品，並又反過來對現實的政治鬥爭起到激勵作用。但另一方面，經世致用思想產生了很大負面影響。李雲峰《論楚文化、楚湘文化對湖南文學的影響》(《求索》，2002 年第 3 期)認為湖南地域文化的精神內核是以楚文化為代表的浪漫主義傳統和近世湖湘文化的經世致用的結合。就湖南文學整體而言，即體現在浪漫主義與現實主義的結合，呈現出清新可人的湖湘人文氣息，也洋溢著絢爛神秘的藝術風格。李陽春《湘楚文化與當代湖南文學的敘事立場》(《湘潭大學學報》(哲學社會科學版)，2004 年第 5 期)認為湘楚文化對湖南文學的影響，至為深刻的是屈原楚辭和宋明理學。屈原精神和經世致用、求真務實的理學理性精神，造就了湖南作家以政治使命為人生第一要務的品格特性。在文學敘述立場的選擇上，表現為以政治家的目光觀察社會生活，以理想化的標準來評判歷史風雲。涂昊《論湘楚文化對新時期湖南小說的影響》(《船山學刊》，2006 年第 3 期)認為湘楚文化與新時期湖南小說創作存在親緣關係，承傳湘楚文化的浪漫風韻，秉承經世致用學風，依戀巫風楚俗凝聚著的鄉土情結，對新時期湖南小說的審美特徵產生了深刻影響。最突出的表現是，政治視角成為他們創作的一個基本審美視角，政治功利性成為他們追求的基本審美效應。彭石玉、王璇、柯昀含《湖湘文化與湖湘文學：引力・張力・合力——兼論湖湘文化與湖湘文學的困境與出路》(《長江大學學報》(社會科學版)，2010 年第 4 期)認為湖湘文化浸淫下的湖湘文學曾經磅礴大氣、燦爛輝煌的同時，也對湖湘文人產生了急功近利的負面影響。湘文學張揚下的湖湘文化強調知

行合一，不追求文學的形而上思考，而偏重於作品的思想內涵和歷史氛圍。形成了湖南文學「楚味」、「辣味」和「俗味」並舉的獨特審美品格。

萬蓮子《尋找人的定位的精神守望者——評說幾部湖南長篇小說》（《湘潭大學學報》（哲社版），1997 年第 3 期）認為何頓的《我們像葵花》、蔡測海的《三世界》、何立偉的《你在哪裏》均試圖以個人化的經歷敘述透出鮮明的新寫實特徵：真誠叩問和檢視當代中國普通人的生存狀況與生存質量。譚桂林《論新時期湖南小說的含魅敘事》（《湘潭大學社會科學學報》，2001 年第 2 期）認為新時期湖南小說敘事出現了一種含魅傾向。劉起林《精神突圍與審美定位——湖南長篇小說創作困境的考察》（《長沙電力學院學報》（社科版），1998 年第 1 期）認為湖南長篇小說創作困境的根本原因是作家的精神心理結構存在迷誤。湖南地域文化精神主要體現為「莊騷」楚文學的浪漫和近世湖湘文化的經世致用。經世致用特徵易衍生出患得患失、缺乏大氣和沉靜從容的風度、對永恒性生存命題缺乏尋根究底精神之類的特性；楚文學的浪漫則易導致以矜持超越的姿態，迴避對人情世務精研細品的閱世眼光，和以道德品格反諷世態萬象而缺乏自剖精神的處世態度。龍長吟《關注現實人生始終是湖南文學的基本走向——新世紀初湖南長篇小說高潮思味》（《理論與創作》，2002 年第 6 期）認為新世紀初湖南長篇小說的題材、主題、風格各有不同，但對現實人生的關注、對人民生存狀態和人類命運的關懷則是每位作家和每部作品都相通的。胡良桂《從傳統文化看幾部當代湖南長篇小說》（《中國文學研究》，2003 年第 4 期）認為中國傳統文化博大精深，當代湖南長篇小說《曾國藩》、《楊度》既有傳統文化（帝王之學）的滲透，又有湖湘文化（經世致用）的浸染。湖南長篇小說五十年成就輝煌。

關於文學「湘軍」研究成果的綜述。葉蔚林的《「重振」口號之置疑》（《文學自由談》，2000 年第 2 期）認為「重振文學湘軍」這個口號本身就有意旨不清、指向有誤的問題。因為「文學湘軍」不過是特定時期文學界的一種民間話語對湖南作家群的簡稱、別稱、戲稱，是一種調侃式的玩笑而已，有很大局限性。「文學湘軍」稱謂的消亡與湖南文學的式微狀態是同步發生的。張先瑞《從「小說方陣」談重振文學「湘軍」——讀〈文藝湘軍百家文庫・小說方陣〉有感》（《零陵師範高等專科學校學報》，2002 年第 1 期）認為「湘軍」雖然是指稱湖南作家，但狹義的認定則只指小說家而已。「重振湘軍」首先應該在小說方面拿出有份量的作品。柏定國《關於「重振文學湘軍」問題的綜

述》（《雲夢學刊》，2003 年第 1 期）對「重振文學湘軍」問題進行了詳細梳理。賀紹俊在 2008 年第 5 期的《理論與創作》上發表《「文學湘軍五少將」的硬漢精神——兼及 70 年代出生作家的「重」》，作者認為「文學湘軍五少將」的寫作不僅具有湖南的地域意義，也具有當代文學的整體意義。劉舸《遊走在主體文化與區域文化之間——湖南鄉土文學的文化選擇》（《文藝爭鳴》，2009 年第 9 期）認為文學「湘軍」主體是由鄉土作家構成的，由於湖南的地理位置和文化傳統，長期處在邊緣的湘楚文化為湖南作家提供了「邊緣者」的身份。文學「湘軍」的研究絕大多數集中於討論「湘軍」的創作得失，而尚未形成「湘軍」或文學「湘軍」的概念自覺。

第二節　湘楚文化與湖南精神

　　「絢麗的楚文化到哪裏去了？」或許連韓少功都沒料到，他的這一詩意追問不僅關切「湖南的作家有一個『尋根』的問題」，還直接促成了中國當代文學史上一次影響深遠的文學思潮的發生。在那篇題為《文學的根》的尋根文學理論發難之作中，儘管作者對開篇的自問部分予以了回答，但事實上「絢麗的楚文化到哪裏去了？」時至今日也仍構成一個問題。那麼，絢麗的楚文化，究竟到哪裏去了呢？今天重提楚文化或地域文化的論題，首先遭遇的恐怕是問題合法性與正當性的質疑——這倒並非是說招致老調重彈的責難，而是在經濟全球化日益滲透進我們日常生活各個角落的當下，在互聯網連接覆蓋的虛擬空間將全球化變為一個已然事實的背景下，地域文化是否還能自成一體、保全自身？或者說，在經濟全球化的強勢衝擊下，文化的地域性是否還有文化主體性可言？

　　其實，全球化從來都不是客觀的資本、科技的全球流動或平等的文化對話，更不是「現代性的後果」所能一言以蔽之，全球化實際上是發達資本主義國家資本、文化擴張的內在訴求〔註 31〕——無論這種訴求是強硬地裹挾某

〔註31〕安東尼・吉登斯在著名的《現代性的後果》一書的第六部分中指出，現代性的根本性後果之一是全球化。它不僅僅只是西方制度向全世界的蔓延，在這種蔓延過程中其他的文化遭到了毀滅性的破壞；全球化是一個發展不平衡的過程，它既在碎化也在整合，它引入了世界相互依賴的新形式，在這些新形式中，「他人」又一次不存在了。它創造了風險和危險的新形式，同時它也使全球安全的可能性延伸到了力所能及的遠方。

種文化政治霸權意識還是隱秘地包含一種不為人知的殖民策略，它必然會給所「化」之地及其所「化」之人帶來一種「震驚」體驗。而從某種意義上說，韓少功三十多年前有關楚文化哪裏去了的振聾發聵追問，正是對端倪初現的全球化浪潮山雨欲來的先知先覺。三十多年後，韓少功回顧反思當年的文化「尋根」，也再次印證了這點：「本土化是全球化激發出來的，異質化是同質化的必然反應」，「所謂『尋根』本身有不同指向，事後也可有多種反思角度，但就其要點而言，它是全球化壓強大增時的產物，體現了一種不同文明之間的對話，構成了全球性與本土性之間的充分緊張，通常以焦灼、沉重、錯雜、誇張、文化敏感、永恒關切等為精神氣質特徵」〔註32〕，從這一意義上說，本土文化意識的蘇醒，不僅如韓少功所言是「階級流動的結果之一」，也是市場資源全球流動配置的必然結果。

　　一味追尋韓少功的思路，問題的視域或許會稍顯偏窄，也缺乏說服力。如果說洶涌的全球化是激活地域文化的反作用誘因，那麼，地域文化自身的邏輯生成則是我們觀照地域文化的根本落腳所在。在《論語》中，子貢有這樣一段話：文武之道，未墜於地，在人。賢者識其大者，不賢者識其小者，莫不有文武之道焉。錢穆先生據此分析認為，子貢所說的「文武之道」就是指彼時的中國文化傳統。換言之，不管世事怎樣變遷，滄海如何桑田，只要傳承文化的主體猶在，即人的存在，文化傳統是斷然不會墜之於地的——即是說，只要有地域之別，有地域之人，便會有地域之文化，誠如張光直先生言簡意賅指出的那樣：「中國境內有許多地域性文化，它們自新石器時代到夏商周三代形成之後，一直都具有地域性的特徵」〔註33〕。

　　在將地域文化還原為文化的一般問題時，我們實有必要回到文化概念的重新理解上來。在有關文化形色萬千的定義中，大致存在著兩種理路：一種是實證主義的認識論，即將文化理解為一種物質實存的定在，某種一成不變的模態；一種是泛文化方法論，這種文化的定義上至天文下至地理，無所不包，無所不含，「文化變成了一個相當不同的術語，它擁抱社會的總體性，把社會總體性作為類似它無處不在的表達的東西，或者構成它的精神」〔註34〕。

〔註32〕 韓少功：《尋根群體的條件》，《上海文學》，2009年第5期。

〔註33〕 張光直：《考古學專題六講》，文物出版社，1986年版，第47頁。

〔註34〕 弗雷德里克·詹姆遜：《黑格爾的變奏——論〈精神現象學〉》，王逢振譯，中國人民大學出版社，2012年版，第102頁。

前一種文化理解忽視了人的主觀創造能動性的表達，陷入了素樸實在論和直觀反映論的俗套；而後者則又將人的主觀能動性無限制地加以放大，模糊了人與自然的界限，並最終放逐了文化的本義。我們認爲，儘管文化有層次之分、境界之別，但文化的最終理解，必須予以辯證地把握考察：文化既非玄之又玄的空洞無物，也不是事無鉅細的包羅萬象。所謂文化的辯證考察，當然不是上述兩種方式的簡單調和，本文傾向認爲，文化主要是一種傳承延續的心理定勢，一種相對穩定的精神傳統和生命價值觀。

在錢穆先生看來，「講文化，定該知有一傳統，不能離著傳統說，傳統便有持續，文化便是一『存在』，便是一『持續』，一『傳統』」〔註35〕，因此，他認爲文化是「傳統的、生命的、有個性，像一個種，在其內裏則必然附帶有一番精神」〔註36〕，也就是說，錢氏意義的「文化」，並不是機械靜止的客觀存在物，更不是一堆僵死的物質概念外殼，而主要是一種精神性存在。或者說，文化主要表徵爲一種傳統的、有生命的、有個性的精神，其次才是某種風俗習慣、儀式信仰、規約制度等。錢穆的文化概念方式對我們頗具啓發，把握文化的實質，既不應該是包打天下的涵蓋萬事萬物，也不應陷入到唯名論的糾纏中去，而主要從一種持續的精神傳統出發，來重新理解把握文化。

當然，錢穆先生對「文化」的理解只是諸多文化定義方式中的一種，懸而未決的「文化」定義公案可能還很難一時徹底了斷。但本文認爲錢穆對文化的辯證考察和精神把握，不僅符合中國文化的特質，而且實際上是將仁智各見的文化納入了一個既可操作、也可辨析的認知框架之中，因此，筆者也傾向於這一文化理解方式。即以開篇韓少功的文化尋根爲例，我們發現，有意思的是，身爲楚人的韓少功，三十多年前領風氣之先的振臂一問——儘管「絢麗的楚文化到哪裏去了」的答案並未如期而至，但由此引發全國同仁的遙相呼應，並蔚然而成一股文學思潮，其文、其行本身不就是經世致用創新圖強、理想浪漫敢爲人先的湘楚文化精神的表徵反映麼？至此，我們可以回到本文所討論的湘楚文化這一地域文化的論題上來了。

《易經》有言：關乎天文以察時變，關乎人文已化成天下。無論文化怎樣定義，都離不開人的生存與生產活動，而事實上，考察地域文化，除了考慮作爲「人文」的人的生存與生產活動因素外，也離不開自然地理與環境氣

〔註35〕錢穆：《中國文化精神》，九州出版社，2012年版，第5頁。
〔註36〕錢穆：《中國文化精神》，九州出版社，2012年版，第10頁。

候等「天文」因素，所謂「高山大川異制，民生其間者異俗」〔註37〕是也。
作爲省級行政區域，湖南的地域文化形成與其地理環境緊密相關，錢基博在
《近百年湖南學風》導言中寫道：「湖南之爲省，南薄五嶺，西接黔蜀，群苗
所萃，蓋四塞之國。其地水少而山多，重山疊嶺，河灘峻激，而舟車不易爲
交通。頑石褐土，地質剛堅，而民性多流於倔強，以故風氣錮塞，常不爲中
原人所沾被」〔註38〕，錢基博有關湖南地理環境的分析大致中肯，只是「水
少」一説並不符實：湖南不但有湘、資、沅、澧四大水系，且星羅棋布地分
佈著近百條溪流江河。

　　錢基博對湖南地域文化的闡發，最具啓發意義的，不是基於山川氣候的
文化成因分析，而是他從人的角度予湖南地域文化以辯證的考察：「抑亦風氣
自創，能別於中原人物以獨立，人傑地靈，大儒迭起，前不見古人，後不見
來者，宏識孤懷，涵今茹古，罔不有獨立自由之思想，有堅強不磨之志節。
湛深古學而能自闢蹊徑，不爲故鄉所囿。義以淑群，行必屬己，以開一代風
氣」〔註39〕，錢的這番論述主要是以曾國藩、左宗棠、胡林翼、譚嗣同、唐
才常等晚清民初湖南地區涌現的英雄豪傑爲主要依據，其對湖南地域文化的
精神把握準確到位。後來的研究者對此也多有呼應：「湖湘文化的最大特點是
人而不是物，它主要體現在人的思想、觀念、性格以及以人爲主體的歷史過
程、事件中」〔註40〕。

　　特色鮮明的湖南地域文化的形成其來有自。湖南的地域文化，如今一般
通稱爲湖湘文化。有研究者認爲，兩宋之際，中國文化發生了三重重大的變
化，即理學思潮的興起、文化重心的南移和儒學地域化的出現，三者共同構
成了湖湘文化成形的歷史條件。如果説漢代儒學是一種自上而下的國家意識
形態，故而是一種統一的儒學的話，那麼宋代的儒學復興思潮則「是一種自
下而上的學術思潮，它不是通過官學而主要是通過地方的書院來開展學術研
究與傳播」〔註41〕。概略來講，北宋周敦頤沉潛原道，自成宗派，開宋明理
學三教合流之先河；南宋張栻講學嶽麓書院，得天下英才而育之，偏隅之地

〔註37〕《漢書・地理志》引《禮記・王制》
〔註38〕錢基博：《近百年湖南學風》，嶽麓書社，2010年版，第1頁。
〔註39〕錢基博：《近百年湖南學風》，嶽麓書社，2010年版，第1頁。
〔註40〕朱漢民、蔡棟：《湖湘文化的二重淵源》，《湖湘文化訪談》，湖南人民出版社，
　　　　2005年版，第29～30頁。
〔註41〕同上，第2頁。

一躍成爲「道南正脈」。湖湘學派能發揚光大，主要原因是這一學派並不流於空談，而是講究崇理務實，經世致用。湖湘學派的創始人之一胡宏，曾指出：「學聖人之道，得其體，必得其用。有體而無用，與異端何辨？井田、封建、學校、軍制，皆聖人竭心思致用之大者也。」〔註42〕經世致用的湖湘文化的歷史形成，某種意義上說正是儒學地域化的典型表徵。

　　雖然「湖湘」的語義指稱，明確了湖南地域文化的地理界限，儒學的地域化也表明了湖湘文化的思想資源。但與此同時，當我們將湖湘文化的源頭循兩宋再進一步往前追溯時，便會發現，自古就是楚地的湖南，其地域文化的源頭是浪漫瑰麗的楚文化——這也正是韓少功探尋楚文化之根的依據所在。如果說儒學的地域化是一種正統規範文化的輻射擴散，爲湖南地域文化在全國的崛起準備了有利條件，那麼，植根於民間鄉野的非規範的楚文化，則爲湖南地域文化的生命基因注入了最原始的活力。近代湖湘文化是楚文化流變發展的結果，早已是中國文化研究界的共識；「先秦、兩漢時期湖南的文化應該納入到另一個歷史文化形態——楚文化中……先秦、兩漢的楚文化對兩宋以後建構的湖湘文化有著重要的影響，是湖湘文化的源頭之一，這是可以肯定的」〔註43〕，「除了研究千年湘學之外，還要做歷史文化溯源的工作，包括考察古代南方楚文化的影響以及屈原、賈誼、柳宗元、劉禹錫等宋以前流寓湖南地區學者所作出的貢獻，甚至可以追溯到楚祖鬻熊，追溯到舜文化和炎帝文化」〔註44〕。也即是說，講究經世致用的湖湘文化事實上先天地蘊含了楚文化的理想浪漫基因。本文認爲，在地域文化的討論中，沒有必要切斷文化的源流而只取一瓢飲，較之於湖湘文化，湘楚文化可能更能反映湖南地域文化的歷史縱深，原始浪漫的楚風精魂與積極入世的儒家精神的創造性調和，更能凸顯湖南地域文化的精神內涵。簡言之，用「湘楚文化」來指稱湖南地域文化，不但能凸顯湖南地域文化的歷史維度，也指明了其應有的精神源頭。

　　楚，最初既是族名，又是國名。顧頡剛先生對此解釋說，楚人是在林中建國〔註45〕。作爲實力不俗的諸侯國，楚國的主要地域爲今湖北、湖南地區，

〔註42〕　《胡宏集》，中華書局，1987 年版，第 131 頁。

〔註43〕　朱漢民、蔡棟：《湖湘文化的二重淵源》，《湖湘文化訪談》，湖南人民出版社，2005 年版，第 14 頁。

〔註44〕　《崇實重行 宏大湘學——專家學者熱議湘學及其當代價值》，《光明日報》理論實踐版，2013 年 5 月 30 日。

〔註45〕　顧頡剛：《討論古史答劉、胡二先生》，見《古史辨》，第 1 冊，上海古籍出版

因此有荊楚和湘楚之別。春秋時代，楚是夷的代表或者說是南方的代表，晉是夏的代表，也是北方的代表。巫學是楚人的傳統學術，並非今人眼中的裝神弄鬼，而是一種包含了天文、曆算、地理、醫藥、哲學等在內的原生形態的學術，在楚文化進入鼎盛期後才開始分流轉化，「其因襲罔替者仍爲巫學，其理性化者轉爲道學，其感性化者轉爲騷學……巫學給藝術帶來狂怪直率的意緒，道學給藝術帶來睿智玄妙的理念，騷學給藝術帶來高潔綺麗的情思」〔註46〕。但需要指出的是，先秦兩漢之際，居隅南方的先楚文化雖然燦爛一時、自成格局，但較之於北方華夏文化正宗，仍是一種偏離文化中心的邊緣文化。

有別於中原華夏文化以龍爲圖騰，先秦楚文化是以飛升靈動的鳳凰爲精神圖騰，洋溢著一種濃鬱的浪漫主義精神。《楚辭·思美人》有曰：「高辛之靈盛兮，遭玄鳥而致詒」，考古學者據此考證道：玄鳥致詒即鳳凰受詒。受、授者，詒，貽通，知古代傳說之玄鳥實是鳳凰也〔註47〕；彼言玄鳥致詒，而此言鳳凰受貽，是鳳凰即玄鳥也〔註48〕。《離騷》有云：鸞皇爲余先戒兮，雷師告余以未具。吾令鳳鳥飛騰兮，繼之以日夜。及至當代，仍有不少湖南作家以「鳥的傳人」〔註49〕自居。對此，有研究者將以鳳爲圖騰的楚文化特性概括爲「集厚的民族憂患意識，摯熱的幻想情緒，對宇宙永恒感和神秘性的把握」〔註50〕，可謂一語中的，契合了楚文化的精神本質。

以靈動飄逸爲旨歸，理想浪漫爲皈依，構成鳳凰圖騰的精神內涵，這並非一種人爲的價值設定，而是在長期的生產生活實踐中逐漸形成的，「楚人追新逐奇的心理機制，是在創造的實踐中養成的」〔註51〕。楚文化的浪漫靈動集中體現在了屈原的文學創作中。屈原的作品飽含著濃烈的浪漫主義精神，《離騷》的憂憤嫉俗，《天問》的駭世奇絕，無不如此。但屈原的浪漫主義精神，又有別於尋常意義的浪漫主義，「它不是對古典主義的反叛，與西方浪漫主義不可同日而語。它來自巫的怪想，道的妙理，騷的綺思，三者交融，

　　　　社，1982 年版。
〔註46〕張正明：《楚史》，中國人民大學出版社，2010 年版，第 267～269 頁。
〔註47〕郭沫若：《屈原賦今譯》，上海書店出版社，2003 年版，第 12 頁。
〔註48〕聞一多：《離騷解詁》，上海古籍出版社，1985 年版，第 10 頁。
〔註49〕韓少功，施叔青：《鳥的傳人》，《韓少功研究資料》，廖述務編，天津人民出
　　　　版社，2008 年版，第 65 頁。
〔註50〕凌宇：《重建楚文化的神話系統》，湖南文藝出版社，1995 年版，第 124 頁。
〔註51〕張正明：《楚史》，中國人民大學出版社，2010 年版，第 99 頁。

以致迷離恍惚，汪洋恣肆，精彩絕艷，比尋常所謂浪漫主義更爲浪漫主義」〔註52〕，屈原的浪漫主義精神，不惟體現在想像力豐富的文學作品中，更體現在其愛國忠君、卓絕獨立的爲人處世上。質言之，浪漫主義之於屈原完全是一種知行合一、體用互補的生命哲學。

　　將富於理想浪漫色彩的楚文化視爲湖南地域文化的精神源頭，只是指明了湘楚文化的一個歷史側面，「在一定的時候，規範的東西總是絕處逢生，依靠對不規範的東西進行批判地吸收，來獲得營養，獲得更新再生的契機」〔註53〕。湘楚文化的理想浪漫與經世致用互爲表裏，互爲補充——需要指出的是，這只是一種文化精神的標記指認，並不意味著窮盡了湘楚文化的全部複雜性。如前所述，兩宋以降，隨著中國文化重心的南移，湖南的地域文化逐漸也發生著變化，力圖掙脫邊緣文化的位置而呈現出以中心文化自居的文化姿態來。而在改朝易幟、民族危機等特殊的時代背景下，湘省士人居內陸而放眼九州，處邊緣而遙望中心，以天下爲己任的責任擔當意識，表現得尤爲突出，並最終形成了遠播海內的經世致用的學風文風及政治價值取向。

　　嚴格說來，作爲本分的事功學派，經世致用之學最初並非揚名於嶽麓，而是肇始於南宋以陳亮爲首的「永康之學」和以葉適爲領袖的「永嘉之學」，他們開創了中國事功學派的基本理論範型，使重實事、講實學成爲了該學派的顯著特色。但將經世致用之學發揚光大的，並非「永康之學」或「永嘉之學」，而無疑當屬湖湘士人。如果說，湘楚文化的經世致用精神，濫觴於兩宋之際湘人胡安國著《春秋傳》「聖王經世之志」及其子胡宏以「康濟時艱」爲己任，那麼，晚明清初自稱「亡國孤臣」、「南嶽遺民」的王夫之則開六經生面集諸家大成，將知行合一的經世致用精神貫徹爲一種生命哲學：「知行相資以爲用。惟其各有致功而亦各有其效，故相資以互用」〔註54〕，「知之盡，則實踐而已。實踐之，乃心所素知，行焉皆順，故樂莫大焉」〔註55〕，王夫之言及的「爲用」、「實踐」正是對經世致用的再三強調。王夫之經世思想澤被湖湘士人，影響深遠，時任兩江總督的曾國藩不僅搜求散落各地的王夫之著

〔註52〕　張正明：《楚史》，中國人民大學出版社，2010 年版，第 269 頁。

〔註53〕　韓少功：《文學的根》，《作家》，1985 年第 6 期。

〔註54〕　《禮記章句》卷三十一，《船山全書》第 4 冊，嶽麓書社，2011 年版，第 1256 頁。

〔註55〕　《張子正蒙注》卷五，《船山全書》第 12 冊，嶽麓書社，2011 年版，第 199 頁。

作，而且親自校閱，並爲《船山遺書》作序〔註56〕；譚嗣同對王夫之學說夜「研究得很深」〔註57〕。「湖湘士風給中國政治、學術思想史留下的最深刻的印象是它的經世致用精神」，近代湘楚文化經世致用精神終成大蠹，一方面固然是對其時盛行的空疏宋學風氣的反撥，但所謂「故知文變染乎世情，興廢繫乎時序」，最重要的還是肇因於民族危機的時代背景。

「以事實程實功，以實功程實事」〔註58〕的湖南邵陽籍儒士魏源，是近代中國「睜眼看世界」的先行者之一，其影響深遠的代表作《海國圖志》，以「爲以夷攻夷而作，爲以夷款夷而作，爲師夷之長技以制夷而作」〔註59〕思想著稱，此正是「師夷之長技以制夷」的由來。從時代背景來看，魏源的經世致用精神正是在大清帝國遭遇外憂內患的執政危機之時得以凸顯。湘楚文化的另一集大成者曾國藩，文治武功並駕齊驅，他以文人治軍且能軍威遠播，某種程度正是端賴於湘楚文化的優勢。而曾之所以能率「湘軍」異軍突起，正是迎合了清廷鎮壓太平天國的危機治理需要——對清政府來說，太平天國起義「是比海外騷擾、五口通商更爲直接嚴峻的生存威脅」〔註60〕。由此，我們不難發現，湘楚文化的經世致用精神，其凸顯的發生機制便是這樣或那樣的「危機」條件：或社會政治危機、或經濟文化危機。

曾國藩本人的治學持家理念主張本身，確實也充滿了濃鬱的事功色彩。清咸同年間，曾國藩在桐城派提出的「義理、考據、辭章」的基礎上，補充上「經濟」一項，從而使「經濟」明確地成爲清廷的一個學術綱領，曾國藩《勸學篇示直隸士子》有云：「爲學之術有四：曰義理，曰考據，曰辭章，曰經濟。義理者，在孔門爲德行之科，今世目爲宋學者也。考據者，在孔門爲文學之科，今世目爲漢學者也。辭章者，在孔門爲言語之科，從古藝文及今世制義詩賦皆是也。經濟者，在孔門爲政事之科，前代典禮、政書，及當世掌故皆是也。」曾國藩事實上是以時新的「經濟」重新闡釋了傳統的孔門之道，從而爲以實用爲目的的「經濟」入學術綱領找到了一個合理的依據。曾國藩認爲，「苟通義理之學，而經濟該乎其中矣。程朱諸子遺書具在，曷嘗捨

〔註56〕蕭萐父，許蘇民：《王夫之評傳》，南京大學出版社，2011年版，第632頁。
〔註57〕梁啓超：《中國近三百年學術史》，嶽麓書社，2010年版，第89頁。
〔註58〕魏源：《海國圖志》，中州古籍出版社，1999年版，第68頁。
〔註59〕魏源：《海國圖志》，中州古籍出版社，1999年版，第67頁。
〔註60〕劉增杰，關愛和主編：《中國近現代文學思潮史》，上海文藝出版社，第105頁。

末而言本、遺新民而專事明德？觀其雅言，推闡反覆而不厭者，大抵不外立志以植基，居敬以養德，窮理以致知，克己以力行，成物以致用，義理與經濟初無兩術之可分，特其施功之序，詳於體而略於用耳。」爾後，由湘省人士譚嗣同等參與的維新變法運動，更是將湖南地域文化精神由地方邊緣推向全國的中心：「湖南的文化中心地位顯然因為維新運動的興起而得到強化，借助近代報刊、學堂、學會等機構的影響，湖湘成為得全國『風氣之先』的省份」。概而言之，於危機中大顯身手、特立獨行的湘楚文化精神，在風雨飄搖的末代王朝得到最大程度的彰顯。

　　清代湖南巡撫陳寶箴曾撰文稱，「自咸豐以來，削平寇亂，名臣儒將，多出於湘。其民氣之勇，士節之盛，實甲於天下」，陳在湘省為官一任，「亂世出英雄」的自豪之情溢於言表。劉少奇也稱「湖南士人最多熱烈性質，喜從事政治活動，富於雄工偉業思想。此蓋受咸同時代之感化者不少」。湖南涌現出一大批聲名顯赫的政治領袖及思想大家，清廷曾國藩、左宗棠、胡林翼，近代譚嗣同、唐才常，無不是在時局艱危之際挺身而出。范仲淹的《岳陽樓記》，堪稱古文經典，其「先天下之憂而憂，後天下之樂而樂」的名句更是天下皆知，影響深遠，作者雖則不是湘省人士，但因了此文此景與湖南有關，《岳陽樓記》莫不以別樣的方式滲透進湖南地域文化的肌理，成為湘楚文化精神的表徵。

　　湘楚文化不是一個封閉自足的體系，而具有包容大度的開放性：經世致用和理想浪漫精神的調和，孕育了一大批得風氣之先的英雄豪傑，集中體現在他們的為人修養和功業操守上。得湘楚文化精神滋養的湖南人，以其名震寰宇的政治事功反哺湘楚文化，於是漸有了更為確切的「湖南精神」形態一說。「湖南精神」從不自覺到自覺，有一個歷史的形成過程。從發生學的角度看，「湖南精神」的勃發，從來都是與「國家民族危機」（政治危機、社會危機、文化危機等）密不可分。楊度的《湖南少年歌》寫到：「中國如今是希臘，湖南當作斯巴達，中國將為德意志，湖南當作普魯士。諸君諸君愼如此，莫言事急空流涕。若道中華國果亡，除是湖南人盡死」。從曾國藩、左宗棠、譚嗣同到蔡鍔、毛澤東、劉少奇等，湖南人敢為人先的擔當精神，並非是一種自詡的口號，而首先是一種敢破敢立的政治實踐。「湖南有湖南人的特性，湖南有湖南人的風俗，湖南有湖南人的感情本能。換言之，湖南地方的人民，實是有一種獨立的『民族性』」，一地或有一地之文化精神並不足以為奇，「湖

南精神」的可貴之處在於，並非是自說自話，而是包含了一段文化認同的歷史傳統。

沈從文曾對湖南精神發表過獨到的見解，「所謂湖南精神若只知『打仗』或『打架』，那未免太小了。我以為真的湖南精神應奠基於做人態度。要緊處是對工作理想在任何情形下都不放鬆，談改造尤其是能用耐心和勇氣去求實現。……這才是我們所需要的『新湖南精神』！這點精神在長沙三次戰役中，新軍人方面已有了充分表現，我們還應當努力表現於其他方面。我相信這是辦得到的！」〔註61〕聞名中外的三次長沙會戰，讓日本人在正面戰場首次遭受重創，他們領略的正是彰顯於國族危機之際的湘楚文化精神。而「對工作理想在任何情形下都不放鬆」指的即是湖南人的那種霸蠻精神。1920 年 1 月 5 日，陳獨秀在題為《歡迎湖南人底精神》的演說詞中講道：

> 「湖南人底精神是什麼？『若道中華國果亡，除非湖南人盡死』……湖南人這種奮鬥精神，卻不是楊度說大話，確實可以拿歷史作證明的。二百幾十年前底王船山先生,是何等艱苦奮鬥的學者！幾十年前底曾國藩、羅澤南等一班人,是何等『紮硬寨』、『打死戰』的書生！黃克強歷盡艱難,帶一旅湖南兵,在漢陽抵擋清軍大隊人馬；蔡松坡帶著病親領子彈不足的兩千雲南兵,和十萬袁軍打死戰；他們是何等堅毅不拔的軍人！……不能說王船山、曾國藩、羅澤南、黃克強、蔡松坡,已經是完全死去的人,因為他們橋的生命都還存在。我們歡迎湖南人底精神,是歡迎他們的奮鬥精神,歡迎他們奮鬥造橋的精神,歡迎他們造的橋比王船山、曾國藩、羅澤南、黃克強、蔡松坡所造的還要雄大精美得多。」〔註62〕

值得注意的,陳獨秀這段慷慨激昂的演說,不僅在於他歸納總結出的以國家為重、深明大義、視死如歸的「湖南人底精神」實質,同時也在於他揭示出「他們橋的生命都還存在」這一精神傳承的一般性。精神的傳承並非是人走茶涼、曲終人散,地域文化精神紐帶的維繫,遵循的是精神的超越性邏輯,而非實證主義的科學思維。馮友蘭先生也曾這樣評價湖南：「在中國近代史上,有三個地方影響力最大。一是廣粵地區,這是中國對外開放的門戶；二

〔註61〕沈從文：《新湖南精神——新廢郵存底廿六》,《沈從文全集》（17 卷）北嶽文藝出版社,2002 年版,第 350 頁。
〔註62〕陳獨秀：《獨秀文存》,安徽人民出版社,1987 年版,第 2 頁。

是長江三角洲，這是中國近代經濟的火車頭；三是湖南，這裡爲中國近現代史輸送了大量經綸治世之才」；錢鍾書先生也給予湖南人相當高的評價：「中國只有三個半人：兩廣算一個人，湖南算一個人，江浙算一個人，山東算半個人」〔註63〕；而蔡元培先生對湖南人的評價似乎更加全面，他說「湖南人性質沉毅，守舊固然守得很凶，趨新也趨得很急」。湖南人鮮明的性格特點，不僅爲國內政壇學界名流所矚目，也引起了國外的高度關注。在發動全面侵華戰爭前，日本曾出版有《湖南省要覽》一書，該著特意總結了湖南人的性格：「自尊心強……富於尙武風氣，信仰釋、道，篤於崇拜祖先，迷信思想深，淡於金錢，反抗心理強，有嫉妒、排擠風氣，多慷慨悲歌之情。」日軍與中國軍隊在正面戰場計有 22 次會戰，其中有 6 場大會戰發生在湖南，日軍在湖南吃盡了苦頭。

20 世紀 80 年代，湘楚文化與湖南精神有了新的時代內涵，其擴散性的影響方式也有所改變。這首先就體現在毛澤東的湖南一師校友李澤厚身上，湖南籍思想家李澤厚通過多年的潛心美學以及對康德哲學的批判性研究，提出了「主體性實踐哲學」、「積澱說」、「情本體」等系統性哲學、美學學說，他以深厚的學養與獨創的理論，成爲一個時代的思想教父，「通過（他的）書籍，他使得一整代中國青年知識分子從共產主義的意識形態之中解放了出來」（余英時語）、「80 年代思想最有高度和深度、最成體系、影響最大的思想家，無疑是李澤厚」〔註64〕（徐友漁語）。1989 年 5 月 15 日，在召開的湖南省七屆人大二次會議上，由湖南省人大代表提出的對「清理整頓公司不力負有領導責任」的副省長楊彙泉罷免案，獲得表決通過。省級人民代表大會通過法定程序罷免副省長，這在中國歷史上還是第一次。湖南人經世致用、敢爲人先的精神再次得以彰顯。

2011 年，湖南官方推出「湖南精神」提煉語徵集活動，2012 年 12 月 11 日，「湖南精神」的官方表述語正式對外發佈。在官方的具體闡釋中，「湖南精神」表述爲「忠誠，擔當，求是，圖強」：忠誠，鑄就湖湘之魂，是「湖南精神」的核心。忠誠代表一種家國情懷，表達了湖南人對國家民族命運的深

〔註63〕轉引自伍豪主編：《可怕的湖南人·前言》，《可怕的湖南人》，中國長安出版社，2011 年版。

〔註64〕《李澤厚與 80 年代中國思想界》：http://www.360doc.com/content/11/1128/10/2886427_168022392.shtml。

切關懷與思考，亦是當代愛國主義精神中最深沉的部分；擔當，彰顯湖南人的責任意識，是「湖南精神」的特質。敢於負責，勇於擔當，是「吃得苦、耐得煩、霸得蠻」辣椒性格的折射；求是，體現湖湘之風，這是「湖南精神」的精髓。「君子道，力行而已」，湖南人自古就有實事求是、經世致用、知行合一的務實傳統和優良學風；圖強，昭示湖湘發展之路，這是湖南精神的目標訴求。敢爲人先、勇於創新、奮發圖強，是當今時代最需要的開拓進取精神。從歷史到當下，由傳統而現代，植根孕育於湘楚文化土壤中的「湖南精神」，有力地確證起湖南地域文化的旗幟標杆。湘楚文化源遠流長，在歷史長河裏，「湖南精神」既是湘楚文化的當代言説，不惟指向現實當下，也蘊含一種遠大的願景抱負。換言之，「湖南精神」既是一種地方精神共同體的建構想像，也是湘楚文化的現實定位與歷史提煉。

第三節　小說湖南與現代傳統

「一個人喜愛一位作家，那他一定也會喜愛這位作家所屬的文化。如果一個人覺得這種文化是無關緊要的或令人討厭的，那他對這位作家的贊美就會冷淡下來。」〔註65〕維特根斯坦的這番話，從一個側面道出了作家與所屬文化的親緣性。一方水土養一方人，地理環境對地域文化的形成固然有其不可忽略的因素，但地理環境對地域文化的影響與其説是決定性的，不如説是生成性的。而反之亦然，水土所養的這一方人，基於地方水土創造出來的文化，反哺於這方水土，且將一方水土運籌光大於天下。

文化精神的主體建構主要有賴於人的主觀能動性和創造性實踐。即以作家爲例，劉勰指出作家「才有庸俊，氣有剛柔，學有深淺，習有雅鄭」，作家自身有不同的經歷素養，稟賦才氣，受湘楚文化的影響必然會體現出不同的樣貌來。從這一意義上説，文學直接以經驗爲軸心的紀實，或脱胎於經驗的想像虛構，不僅是地域文化的現實反映，更孕育著某種超越性的理想訴求。正如錢穆先生指出的那樣，「楚辭以地方性始，而不以地方性終，乃以新的地方風味與地方色彩融入傳統文學之全體而益增其美富……漢人之效爲楚辭，前此地方性之風味，早已融解於共通之文學大流，實不在其能代表地方性，

〔註65〕路德維希‧維特根斯坦：《文化和價值》，黃正東、唐少杰譯，鳳凰出版傳媒集團，譯林出版社，2011 年版，第 120 頁。

而尤在其能代表共通性」〔註66〕。楚辭的地方性與共通性存在一種微妙的辯證關係，也就是說，如果沒有文學共通性即審美普遍性的觀照，狹隘的地方趣味是很難成就楚辭的文學地位的。對小說湖南及其現代傳統來說，地方性與共通性的辯證亦然。

　　在論及中國現代鄉土文學時，魯迅在《中國新文學大系・小說二集序言》中曾提到過一位「湘中的作家」，褒獎其作品「蓬勃著楚人的敏感和熱情」〔註67〕，這位蓬勃著楚人的敏感和熱情的湘中作家，即是自稱「是一個生活與人性的描繪家」的黎錦明，其小說主要有《出閣》、《水莽草》、《復仇》、《馮九先生的穀》、《高霸王》等。魯迅關注的黎錦明後來也引起了沈從文的注意，「新文學運動中小說部門自魯迅先生用鄉村風土爲背景寫成他的《吶喊》、《徬徨》後，當時湖南青年作家作品從之取法，具有一新的風格，得到魯迅稱贊的，爲黎錦明先生作品」〔註68〕。

　　儘管黎錦明的小說創作並不爲後人所矚目，但魯迅從地域文化的角度來考察這位湘中作家，倒是頗能給人啓發。「地域對文學的影響，實際上通過區域文化這個中間環節而起作用」，〔註69〕循地域文化考察現代作家的小說創作，便有了「鄉土小說」這一較爲正式的學理命名。而鄉土小說的命名生成邏輯，也注定了鄉土小說的地域內涵，因此，由地域文化色彩濃厚的湖南所出產的鄉土小說，也必然具有濃鬱的湘楚文化氣息。

　　湖南多崇山峻嶺，更不乏江河湖泊，獨特的鄉土與水土生成性地影響著湖南作家的想像與虛構。湘江激情澎湃，一脈流傳，彭家煌、黎錦明、康濯、柯藍、古華、張揚、唐浩明、聶鑫森、彭見明、韓少功、何立偉、殘雪、閻眞、何頓等均生活在湘江流域，而追溯湘江的人文歷史，從該流域走出的王陽明、曾國藩等，善於思辨，窮於哲理，這一定程度或多或少地影響了上述作家的創作，他們的作品也因此呈現出某種冥想思考、自負不羈的個性。沅水源遠流長，風光旖旎迷人，沈從文、孫健忠、劉艦平、陶少鳴、水運憲、

〔註66〕錢穆：《中國文學論叢》，北京三聯書店，2002年版，第10～11頁。

〔註67〕「湘中的作家」係指湖南湘潭籍作家黎錦明，著有中篇小說《塵影》，魯迅曾作《〈塵影〉題辭》爲序。見魯迅：《〈中國新文學大系〉小說二集・序》，《魯迅全集》第6卷，人民文學出版社，1981年版，第249頁。

〔註68〕沈從文：《湘人對於新文學運動的貢獻》，《沈從文全集》（17卷），北嶽文藝出版社，2002年版，第162～163頁。

〔註69〕嚴家炎：《二十世紀中國文學與區域文化叢書》總序，湖南教育出版社。

蔡測海、向本貴、王躍文等就是從小受沅水的滋養，而長在常德的丁玲，也可算作該區域作家，屈原溯源江帶來的湘楚飄逸之氣，永聚在沅江之上，沅江流域作家崇尚自然，語言清麗流淌。資水水深流急，兩岸竹林浩瀚，茶花潔白，自然風光秀氣，葉紫、蔣牧良、周立波、周健明、莫應豐、譚談、姜貽斌等均生長在資水邊上，他們的作品漫溢著一種淡雅的山茶花氣息。

「無論是沈從文筆下素樸、單純、和諧的神性湘西，還是彭家煌筆下迷信、傾軋，缺少誠與愛的溪鎮，還是黎錦明筆下曉霞山附近充滿神秘復仇意識的板橋驛、郝家寨，葉紫筆下交織著暴虐與優美的洞庭湖畔，蔣牧良筆下充滿虔誠迷信和貪婪詭詐的湘中地區，劉祖春筆下慵懶貧窮的山城，都沐浴著濃鬱的湘楚文化氛圍」〔註70〕，因現實生存條件的大致相近，以及日常生活經驗的趨同，地方作家文學作品中的地理空間，也呈現出某種文化同質性來。

近現代以降，湖南一向是中國新文學重鎮：前有陳天華、譚嗣同革命文人篳路藍縷於先，繼則現代文學大師沈從文及社會主義文學名家周立波後來居上。在《中國新文學大系》（1917～1927）的「史料・索引」中，湘籍作家共有15位，僅次於浙江籍作家的29位，居當時全國的第2位〔註71〕。葉紫、劉夢葦、蔣牧良、彭家煌、朱湘、成仿吾、張天翼、歐陽予倩、丁玲、田漢、周揚等，一批湘籍作家在現代文學的天幕上可謂燦若群星。湖南作家在現代小說、詩歌、戲劇、散文等領域的廣泛涉獵，留下了彪炳史冊的文學業績，而其中又當屬鄉土文學功業最甚。彭家煌的《慫恿》、《活鬼》、《陳四爹的牛》等，是現代文學史上的名篇佳作，茅盾曾這樣評價彭家煌的《慫恿》：彭家煌的獨特的作風在《慫恿》裏就已經很圓熟〔註72〕。事實上，湖南現代鄉土文學的流脈綿延不絕，延續至新時期，也仍是湘省文學實力最強、影響最大的一派：葉蔚林《藍藍的木蘭溪》、《在沒有航標的河流上》、古華的《爬滿青藤的木屋》、《芙蓉鎮》、韓少功的《月蘭》、《西望茅草地》、孫健忠的《甜甜的刺莓》、《水碾》、莫應豐的《駝背的故鄉》、譚談的《山道彎彎》、何立偉《好清好清的木杉河》、蔡測海的《遠方的伐木聲》等，他們的創作無不烙有鮮明

〔註70〕張瑞英：《地域文化與現代鄉土小說生命主題》，中國海洋大學出版社，2008年版，第184頁。

〔註71〕阿英：《中國新文學大系・史料索引》（1917～1927），上海良友圖書印刷公司，1936年。

〔註72〕茅盾：《中國新文學大系》小說一集・導言，良友版，上海文藝出版社，1981年影印。

的湖南鄉土印記，以致湖南本土批評家認為：「湖南作家群基本上是一個鄉土文學的作家群」〔註73〕。

就文學實績而言，湖南現代小說家中，影響大的莫過於沈從文與周立波〔註74〕。而就現代湖南文學與當代湖南小說的承續關係來說，也是這兩位湘籍作家奠定的兩種基調不同的小說傳統，對新時期湖南小說家產生了不可估量的影響。「即以湖南文學綿延未衰的鄉土文化特色為例，30年代的沈從文模式與50年代的周立波模式曾經提供了極富啟示意義的歷史參照。近十年來湖南對於鄉土文化的不同形態的關注與摹寫都是不自覺地對沈、周的師法開始，最終仍在沈、周模式中找到歸宿的」〔註75〕。

而有意思的是，沈從文和周立波的文學創作和文學成就，某種意義上也正好體現了湘楚文化兩大不同的精神面向：前者盡最大可能地與時代熱潮保持距離從而體現出某種浪漫抒情與自由幻想的審美價值取向，後者則最大程度的貼近時代主潮，詮釋了經世致用的工具主義文學價值觀。但不管是堅持唯美的烏托邦理想還是主動迎合政治需求，我們發現，沈從文與周立波兩位文學大家都沒有固守湖南本土，而是青年時期就遠走他鄉，城市間幾經輾轉，全中國多番遊歷——從某種意義上說，正是這種居無定所的顛沛流離，讓他們有了回望故人故土、重新發現家鄉的可能。

詳細說來，沈從文20年代遠離故土負笈北上，身居皇城而自覺地以「鄉下人」自居，沉思生命邊城的偶然無常，勘探人性長河的幽微深淺，不通標點而自成一代文學宗師；周立波懷揣革命理想奔向延安，在紅色聖地傳道授業，爾後隨革命隊伍開赴東北，在白山黑水間歷練沉浮，憑一部《暴風驟雨》斬獲斯大林文學獎，建國後，則以《山鄉巨變》而成為社會主義現實主義農村題材小說的文學典範。

〔註73〕《湖南新時期10年優秀文藝作品選·文藝理論卷》，湖南文藝出版社，1990年版，第288頁。

〔註74〕本文取學界共識的1949年為現、當代文學的時間分界。從兩位作家的生平來看，沈從文與周立波均橫跨現當代文學學科意義的「現當代」。當代以後，沈從文的文學創作（尤指小說創作）基本上已經終結；而周立波30年代就加入「左聯」，以一部《暴風驟雨》成名。雖然建國後，也創作了具有經典意義的農村題材小說《山鄉巨變》，但其文學觀念、文學品味與基本的文學價值觀，事實上在現代（1942年延安文藝座談會之後）已趨於成熟定型，因此本文認定周立波主要也是一位現代作家。

〔註75〕譚桂林：《尋求與創作主體的精神共振》，《芙蓉》，1991年第4期。

　　事實上，對兩位作家上述的審美價值取向區分，僅具有風格類型學的意義，他們的文學創作所呈現的眞實面貌，實際上要比人爲歸類的複雜得多。而新時期湖南小說家對沈、周文學傳統的繼承揚棄也並非是單向度的線性漸進，「如果傳統的方式僅限於追隨前一代，或僅限於盲目地或膽怯地墨守前一代成功的方法，『傳統』自然是不足稱道了」〔註76〕。在艾略特看來，文學或藝術傳統不是想繼承就能繼承得到的，「必須用很大的勞力」。在探究新時期湖南小說家對沈從文、周立波文學資源的努力開掘前，我們不妨先來看沈從文身後的文學傳統。

　　從地域文化的意義上說，成就沈從文的無疑是神奇瑰麗的湘西世界，他「從鳳凰和湘西的高山峻嶺學到了堅硬、肅穆的力量，這就是沉默，沉默是超越一切的一種偉大力量」〔註77〕，當然，如今視之，沈從文也成就了湘西，他筆下的文學湘西，不僅是中國現代文學的重要文學——地理地標，也是爲世界文學所矚目的浪漫飛地——從這一意義上說，沈從文與湘楚文化恰好構成一種互文的同構。

　　眾所周知，以《邊城》、《長河》等聞名的沈從文，其文學理想似乎眞如他自己所說的那樣，「只想造希臘小廟。選山地作基礎，用堅硬的石頭堆砌它。靜止，結實，勻稱，形體雖小而不纖巧，是我理想的建築。這神廟供奉的是人性」〔註78〕，並且是「一種優美，健康，自然而又不悖乎人性的人生形式」〔註79〕。但事實上，這一沖淡恬靜的文學理想，並不意味著沈從文完全沉浸在不食人間煙火的藝術審美世界，而決絕地排斥文學的社會歷史功用，「我們得承認，一個好作品照例會使人覺得在眞美感覺以外，還有一種引人『向善』的力量」，沈從文有其「好作品」的標準，但他所說的「向善」並非狹義的好爲人師的那種教人行善，「我說的向善，這個名詞的意義，不僅僅是屬於社會道德一方面『做好人』爲止。我指的是這個讀者從作品中接觸了另外一種人生，從這種人生景象中有所啓示，對人生或生命能作更深一層的理解」〔註80〕。可

〔註76〕〔英〕托·斯·艾略特：《傳統與個人才能：艾略特文集·論文》，卞之琳，
　　　　　李賦寧等譯，上海譯文出版社，2012年版，第2頁。
〔註77〕李健吾：《咀華集》，人民文學出版社，2011年版，第1頁。
〔註78〕沈從文：《習作選代序》，載《沈從文選集》（第5卷），四川人民出版社，1983
　　　　　年版，第228頁。
〔註79〕沈從文：《邊城·題記》，《沈從文文集》（第6卷），花城出版社，1983年版，
　　　　　第72頁。
〔註80〕凌宇編：《沈從文作品新編》，人民文學出版社，2011年版，第262頁。

以看出，沈從文同樣也有一種文學功用觀，只不過他的文學功用觀是建立在對文學本身的深刻理解基礎上的，而不是那種機械的源自文學外部的強制規定性，「我希望我的工作，在歷史上能負一點兒責任，盡時間來陶冶，給它證明什麼應消滅，什麼宜存在」〔註81〕，無論是「引人『向善』的力量」，還是「歷史上能負一點兒責任」，沈從文從來都是「只求效果，不問名義」〔註82〕。正如蘇雪林所說，沈從文的文學理想其實是「想借文學的力量，把野蠻人的血液注射到老態龍鍾、頹廢腐敗的中華民族身體裏去，使他興奮起來、年輕起來，好在 20 世紀舞臺上與別個民族爭生存的權利」〔註83〕。如果說，沈從文在文學神廟裏供奉的是出世的理想人性，那麼，這位虔誠的朝拜者，其表面看似溫和謙恭的寫作姿態，實則內蘊著一種積極進取的入世精神。

　　新時期湖南作家的文學創作受沈從文的影響，主要表現在兩個方面：一是獨立超脫的文學精神與文學觀念，二是作為小說內容層面的故事題材的傳承沿襲。以小說題材為例，即可看出沈從文對新時期湖南作家的影響非同一般。沈從文的小說《三三》，講述的是一個發生在水碾坊的「草色遙看近卻無」的愛情故事。少女懷春的三三，是楊家碾坊的小女主人，天真無憂地生活在桃花源般的世界中，在這年夏天，城裏來的少爺打破了三三內心的寧靜，而最終又因城裏少爺的病故，讓一段不甚了了的愛情最終不了了之。《三三》的開篇寫道：

> 楊家碾坊在堡子外一里路的山嘴旁。堡子位置在山灣里，溪水沿了山腳流過去，平平的流，到山嘴折灣處忽然轉急，因此很早就有人利用它，在急流處築了一座石頭碾坊，這碾坊，不知什麼時候起，就叫楊家碾坊了。

在其後來的經典名篇《邊城》中，沈從文也為天寶兄弟構設了選擇碾坊還是要渡船的愛情困境。檢閱新時期湖南小說家們的創作，我們發現沈從文《三三》以及《邊城》的碾坊敘事，提供的幾乎可以說是一個母題原型——在新時期以來的湖南小說家中，幾乎人人筆下都有一個「碾坊」的故事，或以碾坊為中心鋪展人情世故，或將一個男女愛情故事圍繞碾坊來次第展開：孫健忠的《水碾》、莫應豐的《在水碾坊舊址》、古華的《蒲葉溪磨坊》、何立偉的《好清好清的杉木河》、《石匠留下的歌》等，從某種意義上說，新時代的後

〔註81〕凌宇編：《沈從文作品新編》，人民文學出版社，2011 年版，第 333 頁。

〔註82〕凌宇編：《沈從文作品新編》，人民文學出版社，2011 年版，第 331 頁。

〔註83〕蘇雪林：《沈從文論》，《文學》第 3 卷第 3 期，1934 年 9 月。

來者正是對沈從文所開創的碾坊故事的再度演繹。

如果說新時期湖南作家對沈從文開創的文學題材的傳承，還是一種不自覺的沿襲，那麼，對沈從文寫作姿態、文學精神以及文學價值觀念的接受，則包含了一種主動的自覺選擇。沈從文向來以「鄉下人」自居，「我實在是個鄉下人。說鄉下人我毫不驕傲，也不自貶，鄉下人照例有根深蒂固永遠是鄉巴佬的性情，愛憎和哀樂自有他獨特的式樣，與城市中人截然不同！」〔註84〕，而作為沈從文老鄉的新時期湖南作家古華、韓少功也偏愛「鄉下人」的身份。在《芙蓉鎮》的後記中，古華說，「我是南方鄉下人」，我「既有鄉下人純樸、勤奮的一面，……也有鄉下人笨拙、遲鈍的一面」〔註85〕，而據古華自己的回憶，讀了古華小說的沈從文，也把與拜訪他的古華的相識當作是「鄉下人的會面」〔註86〕。

在文學精神與文學觀念上，直接師承沈從文的新時期湖南作家則為數甚多。何立偉坦言，「沈從文的《邊城》應當是對我影響最深遠的一本書……直到今天，我對文學的最深的理解，都是來自《邊城》」，這種影響甚至化為了積極的行動實踐，「讀《邊城》時我在一所中學教書，一個月之後，迎來了暑假，我立即邀了兩位朋友去沈從文筆下的邊城，尋找那個渡口，尋找那個白塔，尋找並不存在但又真實逼人的翠翠」〔註87〕。當然，受沈從文影響最明顯的還是反映在何立偉的小說創作中，對比其《好清好清的杉木河》與沈從文的《邊城》，我們可以發現，前者在小說意境與結構佈局上與後者的某種「神似」，有研究者指出，「何立偉在小說創作的主題上也與沈從文呼應，沈從文的終點，正是何立偉的起點。沈從文寫了湘西理想的人性和『好習慣、好風俗』何立偉關心的是單純人性、純樸道德在現代的重建。何立偉小說中的牧歌情調，也有仿傚沈從文湘西小說的痕跡。」〔註88〕

另一位湖南作家蔡測海，曾經請沈從文為他的第一部小說集《今天的太

〔註84〕沈從文：《從文小說習作選·代序》，《沈從文文集》（第11卷），花城出版社，1983年版，第41頁。

〔註85〕古華：《芙蓉鎮·後記》，《芙蓉鎮》，人民文學出版社，1981年版，第234頁。

〔註86〕古華曾多次去沈從文家拜訪，第一次見面是在1981年秋天，古華回憶，「從1981年秋天其，到1986年春天止，我每逢進京，都必定成為他家常客。……沈老則稱我們是『鄉下人的會面』。」，見古華《一代宗師沈從文》，收入《長河不盡流——懷念沈從文先生》。

〔註87〕何立偉：《一本影響我的書》，《當時明月當時人》，地震出版社，2012年版，第306～307頁。

〔註88〕劉洪濤：《湖南鄉土文學與湘楚文化》，湖南教育出版，1997年版，第19頁。

陽》題寫書名，在後來回憶沈從文的文章中，蔡測海不無深情地說，「我先是熱愛他的書，後來熱愛先生的人。我精神上的故鄉是沈先生筆下的湘西。我早期創作的鄉土風情小說《遠方的伐木聲》一類，不能算我的小說創作，只能算作沈從文先生的小說影子」〔註89〕。小說家孫健忠則視沈從文爲高山仰止的文學高峰，「沈從文的一些作品達到了（超越一切的境界）我所追求的也應該四那樣的一種境界。我要用我的全部生命，全部真誠去追求它，我希望能夠達到」〔註90〕。可以看出，其對沈從文的讚譽之情可謂溢於言表。無論是小說譜系上的認祖歸宗，還是人格精神上的頂禮膜拜，新時期湖南作家對沈從文的推崇，無人能超出其右。

比沈從文從事文學創作並沒晚多久的周立波，「在沈從文被打入冷宮之時，周立波傳統維繫了湖南鄉土文學的連續性，功不可沒」〔註91〕。周立波1928年開始發表作品。所不同的是，相比較於沈從文而言，周立波似乎更熱衷於參加文學社團和文學運動，周立波與沈從文走的是幾乎完全不同的一條文學道路。周立波1934年加入「左聯」，並於同年底加入中國共產黨。1939年，周立波到達延安，任「魯藝」編譯處長及文學教員，1942年參加了著名的延安文藝座談會。建國後，與沈從文一直定居北京不同，1955年冬，周立波主動請纓回到了湖南老家，擔任湖南文學界的領導職務。1958年至1966年，周立波連任湖南省文聯主席，併兼任《湖南文學》主編，積極爲湖南青年作家提供創作平臺。如果說，沈從文對新時期湖南作家的影響，更多是一種精神層面的照會，那麼周立波對年輕一代湖南作家的影響，則更多落實在了作家組織培養與寫作實踐的指導上。

1962年，湖南省作家協會爲青年作家和業餘文學愛好者舉辦讀書會，周立波親自披掛上陣，爲他們傳授自己的寫作經驗。周立波「言傳身教，篳路藍縷，像撒進洞庭湖畔、湘江兩岸的種子，直接或間接地影響了一代又一代湖南作家的成長」〔註92〕。作家謝璞後來回憶說，青年作家們聽了周立波的講課以後，都自發地細讀了《山鄉巨變》、《山那面人家》、《禾場上》等作品，一個個都被小說中那濃鬱的鄉土氣息和動人的人物形象所迷住。謝璞坦承，

〔註89〕蔡測海：《太陽底下靜悄悄》，見《長河不盡流——懷念沈從文先生》。
〔註90〕朱衍青：《湘西鄉土的藝術啓示——與〈死街〉、〈猖鬼〉的作者孫健忠的談話》，《芙蓉》，1991年第5期。
〔註91〕劉洪濤：《湖南鄉土文學與湘楚文化》，湖南教育出版，1997年版，第20頁。
〔註92〕胡良桂：《新湖南文學史稿》，湖南人民出版社，2008年版，第33頁。

周立波對他的言傳身教，改變了他的一生，使他能夠在生活的沃土裏紮根，從而獲得充沛的源頭活水〔註 93〕。而另一位湖南作家孫健忠則同時談到了周立波、沈從文對其小說創作的影響：「我從五十年代開始創作，在前輩作家中，我最喜歡周立波、艾蕪、孫犁的作品，稍後又接觸了沈從文的作品，所受影響很大，許多年來，我一直將這幾位前輩作家作為我學習的榜樣」〔註 94〕。而事實也確乎如此，我們看到，孫健忠、謝璞、劉勇的《二月蘭》、《湖邊》、《迎賓曲》、《鴨》等作品，「都有周立波的味道」〔註 95〕。

那麼，「周立波的味道」究竟是怎樣的一種「味道」呢？儘管在寫作姿態上，周立波比沈從文顯得更加功利急切，但事實上，不管是反映土改的《暴風驟雨》也好，或後來以農村合作社為小說題材的《山鄉巨變》也罷，這兩部有著濃鬱「周立波的味道」的小說，並非想當然的是文學圖解政治的粗製濫造。「從《暴風驟雨》到《山鄉巨變》，周立波的創作沿著兩條線交錯發展，一條是民族形式，一條是個人風格；確切地說，他在追求民族形式的時候逐步地建立起他個人的風格」〔註 96〕。茅盾所言可謂切中肯綮，離開「個人風格」，周立波的小說創作便了無特色。1951 年，周立波曾深入北京石景山鋼鐵廠體驗生活，1954 年，他完成了工業建設題材的長篇小說《鐵水奔流》，這是他的第二部小說，但這部小說思想或藝術上都表現平平，反響不大，連他自己都不滿意。究其原因，主要是因為小說題材領域的陌生，而不能有效融進作家的個人風格。而所謂「周立波的味道」或「個人風格」，簡言之，就是在政治話語與政治化了的農村題材規定下，在小說中融進了作家熟稔的民間文化，保留了低層風俗的原生態氣息，創造出洋溢著濃鬱鄉土氣息的紅色經典，並進而影響形成了一個具有文學流派性質的「茶子花派」：「把『茶子花派』置於中國當代文學創作（含新時期文學創作）的藝術格局中，加以鳥瞰式的俯視，便可以清楚地看出，這個文學流派的雛形，初步形成於 50 年代末至 60 年代初，它的旗手作家當是周立波」〔註 97〕。

〔註 93〕 胡光凡：《周立波評傳》，湖南文藝出版社，1986 年版，第 384～385 頁。
〔註 94〕 孫健忠：關於《甜甜的刺莓》，載《我的創作經驗——少數民族作家創作》，青海人民出版社，1982 年版。
〔註 95〕 胡光凡：《周立波評傳》，湖南文藝出版社，1986 年版，第 382 頁。
〔註 96〕 茅盾：《反映社會主義躍進的時代，推動社會主義時代的躍進》，《人民文學》，1960 年第 8 期。
〔註 97〕 艾斐：《「茶子花派」的美學形態與藝術風格——〈中國當代文學流派論〉第二十章》（節選），見蔣靜編著：《茶子花流派與中國文藝》，湖南師範大學出

　　客觀地說，茶子花的淡雅氣息，在《暴風驟雨》中體現得並不明顯，而在作家以自己家鄉爲原型的《山鄉巨變》中，茶子花的清香則清新可聞，周立波「把國家權力意識形態對鄉村民間的改造與民間風情、人情的變化聯繫在一起，較爲眞實地表達了處在自在狀態的農民在外部力量作用下的變化過程和表現形態，優美的自然風光的詩意穿插，增強了鄉村民間的審美意蘊」〔註98〕，周立波的《山鄉巨變》是政治「路線圖」，準確點說，更是一幅清麗的人情「風俗畫」。

　　通過上述對沈從文和周立波兩位湖南前輩作家作及影響的簡要梳理，我們發現一個非常有意思的現象，即沈從文出世的寫作姿態和沖淡唯美的小說文本，實則內蘊著一種積極進取的事功心理；而周立波急切務實的文學觀念，當落實到筆下時，比政治「路線圖」更吸引人的，是那一幅幅趣味橫生的生活人情「風俗畫」。換言之，如果說沈從文是理想浪漫表現於外，經世致用深藏其內，那麼周立波則剛好反了過來，他是經世致用表現於外，理想浪漫深藏其內。經世致用和理想浪漫，在兩位作家那裏互爲表裏，支撐起他們的瑰麗想像與浪漫虛構，也構成小說湖南最爲重要的現代傳統。而主要由沈、周二位奠基的小說湖南的現代傳統，又是深耕於湘楚文化的沃土，經世致用和理想浪漫構成湘楚文化的一體兩面。一方面他們從原始神秘的巫楚民風和生動活潑的人情世態中吸取營養，守護文學的嚴肅性；另一方面，他們又深藏高遠宏大的抱負胸襟，秉持經世致用的文學事功心理。也正是在湘楚文化的前提下，新時期的湖南作家與沈從文、周立波奠基的小說湖南傳統找到了精神上的契合點。無論是讀出沈從文小說背後暗藏的深意，還是細品周立波小說漫溢的民俗趣味，都需要我們放下固有的成見，回到具體現實的文學文本。

　　當然，小說湖南的現代傳統之意義，最主要的，還是如利維斯所言，「傳統所以能有一點眞正的意義，正是就主要的小說家們——那些如我們前面所說那樣意義重大的小說家們——而言的。〔註99〕」對新時期湖南作家而言，無論是沈從文還是周立波，抑或其他前輩作家，他們對小說湖南的現代傳統的繼承，並非一如既往，其間也經歷了一個認同——反思——再認同的辯證

版社，2006 年版。

〔註98〕王光東：《十七年小說中的民間形態及美學意義——以趙樹理、周立波、柳青爲例》，《南方文壇》，2002 年第 1 期。

〔註99〕F・R・利維斯：《偉大的傳統》，袁偉譯，北京三聯書店，200 年版，第 4 頁。

過程。葉蔚林在談到湖南年輕一輩作家模仿沈從文時說道，「我覺得作者似乎在學沈從文（近年來，湖南一些新冒頭的作者學沈從文的頗多），沈從文自然值得學習，不過任何偉大的作家都有他的局限性，……學誰都不該學得一模一樣，否則就沒有了自己，沒有了獨創性」〔註100〕。對於那些一心想繼承沈從文或周立波傳統的新時期湖南作家來說，或如艾略特說的那樣，「必須用很大的勞力」才行。而能否繼承到位並有所創作發揮，則關鍵在於後來者是否有一種艾略特所謂的「歷史的意識」。

艾略特定義的「歷史的意識」，不僅僅是對歷史事實的理解和認識，還包含了一種對當下的領悟：「不但要理解過去的過去性，而且還要理解過去的現存性……這個歷史意識是對永久的意識，也是對於暫時的意識，也是對於永久和暫時結合起來的意識」〔註101〕。在艾略特看來，正是這樣一種「歷史的意識」使一個作家成為傳統性的，同時也是這個意識使其最敏銳地意識到自己在時間中的地位，自己和當代的關係。「即使在當今的電腦時代，地域的臨近性依然是文學家建立親密關係的必要條件」〔註102〕，那麼，「新時期」以來的湖南作家是否具有如艾略特所說的那種「歷史的意識」，是否意識到了自己在時間中的地位的同時，也清楚自己和當代的關係？是否能創造性地繼承小說湖南的傳統並將之發揚光大呢？對這些問題的回答，我們將在下述章節中詳細展開。

〔註100〕葉蔚林：《一株美麗、稚妙的花——淺談〈風吹月季〉》，《芙蓉》，1983 年第 5 期。

〔註101〕〔英〕托·斯·艾略特：《傳統與個人才能：艾略特文集·論文》，卞之琳，李賦寧等譯，上海譯文出版社，2012 年版，第 2～3 頁。

〔註102〕哈羅德·布魯姆：《總序：心靈之城》，第 5 頁。杰西·祖巴：《紐約文學地圖》，薛玉鳳，康天峰譯，上海交通大學出版社，2011 年版。

第一章　當代政治、社會危機中的「小說湖南」——「改革中國」的先聲表達

　　1951 年，因反映社會主義上改題材方面的傑出文學建樹，兩位湖南作家的作品，即丁玲的《太陽照在桑乾河上》與周立波的《暴風驟雨》分獲斯大林文學獎二、三等獎。這兩部出版於 1948 年的小說也因為其「工農兵文藝」的創作過程和處理方式，直接呼應了《講話》精神，「成為把文藝納入國家體制後對作家影響和制約的典型代表」〔註1〕。有意思的是，時隔 30 年，在共和國最具分量的文學獎項上，湖南作家再次雙星並置，莫應豐與古華分別憑《將軍吟》、《芙蓉鎮》獲得首屆茅盾文學獎。

　　《太陽照在桑乾河上》與《暴風驟雨》反映的是「土改」的時代精神，而《將軍吟》、《芙蓉鎮》兩部主要以「文革」為表現對象的長篇小說，表徵的同樣也是作為「改革」的時代精神——只不過是「改革」時代的內容有所變化而已：前者著眼於解放區轟轟烈烈的「土改」，而後者則反映了時人從陳腐的政治意識形態束縛中掙脫出來的迫切要求，撥文化大革命之「亂」而反社會秩序、世道人心之「正」——「文化大革命」是僵化的社會主義體制弊病走向極端的畸形產物，是社會主義體制陷入深重危機的表現。「新時期」開啟的「改革」議程，其實質正是對社會主義體制危機的克服，是社會主義的自我調整與完善。「從地方文學到區域文學的現象性存在，實質上取決於民族

〔註1〕黃曼君、朱壽桐主編：《中國現代文學史》，武漢大學出版社，2012 年版，第648 頁。

國家在特定環境之中文化發展的地方性表述」〔註2〕，從這一意義上說，莫應豐和古華兩位完全屬於 80 年代的作家，在社會主義發展道路遭遇危機的時代背景下，秉承湖南作家一貫的經世致用的湘楚文化精神，「浪漫」地完成了對 80 年代「改革」中國的先聲表達。

第一節　社會主義政治危機的「同聲傳譯」

一、《將軍吟》及莫應豐小說創作簡論

英年早逝的莫應豐，在其短暫而豐沛的創作生涯中，並不是憑藉過人的才氣示人，而是靠辛勤的筆耕不輟成就其應有的文學地位。1982 年，莫應豐的《將軍吟》獲首屆茅盾文學獎，在發表獲獎感言時，莫動情地說，「我願努力，在建設具有中國氣派的新文學大廈上再添一塊磚瓦」。這位出身軍旅文工團員、自稱「從作曲到作文」的小說家果然沒有食言：在獲茅盾文學獎的兩年後，他出版了長篇小說《美神》（1984 年），1987 年又發表長篇小說《桃源夢》。中短篇小說更是接連不斷，《山高林密處》、《半月塘傳奇》、《竹葉子》、《駝背的竹鄉》、《死河的奇跡》、《黑洞》、《重圍》等，一篇比一篇精彩。其實，莫應豐從 1972 年就開始發表小說，陸續出版有長篇小說《小兵闖大山》（1976 年）、《風》（1979 年）；短篇小說集有《迷糊外傳》（1983 年）、《莫應豐中篇小說集》（1983 年）等。此外，還有 1979 年創作出版的兒童文學《走出黑林》。1989 年，莫應豐不幸英年早逝，但生命的終結並不意味著其文學影響也隨之煙消雲散。

在談到自己小說的審美追求時，莫應豐提到屈原的《離騷》影響了他「一生的志趣和道路」，「記得我第一次接觸《離騷》還是不大懂得古文的時候。雖然不能解釋每一個文句，卻受到一種奇異的感染，覺得作者是一個偉丈夫，覺得天地間儘管神秘，仍可任無畏者縱橫馳騁。我迷上文學，乃至走上今天這條路，大概與此不無關係。直到現在，屈原仍是我心目中第一大文豪」〔註3〕。從這個意義上說，湘楚文化對莫應豐的影響，不僅僅止於小說題材和故事構成方面的資源借鑒，更重要的是他對湘楚文化精神潛移默化的創造性發揮。莫應豐的創作始終懷揣一種理想主義的激情，「深受湖湘文化『經世致

〔註2〕 靳明全：《區域文化與文學》，中國社會科學出版社，2003 年版，第 167 頁。
〔註3〕 莫應豐：《文以曲爲貴》，《文藝研究》，1983 年第 1 期。

用』觀念浸染的莫應豐有著濃厚的理想主義情懷，這一點不僅表現在《將軍吟》中，而且也表現在他的其他並不太引人注目的作品之中」〔註4〕。經世致用與理想主義的矛盾調和在莫應豐中短篇小說中的表徵反映，最典型的即是作家擅長借男女愛情設置人生困境，在城鄉對比以及現代與傳統的對照中來呈現特定的時代氛圍。

在《半月塘傳奇》中，家境貧寒的上游哥喜歡上了同村姑娘梨妹，而梨妹對上游哥也是情有獨鍾。但要迎娶心上人，男主人公必須得拿出一筆數目不菲的彩禮來──梨妹家索要彩禮其實同樣也是出於無奈：「我爺嫁女討錢，他下作，他是錢迷鬼，他臉皮厚，是嗎？你看錯人了，你不曉得我們家的困難，我三個哥哥都在打單身⋯⋯」〔註5〕。婚嫁的彩禮陋習，無論在農村還是城市，都是沿襲已久的不成文規矩，時至今日依然盛行。為積攢彩禮錢，上游哥三個月炒菜不放油，連針都不買一根。眼看就可以定親了，不曾想在即將定親的當口，上游哥患病的寡婦娘口吐鮮血，必須送往縣醫院開刀手術，辛苦攢下的彩禮錢只能充作母親的醫藥費。沒了彩禮錢的上游哥，自覺沒了希望，回家後有意迴避梨妹，惹得梨妹傷心落淚：「唉！為什麼要變成一個人哪？還是變回去做蛤蟆不好？它們幾多快活喲！自由戀愛，又不要花錢，不送財禮，不起新屋，只要兩方都願意就可以結婚。做蛤蟆真好。我經常夢見蛤蟆，我和你都變成了蛤蟆。」〔註6〕小說表現轉型期社會男女自由戀愛，遭遇家長干預和社會習見的重重阻礙，但經過一番艱難周折，有情人終成眷屬，小說以大團圓結局告終。短篇小說《竹葉子》則將階級矛盾、社會矛盾經過一番嫁接騰挪轉移，最終反映在了「竹葉子」和「樹皮筒」的夫妻矛盾上，烙有鮮明的時代印記。長篇小說《美神》與《將軍吟》一樣，也是一部文革題材小說，小說講述的是一個在極左政治歷史環境下美好人性何以可能的故事：「美，可以被人們從理念上否定，卻不能從心裏排除。追求美，是人類創造和繁衍的動力。世界所以能不斷發展、前進，難道沒有美的力量作用其間嗎？」〔註7〕。

〔註4〕　唐克龍：《中國現當代文學動物敘事研究》，南開大學出版社，2010年版，第99頁。
〔註5〕　莫應豐：《半月塘傳奇》，《莫應豐中篇小說集》，人民文學出版社，1983年版，第301頁。
〔註6〕　莫應豐：《半月塘傳奇》，《莫應豐中篇小說集》，人民文學出版社，1983年版，第309頁。
〔註7〕　莫應豐：《美神》，上海文藝出版社，1984年版，第155頁。

　　如果說《美神》探討的是「追美」的主題，那麼獲首屆茅盾文學獎獲獎
的《將軍吟》則是一個如何「求眞」的故事。所不同的是，《將軍吟》涉及的
是軍隊高層的權力爭鬥。所謂「槍杆子裏出政權」，因此，「誰指揮槍」從來
都不單是一個軍事問題，而毋寧說是一個十分嚴肅的政治議題。從這一意義
上說，《將軍吟》無疑是對社會主義政治危機的一次小說「傳譯」。而與其他
文革題材小說一個很大的不同在於，《將軍吟》不是「渡盡劫波兄弟在」的成
果，而是「忍看朋輩成新鬼，怒向刀叢覓小詩」的產物：《將軍吟》是莫應豐
「1975 年專業湖南，躲進湖南文家市一間小樓，揮筆揮淚，書寫了一部否定
『文革』的長篇小說」，「書稿完成之時，是 1976 年春天。在清明節的細雨中，
天安門廣場流血了。空氣中不斷有因文字被捕的消息在傳說。作者將書稿秘
密藏匿，以免殺頭之罪」〔註8〕。莫應豐置生死於度外，以長篇小說的形式宣
判「文化大革命」：「我要把人民對『文化大革命』的判詞喊出來。你說喊了
就得死，我說，死也要喊。與其窩窩囊囊地活著，不如大喊一聲，暴烈地死
去。」〔註9〕對於莫應豐表現出的巨大歷史勇氣，作爲朋友兼老鄉的葉蔚林也
對《將軍吟》的寫作表達了敬意，「老莫寫作勇氣可嘉可佩，具有強烈的政治
責任感」〔註10〕。

　　因此，從小說創作以及公開發表的時間上看，《將軍吟》可以說是「新時
期」第一部揭露並否定文革的長篇小說〔註 11〕。也正是從這一意義上，我們
說《將軍吟》不僅是對社會主義政治危機的「傳譯」，而且堪稱地道的「同聲

〔註 8〕 1978 年冬，時任人民文學出版社總編輯的韋君宜去湖南組稿，登門拜訪的莫
　　　　應豐，向韋君宜推薦了自己珍藏的小說書稿。韋君宜將書稿拿回北京的時候，
　　　　「無產階級文化大革命勝利萬歲」的標語當時還遍布京城，兩個「凡是」仍
　　　　在廣爲堅持，政治情勢依然十分嚴峻。後經 5 位編輯傳看，兩次開會研究，
　　　　韋君宜最終拍板決定發表。1979 年，《將軍吟》發表於《當代》的第 3 期，並
　　　　於同年由人民文學出版社出版。值得一提的是，《將軍吟》原來的書名叫《將
　　　　軍夢》，秦兆陽看過之後，覺得基調較爲灰暗，擬改成《沉思》，或《將軍的
　　　　沉思》。第四次文代會期間，韋君宜接到莫應豐來信，莫希望小說發表時能採
　　　　納湖南作家的意見，改爲《將軍吟》，小說最終發表時採納了莫的建議。見《當
　　　　代》記者：《關於〈將軍吟〉》，《當代》，1999 年第 3 期。
〔註 9〕 轉引自薛說：《評長篇小說〈將軍吟〉》，《人民日報》，1980 年 10 月 29 日。
〔註10〕 葉蔚林：《「重振」口號之置疑》，《文學自由談》，2000 年第 2 期。
〔註 11〕 張揚的手抄本小說《第二次握手》成書於文革前的 1963 年，準確來說還未涉
　　　　及到文革歷史，文革發生後小說被禁。有意思的是，出生與河南的張揚，其
　　　　成長生活主要是在湖南，後還擔任過湖南作協副主席。

傳譯」。如上所述，小說「同聲傳譯」的緊要性在於：對作家而言，並非兒戲的小說創作一旦被發現，便極可能有生命危險之虞；對小說結局而言，主人公命運仍存在很大的不確定性。抽離具體的時代語境，我們很難體會莫應豐當年創作《將軍吟》所冒的政治風險，不過時間也已證明，作家的政治膽識與文人氣概最終獲得了社會的承認與歷史青睞。《將軍吟》的「同聲傳譯」既預言了政治運動的最終結局，也在文學接受的層面獲得了官方的權威認可。而莫應豐知其不可而為之的擔當精神，也正是經世致用、理想浪漫的湘楚文化精神在當代政治危機語境中的一種鮮明表徵。

二、「同聲傳譯」的「效果」與「機制」

　　儘管《將軍吟》1982 年獲得了首屆茅盾文學獎，莫應豐也由此名聲大噪，但小說並沒有像其他幾部獲獎作品那樣引起轟動——比如同樣是湖南作家的作品、同樣獲得了首屆茅盾文學獎的古華的《芙蓉鎮》，不僅小說反響熱烈，還被改編搬上了電影銀幕。分析《將軍吟》反響並不熱烈的個中原因，一是小說 48 萬餘字的巨大篇幅，故事容量大，閱讀傳播不像篇幅較短的《芙蓉鎮》那樣容易。況且，從故事內容上說，軍隊高層的變局也不像老百姓喜聞樂見的生活事務那樣來得熟悉親切，因此小說的影響效果大打折扣在所難免；而另一方面，就小說對文革的「揭露性」來看，此前一些中短篇小說憑藉「短平快」的體裁優勢早已佔得先機，奠定了全國性的影響〔註 12〕，這或許也是《將軍吟》獲獎後並不怎麼受關注的客觀原因之一。

　　當然，最主要的原因或許還是小說本身的藝術局限。葉蔚林也坦陳莫應豐的這部獲獎作品在藝術上的「平庸」，「實話實說，莫應豐的《將軍吟》當年獲茅盾獎就有點勉強……讀過《將軍吟》的人，不得不承認畢竟這是一部粗糙之作，人物有概念化傾向，藝術性較差。只因為當時胡喬木讀了，大加讚賞。於是就獲獎了。」〔註 13〕據葉蔚林的回憶，莫應豐曾當面跟他說過：老子運氣好，搭幫胡喬木，得了個茅盾獎。葉蔚林所說的「人物概念化」現

〔註12〕 1979 年，《人民文學》主辦評選首屆全國優秀短篇小說獎（1977～1978），劉心武揭露文革傷痕的《班主任》由此爆得大名，「傷痕」小說也由此命名。而首屆茅盾文學獎則是在比首屆全國優秀短篇小說獎晚了 3 年的 1982 年開評。儘管是長篇小說的首次評獎，但就時效性而言，顯然沒有全國優秀短篇小說獎來得直切。

〔註13〕 葉蔚林：《「重振」口號之置疑》，《文學自由談》，2000 年第 2 期。

象，在《將軍吟》中確實存在，以小說裏的江醉章爲例，對這一主要反面人物形象的塑造，小說基本是靠密集的對話和發表長篇大論支撐起來的，而失於眞實生活細節的呈現。

在後來的理論文章中，莫應豐也坦誠自己此前創作的種種不足：「我自己也不可避免地寫了一些直言的東西。大都是有話在心中積鬱已久，非講不可，來不及考慮更深更遠，一口氣寫出來再說。我有過這種經歷，所以我知道，近幾年文學作品重直言是必然的」〔註14〕，他所說的即是指《將軍吟》的創作。但如果我們就此否定《將軍吟》的價值，無論是對作品還是對作家，都是極不公平的。對我們來說，要對《將軍吟》及其那一特殊歷史時期的小說展開有效討論，首要的並不在於我們理論上有多麼充分的準備，也不在於我們多大程度地堅執所謂的「藝術標準」，而首先應當反思的是我們今天的文學趣味，「許多被當作藝術或文學事實的東西從某種程度上是被建構的，而且它們是通過理解行爲被建構的。」〔註15〕藝術或文學的事實，很大程度上是受藝術／文學趣味的支配，而文學趣味又恰恰跟時代社會關係緊密，「趣味受到時代、文化和社會的制約」〔註16〕，與其說我們貌似是以公平的藝術水準來評判那一時期的文學創作，不如說仍是以社會思潮等外部視角來看待其時的文學。因此，我們必須歷史地考慮到《將軍吟》藝術上的缺陷或作家所謂「直言的東西」，在一定程度上都是被那個時代規定的。具體到莫應豐身上，作爲湖南人的家國意識與責任承擔，使得他迫切地想參與到那一時期的文化反思與文學建構中去：「我在思考一個嚴肅的問題，就是作家的職責到底是什麼。作家對於時代，應該是一面鏡子；作家對於讀者，應該是一個良友；作家對於妖孽，應該是一把尖刀；作家對於明天，應該是一隻雄雞。」〔註17〕「鏡子」、「尖刀」、「良友」、「雄雞」的自我角色定位，某種意義上也勾勒出《將軍吟》「同聲傳譯」社會主義政治危機的文學史形象。

〔註14〕莫應豐：《文以曲爲貴》，《文藝研究》，1983年第1期。

〔註15〕M・H・艾布拉姆斯：《以文行事：艾布拉姆斯選集》，譯林出版社，2010年版，第45頁。

〔註16〕Levin Ludwig Schücking, *Literaturgeschichte und Geschmacksgeschichte. Ein Versuch zu einer neuen Problemstellung*, in: Germanisch-Romanische Monatsschrift, Jg. 5（1913），轉引自方維規：「究竟誰能體現時代」——論許京的文學趣味社會學及其影響，《文藝研究》，2013年第5期。

〔註17〕莫應豐：《關於〈將軍吟〉的創作》，http://www.cctv.com/culture/special/C11494/20031229/100550.shtml。

　　用莫應豐自己的話說，《將軍吟》是一部「具有中國氣派」的小說，這種中國氣派在正反人物設置上表現得尤為明顯。而更不可思議的是，小說的人物安排還嚴格遵循了一種「對稱法則」：彭其、胡連生、陳鏡泉三位老軍人職務各不相同，性格差異明顯，與他們相對應的分別是造反派的江醉章、范子愚、趙大明人等。我們發現甚至連彭其、陳鏡泉的兩個秘書鄭中、徐凱，也是一反一正、一奸一忠。《將軍吟》中的人物大致可分成「槍杆子」和「筆杆子」為代表的正反兩派，而從年齡上看，「筆杆子」的「造反派」和「槍杆子」的「保守派」也正好是青年和老年的兩代人。

　　在空四兵團文革發生之初，從對造反形勢的發展預期上說，以「槍杆子」和「筆杆子」為代表的兩代人都心存一定的幻想：以江醉章為首的陰謀造反派妄圖通過文革造反迅速奪權，徹底掀翻打倒「槍杆子」；而彭其等「槍杆子」們則在造反開始之初，試圖通過言傳身教來感化「筆杆子」們，小說第十四章《老人心》用了整　章的篇幅來寫彭其跟造反派說歷史、道現實，苦口婆心地解釋政治鬥爭的複雜性，試圖讓「筆杆子」們從一時衝動的迷夢中清醒過來。但文革過程的複雜或在於，這兩派或兩代人的幻想到最後都落空了：「筆杆子」造反派的陰謀並沒有順利得逞，而老將軍一廂情願的良苦用心，最終證明也是付之東流。

　　空四兵團的司令員彭其，是小說中文革的直接受害者，也是《將軍吟》的主角，但客觀而言，小說裏對文革感受最全面、心理體驗最複雜的恐怕並非彭其，而當屬陳鏡泉和趙大明這兩個處在矛盾夾縫中的「中間人物」。在他們兩人身上，文革過程與結果的複雜性，均得以最大程度地體現出來。陳鏡泉的行事風格唯唯諾諾，連他自己的女兒都看不起，被她譏稱為「糯米團長」。事實上，身為空四兵團的政委，他是在多重矛盾關係中糾結掙扎，心裏有苦難言。作為造反派的趙大明，其人物性格也是如此，他的處境跟陳鏡泉並無二致：趙大明一方面自信滿滿地參加文工團的造反活動，而在造反過程中，他又不忘時刻反省，內心膠著，充滿了矛盾與困惑。趙大明的糾結不僅僅是源自他既要反首長，同時又想和首長女兒保持戀愛關係，更是源自內心深處的猶疑，即他對造反派所作所為的合法性、合理性始終感到疑慮重重，在他看來，造反似乎始終缺乏一種名正言順的保證。也正是這樣一種矛盾心態，我們才不難理解為什麼每逢彭其遭遇臨危時刻，都是他機智地挺身而出保護彭其，讓他免受皮肉之苦，後來彭其被關進石洞，也是趙大明暗中支持。

　　《將軍吟》的小說題目很容易讓人從「將軍」的視角來進入小說反思文革，而事實上圍繞彭其、陳鏡泉、胡連生三位老軍人受迫害的經歷，也的確構成小說的故事主幹。我們看到，爲全景表現將軍們的苦難遭遇，作家不得不借助全知視角將好幾個軍隊高幹家庭的境遇和盤托出，但這種面面俱到的處理方式，有時似乎又因追求全面而失去了敘事重心。而另一方面，儘管小說本意是爲凸顯特殊歷史時期政治倫理的荒謬，但畢竟莫應豐出身底層行伍，囿於自身經歷的限制，他對軍隊高層的權力運作還是顯得陌生有餘而熟悉不足，這樣以來，小說又不得不將宏大政治鬥爭的表現延伸至日常家庭關係和民間情義的層面。《將軍吟》複雜的藝術構成也即在此，也就是說，小說並沒有簡單地停留在眞相揭露或罪行控訴的層面。小說開篇寫趙大明跟彭湘湘在彭家彈琴唱歌，繼而牽引出趙大明與彭湘湘的感情糾葛，似乎是想以趙大明的視角來托出空四兵團文革的諸種現實，欲以此爲線索來貫穿小說始終。而作家也確實著意去表現趙大明複雜的內心世界——設置安排趙大明父親的趙開發這一角色，也可看出作者的這種用意——綜觀《將軍吟》，我們會發現，整部小說的敘事重心，一開始就顯得有點猶疑不定。換言之，《將軍吟》實際上是具備了複雜立體的結構骨架，但這種複雜性是否體現得足夠藝術，就不太好說了。《將軍吟》在藝術上遭人詬病，其中一個主要原因恐怕也是小說結構的安排問題。

　　小說的開篇很有意思，寫趙大明跟彭湘湘在彭家練習彈琴唱歌。而在一個極左政治的時代環境中，鋼琴、音樂是危險品和違禁物的代名詞，成了一種異端的象徵，追求藝術之美會顯得不合時宜——這其實也暗示了眞和善可能會遭遇摧殘的處境。考慮到家人的安全，彭其命令秘書鄔中（「鄔中」諧音無中生有）砸爛鋼琴，而鄔中居然眞擺出一副架勢，要不折不扣地執行司令的命令，正如早先的評論者所注意到的那樣，「老將軍讓秘書去砸湘湘的鋼琴這個細節是饒有情趣的。這裡既表現了彭其的性格特點，又表現了當時人們共同的心理情緒。」〔註18〕當鄔中拿起鋼錘走向鋼琴時，情急之下，彭湘湘搬出了母親作爲救兵，最後在司令夫人出面干預下，鋼琴才得以安好地保全。彭其命秘書砸鋼琴，雖然有意氣用事的因素，但究其實質，是他已敏感地預見到山雨欲來風滿樓，一場聲勢浩蕩的運動或已經不可避免；彭湘湘據理力

〔註18〕黎之：《致莫應豐同志——談〈將軍吟〉中彭其的形象》，《讀書》，1982 年第
　　　　2 期。

爭卻又勢單力薄，不得不求助於母親；趙大明儘管心有所向，但畢竟人微言輕，顯得左右爲難；秘書鄔中儘管瞭解彭其的脾氣，知道司令說的是一時氣話，但他實際上是不想摻合彭家的家事，所以才選擇執行命令，而在許淑儀的干預下，他又做出讓步，其見風使陀的爲人本質一覽無餘。如果聯繫小說後來的進展，那麼這場發生在彭家的矛盾衝突，不僅反映出小說人物性格心理，某種意義上可以說是此後更大動亂的一次預演，預示了小說的最終結局。

三、「同聲傳譯」的語義「複雜性」

莫應豐自稱《將軍吟》的創作動機，是「是想說幾句眞話。我把能夠說眞話、敢於說眞話當成人生的一大樂趣」〔註19〕，「說眞話」說到底是一種主觀目標預設；另一方面，他又說，「我從 1972 年開始，就對親身經歷過的那場運動從正面、反面和側面進行回憶與思考，也從正面、反面和側面重新認識記憶中的種種人物。橫觀全國的大局，縱觀歷史的由來和趨向，謹愼地尋找我所要寫的主題，堅定寫作的信心……所有這些努力，都是爲了達到眞實。」〔註 20〕莫應豐這裡所說的「眞實」是一種客觀的歷史眞實，而事實上，他並未意識到的矛盾衝突在於，「講眞話」與「寫眞實」其實內在的存在著一種牴牾，亦即一個歷史親歷者或受害者，在表現某種歷史眞實的時候，不可能做到不偏不倚。質言之，要將「講眞話」的主觀性與「寫眞實」的客觀性同時落實到具體的創作實踐中，勢必會產生某種難以彌合的裂隙。而這也是莫應豐作爲一名文革親歷者與一位作家這兩種身份存在的矛盾緊張，但也恰恰是這種內在的牴牾，構成了小說藝術上的張力，使小說成爲一個具有動盪並且包含著某種生產性的文本裝置。

儘管《將軍吟》對文革的反思有一個大體的否定指向，但實際上，在文革過程中，立場不同的人，自然有著不同的觀察視角，而不同的視角自然會呈現出不同的態度差異——也正是在這裡，作爲「新時期」第一部揭露文革的長篇小說的文學史價值才得以顯現——就是說，正是因爲長篇小說的巨大篇幅容量，對文革持不同態度的差異才盡可能得以完整呈現。由此，一個多元複調的立體小說結構也才成爲可能。眞正能將《將軍吟》與同類題材小說

〔註19〕莫應豐：《談彭其形象的塑造——給黎之同志的覆信》，《讀書》，1982 年第 5 期。

〔註 20〕莫應豐：《關於〈將軍吟〉的創作》，http://www.cctv.com/culture/special/C11494/20031229/100550.shtml

區別開來的，也正是這種不同視角所呈現出的微妙而豐富的差異。

在臨近小說的結尾，趙大明準備復員去六七六廠工作，報到前，趙大明去跟彭湘湘告別，他留有這樣一段告白：

「文化大革命剛開始的幾個月裏，我感到很新奇，亙古未見的事在我們的國家發生了，中國的青年、少年真幸福；至於所有的批判鬥爭因為不涉及我，也就不知道痛苦的滋味，我嘗到的只是滿足好奇心的甜蜜。當時我惟一不習慣的是沒有書看了，沒有歌唱了，電影院關門了，像《阿詩瑪》那樣的電影我很喜歡看而不能看了。但我也不著急，因為深信『先破後立』的真理，更繁榮的文化建設高潮會在明年或後年到來，我的歌喉有用處，準備在新的時代大顯身手。開始造反時，情況突變，我好像從水裏跳進火裏，每一根神經都緊張起來。但是不很明白，不知道起因是什麼，過程是什麼，結局又將是什麼。大家都在火叢中手舞足蹈，我也必須跟著手舞足蹈，想不動彈就要立刻被燙傷……舞蹈正跳得起勁的時候，忽然有根棒子橫掃過來，這就是『二月逆流』，我被關起來了，關起來不能繼續手舞足蹈了，才得到空閒看看前後，想想問題。可惜那關的時間太短，還沒有來得及想清楚就解放了。有些人一旦獲得自由，覺得前一段的舞蹈還沒有盡興，踏著原來的節奏在火圈裏跳得更猛了，果然博得了喝彩……。而這時，已有很多人精疲力竭；部分為深入者趁機跳出火圈；部分人邊跳邊看邊想，創造了自己的獨特風格。在這段時間裏，發生了最殘酷的虐殺，最卑鄙的陰謀，最無恥的勾結。我身臨其境，親見其人，驚駭地張口結舌，這才掃除了幻想，一下子結束了天真浪漫的兒童時代。但我還不能算是清醒的，經驗還太少，眼光還太窄，在嘈雜的舞樂聲中，心慌意亂，欲罷不能……火圈裏血水橫流，屍臭彌漫，英雄固然有倒下去的，而更多的死難者是芸芸眾生……」〔註21〕

在上述這番陳述式的告白中，文革曲折多變、矛盾糾纏的漸進過程，大致清晰地呈現了出來，趙大明既有痛徹悔恨，也有困惑迷茫。在他眼裏，文革不再是作為一種政治運動的結果出現，也不再是一種非黑即白的立場表態。事實上，唯有將文革發展過程的全部複雜性充分揭示出來，文革本身的複雜性

〔註21〕莫應豐：《將軍吟》，人民文學出版社，2005年版，第615～616頁。

才可能得以眞實體現。趙大明陳述式的告白表明，參與造反的人，最初確實
是寄予了某種美好的理想期待，他們的出發點或許並不是爲打到誰，迫害誰
（至少不全都是），而是「因爲深信『先破後立』的眞理，更繁榮的文化建設
高潮會在明年或後年到來」。隨著別有用心的人的加入，局勢才流於失控，文
革的猙獰面目也才一步步顯露出來。正如楊小凱所指出的那樣，文革並不是
前後一致的「十年浩劫」，而大致可分爲至少三個階段：第一階段是中共通
過共產黨組織整肅政治的階段，這大致是從「五一六」通知到 1966 年八月，
這一階段中，非官方的群眾結社都是非法或反革命，所有的批判運動都處在
共產黨的嚴密控制之下；第二階段大約在 1966 年八月到 1968 年二月之間，
這一階段文革的特點是，原有的社會秩序完全崩潰，原有的政府和共產黨癱
瘓，社會處於半無政府狀態；1968 年二月到 1976 年，是文革的第三個階段，
軍隊用武力成功鎮壓造反派，取締所有自由結社，然後通過「一打三反」，「清
查五・一六」等一系列軍隊和保守派聯手發動的運動，用殘酷的屠殺結束了
革命和無政府狀態，重建了共產黨的秩序，人們今天所說的十年文革浩劫中
的大多數悲慘故事，就是發生在保守派和軍隊當權派的這第三階段〔註 22〕。
據此看來，《將軍吟》的故事主要也是發生在文革的第三階段。

　　趙大明將文革比喻成一場狂熱的「火舞」，一開始自己是躍躍欲試，進而
欲罷不能，在目睹各種慘劇之後，才幡然醒悟。問題的尖銳性即在於，在這
場黑白顛倒、是非不分的運動中，不管你願意還是不願意，誰都不能置身事
外的獨善其身，都不得不站隊表態。對趙大明來說，殘酷的階級鬥爭不僅事
關個人前途發展命運，更面臨親情、愛情的考驗糾葛。小說寫趙大明中途的
那次回家，趙父巧遇並救下了倒在風雪中的彭其，在如何處理彭其去留的問
題上，父子二人發生了激烈的衝突。最終在慈祥的父親面前，在親情力量的
感召下，趙大明保持了清醒頭腦。我們看到，正是這多重維度的展開，文革
的複雜性才在趙大明這裡體現得特別眞實。而對作家來說，隨著故事的進展，
出於表現主要人物的需要，趙大明的角色位置又不得不漸漸隱退，因此，如
何在小說中平衡處理主次要人物的關係，就成了一個棘手的技術性難題。

　　當然，文化大革命，不管是哪一個階段，從其現實與歷史的後果來看，
都是一場慘烈的人類浩劫，多少無辜的生命在這場浩劫中灰飛煙滅，多少無

〔註 22〕楊小凱：《文革不是前後一致的「十年浩劫」》，參見 http://www.21ccom.net/
　　　　articles/sxwh/shsc/article_2013080989474.html。

價的古蹟文物在動亂中化爲灰燼，這些無疑都值得後人深思反省。但另一方面，從文革本身的歷史複雜性來看，從文革最初構造社會平等神話的動機來看，文革似乎蘊含著某種合理因子，在小說中，莫應豐也沒有迴避這點。在《將軍吟》中，我們看到，莫應豐並沒有對文化大革命做一味批判的簡化處理，而是盡力來呈現「革命」的種種多樣性和複雜性。比較小說中不同人對文革所持立場和看法的異同，我們發現其中反思差異最與眾不同、也最讓人意外的，當屬小說主角彭其——也恰恰是從這一角度說，小說才匹配上了「將軍」吟的高度。那麼，小說中彭其的文革反思，究竟呈現出了怎樣的另類視野來呢？他的這種反思又能說明什麼問題？彭其從北京回來見到妻子女兒，一家人時隔半年多再次團聚，感觸頗多，作爲一家之主，他跟妻女如是說道：

> 「要把這看成好事，我們又多年不跟普通老百姓接觸了，有了官氣、驕氣，還有那個嬌嫩的嬌氣，不光是我，也有你們。我現在體會到文化大革命的好處了，要不是這個革命，我不會認識趙開發，你們也不會跟朱師傅成鄰居。他們身上有值得學的，跟他們在一起會改變我們自己的喜怒哀樂。我們想不通的，他們覺得好笑；我們講不清的道理，他們隨便一句老實話，你就明白了」〔註23〕。

我們看到，作爲小說中文革的直接受害者，彭其的這一番眞誠反思確實不同一般常規，更是與一般受迫害的知識分子一味對文革的血淚控訴截然有別。作爲一名軍人、一位統率一方的高級將領，彭其首先承認了長久以來位居高位養成的種種陋習，清醒地意識到了「我們」與「他們」之間的階級隔閡，此等胸襟確非常人所能比擬。從另外一方面看，這不僅從小說藝術的角度顯示了政治倫理對民間倫理的服膺，也暗示了文革歷史後果的另一重面向，即對文革有限度的理解，而這一重面向在同時期所有揭露文革的「傷痕」或「反思」小說中幾乎是缺席的。當然，彭其基於文革批判的有限度的理解認可，在小說中並沒有喧賓奪主地無限誇大，對文革的反省始終是居於第一位的。從對文革動機、過程、結果的複雜性角度說，《將軍吟》中的將軍所「吟」，並非僅僅是對其自身遭遇的非人經歷的沉吟玩味，或對國家發展道路和民族未來命運的深層關切，同樣也包含有對文革批判的某種有限度的理解認可。

　　表面看，老將軍彭其對文革有限度的理解認可，是建立在某種意想不到的「好處」之上的，其實不然。究其實質，是他作爲一位軍人對國家、對民

〔註23〕莫應豐：《將軍吟》，人民文學出版社，2005年版，第545頁。

族以及對黨的絕對忠誠的反映表現。在這位當年的「瀏陽共產」身上，湖南人那種濃重的家國意識和民族情懷表露得淋漓盡致。所謂愛國，在和平時期或許可以是一句無需任何成本的空頭口號，但在戰爭或動亂的特殊歷史時期，愛國則往往意味著對國家利益無條件的肯定與認同，這種肯定與認同有時甚至是以犧牲個人利益乃至個人生命為代價的。如果說彭其身上那種深沉的家國意識與民族情懷，還表現得有點間接委婉的話，那麼在小說另一位性格鮮明的人物胡連生那裏，家國意識與民族情懷便展現得更加直接，也更加淋漓盡致。耿直的胡連生對空四兵團不務正業、荒廢訓練而大搞特搞「紅海洋活動」極其不滿，有一次恰好碰見了江醉章和范子愚兩個主事者，胡連生氣不打一出來，指著江醉章的鼻子一頓臭罵：

> 「娘賣X的！江醉章你這個畜生！你當了幾年兵？老子在瀏陽搞共產的時候，你還在夾屎片！你娘賣X的不曉得天高地厚，讀了幾句臭書來管教我，你曉得什麼叫革命？天下是怎麼來的？你當了幾年文化教員就教出一個天下來了？我不怕你，你把大帽子扣到我頭上來，以為我是你的部下？你還差一截。口口聲聲拿毛主席來嚇我，你看見過毛主席沒有？老子在瀏陽搞共產就跟毛主席在一起。毛主席也是一個人，不是個菩薩，你們如今把他當成菩薩來敬，早請示，晚彙報，像念經一樣，這哪裏是共產黨！好好的一個黨，好好的一支軍隊，都是被你這一號的臭筆杆子搞壞了。一天吃飽了不做點好事，專門搞鬼，專門害人！江醉章，你莫得意，總有一天你娘賣×的會過不得關的。這些壞事都是你們搞出來的，你專門拿你那點文章到北京去騙人！混得過今天混不過明天，紅軍還沒有死絕，總有一天會要對你們這些傢夥再來一次瀏陽共產的。老子到八十歲還要當兵，如今沒有土豪打了，就打你們這些傢夥。」〔註24〕

胡連生的這頓痛罵，既罵得有聲有色，也罵得有理有據，把江醉章罵得狼狽不堪、落荒而逃。同時，作者不避髒字俗語的描寫，也把一位老軍人的正直剛烈表現得栩栩如生。在小說中，胡的風風火火、不管不顧固然有性格使然的因素，但性格因素並不能完全解釋胡連生的所作所為，尤其不能解釋在山雨欲來風滿樓的關口，胡連生會對江醉章這個他明知其將來會得勢的人破口大罵──對於兵團發生的種種變化，胡從來都是心知肚明，比如，江醉章專

〔註24〕莫應豐：《將軍吟》，人民文學出版社，2005年版，第103～104頁。

門靠拿文章到北京騙人從而得勢，他都一一看在眼裏。那麼，究竟怎樣來解釋像江醉章所說的胡連生的「囂張」呢？事實上，胡連生的「囂張」暗含了一個前提條件，即他對國家和人民軍隊的無比忠誠，對民族未來充滿信心。也就是說，儘管胡連生深知自己頂撞江醉章會有損他的個人利益，但卻完全符合國家和軍隊利益。所謂大義凜然，胡連生正是把國家放在了首位，完全把個人利益置之度外，才敢對當紅人物江醉章發脾氣。正如胡連生在痛罵中一再強調「天下」那樣：「天下是怎麼來的？你當了幾年文化教員就教出一個天下來了？」他把天下跟國家等同，而同時又以為國家流血流汗的經歷來暗示其當下言行的正當性，從這一意義上說，耿直勇武的胡連生或許也印證了那句話，「到底不識字的人靠得住」（袁世凱語）。胡連生一再說「總有一天」，也反映出他對國家未來的信心滿滿。「吾湘變，則中國變；吾湘存，則中國存」〔註25〕，在胡連生這位老「瀏陽共產」身上，湖南人的愛國血性坦露無疑。

《將軍吟》對彭其、胡連生等老「瀏陽共產」的拳拳愛國心的展示，顯然與一般文革題材小說那種知識分子對文革的一味控訴有很大不同。這種不同不是作家刻意區別於同類文革題材小說的選擇需要（當時也不存在這樣一個比較參照），也不僅是出於塑造軍人人物形象的考慮，重要的是，作家站在國家民族的高度來審視考察文革，而這樣一種超越行為事件本身的運思，不但使小說在文學層面獲得自足自洽的可能，也在社會反思的意義上開啟了一種新的洞察。也正是從這一意義上說，《將軍吟》對文革複雜性的呈現與處理，以及小說人物對文革複雜性的認識與理解，構成了小說真正的藝術價值：即以藝術的方式來征兆還原一種盡可能的歷史真實。換言之，《將軍吟》以軍隊造反奪權故事完成的社會主義政治危機的「同聲傳譯」，不僅取得了危機反映的時間同步性，而且也契合了危機過程的複雜性。

第二節　社會主義社會危機的風俗演繹

一、《芙蓉鎮》及古華小說創作簡論

「新時期」的當代中國文壇，以「南方鄉下人」〔註26〕自居的古華，與

〔註25〕《湖南時務學堂緣起》，《知新報》，1897 年 9 月 26 日。
〔註26〕古華：《芙蓉鎮·後記》，人民文學出版社，1981 年版，第 198 頁。

莫應豐、葉蔚林並稱湖南的「三劍客」〔註 27〕。古華，原名羅鴻玉，出生在五嶺山脈北麓的一座小山村，「從學打草鞋賣，到砍竹子賣，挑煤炭賣，還替人家放過牛……種過蔬菜、管過果園和苗圃、種過水稻、修過農具、管過種子倉庫等等。基本上學會了南方農村的全套農活」〔註 28〕，後來還當過小學民辦教師。1962 年 11 月，20 歲的古華即在《湖南文學》上發表了他的文學處女作《杏妹》，此後便一發不可收拾。古華一共發表出版有 12 部長篇、中篇小說，短篇小說及散文百餘篇，小說集 7 本，散文集 1 本，文論集 1 本。《芙蓉鎮》、《浮屠嶺》、《相思女子客家》等分別被改編成歌劇、話劇、越劇、黃梅戲、花鼓戲、花燈戲等劇種上演。此外，還有 7 部小說被改編成電影、電視上映，主要著作被譯成了英、法、俄、意、德等文出版。其中，中篇小說《金葉木蓮》獲《芙蓉》文學獎；短篇小說《爬滿青藤的木屋》獲《十月》文學獎、1981 年全國優秀短篇小說獎。

　　古華的小說創作緊跟「改革中國」的時代步代。《爬滿青藤的木屋》以大時代背景下的家庭夫妻矛盾為著眼點，探討現代與傳統的對峙衝突。《浮屠嶺》採用倒敘的方式，講述敢作敢為的村長田發青帶領眾鄉親走發家致富的新路，但終因違背上層路線而鋃鐺入獄。《「九十九堆」禮俗》的主角是一位當地人稱楊梅嫂的年輕寡婦，既溫柔多情，又忠貞剛烈。小說圍繞楊梅嫂在幾個追求者之間選擇一個作為意中人來舒展故事的經絡，其實質是以一個女人的戀愛選擇來反映當時的社會風氣。

　　《芙蓉鎮》是古華的代表作，獲得首屆茅盾文學獎，最初發表於 1981 年第 1 期的《當代》。小說原名為《遙遠的山鎮》，後被古華改為《芙蓉姐》，在《當代》發表時，主編秦兆陽最終定名為《芙蓉鎮》。在首屆茅盾文學獎的 6 部獲獎作品中，《芙蓉鎮》的篇幅堪稱最短，但又可以說是影響最大〔註 29〕——這

〔註 27〕譚士珍：《湖南文壇「三劍客」》，http://mt.rednet.cn/Articles/08/12/26/939693.
　　　　HTM。
〔註 28〕古華：《冷水泡茶慢慢濃——自序》，《古華中短篇小說集》，湖南人民出版社，
　　　　1982 年版，第 6 頁。
〔註 29〕據《芙蓉鎮》當時的責任編輯劉煒撰文回憶，《芙蓉鎮》在《當代》發表後，
　　　　立即受到讀者的廣泛好評，數月內收到 300 多封來信；也得到文藝界友人的
　　　　支持：新華社、《光明日報》、《中國青年報》、《當代》、《文匯報》、《作品與爭
　　　　鳴》、《湖南日報》等報刊發表了有關消息、專訪、評論。許多單位讀者爭相
　　　　傳閱，《當代》第 1 期很快就脫銷了。一些前輩老作家如沈從文、沙汀，讀後
　　　　大加贊揚，說了許多鼓勵的話。（載《新文學史料》劉煒：《名作誕生記：〈將

其中固然有小說被改編成電影搬上熒幕的放大因素，但最重要的還在於小說本身的題材內容和藝術成就——改編成電影本身即已說明問題。今日重讀《芙蓉鎮》，若仍糾纏於人物形象的眞實性或政治正確與否，實無多大意義。更何況作者早在小說出版之初就已明瞭：簡單地給人物分類，是左的思潮在文藝領域派生出來的一種形而上學觀點，是人物形象概念化、雷同化、公式化的一個重要原因，在某種程度上對社會主義文學創作的繁榮起著阻礙作用〔註30〕。而觀念化的先入爲主，稱小說「揭露」或「反映」了特殊歷史年代的社會生活，也頂多不過是重複性地回應既有的結論而已。

其實，人物形象也好，社會現實也罷，都是小說文本化的「效果」，是經由小說藝術中介而來的「產物」。因此，探究人物形象或小說反映的社會現實，首先要問的應是，小說是如何編織成一個有效自足的文本。細察《芙蓉鎮》的文本風格，既有傳統說書人說書的痕跡，而同時在現代小說的敘述框架中，又不難發現民間故事的影子，換言之，小說是將演義、敘述、故事熔於一爐，用作家自己的話，《芙蓉鎮》用的是一種「不中不西、不土不洋」〔註31〕的寫法。對我們來說，問題恰在於，小說是如何在不同文體風格間來回切換且又始終保持著藝術效果的統一？或者說，作家是通過怎樣的中介載體來有效縫合「不中不西、不土不洋」文本樣式間的裂隙的？

二、知識分子的民歌修辭術

無論是作家自稱的小說「寓政治風雲於風俗民情圖畫，借人物命運演鄉鎮生活變遷」〔註32〕，還是評論者所說《芙蓉鎮》是「一卷當代農村的社會風俗畫」〔註33〕，「風俗」的確是我們進入《芙蓉鎮》最顯豁的一個切口。綜觀芙蓉鎮地方風俗的呈現，最有特色的風俗莫過於「喜歌堂」這一婚嫁習俗——從這一點上說，《芙蓉鎮》體現出了濃鬱的湘楚文化地域性特徵來。但又非常令人不解的是，恰恰就是這眾所周「指」的「風俗」事實，作家與評論

軍吟〉、〈芙蓉鎮〉》。國內曾出版有《〈芙蓉鎮〉評論集》，據文貴良《流變與堅挺——〈芙蓉鎮〉研究現象及其反思》一文的統計，80年代，從全國的權威刊物《文學評論》到地方師專的學報，都有《芙蓉鎮》的研究文章；《芙蓉鎮》1982年就被翻譯爲英文，引起了海外學者的關注。

〔註30〕古華：《話說芙蓉鎮》，《芙蓉鎮》，人民文學出版社，2005年版，第207頁。
〔註31〕古華：《話說芙蓉鎮》，《芙蓉鎮》，人民文學出版社，2005年版，第204頁。
〔註32〕古華：《芙蓉鎮·後記》，《芙蓉鎮》，人民文學出版社，2005年版，第198頁。
〔註33〕雷達：《一卷當代農村的社會風俗畫》，《當代》，1981年第2期。

界均是存而不論、語焉不詳。後來的一些研究，雖則也觸及到了小說風俗的主題，但也僅僅是將其作爲一種靜態的、具裝飾性的地方民俗景觀來看待，視其爲外在於小說構成的附屬物。

　　本文將嘗試一種新的思路，即深入到風俗本身的質料層與結構層中，考察當地風俗是怎樣與政治運動同等匹配地構成一種緊張的競爭關係，而不同社會主體圍繞特殊風俗的態度旨趣、演繹闡釋又是怎樣支配著人的心理活動與行爲實踐——最終，所有這一切是如何轉化爲一種藝術效能，有效參與小說構成的。本文試圖闡明，《芙蓉鎮》中以「喜歌堂」爲代表的民間風俗，不僅僅是一種民間文化的「地方性知識」的展覽，而是有機地參與到了小說人物心理、情節推動、結構生成中去，從而構成小說一個根本性的節點。《芙蓉鎮》最有特色的風俗當屬「喜歌堂」。關於芙蓉鎮的這一特色婚嫁風俗，小說的描述較爲詳細：

　　　　原來芙蓉鎮一帶山區，解放前婦女們中盛行一種風俗歌舞——「喜歌堂」。不論貧富，凡是黃花閨女出嫁的前夕，村鎮上的姐妹、姑嫂們，必來陪伴這女子坐歌堂，輪番歌舞，唱上兩天三晚。歌詞內容十分豐富，有《辭姐歌》、《拜嫂歌》、《勸娘歌》、《罵媒歌》、《怨郎歌》、《轎夫歌》等等百十首。既有新娘子對女兒生活的留連依戀，也有對新婚生活的疑懼、嚮往，還有對封建禮教、包辦婚姻的控訴〔註34〕。

　　古華不僅概述了「喜歌堂」這一地方婚嫁風俗的大致由來，還對「喜歌堂」從形式到內容做了一個較爲詳盡的介紹。湘南一帶「喜歌堂」的風俗，最早興起於何時，恐怕很難考證，但解放後仍盛行一時。直到文革開始，這一風俗遭遇毀滅性打擊，加之後來市場經濟的興起，農村生活面貌發生了很大的變化，新的婚慶方式開始引入（錄音機、VCD、電影等）「喜歌堂」的風俗才漸趨消亡。

　　回到小說，我們便會發現，「喜歌堂」的婚嫁風俗之於小說，不僅是裝飾性的「地方性知識」，而恰恰是一種結構性的節點：儘管古華的構想是選取四個年代（一九六三年、一九六四年、一九六九年、一九七九年）爲故事時間著眼點，但若沒有一九五六年的故事前景，很難想像秦書田這一人物以及其他重要情節如何自然呈現？細讀文本，我們很容易發現，《芙蓉鎮》不僅每一

〔註34〕古華：《芙蓉鎮》，人民文學出版社，2005年版，第29頁。

章都有「喜歌堂」的唱段描寫，而且有好幾節的標題就是直接化用自「喜歌堂」的唱詞。也正是因爲「喜歌堂」的「風俗」性介入，僅十五萬餘字的小說，所講述的故事時間跨度竟有 23 年之長。質言之，若無「喜歌堂」，小說很難成立。而古華高明的地方即在於，對於故事前景的引入，作家是通過一種補敘的方式來回憶完成的，這種處理可謂相當巧妙。

但頗耐人尋味的是，小說中「喜歌堂」每次的登場，從始至終都是跟知識分子秦書田形影相隨。也就是說，本該是由芙蓉鎮當地百姓來表演展現的這一風俗（準確地說是當地的女人），在小說中則是「錯位地」由知識分子來承擔完成的。關於「喜歌堂」的婚嫁風俗，最初古華只是在秦書田這個人物出場的時候稍帶介紹了一筆，一九五七年他因利用民歌反黨，被劃成右派回鄉生成。在題爲「『精神會餐』和『喜歌堂』」的第一章第五節，「喜歌堂」正式登場亮相，這一節裏，「精神會餐」和「喜歌堂」的「和」的邏輯關聯在於：胡玉音、黎桂桂夫婦特有的「精神會餐」，讓胡玉音將自己的不孕不育跟招親儀式上不祥的「喜歌堂」牽扯到了一起。換言之，在胡玉音看來，招親儀式上的「喜歌堂」不僅讓秦書田丟掉了正式工作，還給她和黎桂桂帶來了不育不孕的「災難性後果」。這就使得小說中的「喜歌堂」風俗，一開始就帶有某種「原罪」性質。

那麼，不禁要問的是，在胡玉音的招親儀式上，秦書田組織大家辦的「喜歌堂」究竟唱了些什麼？我們不妨來看看小說中首次獨立成段出現的「喜歌堂」：

> 青布羅裙紅布頭，我娘養女斛豬頭。
>
> 豬頭來到娘丟女，花轎來到女優愁。
>
> 石頭打散同林鳥，強人扭斷連環扣，
>
> 爺娘拆散好姻緣，郎心掛在妹心頭……
>
> 團團圓圓唱個歌，唱個姐妹分離歌。
>
> 今日唱歌相送姐，明日唱歌無人和；
>
> 今日唱歌排排坐，明日歌堂空落落；
>
> 嫁出去的女，潑出去的水喲，
>
> 妹子命比紙還薄……〔註35〕

〔註35〕古華：《芙蓉鎮》，人民文學出版社，2005 年版，第 30 頁。

我們看到，跟所有地方民歌慣用的表現手法差不多，「喜歌堂」基本上是七個
字一句，好用比興手法。但令人不解的是，在明知是一個喜慶祥和的招親儀
式上，秦書田為什麼要組織大家唱一齣「妹子命比紙還薄」的「喜歌堂」呢？
即他為什麼偏要「把原來『喜歌』中明快詼諧的部分去掉」？從而「使得整
個歌舞現場表演會，都籠罩著一種悲憤、哀怨的色調和氣氛，使得新郎公黎
桂桂有些掃興，雙親大人則十分憂慮，怕壞了女兒女婿的彩頭。」〔註 36〕直
到後來，在整場「喜歌堂」快要結束的時候，秦書田好像才意識到了這點，
於是在「喜歌堂」結束後，他又特意組織大家齊唱了一支《東方紅》，一支《解
放區的天是明朗的天》——雖說內容有點牽強附會，但總算是正氣壓了邪氣，
光明戰勝了黑暗。

　　秦書田為什麼要在胡玉音喜慶的招親儀式上組織大家唱「妹子命比紙還
薄」的「喜歌堂」？對此，小說交代得很有意思：「也許是由於秦書田為了強
調反封建主題」〔註 37〕——因為此前小說也曾交代過，秦書田帶領女演員來
芙蓉鎮蒐集整理「喜歌堂」確實確定了一個「反封建」的主題。但有意思的
是，古華為什麼偏偏要來一個曖昧的「也許」呢？這一修辭性猜測，暗含了
太多的信息，留給我們一個無盡的想像空間。若聯繫小說後來第四章第六小
節的標題「郎心掛在妹心頭」，則就更加讓人聯想翩翩了——因為這一節寫的
恰是秦書田時隔十年後跟胡玉音再度聚首團圓，「郎」和「妹」的指稱明確無
誤，而這也是《芙蓉鎮》最終的結局。或許我們該追問一下，胡玉音招親儀
式上「喜歌堂」唱段中的那個「郎」和「妹」是否有所暗指呢？如果有所寄
託的話，那麼「郎」究竟是指誰？而所謂的「妹」又是誰呢？質言之，秦書
田組織大家在胡玉音的招親儀式上大唱「妹子命比紙還薄」、「郎心掛在妹心
頭」，這確實存在太多的疑點。

　　如果說單憑胡玉音招親儀式上的「喜歌堂」我們很難還原秦書田的真實
用意，那麼不妨看看秦書田這個人的為人品性究竟如何。小說交代，秦書田
被芙蓉鎮人戲稱為「秦癲子」，這個「秦癲子」文化高，鎮上沒文化的人尊他
為「天上的事情曉得一半，地上的事情曉得全」的「學問家」；有的人則講他
偽裝老實，假積極，其實是紅薯壞心不壞皮；另一些人則講他鬼不像鬼，人
不像人，窮快活，浪開心，或作孽……但不管對秦癲子有哪樣的看法，卻都

〔註36〕古華：《芙蓉鎮》，人民文學出版社，2005 年版，第 30 頁。
〔註37〕古華：《芙蓉鎮》，人民文學出版社，2005 年版，第 30 頁。

不討嫌他。我們看到，小說中的秦書田跟一般知識分子被打成右派後的鬱鬱寡歡有很大區別，他反倒有幾分樂在其中的感覺，這實在是一件令人費解的事情。而對自己頭上的右派帽子，他則坦白交代說自己「沒有反過黨和人民，倒是跟兩個女演員談戀愛，搞過兩性關係，反右派鬥爭中他這條真正的罪行卻沒有揭發，所以給他戴個壞分子帽子最合適。」〔註38〕秦書田的「自我揭露」，一方面讓他如願以償——支書黎滿庚在一個群眾會上宣布他由「右派」改為「壞分子」；另一方面，也讓我們瞭解到秦書田作為知識分子其不為人知的一面。儘管我們不能依據秦書田自述「跟兩個女演員談戀愛，搞過兩性關係」而就此判定他私生活極不檢點，但在當時那樣一個戀愛還不怎麼自由的嚴酷政治年代，能談兩次戀愛、搞兩性關係且還未完婚，稱他是一個得心應手、經驗豐富的情場高手應該不為過。

那麼，一個不得不問的問題就此浮出了水面，即秦書田這個老道的情場高手在初次見到有著「芙蓉仙子」之稱的胡玉音時，又會作何感想呢？這恐怕是解答何以秦書田組織大家在胡玉音喜慶的招親儀式上唱帶有幽怨性質「喜歌堂」這一疑問的關鍵。小說有兩處寫到了秦書田初次見到胡玉音時胡留給秦的印象，一處是通過敘述人客觀的敘述，「就是秦書田，就是那些女演員，都替她惋惜，這麼個人兒，十八九歲就招郎上門……」〔註39〕；另一處則是後來兩個人結合之後，秦書田有次跟胡玉音回憶起當初的「喜歌堂」時吐露心聲，「那一年，我帶著演員們來蒐集整理「喜歌堂」，你體態婀娜，聲清如玉，我們真想把你招到歌舞團去當演員哪。可你，卻是十八歲就招郎，就成親……」〔註40〕。秦書田的「惋惜」，究竟是身為劇團編導的他對胡玉音作為一個好演員苗子而不得的惋惜，還是一個男人對胡玉音這樣一個漂亮女人嫁給一個入贅的屠夫的不甘心？簡言之，秦書田的「惋惜」究竟是包含著他對胡玉音的非分之想多一些，還是他對胡玉音作為一個好演員苗子埋沒了才能感到可惜多一些呢？

如果說此前秦書田的心跡，表露得還不是很明顯，那麼待芙蓉鎮的形勢發生變化、胡玉音從廣西回來後，秦書田在那晚一路跟蹤胡玉音追到墳崗背，我們多少就能明白事情的原委了：胡玉音剛一回村，秦書田就第一個發現了

〔註38〕 古華：《芙蓉鎮》，人民文學出版社，2005年版，第32頁。
〔註39〕 古華：《芙蓉鎮》，人民文學出版社，2005年版，第30頁。
〔註40〕 古華：《芙蓉鎮》，人民文學出版社，2005年版，第145頁。

她的行蹤，這本身就能說明問題。而墳崗背的這次「會面」，也是胡玉音跟秦書田在小說中首次有場面細節的來往描寫。兩人當時的對話顯得急切又忐忑，而結束得也相當有意思。在胡玉音慌亂之下離開後，小說是這樣來寫秦書田當時的表現的：秦癲子眞是個癲子，竟坐在墳堆上唱起他當年改編的大毒草《女歌堂》裏的曲子來了。

> 蠟燭點火綠又青，燭火下面燭淚淋，
>
> 蠟燭滅時乾了淚，妹妹哭時啞了聲。
>
> 蠟燭點火綠又青，陪伴妹妹唱幾聲，
>
> 唱起苦情心打顫，眼裏插針淚水深……〔註41〕

一方面，「苦情」兩字將秦書田對胡玉音眞實的心思祖露無疑，而另一方面，「眼裏插針」又將他對黎桂桂的嫉妒刻畫得入木三分。以常人常情論，儘管「芙蓉仙子」嫁的是一個沒文化的屠夫，但畢竟已是有夫之婦，秦書田對胡玉音即使再心存幻想，再有手段，也只能一廂情願的單相思，更何況他還是一個「壞分子」，政治出身比胡玉音夫婦還要低幾個等級。所以彼時的他也只能是「唱起苦情心打顫，眼裏插針淚水深」了。至此，我們也就不難判斷，秦書田爲何決定在胡玉音的招親儀式上大做「反封建」的文章了：表面看是爲迎合時代主潮，完成采風任務，而實際上當年的「喜歌堂」包含了某種不爲人知的隱秘欲望，即秦書田對胡玉音的佔有性窺視。至此，我們基本上可以斷定，當初「郎心掛在妹心頭」之「郎」即是秦書田自己，而那個「妹」所指正是胡玉音——「反封建」不過是一道掩人耳目的幌子，用來讓自己不可告人的隱秘企圖披上光明正大的合法化外衣，從而將一個男人的欲望以一種公開化的形式且又相當曲折隱晦地表達出來，顯得名正言順。很顯然，頭腦精明的秦書田，十分清楚在婚禮上該唱什麼樣的「喜歌堂」——在後來胡玉音跟秦書田結爲夫妻的當晚，前來賀喜的占燕山來了興致，想聽他們兩位合唱一曲，秦書田那回唱的恰就是一支節奏明快、曲調詼諧的《轎伕歌》：

> 新娘子，哭什麼？我們抬轎你坐著，
>
> 眼睛給你當燈籠，肩膀給你當凳坐。
>
> 四人八條腿，走路像穿梭。
>
> 拐個彎，上個坡，肩膀皮，層層脫。

〔註41〕古華：《芙蓉鎮》，人民文學出版社，2005 年版，第 98 頁。

你笑一笑，你樂一樂，

洞房要喝你一杯酒，路上先喊我一聲哥……〔註42〕

而細讀小說，我們便會發現，《芙蓉鎮》中的「喜歌堂」不僅全部是由知識分子秦書田來導來演，並且幾乎也全是在秦書田跟胡玉音兩個人的關係場景中展開的。當胡玉音生病臥床的時候，秦書田輕哼「喜歌堂」裏的《銅錢歌》給她聽：「正月好唱《銅錢歌》，銅錢有幾多？一個銅錢四個角，兩個銅錢幾個角？快快算，快快說，你是聰明的姐，她唱哩《銅錢歌》……」〔註43〕。我們不難注意到，在跟胡玉音同居前，秦書田的「喜歌堂」唱得較為輕鬆，生活氣息比較濃；同居以後的日子，兩人也靠「喜歌堂」來聊以自娛，打發磨難時光，但唱段內容則有了明顯的變化。

我姐生得像朵雲，映著日頭亮晶晶。

明日花轎過門去，天上獅子配麒麟。

紅漆凳子配交椅，衡州花鼓配洋琴。

洞房端起交杯酒，酒裏新人淚盈盈。

我姐生得像朵雲，隨風飄蕩無定根……〔註44〕

這首「喜歌堂」明顯比之前的那首《銅錢歌》感情要濃烈熾熱，抒情方式也更為大膽直接。我們看到，在不同的語境場合，秦書田的「喜歌堂」具有不同的意義和功能。而對這一切，「只在解放初進過掃盲識字班的」胡玉音是否真就一無所知呢？很難說。因為胡玉音對秦書田事實上是有自己的一個判斷：書田哥是個有心計的人〔註45〕。換言之，本來就喜好「喜歌堂」且早就算得一個「小班頭」的胡玉音，肯定能知會秦書田所唱的「喜歌堂」的意思。對秦書田來說，「喜歌堂」與其說是一個審美客體對象，不如說是一種為己所用的技術工具：憑藉對「喜歌堂」的修辭性發揮運用，秦書田一開始是用來間接地抒發內心的苦情，而在極端條件環境下，他又成功地用它來贏得胡玉音的好感，並最終發展為愛情。秦書田從「隱情」到「苦情」，再到「濃情」，「喜歌堂」也相應地歷經了一番修辭更迭。

〔註42〕古華：《芙蓉鎮》，人民文學出版社，2005年版，第154頁。
〔註43〕古華：《芙蓉鎮》，人民文學出版社，2005年版，第143頁。
〔註44〕古華：《芙蓉鎮》，人民文學出版社，2005年版，第146頁。
〔註45〕古華：《芙蓉鎮》，人民文學出版社，2005年版，第151頁。

三、風俗的政治及其危機命運

　　上述分析的結論表明，秦書田對「喜歌堂」的修辭性運用，暗示了他對胡玉音一開始就存有某種欲望性想像，他們的結合並非是在胡玉音落難之後，同是天涯淪落人惺惺相惜才偶然生情，而某種意義上也可以說是秦書田精心主動追求的結果。在此過程中，作爲「喜歌堂」的特色婚嫁風俗，恰恰起到了至爲關鍵的工具性作用。當然，本文的目的並不在於揭示秦書田對胡玉音關係態度的實質，而旨在通過分析知識分子對風俗的態度，與共產黨和民間老百姓對風俗的態度三者間的比較辨析，探討它們之間呈現出怎樣一種錯綜複雜的邏輯關聯。

　　小說寫秦書田當初帶領縣歌舞團來芙蓉鎮采風，「把芙蓉鎮人都喜飽了，醉倒了。」這並非是無關緊要的閒筆，而可能是一個值得我們深究的問題。「喜歌堂」的婚嫁風俗在芙蓉鎮源遠流長，深受當地群眾喜愛，縣裏來的文化人蒐集整理「喜歌堂」，一方面讓地方風俗獲得了正統主流文化的認可而更具底氣自信，同時「喜飽了」的他們無疑也希望縣裏的文化人能提供更多、更具觀賞性的「喜歌堂」；另一方面，原生態的「喜歌堂」爲文化人的藝術創作提供了可資借鑒的資源，而通過文化人的加工再創作，「喜歌堂」無疑將更具生命力。也就是說，通過地方風俗的中介轉換，知識分子與群眾間其實存在一個相互需要的緊密訴求結構。對建國之初的共產黨來說，經由風俗搭建起的這一彼此訴求的結構，一開始是想爲自己所用。所以，在小說中我們看到，秦書田編創的大型風俗歌舞劇《女歌堂》以「反封建」爲名在州府調演，到省城演出都獲得了成功。秦書田爲此還在省報上發表了推陳出新的反封建文章，二十幾歲就出了名。由此可見，無論是事先預設的「反封建」構想，還是知識分子寄託的啓蒙目的論，中國共產黨在最初是支持知識分子闡釋、加工、改造地方特色風俗的。

　　但問題在於，共產黨支持知識分子闡釋、加工、改造地方特色風俗並不是無條件的，而是有著嚴格的限度。一旦共產黨發現，完全自發而未經任何約束的地方風俗有可能讓群眾跟知識分子走到一起，並且知識分子有可能利用風俗來動員、整編群眾的時候，地方風俗也就不期然地走到了政治動員的對立面，從而面臨著被壓制、摧毀的危險。所以在《芙蓉鎮》中，我們看到，好景不長，在第二年的反右派鬥爭中，《女歌堂》馬上被打成了一支射向新社會的大毒箭，秦書田被開除公職送回原籍——秦書田始終不願承認《女歌堂》

是攻擊社會主義，也不承認自己是右派。秦書田並未意識到，不是《女歌堂》的內容有什麼問題，而是作為一種群眾動員的方式，《女歌堂》所承載的風俗形式恰恰不為共產黨所容，需要小心防備。換言之，如果秦書田編創的《女歌堂》沒能大獲成功，引起巨大反響，他是否還會被打成右派，或許還真不一定。

風俗，顧名思義，是某種情感表達或象徵儀式的約定俗成，有一定的形式和內容載體，具體表徵為某種生活方式或生活習慣，其形成有一個經久穩定的歷史傳統，在長期的形成過程中，風俗逐步建構起自身的主體性。祭祀、婚娶、節日等不同樣式的風俗，是維繫族群情感認同、建構想像共同體的紐帶。作為一種自發的群眾動員形式，風俗可有效組織民眾的共同情感，整合起一種具有行動力量的精神，並形塑一種穩定的世界觀與價值觀。在美國人類學家露絲·本尼迪克看來，風俗在人類生活中起到了十分重要的作用。個體生活歷史首先是適應他的族群代代相傳下來的生活模式和標準，一個人從他出生之日起，他所生於其中的風俗就開始塑造他的經驗和行為，她認為，唯有認識風俗的規律以及多樣性，我們才能理解人類生活的主要複雜事實。「風俗在人類經驗和信仰中起著的那種占支配地位的角色，以及它可能表現出的極為巨大的多樣性。」〔註46〕

在一個政治異化的年代，風俗自發的、非制度化的民眾動員形式，相對於新政權充分政治化、制度化的建制訴求而言，無疑是一個異類，必然會遭到一體化政治權力的排斥限制。在《芙蓉鎮》中，我們還看到，隨著知識分子的介入，風俗作為一種自發動員形式的不可控性，愈發充滿變數，甚至有可能朝違背政黨與國家意志的相反方向發展，這當然是共產黨所不願看到的。而《芙蓉鎮》提供的案例則剛好顯示，秦書田對「喜歌堂」風俗出於個人欲望使然的利用，恰好揭示了共產黨擔心的那種可能性的存在。

問題在於，對中國共產黨來說，如果說底層農村大量自發的、非制度化的風俗習慣是尚待政治權力整編、改造的一種生活方式，那麼以什麼樣的新形式來取而代之，就成了新政權建立之初的當務之急。在《芙蓉鎮》中，我們看到，取風俗習慣而代之的正是各類名目的政治運動。政治運動通過一套全新的並帶有強權暴力性質的表意符號與象徵系統，系統地摧毀或替代地方

〔註46〕露絲·本尼迪克：《文化模式》，何錫章，黃歡譯，華夏出版社，1987年版，第2頁。

性風俗。這種帶有制度化傾向的政治運動帶來了兩種結果：一方面讓知識分子的地位不再具有合法性，反右運動或文革中對知識分子的迫害，最終的目的並非單純是為打壓知識分子，而是讓知識分子失去啓蒙群眾的正當資格，從而斬斷知識分子動員群眾的可能性；另一方面，政治運動通過國家權威的布施影響，則讓群眾日常生活從鬆散的情感自發走向一種高度的政治自覺。

　　依古華的創作構思，他選取的是四個極具象徵意義的時間年份。小說出現的第一個時間年代為 1963 年，而這一年正是全國「四清」運動的開始。「四清」運動是指 1963 年至 1966 年，中共中央在全國城鄉開展的社會主義教育運動。運動的內容一開始是要在農村「清分工、清賬目、清倉庫和清財務」，但很快轉變爲在廣大城鄉「清思想、清政治、清組織和清經濟」。在小說中，李國香跟王秋赦有過一次政策講解，我們發現芙蓉鎮的「四清」運動，無論是形式還是內容，跟中央主導的基本上是一致的：「要清理生產隊近幾年來的工分、賬目、物資分配，要清理基層幹部的貪污挪用，多吃多佔，還要清查棄農經商、投機倒把分子的浮財，舉辦個階級鬥爭展覽，政治賬、經濟賬一起算。」〔註47〕「四清」運動從一開始的純經濟行爲到後來重政治的內容重心轉移，從一個側面暗示了當時所有「運動」的目的本質。胡玉音正是在「四清」運動中遭到打擊，被劃爲新富農成分，丈夫黎桂桂膽小自殺，新屋也被查抄。「作爲革命儀式的運動，追求氣氛聲勢上的轟動，最偏愛形式的整齊劃一，因此『抓典型』、『樹樣板』、『學榜樣』就是經常使用的發動辦法。在這種『全國一盤棋』的環境中，我們一點都不難理解在許多地方曾經有過完全雷同的運動方式存在。」〔註48〕但問題的曖昧之處在於，胡玉音夫婦的遭打擊，與其說是「四清」運動「抓典型」、「樹樣板」的規劃結果，還不如說是李國香公報私仇的犧牲品：作爲女人的李國香愛情受挫（自己主動拋出的橄欖枝被谷燕山退了回來），在芙蓉鎮遠遠沒有胡玉音那樣受歡迎；作爲國營飲食店經理的李國香，在生意上也競爭不過胡玉音的米豆腐攤子。對胡玉音的嫉妒怨恨在前，「四清」運動發生在此之後，李國香正是借「四清」運動之名行對胡玉音行打擊迫害之實。

　　但「四清」運動剛過沒久，「一場更爲迅猛的大運動，洪水一般鋪天蓋地

〔註47〕古華：《芙蓉鎮》，人民文學出版社，2005 年版，第 54 頁。
〔註48〕郭於華主編：《儀式與社會變遷》，社會科學文獻出版社，2000 年版，第 371 頁。

而來」〔註49〕。「文革」其實是各種「運動」的大彙聚，我們看到小說中「一批兩打、清理階級隊伍」運動等不一而足。政治運動帶來的結果便是，「山裏人也習慣了聞風而動，不分白日黑夜，召之即來，參加各種緊急、重要的群眾大會，舉行各種熱烈歡呼、衷心擁護某篇『兩報一刊』社論發表、某項『最新指示』下達的慶祝遊行……」〔註50〕。郭於華通過對陝北驥村抬龍王祈雨、問病求醫等風俗儀式的田野調查研究發現，包含大量儀式性表演和象徵形式的政治「運動」，深刻地改變了地方風俗的存在樣態，正是通過常態的政治「運動」機制，國家權力與政治力量深刻而透徹地嵌入普通民眾的日常生活之中。「生產、生活過程的政治化、儀式化，以儀式表演呈現的政治活動，改變乃至重塑了人們的觀念領域和精神世界。文化大革命是政治儀式的各種形式達到登峰造極的時期，普通的農民們從原來初一、十五的上香拜神，變成每天早晚的請示彙報；偉大領袖的光輝形象替換了原來的菩薩、龍王；大會、討論會、批判會、學習班、政治夜校等等活動形式，」〔註51〕政治運動對風俗連續而系統的摧毀、壓制和消解，讓這一民間的非制度化動員形式終致萎縮消亡。

在《芙蓉鎮》中，政治運動對地方的生活方式與生活習慣的改造、壓抑、排斥是明顯的。小說一開篇就寫到了芙蓉鎮人四時八節互贈吃食的風俗和趕圩的習慣——嚴格說來，趕圩和四時八節互贈吃食只能算是一種準風俗。解放初時，芙蓉鎮的圩期循舊例，逢三、六、九，一旬三圩，一月九集；而1958年的大躍進，再加上區、縣政府的批判城鄉資本主義勢力運動，則使得「芙蓉鎮由三天一圩變成了星期圩，變成了十天圩，最後變成了半月圩」〔註52〕，直到1961年下半年，縣政府下公文改半月圩為五天圩，但畢竟是元氣大傷，「芙蓉鎮再沒有恢復成為三省十八縣客商雲集的萬人集市」，這是「運動」帶來的經濟層面的結果影響。至於社會風氣層面，原本人際關係融洽和諧的芙蓉鎮人一年四時八節有互贈吃食的習慣，而在「四清」運動結束後，芙蓉鎮從一個「資本主義的黑窩子」變成了一座「社會主義的戰鬥堡壘」，人和人的關係政治化，四時八節互贈吃食已不再可能，民風民情為之大變，小說第三

〔註49〕古華：《芙蓉鎮》，人民文學出版社，2005年版，第103頁。
〔註50〕古華：《芙蓉鎮》，人民文學出版社，2005年版，第112頁。
〔註51〕郭於華主編：《儀式與社會變遷》，社會科學文獻出版社，2000年版，第374頁。
〔註52〕古華：《芙蓉鎮》，人民文學出版社，2005年版，第3頁。

章第一節所用標題「新風惡俗」顯示了政治運動給農村人際關係造成的傷害，用小說的話，原先是「我爲人人，人人爲我」，「運動」之後則成了「人人防我，我防人人」——古華自己所說的「寓政治風雲於風俗民情圖畫，借人物命運演鄉鎮生活變遷」以及絕大多數的研究成果也正是在這一意義上展開的。

　　在芙蓉鎮的所有地方性風俗中，「喜歌堂」風俗的遭遇既是最典型，也是最複雜的。以谷燕山爲代表的芙蓉鎮人對「喜歌堂」持一種審美的、娛樂的觀賞態度；知識分子秦書田則是一種工具性的功利化態度；而其時的當權者則將「喜歌堂」定性爲「封建傳統」，完全排除在了社會主義文化建制之外。我們看到，在《芙蓉鎮》中，「喜歌堂」也就第一次是在公開的公眾場合出現的，第二次則是到了夜晚的墳地坡上，第三、第四次均是在一個封閉的私人性空間裏展開的，即已不再有公開表演的合法性。文革的密集「運動」，對農村地方風俗的摧毀是致命性的。就湘南地區的「喜歌堂」而言，這種壓迫性影響並沒有隨文革的結束而結束，也就是說，「喜歌堂」風俗的正當性，在文革結束後也一直沒有恢復。而農村老百姓對於政府所謂婚嫁風俗的「封建傳統」定位則是相當費解。這在另一位湖南作家孫健忠的小說《甜甜的刺莓》中得到了眞實反映：「她們說，她們擁護新的風俗，可是唱唱《哭嫁歌》又有甚麼不好呢？當然的，『哭天地』是要不得了，『罵媒人』也用不上了，可是爲哪樣連『哭姐妹』也不興了呢？小時候，她們在一路翻地枇杷，捉金殼蟲；長大了，又在一路插秧，打穀，砍柴，割草；有時也發生一點不怎麼痛快的事，但她們從來不往心裏記，很快就忘丟了。她們的歡樂總是共同的，連在一起的。若能唱幾天哭嫁歌，用歌聲來回顧她們的友情，傾訴她們離別的愁緒，也算盡了姐妹的情分啊！」〔註 53〕，在這段竹妹出嫁前夕的細緻場面描寫中，我們看到，地方風俗的社會功能得以清晰展現，而當地人對新社會採取的排斥傳統風俗的做法，則表達了很大的不解與失望。

　　但有著嚴格目的性指向的政治運動，在實施過程中也會呈現出某種意想不到的悖論來：「國家控制管理農村社會，力圖使農村成爲新民族國家的社會基礎和組成部分，這種意識明確的努力，是以摧毀鄉土社會原有的社會結構與意義系統爲前提的，這一過程雖然使得國家的意識形態權威得以強制性地滲透到農民最日常、最基本的生活世界中去，但卻未能建立起眞正新的、具

〔註 53〕孫健忠：《甜甜的刺莓》，《文藝報》編輯部編：《1977～1980 全國獲獎中篇小
　　　　說集》（下），上海文藝出版社，1981 年版，第 1341～1342 頁。

有整合性的可替代原有結構的意義體系，並使農村社會達到秩序與和諧的預期結果；再者，國家一直在用所謂進步的、文明的、現代的、社會主義乃至更為先進的觀念意識佔領農村，試圖徹底摒棄和代替其傳統的、落後的、保守的、封建的、農民意識，然而在此過程中，國家自身卻常常陷入傳統的象徵或意義的叢林，即國家亦使用象徵的、儀式的內容與形式來試圖建構其自身的權力結構與意義系統」〔註54〕。在《芙蓉鎮》這部小說中，我們看到，有意思的是，知識分子秦書田對胡玉音原本不切實際的欲望性想像，經過多次「運動」之後，不僅由不可能變成了現實，並且還孕育出了一個嶄新的生命。

　　就小說本身而言，《芙蓉鎮》中的「喜歌堂」風俗，不僅有效黏合了敘述、議論、抒情等不同表現方式以及作者、敘述人、主人公等不同主體間的縫隙，從而使得小說構成一個統一藝術效果的文本，而且還在故事的內容層面，組織起情節的內在關聯。風俗在小說中不再是裝飾性的補充，而成為一個支撐性節點。而事實上，風俗也構成一個觀察當代文學進程的有效視角。聯繫《芙蓉鎮》之後不久出現的尋根文學，我們看到，隨著政治環境的寬鬆，尋根作家對風俗的發現，既有啓蒙主義的視野觀照，風俗成為民族陋習的代名詞；同時也有審美的靜觀態度，風俗重新成為一種審美客體（汪曾祺、劉心武等）。即是說，通過現代性的棱鏡透視，風俗呈現出更為多元、多樣的景觀來。而小說《芙蓉鎮》所透露的則是，當時的中國，無論是從經濟建設角度而言，還是就民間社會而論，結束永無休止的政治運動迫在眉睫，撥亂反正、正本清源的改革勢在必行。

第三節　文學「湘軍」：命名的緣起、方式及影響

　　本章討論的古華、莫應豐兩位新時期之初成名的作家，其意義不僅在於他們雙雙獲得了首屆茅盾文學獎，為「新時期」的長篇小說貢獻了可貴的文學經驗或小說範式，同時也在於同為湖南籍作家的他們，在某種程度上進一步確立並鞏固了文學「湘軍」的名聲與地位，「首屆矛盾文學獎獲獎名單揭曉，在 6 部獲獎作品中，湖南佔了兩席。從此，湖南作家獨步天下，文學『湘軍』

〔註54〕郭於華主編：《儀式與社會變遷》，社會科學文獻出版社，2000 年版，第 380頁。

在中國文壇聲譽鵲起」。〔註 55〕我們看到，與當代文學幾乎所有命名言說一樣，作爲新時期「湖南作家群」之別稱的「湘軍」或文學「湘軍」同樣也是一個後設的命名。

一、命名的蹤跡：從「湘軍」到文學「湘軍」

所謂文學「湘軍」，一開始只是一個比喻性的說法。「湘軍」的原初意是晚清時對湖南地方軍隊的稱呼，「湘軍」有時也稱「湘勇」。太平天國運動興起後，清朝正規軍無法抵禦，不得不利用地方武裝，晚晴重臣曾國藩 1854 年創建的「湘軍」就是在此歷史背景下名聲大噪，權傾朝野。「湘軍」以勇猛的戰鬥風格和堅強的戰鬥意志著稱，「一部中國近代史，一半是由湖南人在鬥爭中寫就的，推而廣之，也可以說是由湘軍人物寫就的」〔註 56〕。廣義的「湘軍」除了指鎮壓太平天國時期曾國藩創建的「湘軍」外，也包括該部一直延續到抗日戰爭時期的湖南軍隊。直到 40 年代湖南軍閥何鍵下臺，蔣介石才把湘軍改造爲半中央軍。到 1949 年，半中央化的湘軍全部被解放軍消滅，「湘軍」的歷史至此終結。值得一提的是，「湘軍」的命名本身也是開創性的，「有清一代，軍系的出現，實以湘軍首開先例。淮軍崛起之後，發展上多循湘軍軌跡，承其遺風。」〔註 57〕而作爲湘軍創辦者的曾國藩，本人又是晚晴名儒，曾國藩治軍不僅以嚴厲著稱，也非常注重文化薰染教養，換言之，作爲地方政治～軍事集團的「湘軍」本身就具有濃厚的文化色彩〔註 58〕——從這一意義上說，文學意義的「湘軍」一說又並非完全是比喻性的借用。

文學「湘軍」一說，從一個側面道出了新時期湖南文學舉足輕重的成就影響：一方面是指新時期湖南作家群在全國的地位非同凡響，名聲在外；另一方面，新時期湖南文學（主要是指小說）具有某種文學風格與審美精神上的整體性。客觀而言，這種以地區或地域來命名某一文學現象的做法並不新鮮，因爲在此之前，並非沒有先例，比如現代文學史上著名的「東北作家群」，就是典型的以作家的籍貫地區劃分來界定作家集群現象的；「京派」作家、「海

〔註 55〕王偉、文述、何雯：《文學湘軍 30 年回眸》，《中國文化報》，2012 年 1 月 4 日。
〔註 56〕唐徽：《天下湘軍》，海南出版社，2004 年版，第 1 頁。
〔註 57〕張勤：《湘、淮兩軍軍系差異淺析》，《安徽史學》，1995 年第 2 期。
〔註 58〕據羅爾綱先生統計，湘軍各級將領及幕府、幫辦主要人物共 183 人，其可考的 179 人中，書生出身的 104 人，占總數的 58%；武途出身的 75 人，占總數的 42%。

派」作家儘管主要是以相近的文學風格和審美精神而同聲相和，但「京」（北京）「海」（上海）其實也內含有某種地域暗示。質言之，文學「湘軍」某種意義上也是對文學史既有批評範式的繼承發揚。

但不管怎麼說，以一省之簡稱與軍團的方式來命名作家群的文學「湘軍」這一批評術語的確立，某種程度上說跟當年的「湘軍」命名一樣，也同樣具有領風氣之先的開創性意味：從同一類批評術語產生的時間順序來看，文學「湘軍」的出現無疑是最早的，文學「豫軍」、文學「陝軍」（陝軍東征）、文學「魯軍」、文學「浙軍」、文學「鄂軍」、文學「桂軍」等愈演愈烈的文學「軍團混戰」是在文學「湘軍」之後才獲得命名。這裡不妨以「陝軍」東征和文學「豫軍」的出現時間爲例，「陝軍」東征最早出現是在 1993 年，1993年 5 月 25 日，「《光明日報》以二版頭條位置，刊發出《陝軍東征》一文（作者韓小蕙），約有 2000 字左右，的確佔了不算小的一塊」〔註59〕；後者則是「在 20 世紀最後 10 年的中國文壇上，有一個越來越響亮的名字：文學豫軍」〔註60〕。儘管目前沒有足夠的證據表明，文學「湘軍」的命名方式，支配性地影響了此後各省文學地方軍的生成，但文學「湘軍」命名的現實存在，無疑起到了潛移默化的暗示作用：「二十年前，這種調侃式的玩笑話（指文學『湘軍』的命名，筆者注）在中國文壇頗爲流行。例如，當時也有把北京作家群戲稱爲『中央軍』……延續下來更是名目繁多，有什麼『三駕馬車』、『陝軍東征』之說。」〔註61〕到 90 年代初，當其他省市的文學地方軍相繼崛起的時候，文學「湘軍」「已經不再是一支在全國文壇馳騁稱雄的精銳勁旅，只是一支徒有虛名的影子部隊」〔註62〕，湖南文學界彼時開始反思的，是如何重振文學「湘軍」〔註63〕。

但文學「湘軍」即湖南作家群在全國的最初崛起，並非源自古華和莫應豐的斬獲茅盾文學獎，而是緣起於更早些時候的湖南作家連續斬獲的全國優

〔註59〕韓小蕙：《「陝軍東征」的說法是誰最先提出的？》http://www.people.com.cn/GB/wenhua/1088/2507992.html。

〔註60〕孫蓀：《文學豫軍論》，《河南大學學報》（社會科學版），2002 年第 4 期。

〔註61〕葉蔚林：《「重振」口號之置疑》，《文學自由談》，2002 年第 2 期。

〔註62〕余開偉：《反思文學湘軍》，《當代文學研究資料與信息》，2005 年 4 月。

〔註63〕1991 年，湖南作家連續的評獎失利和文學隊伍的嚴重分化，湖南文藝界再也坐不住了，大型文學叢刊《芙蓉》率先開闢專欄，邀約作家、編輯家和評論家參與「重振湘軍雄風」筆談；《理論與創作》雜誌 1992 年第 1 至第 3 期連續開闢專欄，共刊登了 9 篇文章參與「重振湘軍雄風」的討論。

秀短篇小說大獎和全國優秀中篇小說大獎（小說湖南的「中短篇現象」將在第四章專章論述，這裡只做一個概覽性介紹）。1977～1987 年間，湖南作家在全國優秀短篇小說大獎和全國優秀中篇小說大獎兩項文學獎項中，幾乎年年都有所斬獲。其中，獲中國作家協會優秀中篇小說獎的湖南作家、作品有：葉蔚林的《在沒有航標的河流上》（《芙蓉》1980 年第 3 期，1977～1980 全國優秀中篇小說一等獎獲獎作品）、孫健忠的《甜甜的刺莓》（《芙蓉》1980 年第 1 期，1977～1980 全國優秀中篇小說二等獎獲獎作品）、水運憲的《禍起蕭牆》（《收穫》1981 年第 1 期，1981～1982 年全國優秀中篇小說獲獎作品）、譚談的《山道彎彎》（《芙蓉》1981 年第 1 期，1981～1982 年全國優秀中篇小說獲獎作品）；獲全國優秀短篇小說獎的湖南作家、作品有：周立波的《湘江一夜》（《人民文學》1978 年第 7 期，1978 年全國優秀短篇小說獲獎作品）、葉蔚林的《藍藍的木蘭溪》（《人民文學》第 6 期，1979 年全國優秀短篇小說獲獎作品）、韓少功的《西望茅草地》（《人民文學》第 10 期，1980 年全國優秀短篇小說獲獎作品）、韓少功的《飛過藍天》（《中國青年》1981 年第 13 期，1981 年全國優秀短篇小說獲獎作品）、古華的《爬滿青藤的木屋》（《十月》1981 年第 2 期，1981 年全國優秀短篇小說獲獎作品）、蔡測海的《遠處的伐木聲》（《民族文學》第 10 期，1982 年全國優秀短篇小說獲獎作品）、彭見明的《那山、那人、那狗》（《萌芽》1983 年第 5 期，1983 年全國優秀短篇小說獲獎作品）、劉艦平的《船過青浪灘》（《萌芽》1983 年第 7 期，1983 年全國優秀短篇小說獲獎作品）、何立偉的《白色鳥》（《人民文學》1984 年第 10 期，1984 年全國優秀短篇小說獲獎作品）。在 1978 年至 1985 年連續七屆全國優秀短篇小說的評獎中，湖南成為全國唯一的「七連冠」省份。據統計，在上世紀八十年代的全國性文學評獎中，湖南「共有 55 部（篇、首）先後在全國性的重大文學評獎中獲獎」〔註64〕。1982 年，古華和莫應豐分別憑《芙蓉鎮》與《將軍吟》獲得首屆茅盾文學獎，雙雙折桂，這樣以來，短短幾年時間，湖南作家便將全國性的重要文學獎項悉數攬入懷中，文學「湘軍」因獎聞名是不爭的事實。「湖南作家多人多次，長篇中篇短篇連年獲獎，因而惹人注目，引起轟動，文學『湘軍』也由此而生。」〔註65〕不過也有論者認為，文學「湘軍」初始「主要是一個文學流派的概念，限指與現實主義密切相關的湖南作家與作

〔註64〕王偉、文述、何雯：《文學湘軍 30 年回眸》，《中國文化報》，2012 年 1 月 4 日。
〔註65〕葉蔚林：《「重振」口號之置疑》，《文學自由談》，2002 年第 2 期。

品」，是後來才「衍化成一個繁榮湖南文學的激勵性口號，主要表達讀者與評論家對湖南文學的美好意願」〔註66〕。

從文學批評史的角度說，文學「湘軍」的提法，最早源於何時、何人，恐怕很難詳細考證。現有的資料大多都是籠統性介紹，而沒有具體指明概念說法來源的人物與時間，「20世紀70年代末期，湖南作家群崛起，被時人譽為文學『湘軍』」〔註67〕，「上個世紀70年代末到80年代初期，是湖南文學隊伍異軍突起的黃金時代，一批蓄勢已久實力雄強的青年作家在歷史轉折的關口脫穎而出，各自以厚重的創新力作衝向全國文壇，頻頻奪魁，獨佔鰲頭，大放異彩，聲威遠播，享有『文學湘軍』之美譽。」〔註68〕文學「湘軍」與「文學湘軍」其實存在微妙的差異，雖然指明了文學「湘軍」的概念出現時間，但大都是從研究對象的實存角度來指認文學「湘軍」的出現的，而並非是概念式的把握。作為文學「湘軍」當事人的一員，據湖南作家葉蔚林的回憶，「八十年代頭幾年。由於湖南作家在幾屆全國性的文學評獎中連續獲獎，於是在一次座談會上，我親耳聽到一位有影響，又慣於幽默調侃的北京作家，用誇張的腔調大聲說：『嗨，湘軍厲害呀！』當時大家都笑。『湘軍』之說大概由此而生」〔註69〕，葉蔚林還特別指出，所謂文學「湘軍」的「文學」二字是後來見諸文字才加上去的。這是目前為止，在筆者查詢到的所有資料中，唯一一項指明文學「湘軍」作為概念說法出處的文獻，但仍缺乏有名姓的人物和年月時間考證。如果葉蔚林的回憶沒錯，那麼據此推斷，文學「湘軍」一說應該是八十年代初就早已成為事實。

根據筆者在「中國知網」上的搜索查詢，現可考的最早以文字形式承認「湘軍」一說的，或許該是1985年3月張厚餘發表的《我省農村題材小說的癥結》一文，該文討論的是山西農村題材小說的創作得失，「山西小說一向以寫農村題材見長，但近年來卻有落後於他省的趨勢。新崛起的『湘軍』（湖南作家群），『陝軍』（陝西作家群）就躍居我省之前。在我們『晉軍』這支不算小、也不算年輕的隊伍中，雖然有幾位曾經建功立業的老將仍以志在千里的精神馳騁於沙場，有幾位嶄露頭角的中、青年作家也以奮進的銳氣衝殺於前

〔註66〕海順：《湘軍雄風今猶在》，《理論與創作》，1993年第2期。
〔註67〕柏定國：《關於「重振文學湘軍」問題的綜述》，《雲夢學刊》，2003年第1期。
〔註68〕余開偉：《反思文學湘軍》，《當代文學研究資料與信息》，2005年4月。
〔註69〕葉蔚林：《「重振」口號之置疑》，《文學自由談》，2002年第2期。

陣。但就整個隊伍中的大部分人而言，實力和功底是比較遜色的」〔註 70〕，有意思的是，我們看到該文中首次同時出現了『湘軍』、『陝軍』、『晉軍』的說法；1985 年 5 月，程德培在《文藝評論》上發表《小說創作中的陽剛之美》一文，作者在該文的開篇一段中寫道「被人稱之爲『湘軍』的湖南作家群，很多是得益於沈從文、周立波的」〔註 71〕；同年，魏丁在題爲《正在形成中的浙江鄉土文學》一文中，也提到「新時期以來的小說創作逐漸擺脫了極左的淡化模式，在風格的多樣化方面進展十分迅速。出現了被人們盛譽爲『湘軍』的湖南作家群，以老金爲旗幟的北京作家群」〔註 72〕。不難注意到，以上幾篇提及「湘軍」的論文，都是直接以「湘軍」來指稱湖南作家群，還沒有在「湘軍」前加上「文學」的修飾。值得一提的是，這幾篇論文都是非湘籍學者發表在湖南省外的學術刊物上的，換言之，最遲是在 1985 年，作爲湖南作家群之別稱的「湘軍」，事實上已得到全國文學評論界的廣泛接受與認可。

　　專題專文研究文學「湘軍」的，最早的恐怕當屬湖南永州籍評論家胡宗健 1987 年在《當代作家評論》上發表的《湖南小說家論——關於地域空間意識和藝術變革意識》一文，儘管該文題目並未標明文學「湘軍」，但文章開門見山地指出，「新時期的湖南作家群，是一支意氣踔屬的『湘軍』，是一個拔群出眾的群落。」〔註 73〕時隔不到 4 年，1991 年 2 月，作爲文學「湘軍」的第一部研究專著，胡宗健的《文壇湘軍》由湖南文藝出版社出版面世。在《文壇湘軍》中，作爲專章論述的湖南作家就有古華、莫應豐、韓少功、葉蔚林、徐曉鶴、孫健忠等，而作者提到的「湘軍」成員名單則有 48 位之眾。從這一意義上說，「在『陝軍東征』後，又冒出了『豫軍』、『蘇軍』、『湘軍』」〔註 74〕的判斷，則存在基本的史實謬誤，論者對文學「地方軍團」出現的歷史順序顯然缺乏必要的考證。

　　文學「湘軍」在全國文壇的大放異彩，爲湘楚文化的經世致用精神做了最好的注腳，或者說，新時期之初的湖南作家總能在全國性的文學獎項中拔

〔註 70〕 張厚餘：《我省農村題材小說的癥結》，《晉陽學刊》，1985 年第 1 期。
〔註 71〕 程德培：《小說創作中的陽剛之美》，《文藝評論》，1985 年第 2 期。
〔註 72〕 魏丁：《正在形成中的浙江鄉土文學》，《探索》，1985 年第 3 期。
〔註 73〕 胡宗健：《湖南小說家論——關於地域空間意識和藝術變革意識》，《當代作家評論》，1987 年第 3 期。
〔註 74〕 李丹夢：《文學「鄉土」的歷史書寫與地方意志》，《文藝研究》，2013 年第 10 期。

得頭籌，從某種意義上恰恰印證了湖南區域文化的優勢。眾所周知，新時期
之初創辦的全國優秀短篇小說獎和全國優秀中篇小說獎兩個文學獎項，均是
計劃經濟體制的時代產物。中國作協或官方文學刊物通過舉辦全國性的文學
獎項〔註75〕，事實上是將作家的組織、管理、培訓納入到一個體制化、規範
化的流程中來。不妨以第一屆全國優秀短篇小說獎的評選爲例，第一屆全國
優秀短篇小說獎的「評選委員會由二十三個作家和評論家組成。他們當中的
大多數同志或在文藝戰線擔任繁重的組織領導工作，或在進行創作」〔註76〕，
周揚在後來的頒獎致辭中也說到，「短篇小說是輕騎兵。是哪一種輕騎兵？我
看是偵察兵、是哨兵。偵察我們的過去革命，發生了什麼變化……在我們黨
的工作重點轉移的新時期，短篇小說要起到它的偵察和探求的作用。」〔註77〕
也就是說，在新時期之初，恰是在小說起到「偵察和探求的作用」社會功能
意義上，湖南作家獨領風騷，「八十年代文學『湘軍』異軍突起，稱雄一時，
是當時歷史機遇、撥亂反正所觸發的社會呼號的時代產物」〔註78〕。因此，
從這一意義上說，與其說是全國性的文學獎評選成就了文學「湘軍」，不如說
是敢爲人先、經世致用的湘楚文化成就了湖南作家群。

　　隨著中國政治經濟環境的變動以及時代主題的更迭，政治對文學的目的
性徵用，即借文學作品來重建意識形態的任務基本上已經完成。政治意識形
態對文學的呼應性需求日益弱化，文學的社會功能意義也因此開始遭到瓦
解，由此呈現出的一個必然結果就是，全國性文學獎項的影響力大不如前。
當然，另一方面，隨著湖南及全國作家隊伍的日益壯大，以及文學刊物的逐
漸多元多樣，短篇小說和中篇小說的產量成幾何數量級的增長，在完全的意
義上來評閱評選也不太可能。1986 年，中國作協創辦魯迅文學獎，整合了優
秀短篇小說獎和優秀中篇小說獎。魯迅文學獎目前包括以下各獎項：全國優
秀中篇小說獎、全國優秀短篇小說獎、全國優秀報告文學獎、全國優秀詩歌
獎、全國優秀散文、雜文獎、全國優秀文學理論、文學評論獎、全國優秀文
學翻譯獎。魯迅文學獎各單項獎每兩年評選一次，首次評獎從 1997 年開始，

〔註75〕第一屆全國優秀短篇小說獎由《人民文學》主辦，事實上也是在中國作協的
　　　　領導下開展相關工作的。
〔註76〕本刊記者：《報春花開時節——記一九七八年全國優秀短篇小說評選活動》，
　　　　《人民文學》，1979 年第 5 期。
〔註77〕同上。
〔註78〕余開偉：《「文學湘軍」出路何在？》，《文學自由談》，1998 年第 5 期。

評選 1995～1996 年的作品。1997 年首次評獎工作正式啓動。1998 年 2 月 9 日，由中國作家協會主辦的第一屆魯迅文學獎（資產新聞杯）1995～1996 年各單項優秀作品獎評選結果揭曉。但客觀而言，90 年代的魯迅文學獎的影響力，已遠不及當年舉國轟動的全國優秀短篇小說獎及優秀中篇小說獎。我們看到，當代文學外部環境變動以及全國性文學大獎影響力衰落的過程恰正是文學「湘軍」落入低谷的過程。正是從這一意義上說，「九十年代文學『湘軍』相對沉寂是社會轉型商業大潮衝擊所造成的陣營分化和文學斷層所造成的結果，它們都有著一定的必然性，又都是時代大背景所決定的。」〔註 79〕

二、文學「湘軍」的命名影響與 90 年代的文化研究

　　20 世紀 90 年代之初，文學「湘軍」逐漸沉寂沒落，湖南文學似乎已很難重現昔日的盛景輝煌，但文學「湘軍」的風光不再，但並不意味著文學「湘軍」這一命名方式的壽終正寢──或恰恰相反，從某種意義上說，文學「湘軍」的命名方式，對即將展開的 90 年代的現常代文學批評研究來說，毋寧說倒頗具生產性的啓發意義。

　　首先，文學「湘軍」以軍團形式集結某一省市作家群的方式，一定程度地改寫了以往作家單槍匹馬闖蕩文壇而獨木難成林的歷史──儘管文學「湘軍」最初是比喻性的說法，但軍團式命名，即使在概念形式上也算得上是有別於現代文學的地方作家群的命名。作家集體出場的方式，某種程度上說具有經濟學的規模效應──事實似乎也的確如此，我們看到，正是在文學「湘軍」的集體命名下，很多名不見經傳的湖南作家作品，才贏得了「被批評」的一席之地。以胡宗健的《文壇湘軍》爲例，該著除了關注古華、韓少功、莫應豐、葉蔚林、譚談、肖建國、蔡測海等湖南知名作家的創作外，也有專門的篇幅用來討論徐曉鶴、潘吉光、葉夢、龔篤清等不太知名的湖南小說家們的創作。這跟現代文學的地方作家群的構造如出一轍，以「東北作家群」爲例，除了廣爲熟知的蕭紅、蕭軍、端木蕻良外，《東北作家群》收錄了陳凝秋的《東路線上》、白朗的《淪陷前後》、宇飛的《土龍山》等作家作品。

　　作爲一地方省市作家群之別稱的文學「湘軍」的出現，從形式上加速並強化了省市作家群的集體出場意識，生拉硬造的這「軍」那「軍」其實正是省市間作家群角力的表現。到 20 世紀 90 年代的社會主義市場經濟時代，各

〔註 79〕余開偉：《「文學湘軍」出路何在？》，《文學自由談》，1998 年第 5 期。

地文學造「軍」運動的競爭意識在市場環境下愈發顯得激烈，且一直延續到今天。筆者在「中國知網」上以主題為文學地方軍進行查詢搜索〔註80〕，根據搜索的結果顯示，其中查詢到的文學「豫軍」的條目最多，為 106 條，其次分別為文學「湘軍」82 條、「陝軍東征」63 條、文學「桂軍」52 條、文學「鄂軍」18 條、文學「皖軍」12 條、文學「魯軍」12 條、文學「隴軍」7 條、文學「浙軍」與文學「晉軍」各 5 條、「文學深軍」4 條、文學「粵軍」3 條、文學「滬軍」與文學「贛軍」各 2 條、文學「渝軍」與文學「津軍」及文學「遼軍」各 1 條。嚴格說來，其他省市的文學軍團並不像文學「湘軍」那樣有真正的「湘軍」為歷史事實憑藉，而全然是一種比喻性的託辭而已。從命名的生成時間上看，文學「湘軍」出現的時間最早，而條目數越少的在時間上也越往後，10 條以下的結果一般為地方報紙的同題報導，有濃重的大眾媒體的炒作色彩。但值得一提的是，新世紀以來，出現了直接以地方文學軍團為名的博士論文和研究專著，其中較有代表性的有《方言視域中的文學湘軍》（董正宇，2002 年）、《文學豫軍的主體精神圖像》（李丹夢，2007 年）、《文學桂軍論——經濟欠發達地區一個重要作家群的崛起及意義》（李建平、黃偉林等，2007 年）、《文學豫軍對外傳播研究》（王萍，2011 年）、《從「山藥蛋派」到「晉軍後」》（傅書華，2012 年）等。這說明當初以軍團命名地方作家群的玩笑性的言說方式，已經開始了自我本質化、經典化的過程。

其次，作為地方作家群之別稱的文學「湘軍」的命名，很大程度上是以湘楚區域文化為立論依附的，這也為後來各省市文學軍團的研究提供了示範性樣板，甚至可能在一個更為深遠的意義上影響到了 90 年代文化研究格局的成形。在《文壇湘軍》的自序中，胡宗健開宗明義地表達了區域文學文化研究的初衷思考：「一個豐腴的藝術土壤不斷地被開墾，生活的全部豐富性在新時期的楚地文學中被反映出來。我的驚歎倒不在於那五光十色，騰挪多變的文學新潮，而在於『湘軍』這一時代的反光鏡上，我們看到了風雲際會的歷史變遷……我感到，一場以楚文化為底色的民族藝術『造山』運動已經開始」〔註81〕。也就是說，著者實際上主要是通過區域文化的棱鏡，來觀照當時的文學「湘軍」，這也就將區域文化或文化的維度自然而然地引入了當代文學的批評研究領域。我們看到多年之後，在新世紀之初，當人們提及文學「湘軍」，

〔註80〕查詢時間截止 2013 年 12 月 31 日。
〔註81〕胡宗健：《文壇湘軍·自序》，《文壇湘軍》，湖南文藝出版社，1991 年版。

大多也都是以湖南區域文化為立論前提的，「湖南文學的盛衰皆與地域文化息息相關，文學湘軍在 80 年代前期的輝煌和中期的熱鬧，很大程度上是得力於地域文化特徵與特定時代思潮的高度契合」〔註 82〕。即使是今天，遵循的也仍是同一思路，「『楚文化』的復興是當代文化界引人注目的現象之一。文學『湘軍』的崛起以追求神秘、浪漫又富有現代派氣質為特色」〔註 83〕，但論者可能沒有注意到的是，對楚文化的復興與文學「湘軍」的崛起來說，二者其實是互為因果。不惟「湘軍」研究如此，其他文學地方軍團的研究也同樣選擇以地域文化為切入點。以文學「魯軍」為例，「山東是孔孟桑梓之邦，深厚的文化傳統滋育著一代代文人墨客。歷史發展到八、九十年代，在現代文明和古老傳統文化的碰撞中涌現了一大批才華橫溢的小說作家群體，他們以自己獨特的觀照生活的視覺、藝術感悟和表述方式受到文壇和讀者的關注，被譽為當代文壇的『魯軍』勁旅」〔註 84〕。可見，地域文化幾乎是所有地方文學軍團研究不約而同的一個視角，也正是從這個意義上說，90 年代於當代文學批評界興起的文化研究，並非完全是外來的舶來品〔註 85〕，某種程度上也是當代文學批評自身邏輯延伸的結果。

　　「文化研究的興起，是 90 年代文學批評的另一重要現象」〔註 86〕，但在洪子誠先生這裡，論者基本上是將推斷依據的背景置於市場經濟和大眾文化的語境之中，而尚未注意到 80 年代以來文學「湘軍」等相關的批評術語的隱蔽生產性。其實，在文學研究的意義上，由文學「湘軍」及其衍生而來的各文學地方軍團的集結展演，一定程度上充當了 80 年代「文化熱」與 90 年代文化研究二者溝通對話的一個中介裝置，成為文學批評轉向文化研究必不可少的概念環節。這點我們可在「陝軍東征」這一提法的出現上看得更加清晰。

〔註 82〕劉起林：《地域文化美質：「文學湘軍」興盛的根本優勢》，《理論與創作》，2009 年第 4 期。

〔註 83〕樊星：《1990 年代文學的神秘文化思潮》，《中國現代文學研究叢刊》，2013 年第 8 期。

〔註 84〕任孚先，王光東：《山東新時期小說論稿》，山東教育出版社，1991 年版，第 296 頁。

〔註 85〕「文化研究」最早源於 20 世紀 60、70 年代的英國伯明翰大學當代文化研究所（CCCS）的研究方向和學術成果（此即「伯明翰學派」），其代表人物有理查德·霍加特、雷蒙德·威廉斯、斯圖亞特·霍爾等。

〔註 86〕洪子誠：《中國當代文學史》（修訂版），北京大學出版社，2007 年第 2 版，第 332 頁。

跟文學「湘軍」的命名方式相差無幾，「陝軍東征」最先也是來自玩笑式的寒暄。1993 年 5 月，作家出版社在京召開陝西作家高建群《最後一個匈奴》的研討會。會上評論家、學者們你一言我一語聊了起來，北京評論家何鎮邦忽然開玩笑說：「你們陝西這麼多作家由北京出版社出版作品，你們這是要『揮馬東征』啊？」何指的是陳忠實的《白鹿原》、賈平凹的《廢都》等都是由北京的出版社在同一年出版。這原本是一句調侃之語，被當時參會的《光明日報》記者韓小蕙記住了，回去後寫下了篇洋洋灑灑的通訊《陝軍東征》發表在《光明日報》上，「陝軍東征」第一次被提了出來。這也就難怪遲至 2013 年，在《帶燈》首發式上回答《西安晚報》記者的提問時，賈平凹為什麼將「陝軍東征」歸結為「媒體概念」〔註87〕。有論者指出，「陝軍東征」是「沿用一種比喻性的說法，指的是去年以來陝西幾位作家聯袂發表的長篇小說對於文壇的衝擊和影響。」〔註 88〕但問題在於，如果說「陝軍東征」是一個比喻性的說法，那麼其所沿用的比喻本體又是什麼呢？因為從嚴格意義的軍系角度說，並不存在所謂的「陝軍」一說。唯一合理的解釋只能是，「陝軍東征」的比喻性說法，沿用或者說共享的其實是時間上出現更早的文學「湘軍」所開創的軍團式地方作家群的命名方式。我們看到，原本是作為地方作家群之別稱的文學「湘軍」這樣一個當代文學批評的術語，經過影響性的再生產之後——以「媒體概念」出現的「陝軍東征」已經有了大眾文化的痕跡。這恰恰也是為什麼「陝軍東征」一說存在爭議的緣由所在〔註 89〕。

如前所述，《文壇湘軍》事實上已經顯露出其區域文化研究的路數來，而隨著「陝軍東征」等越來越多地方文學軍團接二連三的涌現，區域文化越來越頻繁的進入到 90 年代文學批評研究的研究視野中來。典型的例證是嚴家炎先生 90 年代主編了一套《20 世紀中國文學與區域文化叢書》，該叢書共收錄了吳福輝的《都市縱流中的海派文學》、劉洪濤的《湖南鄉土文學與湘楚文化》等十餘本研究專著，「到了 20 世紀 90 年代，嚴家炎先生主編的《二十世紀中

〔註 87〕http://www.jpwgla.com/page02/2013/20130720075414.html。

〔註 88〕白燁：《作為文學、文化現象的「陝軍東征」》，《小說評論》，1994 年第 4 期。

〔註 89〕不少人認為「陝軍東征」是一種商業炒作，相關代表性文章有：五湖的《也炒「陝軍東征」》（《小說評論》，1994 年第 1 期）、旻樂的《贗品時代——關於「陝軍東征」及當代文化的筆記》（《文藝評論》，1994 年第 3 期）、張志忠的《陝軍東征：從哪裏來，到哪裏去？——〈1993：眾語喧嘩〉選四》（《文藝評論》，1998 年第 3 期）、何璐的《「陝軍東征」現象研究之一——文學與傳媒的聯袂自救》（《南華大學學報》，2011 年第 1 期）等。

國文學與區域文化叢書》，可以說更是將區域文化與文學研究推向了高潮。」
〔註90〕而一個可能並非巧合的「巧合」是，不僅這套叢書的出版是由文學「湘軍」的極力推介者湖南教育出版社來擔綱，且在叢書的總序中，嚴家炎先生實際上也注意到了文學「湘軍」現象的存在，「湖南作家很多，但如果研究湖南文學與楚文化，那麼恐怕應該抓住幾位典型的作家如沈從文、葉蔚林、古華以及 50 年代的周立波等，有些作家可略而不談。」〔註91〕我們發現，除了主要是作爲現代文學大家的沈從文外，葉蔚林、古華都是文學「湘軍」的主力干將。也就是說，中國 90 年代的文化研究，事實上遵循了兩種路徑：一是外來的理論資源引入，二是當代文學批評自身的演進。二者的匯合與相互援引，才構成中國 90 年代文化研究的眞實格局。而若以嚴先生主編的叢書爲例，這或許也算得上是當代文學批評反哺現代文學研究的一個典型案例。

　　從「湘軍」逐漸演變而來的文學「湘軍」的命名，實際上是直接或間接地強化了此後各省市作家群集體亮相的出場意識。　如果說文學「湘軍」的言說，最初只是一種自發的稱謂，那麼後來的各省文學大軍的命名多少就有點自覺的味道了——特別是到 90 年代之後，各省市作協爲推介本土的作家而成了地方文學軍團的幕後推手。但對文學「湘軍」來說，尷尬的是，因 90 年代湖南作家整體上的創作乏力——主要是指長篇小說乏善可陳，文學「湘軍」這一命名事實上遭遇了嚴重的認同危機，而由此造成的歷史性後果便是，晚於文學「湘軍」出現的「陝軍東征」、「文學豫軍」明顯後來居上，文學「湘軍」的言說反倒被人逐漸遺忘了。但無論是後起之秀，還是沒落王朝，以軍團來命名地方作家群的言說構造方式在文學界也並非沒有異議。在後來重振文學「湘軍」討論的餘波中，葉蔚林認爲「把一次文學高潮，誤認爲是座標式的文學高峰」，「湖南文壇對於『文學湘軍』這個稱謂難捨難棄，耿耿於懷，淤積成一個解不開的情結，一個卸不下的沉重包袱。」但「所謂文學『湘軍』並不是什麼堂皇的封號，不是一塊繡金匾，也不是水泊梁山的杏黃旗。實際上它不過是特定時期文學界的一種民間話語對湖南作家群的簡稱、別稱、戲稱；說穿了是一種輕鬆的、調侃式的玩笑而已。」〔註92〕再以「陝軍東征」

〔註90〕宋劍華、陳麗紅：《現代文學的「地方味」》，《中國圖書評論》，2009 年第 3 期。

〔註91〕嚴家炎：《20 世紀中國文學與區域文化叢書・總序》，《理論與創作》，1995 年第 1 期。

〔註92〕葉蔚林：《「重振」口號之置疑》，《文學自由談》，2002 年第 2 期。

為例，關於「陝軍東征」這一話題，陳忠實在西安晚報刊發的《明明白白忠實的心》中説，他一直不怎麼願意提這個詞，他認爲爲還是用「陝西作家群」創作繁榮來説這個現象比較準確〔註 93〕；更晚些時候出現的「文學豫軍」或「中原突破」同樣也不是沒有質疑，「實際上，所謂的『中原突破』、『陝軍東征』等只是一個虛假的幻象，是評論家手中的話語權製造出來的，並不具備實質的意義。」〔註 94〕但不管怎麼説，文學「湘軍」的命名確實起到了不可忽略的生產性構造作用，帶來了某種多米諾骨牌效應，甚至其後的「文學」軍團命名同樣也產生出了意想不到的結果，以陝軍東征爲例，「品牌遞增，説明文學陝軍創作在延伸。80 年代走高，90 年代多樣，以及新世紀文學樣態的愈加密集。強勢文學效應更在於激發了『70 後』、『80 後』甚至『90 後』新生代文學嚮往的涌動。」〔註 95〕當然，探討「70 後」、「80 後」的術語產生跟文學「湘軍」、「陝軍東征」等命名是怎樣的一種邏輯關聯，這是另文的研究任務了。

〔註 93〕http://epaper.xiancn.com/xawb/html/2013-06/27/content_218038.htm。
〔註 94〕梁鴻：《所謂「中原突破」——當代河南作家批判分析》，《文藝爭鳴》，2004 年第 2 期。
〔註 95〕馮肖華：《勁旅的換代與強勢的消長——文學陝軍創作流變的思考》，《文藝理論與批評》，2010 年第 2 期。

第二章　世界文學認同危機下的「小說湖南」──「開放中國」的圖式再現

　　如果說中國的改革開放，其最初的動力主要來自於社會主義內部的調整需要，即源自對社會主義體制危機的克服，那麼到 80 年代中期，在經歷了一個準備緩衝期之後，經濟層面的對外開放，則開始反過來倒逼改革，也即改革開放愈來愈感受到一種來自資本主義現代性的外在壓力。1984 年 5 月 4 日，在開放深圳、珠海、廈門 3 個經濟特區的基礎上，中共中央決定進一步開放 14 個沿海港口城市；1986 年 4 月 10 日，中國政府正式向「關稅和貿易總協定」（即 WTO）提出恢復中國在「關稅和貿易總協定」中締約國地位的申請。1987 年，海南建省，中國最大的經濟特區成立，中國的對外開放進程明顯提速。鄧小平指出：「經濟上實行對外開放的方針，是正確的，要長期堅持。對外文化交流也要長期發展」〔註1〕。

　　也正是在這一經濟與文化「開放」的大背景下，中國當代文學也逐漸獲具一種「世界」視野，「國門已經打開，中國文壇整面對著應接不暇的橫向湧入的各種西方思想文化思潮，日漸清晰的全球化發展態勢將文化的全球綜合趨勢與地域性尋根意識的衝突推向歷史的前臺，西方文化在現代化意識形態的裹挾下迅速地影響著中國人的日常生活和價值選擇」〔註2〕，在世界文學（主

〔註 1〕　鄧小平：《建設有中國特色的社會主義》（增訂本），第 31 頁。
〔註 2〕　朱水涌：《空間焦慮：當代文學 60 年的一種精神狀態》，蔡翔、張旭東主編：《當代文學 60 年：回顧與展望》，上海大學出版社，2011 年版，第 238 頁。

要是西方現代文學）的鏡照下，中國當代作家「走向世界」以及如何確立自我主體形象的身份「危機」意識愈發凸顯。

　　本章論述的韓少功、殘雪兩位小說家，不僅是學院關注度頗高的兩位年齡相當的湖南籍作家，同時也是至今仍保持較高創作熱度並享有一定國際影響力的兩位中國作家。2002 年，韓少功因其傑出的文學成就和廣泛的國際影響，法國文化部授予其「法蘭西文藝騎士勛章」，2011 年，《馬橋詞典》獲得第二屆美國紐曼華語文學獎。殘雪在歐美及日本則同樣有著廣泛而深遠的影響〔註3〕。儘管韓少功比殘雪成名要早，但二者文學史地位的奠定，大致都是到了 80 年代中期。從當代中國的歷史背景看，韓少功與殘雪兩位湖南作家，正是從中國當代文學自我身份危機的意識中迅速成長成熟的——只不過相對而言，殘雪比韓少功表現得更激進些——在殘雪看來，「文學作為文學自身要站起來，就必須向西方學習」〔註4〕。

第一節　中國當代文學身份危機的「尋根」取向

一、韓少功小說創作簡論

　　在一個主要由長篇小說來衡量創作水準高下的時代，韓少功也許不是當今小說成就最突出的作家，但或許堪稱當代作家中最全面、最複雜的一位。說韓少功全面，既是指至今仍保持旺盛創作力的他，完整地經歷了新時期以來的傷痕文學、反思文學、改革文學、尋根文學、先鋒文學等各文學階段，同時也是指作為作家的他，在小說、翻譯、理論、隨筆、劇本、傳記等各類文體樣式上均有所涉獵，稱之為全能型作家也可謂名副其實。對於韓少功的複雜，他的同行老鄉深有同感，「少功比我認識的大多數作家皆要複雜」〔註5〕

〔註3〕　據日本漢學家千野拓政介紹，「所謂的先鋒小說當中，在日本影響最大的，不是格非，也不是余華，而是殘雪」。據他在美國的一次經歷觀察，「2001 年我去美國的 Oregon，Portland，那兒有一個很大的書店，我就去那裏看了一下有什麼樣的中國文學作品。因為正好是高行健剛剛獲得諾貝爾文學獎的時候，他的書最多。除了高行健以為，我發現的是殘雪，還有兩本莫言。」引自「文學的當代性——上海大學『當代文學 60 年』圓桌會議紀要」，見蔡翔、張旭東編《當代文學 60 年：回望與反思》，上海大學出版社，2011 年版，第 459頁。

〔註4〕　殘雪：《殘雪文學觀》，廣西師範大出版社，2007 年版，第 1 頁。

〔註5〕　何立偉：《忽然想起韓少功》，《時代文學》，2008 年第 1 期。

具體說來，韓少功的複雜在於，在一個精神分裂的功利時代，他能最大程度地踐履知行合一；在一個文人無行的市場社會，他能腳踏實地的有所作爲。

韓少功始終與文壇主流保持一定的距離，有意固守一種邊緣姿態，即使開風氣之先，也絕不邀功自封。韓少功更深層次的複雜，則不僅體現在他趨時多變的創作風格上，更反映在其特立獨行的生存處世方式上：名聲鵲起時自我放逐般地遠去海南，厚祿高官卻又選擇全身而退歸隱鄉野。我們看到，與其在不同文體間靈活穿梭一樣，現實生活中的韓少功，也是在不同社會角色間切換自如：從知識分子到鄉野農民，由雜誌主編到社會文化活動家，自廳級官員而平民百姓，能挽起衣袖持生花妙筆寫高深文章，指點江山；也能卷起褲腳扛把鋤頭侍弄一畝三分菜地，樂在其中──韓少功的複雜與文學事功，已遠非一個小說家的定義所能承載。

簡要回顧韓少功的創作歷程，1977 年，24 歲的他即在《人民文學》發表小說《七月洪峰》，這也是韓少功首次在全國性刊物上發表作品。80 年代初，韓少功便以中短篇小說馳名文壇：《西望茅草地》（《人民文學》第 10 期）獲 1980 年全國優秀短篇小說獎，《飛過藍天》獲 1981 年全國優秀短篇小說獎（《中國青年》1981 年第 13 期）；80 年代中期，韓少功則以「尋根文學」理論與創作的雙重奠基者身份確立起其文學史地位，中短篇小說創作繼續高歌猛進；至 90 年代，開始染指長篇小說創作。1996 年，《馬橋詞典》發表問世，獨特的小說形式震驚文壇，由此引發的波折糾紛，也一度成爲當年的文化新聞事件；新世紀以來，先有《暗示》形式上接續《馬橋詞典》餘波，積極回應全球化帶來的現實困境遭遇，十年之後，再以一部《日夜書》深度重溫知青記憶，叩問文明與野蠻的辯證法，對現代性的反思顯得更爲複雜內在。在此期間，散文、理論、翻譯等創作愈發漸入佳境，用他自己的話說，「想得清楚的寫成隨筆，想不清楚的寫成小說」〔註 6〕，在韓少功那裏，「想得清楚的」與「想不清楚的」彼此參照，互爲闡釋。2006 年出版的《山南水北》，再度以跨文體的姿態集諸多文體之大成，獲得廣泛高度好評〔註 7〕。

70 年代末至 80 年代前期，從文革十年動亂中走出的中國，正處在一個思

〔註 6〕 韓少功：《聽舒伯特的歌》，《海念》，海南出版社，1996 年版，第 291 頁。
〔註 7〕 2006 年，韓少功以《山南水北》榮獲 2006 年度華語文學傳媒大獎中最重一項獎項──「年度傑出作家獎」；2007 年，《山南水北》獲第四屆魯迅文學獎之全國優秀散文雜文獎。

想解放、改革起步的「新時期」。文學的現代性演進，跟社會的現代化進程，基本處於同構的態勢，或者說，文學的現代性直接呼應了社會現代化的內在訴求。此一時期，秉持經世致用精神傳統的韓少功，豪情滿懷地投身於滾滾時代洪流，篤信文學具有的社會政治功能，「傷痕」文學、「反思」文學、「改革」文學等，他均不同程度地參與其間，「力圖寫出農民這個中華民族主體身上的種種弱點，揭示封建意識是如何在貧窮、愚昧的土壤上得以生長並毒害人民的，揭示封建專制主義和無政府主義是如何對立又如何統一的，追溯它們的社會根源。」〔註8〕從《紅爐上山》、《一條胖鯉魚》、《稻草問題》、《對臺戲》、《開刀》等短篇小說蹣跚起步，一直到《七月洪峰》在《人民文學》的發表，這一階段的韓少功，基本上遵循的是批判現實主義的寫作路子，以農村和農民爲表現對象，藝術成就並不是很高。此後的《月蘭》呼應時代脈動，反映極左思維影響生成的社會問題；《飛過藍天》以象徵與現實結合的方式，探討知青回城而不得的現實困境；《風吹嗩吶聲》則以家庭兄弟叔嫂關係爲切入點，反映社會風氣與時代主題的漸變，藝術與思想深度均有所加強。

80年代中期，韓少功首開風氣之先地祭出文化尋根的大旗，試圖以「尋根」和「文化」的名義，將文學從政治桎梏的束縛中解放出來。從文學角度說，尋根文學實際上是一種策略式的暗度陳倉，亦即以貌似中性的文化概念來消解狹義的、被強制規定的政治，從而來獲取文學獨立的自主性。尋根文學事實上邁出了當代文學「純文學」化道路的第一步，儘管這一步並不是那麼的徹底。而有意思的是，這種一開始以地域文化爲著眼點的去政治化的文學建構方式，事實上又是以文學來重建另一種新型「政治」：「『尋根』文學並不會甚至不想要使中國人成爲個人，而是成爲中國人」〔註9〕。也就是說，在韓少功這裡，「尋根」不僅是當代文學以民族地域文化爲依託的向內轉的路徑訴求，也是國家現代化進程理應考慮的一個面向——也正是從這一意義上說，文學再度隱蔽地跟政治纏繞到了一起。從韓少功那篇「尋根文學」的宣言中，我們可以清楚地看到，《文學的「根」》表面是在談文學可資借鑒的創作資源問題，但實際上，文學的邏輯所對應的也是時代發展的現代難題，或者說，尋根文學的構想，不期然地溢出了文學討論的框架邊界。在《文學的

〔註8〕韓少功：《學步回顧——〈月蘭〉代序》，載《月蘭》，廣東人民出版社 1981
　　　年版。
〔註9〕劉小楓：《那一代人的怕和愛》，華夏出版社，2007年版，第254頁。

「根》中，韓少功一再重申，文學尋根不是出於「一種謙價的戀舊情緒和地方觀念，不是對方言歇後語之類淺薄地愛好；而是一種對民族的重新認識、一種審美意識中潛在歷史因素的蘇醒，一種追求和把握人世無限感和永恒感的對象化表現……這裡正在出現轟轟烈烈的改革和建設，在向西方『拿來』一切我們可用的科學和技術等等，正在走向現代化的生活方式。但陰陽相生，得失相成，新舊相因。萬端變化中，中國還是中國，尤其是在文學藝術方面，在民族的深層精神和文化物質方面，我們有民族的自我。我們的責任是釋放現代觀念的熱能，來重鑄和鍍亮這種自我。」〔註10〕

　　我們看到，韓少功所謂以「民族的自我」來釋放「現代觀念的熱能」，其所憑藉的方法途徑，即是通過對「審美意識中潛在歷史因素」來完成中國當代文學在世界文學之林中的「自我」確證。論者總是不經意間由一個文學的或地方性的話題出發，而最終抵達的則是「中國」和「民族」的問題。後來的研究者在回顧清理「尋根文學」思潮時，巾意識到了「尋根」的這一重意向，「『尋根文學』是在80年代熱情呼喚和正在當下展開的現代化進程的一個不自覺的反應，表現了對20世紀以來的現代化的話語霸權的複雜態度。現代化是一種普遍主義，被認為是一種普遍的經驗，而『尋根文學』儘管在當時並不是公開地、理直氣壯地但卻暗含著提出了文化的特殊性和傳統的問題，與這種外來的現代化和普遍主義潛在地對抗。」〔註11〕也就是說，韓少功當年是敏銳地意識到，所謂現代，只有在對民族傳統的消化吸收基礎上，才能得到更好的解釋澄清——無論是文學的現代性，還是社會的現代化，在「現代」意識形態建構過程中，如果缺失歷史傳統的參照維度，那麼現代則很有可能會誤入不知所蹤的迷途。從象徵的意義上說，「尋根」既是經由歷史傳統完成的對現代化的一種反撥校正，同時也是現代性的自我深化，即《文學的「根」》中所謂的「根不深，則葉難茂」，既是文學的邏輯，也是民族國家現代化的邏輯。

　　為避免討論流於空洞，這裡我們不妨就以韓少功的《爸爸爸》為例。在這篇有著一個奇怪的口吃題目的小說中，我們看到，作家對傳統文化的理性批判與對現代化的譏誚諷刺，幾乎可以說是同時進行的。「爸爸爸」的口吃結巴，既是對民族傳統文化迷頓失語的隱喻，也是現代性陷入自我迷失境地的

〔註10〕韓少功：《文學的「根」》，《作家》，1985年第6期。
〔註11〕曠新年：《「尋根文學」的指向》，《文藝研究》，2005年第6期。

能指象徵。換言之，韓少功在《爸爸爸》中實現的其實是對傳統和現代的雙重反思批判：

> 「昨天落了場大雨，難道老規矩還能用？我們這裡也太保守了，真的。你們去千家坪視一視，既然人家都吃醬油，所以都作興『報告』。你們曉不曉得？鬆緊帶子是什麼東西做的？是橡筋，這是個好東西。你們想想，還能寫什麼稟帖麼？正因爲如此，我們就要趕緊決定下來，再不能猶猶豫豫了，所以你們視吧。」
>
> ……
>
> 「接下去，又發生一些問題。老班子要用文言寫，他主張用白話；老班子主張用農曆，他主張用什麼公曆；老班子主張在報告後面蓋馬蹄印，他說馬蹄印太保守了，太土氣了，免得外人笑話，應該以什麼簽名代替。他時而沉思，時而寬容，時而謙虛地點頭附和——但附和之後又要『把話說回來』，介紹各種新章法，儼乎然一個通情達理的新黨」。〔註12〕

《爸爸爸》中的石仁，穿皮鞋，會新詞，說官話，是以一個貌似開放並且見過些世面的「新黨」形象出現的，但恰恰是在這個不洋不土、不倫不類的小說人物身上，我們明顯能感覺得到，作家對雞頭寨陋俗的那些批判同樣也適用於他。這不由得讓我們再度想起韓的老鄉沈從文，《爸爸爸》中的石仁跟沈從文在《長河》題記中提到的「時髦青年」可以說如出一轍：

> 「『現代』二字已到了湘西，可是具體的東西，不過是點綴都市文明的奢侈品大量輸入……所謂時髦青年，便只能給人痛苦印象，他若是公子哥兒，衣襟上必插兩支自來水筆，手腕上帶個白金手錶，稍有太陽，便趕忙帶上大黑眼鏡，表示知道愛重目光……」〔註13〕。

石仁主張用白話替代文言，用公曆替換農曆，用簽名取代馬蹄印，似乎能起到以換湯來換藥的效果，但每每「附和之後又要『把話說回來』」。從頗有點滑稽的敘事腔調中，我們看到韓少功在對雞頭寨的傳統陋俗展開象徵性批判的同時，也隱含了對現代性的理性批判。從創作思維方式的角度而言，《爸爸爸》、《女女女》、《歸去來》等小說，時代背景模糊，注重感覺的意識流動。眼目無神、行動呆滯的丙崽，病患中神志不清的麼姑，真假難辨的馬眼鏡與

〔註12〕韓少功：《爸爸爸》，《領袖之死》，北嶽文藝出版社，2001年版，第208頁。
〔註13〕沈從文：《沈從文文集》第七卷，三聯書店版，1988年版，第2頁。

黃治先，韓少功此一階段的小說，毋寧說就是在一種「晦暗不明」的情境中
展開的。當然，不惟韓少功的《爸爸爸》，當時所有的尋根小說幾乎都「帶有
一種複雜性，一種多義性，一種自我矛盾的特徵，不太明朗，甚至有些晦澀。」
〔註14〕從文學與時代精神同構的角度講，小說的「晦暗不明」不僅僅是一種
小說詩學或文學風格的呈現，毋寧說是韓少功價值觀、世界觀的一個鏡像，
即在對外開放的時代背景中，傳統與現代糾纏的中國何去何從以及在世界民
族之林中，中國又能有何種作爲等宏大問題對韓少功來說並沒有一個固定的
現成答案。此一階段的小說，無疑在一個更高的抽象層面，隱喻了韓少功對
世界的看法以及對現代性的重新審視，由此折射出的是韓少功不再盲崇此前
那種確定無疑的線性發展觀。「那種模糊不清的超時地的社會存在的外觀，實
是對包括縱向和橫向的更爲開闊的生活所進行的象徵性模擬，通過創造和現
實相當的對應物，造成深切的寓意，來間接暗示作家所著重表現的隱蔽的思
想情緒和抽象的人生哲理。」〔註15〕帶來的後果便是，一種相對主義的價值
觀和認識論，在韓少功此一時期的創作中開始浮出水面。

　　儘管早在 80 年代初，韓少功就已展開對現代性的深沉憂慮與理性反思，
但不管怎麼說，現代性或者說現代化是大勢所趨，已經深刻地契入了中國社
會的發展進程之中。90 年代展開的社會主義市場經濟無疑加速了這種歷史進
程，並開始與洶涌的全球化合流。這從某種程度上注定了韓少功 90 年代的寫
作，也必將延續此前的思路，不可避免地再度與現代性交鋒。在 90 年代一篇
題爲「聖戰與遊戲」的文章中，韓少功寫道：思辨者如果以人生爲母題，免
不了要充當兩種角色：他們是遊戲者，從不輕諾希望，視一切爲娛人的虛幻。
他們也是聖戰者，決不苟同驚慌和背叛，奔赴眞理從不趨利避害左顧右盼，
永遠執著於追尋終極意義的長途〔註16〕。韓少功不再一味擁抱現代性，也不
是沉迷於民族文化傳統，而實際上信奉的是一種相對意味濃厚的「拿來主
義」，正因如此，「遊戲者」與「聖戰者」的兩種表面看似矛盾的角色，才有
機地集韓少功於一身。

　　本章主要討論的是韓少功的三部長篇小說，分別是 1996 年的《馬橋詞

〔註14〕韓少功：《文學尋根與文化蘇醒——在華中師範大學的演講》，《新文學評論》，
2013 年第 1 期。
〔註15〕胡宗健：《韓少功近作三思》，《文壇湘軍》，湖南文藝出版社，1991 年版，第
6 頁。
〔註16〕韓少功：《聖戰與遊戲》，《書屋》，1995 年第 1 期。

典》、2002 年的《暗示》以及 2013 年發表出版的《日夜書》，中短篇小說只是作爲其間的背景呈現或穿插性地予以概述。這種處理方式並不意味著韓少功的中短篇小說不重要，而是迄今爲止的三部長篇小說更能體現韓少功的變與不變來。貫穿韓少功三部長篇小說的核心線索是知青情結，「在他的個人記憶深處，始終包裹著一個精神內核，那就是『知青情結』」〔註 17〕，但同爲知青情結與知青經歷，在三部小說中則有完全不同的表現方式。知青歲月在他筆下，既可以變化出學者的謹嚴思辨，也可見農民式的豁達幽默；既有術語化的細緻綿密，也不乏口語化的生動隨意——所有一切均「根據他自己獨特的審美目的」。而另一方面，韓少功形式獨特的長篇小說，已最大程度地融合了中短篇小說、散文隨筆、理論寫作的元素，長篇小說的文體跨界更能體現出作家的勃勃野心與複雜全面來。比如，我們看到，早年《爸爸爸》裏的「渠」、「視」、「話份」、「寶恩」方言詞彙等，在後來的長篇小說《馬橋詞典》中均能找到——倚重地方性經驗的中短篇小說，某種意義上正是他後來長篇小說的原始雛形。

如前所述，文學的「尋根」從來都不是對「根」的一味肯定或純粹否定那麼簡單，毋寧說「尋根」開啓的正是中國現實複雜性的文學性向度。尋根文學時期的韓少功，已經顯示出對工具理性主義的懷疑?象來。我們看到，90年代的韓少功，一開始並沒有參與到當代長篇小說的創作潮流中來，而是先後主持過《海南紀實》與《天涯》兩家刊物的工作，後者一度被視爲「新左派」的大本營。但從某種意義上說，恰恰也只有在韓少功聲譽日隆時出走海南、主辦雜誌並被稱之爲「新左派」干將的經歷背景下，我們才能更好的理解他於 1996 伊始的長篇小說創作。

二、《馬橋詞典》:「妙會實事」的「親附人生」

解讀韓少功的長篇小說創作，我們命定般的面臨著雙重困境：一是韓少功小說的敘述披掛著一層護身符般的理論鎧甲，即小說敘述的反身指涉，本身就構成理解小說的一個重要維度；二是韓少功本能的懷疑書本知識的闡釋效力，他的小說具有濃厚的實踐品格，或者說小說本身是反理論或反感理論的。正如他所主張的那樣，「凡是有力量的作品，都是生活的結晶，都是作者經驗的產物，孕育於人們生動活潑的歷史實踐」〔註 18〕。當然，這並不是說

〔註17〕陳曉明：《陳曉明小說時評》，河南大學出版社，2002 年版，第 124 頁。
〔註18〕韓少功：《在後臺的後臺》，人民文學出版社，2008 年版，第 45 頁。

面對作家人生閱歷和生活經驗的結晶，沒有生活經驗便一籌莫展、無能為力，或者說只能依照作家喜歡的思路來進入小說，而是說──借用熱耐特的話，韓少功小說中的「元敘述評論」〔註 19〕已經越俎代庖般地先行一步佔領了本該是評論家的地界，留給闡釋者的自由空間相當有限。要想取得闡釋的有效性，我們首先得在理解閱讀的層面突破作者的前置設定，或者說必須得穿透作者賦予小說的理論鎧甲，因而現實操作的問題也就成了我們能在何種程度上觸摸到韓少功長篇小說的意義能指邊界而又能超越這一邊界完成對小說的真實整體把握？

　　客觀地說，《馬橋詞典》、《暗示》等韓少功的長篇小說將隨筆、小說、理論進行跨界融合這一行為本身，也存在一定的風險，「儘管隨筆比起傳記和小說來理當擁有更多的神來之筆和明譬暗喻的自由，而且還可以不斷潤色，直到文章表面上每一點都閃閃發光為止，但是，這也包含著種種危險。」吳爾夫對此解釋道，「首先，我們很快就看到了雕飾。很快，文章的氣韻──那本來是文學的生命線──流動得緩慢了；而且，語言，本來應該像流水一樣從容不迫、波光粼粼地向前移動的，那樣才能使人感到一種深邃有力的激動，卻一下子凝結成為冰花。」〔註 20〕我們看到，無論是在先前的《馬橋詞典》還是後來的《暗示》中，都不同程度的存在這樣的「問題」──傳統長篇小說那種氣貫長虹的史詩般氣勢，在這兩部小說中都變得不可能。

　　單從小說文體或語言角度來說──無論是信誓旦旦地斷言《馬橋詞典》、《暗示》的文體實驗失敗，還是不遺餘力地褒獎作家大膽創新的成功，都有點文不對題，因為嚴格說來，文體的成功或失敗，即藝術上的嘗試，既不能證實也不能證偽──我們至多只能從藝術效果的角度，來評判創新嘗試的有效與否。況且，正如有論者所指出的那樣，「單純的文體批評正好落入了作者所針對的『知識危機』的表現範疇之中」〔註 21〕。在韓少功看來，文體是心智的外化形式，僵硬的形式可以反過來制約內容，「當文體不僅僅是一種表達的方便，而是在一種體制化的利益強制之下，構成了對意識方式乃至生活方

〔註 19〕Grard Gen ette, *Na rra tive D iscourse, Jan e E.L ew in tran s1*, Oxford: B lackw el，l 1980, p164。轉引自王麗亞：《「元小說」與「元敘述」之差異及其對闡釋的影響》，《外國文學評論》，2008 年第 2 期。

〔註 20〕吳爾夫：《普通讀者》，劉炳善譯，北京十月文藝出版社，2005 年版，第 167 頁。

〔註 21〕廖述務編：《韓少功研究資料》，天津人民出版社，2008 年版，第 384 頁。

式的逆向規定，到了這一步，寫作者的精神殘疾就可能出現了，文化生產就可能不受其益反受其害了」〔註22〕韓少功意識到文體形式之於小說的重要性，但這並不意味著他標榜文體至上主義，他也從來不是一個小說敘事形式的原教旨主義者，他的根本目的也不只爲打破現有的敘事模式，毋寧說所有的嘗試努力都是爲小說內容尋找一個理想的形式容器，爲其情感觀念的表現與表達，尋找一個更加順暢的通道。從這一角度說，由《馬橋詞典》和《暗示》帶來的文體革新或語言事件，並非是小說文體層次的改頭換面，也不能僅僅理解爲普通話與方言的替代性嘗試，或語言和言語的言路轉換，而是經由語言、語詞的楔楔，撬動起小說的傳統結構堡壘，進而開啓一種新的現實面向——與其說《馬橋詞典》、《暗示》是小說的語言學轉向，不如說是語言的小說學轉向。

在《馬橋詞典》中，小說的某些敘述，同時也逼近小說的闡釋本身，從而使得小說有了一種「元小說」的意味。也就是說，韓少功是有意模糊虛構與寫實的邊界，造成文本與理論的混搭，從而構築起一道極其曖昧的含混地帶。在《馬橋詞典》的「楓鬼」詞條下，作者以敘述者的口吻如是寫道：

> 動筆寫這本書之前，我野心勃勃地企圖給馬橋的每一件東西立傳。我寫了十多年的小說，但越來越不愛讀小說，不愛編寫小說——當然是指那種情節性很強的傳統小說。那種小說裏，主導型人物，主導性情節，主導性情緒，一手遮天地獨霸了作者和讀者的視野，讓人們無法旁顧。即便有一些偶作的閒筆，也只不過是對主線的零星點綴，是專制下的一點點君恩。必須承認，這種小說充當了接近眞實的一個視角，沒有什麼不可以。但只要稍微想一想，在更多的時候，實際生活不是這樣，不符合這種主線因果導控的模式。一個人常常處在兩個、三個、四個乃至更多更多的因果線索交叉之中，每一線因果之外還有大量其他的物事和物相呈現，成爲了我們生活不可缺少的一部分。在這樣萬端紛紜的因果網絡裏，小說的主線霸權（人物的、情節的、情緒的）有什麼合法性呢？〔註23〕

我們看到，上述帶有元敘述性質的內容，既可視爲小說的一個情節片段，也在一定程度上可完全充當《馬橋詞典》的發生學或創作談，解釋了小說何以如此

〔註22〕韓少功：《文體與精神分裂主義》，《天涯》，2003 年 6 月號。
〔註23〕韓少功：《馬橋詞典》，作家出版社，2009 年版，第 56 頁。

的緣由所在，從而使得我們任何有關小說的評論研究，都有可能面臨著淪爲作家自說自話的翻版的尷尬。如果僅僅是在小說形式的詩學層面探討《馬橋詞典》的寫作，重複作家的言說，幾乎不可避免。因此，如何貼近並同時又超越作家的論述，就成了我們討論《馬橋詞典》的關鍵。這裡，對上述內容，我們不妨做一番精神現象學的解析。我們發現，在韓少功的這段創作自述中，出現頻率最高的是「主導」、「霸權」等字眼。表面看，作家是基於對主導的小說創作以及閱讀的文學性反思，但實際上，不難發現其行文的落腳點是放在了「生活」上：「實際生活不是這樣」——與其說韓少功欲用一種全新的小說形式來完成某種文學意義的革新，不如說是借用一種與現實對應的小說裝置來發現某種被遮蔽的邊緣生活。韓少功選擇詞典體這一小說文體，最重要的依據或在於，詞典體的文體形態與生活形態是對應同構的。質言之，反抗某種霸權主導的生活樣式，才是韓少功「爲一個村寨編寫一本詞典」〔註24〕的最終旨歸。

　　從這一意義上說，《馬橋詞典》既實現了作家的創作意圖，即「認識人類總是從具體的人或具體的人群開始；如果我們明白，任何特定的人生總會有特定的語言表現，那麼這樣一本詞典也許就不會是沒有意義的」〔註25〕，而同時也反映了韓少功身上那種理想浪漫、經世致用的湘楚文化精神：小說形式高度「浪漫」，內容則是完全「致用」的。《馬橋詞典》變由人物行動主宰爲語詞牽引情節，從小說結構上看，這種對傳統小說形式完整性的消解，帶來了意想不到的另一種整體性的建構，即在溢出時代普遍性的規定之外，一種新型圖景與關係、一部生動鮮活的鄉土史志從詞條的間隙中涌溢而出。《馬橋詞典》的小說形式無疑有一定的迷惑性，馬橋弓的歷史及其生存、生活法則經由 115 個不完全的詞條編碼獲得了生命力，27 個主要人物的性格與命運，在這種個性化的注釋中浮出水面——從這個意義上說，小說文本似乎有一種未完成的開放性：它既是一部不完全的地方志史，又是一部意猶未盡的小說。我們能明顯感覺得到，小說是在一種潛對話的氛圍中展開的，作家解釋一個詞條的來由、變異的過程，也即向「詞典」的「使用者」滲透編纂敘述者的諸多歷史或現實的思考。作家利用言語撬開歷史的豁口。在漫不經心的解釋和看似鬆散的結構中暗含著一種邏輯必然性，從而展示出獨有的小說智慧。

〔註24〕韓少功：《編纂者說明》，《馬橋詞典》，作家出版社，2009 年版。
〔註25〕韓少功：《編纂者說明》，《馬橋詞典》，作家出版社，2009 年版。

　　《馬橋詞典》採用的是一個知青，即小說中所謂「下放崽」的視角來展開「詞典編纂」的。在小說中，作為「下放崽」的「我」，既是一個外來的觀察者，也是一個馬橋的當事親歷者，作者與敘述者的離合，使得文本介於「史志」和「小說」間游離，從而使得敘述者的講述不拘一格，能保以最大程度的自由靈活。若從小說敘述「時態」的角度說，我們發現，《馬橋詞典》的敘述時態非常的多樣豐富：既有一般過去時和一般現在時，也有一般完成時、過去完成時等完成時態，同樣也還有過去進行時和正在進行時等。小說中的大部分的詞條的「編纂」都是以一般現在時和一般過去時來完成的，比如小說開篇的「江」：「馬橋人的『江』，發音 gang，泛指一切水道，包括小溝小溪，不限於浩浩蕩蕩的大水流。如同北方人的『海』，把湖泊池塘也包括在內，在南方人聽來有些不可思議。」〔註 26〕，在缺乏上下文語境支撐的情況下，這既可以理解為散文化敘述的一般現在時，也可以看成是親歷者事後回憶的一般過去時。但小說中除了這兩種常見的「時態」外，也有相當一部分是以其他形式的時態進行敘述的，比如「隔鍋兄弟」的詞條，以「我」與馬鳴啼笑皆非的對話開始，具有很強的現場感。敘事時態的多元使得《馬橋詞典》中的 115 個詞條，看似是以共時性的形態出現，而並無歷時的軌跡，但細讀就不難發現，到小說的下半部，我們能明顯感覺到小說時間的漸變游移，至小說的結尾，我們才看出整部小說大致遵循的其實是一個倒敘結構。

　　　　官路上的泥土開始有糞臭的時候，就是村寨快到了。那裏有一
　　　　樹燦爛的桃花，迸發出嘩啦啦的光斑。我氣喘吁吁地回過頭來問：
　　　　『馬橋還沒到麼？』覆查幫我們幾個知青挑著大擔行李，匆匆地趕
　　　　上來：『就到了，就到了。看見沒有，前面就是，不算是太遠吧？』
　　　　『在哪裏呵？』『就在那兩棵楓樹下面』『那就是馬橋？』『那就是
　　　　馬橋。』『為什麼叫這個名字？』『不知道。』我心裏一沉，一步步
　　　　走進陌生。〔註27〕

對比小說的首尾兩處，明顯能看出，不僅二者的敘述姿態不一樣，敘事時態也大不相同。而也恰恰是在這種不同的敘述姿態、不同的敘事時態中，本義、鹽早、覆查、仲琪、光復、兆青、鐵香、魁元等馬橋人的故事，才能得以最大限度地本真呈現，甚至包括小說中那頭喚作「三毛」的牛、那條名叫「黃

〔註26〕韓少功：《馬橋詞典》，作家出版社，2009 年版，第 1 頁。
〔註27〕韓少功：《馬橋詞典》，作家出版社，2009 年版，第 315 頁。

皮」的狗，以及馬橋人稱之爲「黑相公」的野豬。「並非所有的文學都屬於『虛構』，但所有的文學中都存在虛構性」〔註28〕，正如韓少功自己所指出的那樣，《馬橋詞典》中115個不完全的詞條，並非都是馬橋的地方方言，只不過是同樣的語詞，馬橋人與外界的用法意涵不一樣而已，像「科學」、「醒」、「甜」、「不和氣」、「臺灣」、「火焰」等，在馬橋人那裏，這些都有著特殊的意思。此外，《馬橋詞典》中還有少數詞條是作家的創造，比如「暈街」一詞，就純屬作家自己的杜撰。因此，小說中的115個詞條可以說是虛實相伴，眞假難辨，或許這也正是韓少功刻意爲之的一種追求，因爲在他看來，「優秀的文學實外有虛，實中寓虛，虛實相濟，虛實相生，常有鏡頭夠不著的地方」〔註29〕，從這一意義上說，那個賽過活神仙般的馬鳴在馬橋弓的存在，與其說是一具眞實肉身，不如說是一個具有象徵意義的概念符號。當「馬橋」和「詞典」一起組合在韓少功小說中的時候，馬橋已不是現實馬橋人中的那個馬橋。在《馬橋詞典》中，對於人物性格的執拗、乖戾，以及馬橋故事的匪夷所思，作家未曾動過啓蒙批判的念頭，小說裏的27個人物，沒有主要、次要之分，更沒有常規意義的正面、反面之別。而沒有「中心」，正是有意反抗主導霸權的結果。

　　從《馬橋詞典》開始，韓少功的小說，越來越不像文學教科書定義的那種小說，或者說，他越來越不在意那種經典意義的小說、散文之別——《山南水北》亦乎如此。那麼，韓少功有意模糊甚至取消文體的差異，其用意與根源究竟何在？對這個問題的回答，恐怕得借助於90年代當代文學語境的澄清。眾所周知，緊接韓少功們「尋根」其後的是先鋒文學的強勢登場，先鋒作家們以眼花繚亂、不知所云的「形式」和「主義」讓包括專業批評家們在內的所有讀者均錯愕不已，由此而來的便是所謂當代文學的「純文學」進程。進入90年代，隨著「市場」因素的介入，當代文學愈來愈呈現出一種極端的「非常態化」趨勢來，即當代文學尤其是小說，不是趣味日益偏狹的小圈子化，就是題材變得愈來愈惡俗化、妖魔化——即使是趣味中正的嚴肅之作，也是陷入曖昧不清的「歷史」泥淖而不能自拔。總之，90年代以來的當代文學離普通人的喜怒哀樂、離生活中沉默的大多數是漸行漸遠、漸遠漸生了。而反觀《馬橋詞典》，我們便不難發現，韓少功在小說中講述農事生產的艱辛，

〔註28〕雅克・德里達：《文學行動》，中國社會科學出版社，2000年版，第16頁。
〔註29〕韓少功：《想明白・總序》，四川出版集團，2012年版。

描繪草木牲畜的成長，既不做作，也無任何矯情。韓少功看似表面的反理性主義本身，實則是由一種更高層面的理性主義來完成的，而這其實也符合其一貫的思維方式和路徑選擇，「我比較不太願意盲從那種感覺崇拜論。到了九十年代以後，很多感覺崇拜變成了一種自閉、一種自戀。包括有一些先鋒藝術，他們最初從感覺出發，有非常積極的意義，但其中一部分，甚至很大一部分，變成做鬼臉，發尖聲，瞎鬧騰，沒什麼東西了。」甚至認為，「男性作家沒有一點理性訓練不是很光彩的。」〔註30〕可以說，非理性的感覺極端主義，從來不是韓少功寫作的價值取向，而「妙會實事」的「親附人生」，才是韓少功一以貫之寫作姿態，是其始終不變的追求。一言以蔽之，只有從親近習見的百態人生的角度，我們才能理解韓少功在《馬橋詞典》中的選擇。

如上所言，如果認為韓少功的詞典編纂體小說，其碎片化的語詞指向的是感覺離散的反理性主義，那麼，這仍只是一種矚目小說修辭現象的表面觀察。我們必須意識到，儘管《馬橋詞典》的濃鬱形式意味帶給人一種新奇的閱讀體驗，但實際上，在小說形式的掩蓋下，暗藏的實際上是作家秘而不宣的內容意圖。質言之，《馬橋詞典》並非是形式決定內容，而是恰恰相反的內容決定形式，小說形式上的大膽嘗試，並非僅為文學創新，更不是玩弄所謂的敘事技術，而是一種更深沉的形而上憂慮。正如韓少功的同鄉也是同行何立偉評價他的那樣，「當其時，湖南及全國各地文人中，『玩』文學的很不少，而你讀少工夫子的小說，你感到他不是『玩』，是藉了文學來闡揚他的人世關懷與現實立場。他在思想上遠比一般作家走得遠，而他的目光亦比一般作家要沉鬱」〔註31〕。也就是說，儘管我們仍可以解讀出這一時期韓少功小說的理性啟蒙或封建批判的意味來，但是較之於80年代的直切迫近，《馬橋詞典》的韓少功，無疑更多了一份世事洞明的寬容豁達。

三、《暗示》：對外開放的「全球化」時代的小說藝術

如果將《暗示》放在韓少功三部長篇小說的總體框架中來審視，《暗示》更像是一個過渡，即是說，經由《暗示》的承接轉折，始於《馬橋詞典》的「知青情結」，或終於在《日夜書》中有了一個名正言順的小說意義的「終結」。

〔註30〕 韓少功、李曉虹、和歌：《要搗亂，要狂飆，必是情理所逼》，《黃河文學》，
2012 年第 3 期。
〔註31〕 何立偉：《忽然想起韓少功》，《時代文學》，2008 年第 1 期。

《暗示》某種意義上說，也是《馬橋詞典》的姊妹篇，不僅是形式的相似，同樣還有跟《馬橋詞典》一樣的知青「懷舊」情結的內在支撐。或者說，較之於《馬橋詞典》，《暗示》小說文體的「似是而非」性更進了一步，「這是一本關於具象的書，需要提取這些具象的意義成分，建構這些具象的讀解框架，寫著寫著就有點像理論了」〔註32〕。同樣的，如果我們僅從小說文體藝術的角度來看，《暗示》的「似是而非」顯然也存在不同程度的這樣或那樣的問題，但眼光僅局限於小說的形式文體，我們依然還只是停留在圖解作家創作意圖的「新批評」層面，注定解釋不了小說的複雜性。而其實，關於《暗示》的討論，堅執於應不應該這樣寫，並無多大的意義，「我們要討論的是，它為什麼要『這樣寫』——尤其是對韓少功這樣訓練有素的小說家而言」〔註33〕，更準確點說，應該說是對已經有了一部詞典題小說在先的韓少功來說，為什麼一向有著文學創新意識的他，仍會選擇這種小說形式上的「重複」？換言之，我們的問題應該聚焦於，《暗示》究竟是對六年前《馬橋詞典》小說形式的低水平重複，還是一次看似形似實則有著完全不同精神指向的超越？至少從小說題目來看，《暗示》反倒真顯得「題目愈是微不足道，在字面上修飾的誘惑就會愈大。」〔註34〕

　　要真正深入《暗示》的內在結構，我們不能僅從文本表層去理解小說的「似是而非」，而唯有在一個結構性的象徵層面，將其與時代精神氛圍同構的意向結合起來，或許才能真正明白《暗示》究竟是在向我們「暗示」什麼。據韓少功所言，《暗示》最初本無意於理論，而「只是編錄一些體會的碎片」〔註35〕，問題的突破口或在於，韓少功的「體會」是關於什麼的一種體會？這種體會何以零散的碎片化？進而言之，這種碎片化的體會，究竟僅僅是一種個人化的生存生活體驗而已，還是說在一個高度抽象的層面具有不可傳達的普遍整體性？懸而未決的關鍵問題還在於，碎片化的體會，又何以支撐起一部長篇小說的寫作初衷？在回答上述問題之前，我們首先有必要回到小說創作的時代背景上來。

　　《暗示》發表出版於新世紀之初的 2002 年，即時隔《馬橋詞典》之後的

〔註32〕韓少功：《暗示》前言，人民文學出版社，2008 年版。
〔註33〕廖述務編：《韓少功研究資料》，天津人民出版社，2008 年版，第 411 頁。
〔註34〕吳爾夫：《普通讀者》，劉炳善譯，北京十月文藝出版社，2005 年版，第 167頁。
〔註35〕韓少功：《暗示》前言，人民文學出版社，2008 年版。

第 6 年。比較而言，對中國人來說，2002 年或許遠沒有過去的 2001 年來得那樣激動人心：2001 年 7 月 13 日，北京申奧成功；2001 年 12 月 11 日，中國正式成爲世界貿易組織成員。中國在 2011 年儼然成了舉世矚目的「中心」，「中國」與「世界」的距離，似乎從來沒有這樣的迫近，從而使得原本方興未艾的全球化討論變得更加熱烈——無論是官方，還是學界、民間，全球化之所以在當時的中國能引起廣泛的參與討論，不僅僅在於它是一個可以用來裝點門面的時髦話題，更在於全球化事實上已在某種程度上構成中國人的一種生活認知體驗。對國人來說，在經歷了二十年的改革開放和將近十年的社會主義市場經濟的洗禮之後，即將展開的全球化將在對外開放的層面上更進一步，或者說中國的對外開放的程度，將在入世和申奧成功後達致更高、更深的水平，這無疑讓人更加期待：出口貿易、進口汽車、全球市場、國際會議、星級酒店、機場高速、出國旅遊、數碼娛樂以及與歐美時尚潮流的同步性，等等，來勢洶涌的現代、後現代景觀，帶來的是一種令人眩暈的身心體驗，一種本雅明意義的「震驚」體驗。

經濟全球化的實質，是資本主義的全球擴張。馬克思認爲，經濟、政治、文化等多方面利益的訴求驅動，迫使資本主義「不斷擴大產品銷路的需要，驅使資產階級奔走於全球各地。它必須到處落戶，到處創業，到處建立聯繫」，並「按照自己的面貌爲自己創造出一個世界」〔註36〕。在 20 世紀以前，全球化主要表現爲世界貿易和世界市場在地域上的拓展以及世界交通運輸網絡在地域上的擴張。20 世紀末的全球化帶來的深刻變革，或在於它以一種更強勢的衝擊，試圖模糊並抹平民族國家和種族地區間的差異，從而虛構出一種令人嚮往同時也是蠱惑人心的擬像勝景。也就是說，20 世紀末及至當下的全球化，對中國人來說已變得更加的心理化、內在化，這正如《暗示》向我們描述的那樣：

> 現在好了，視聽傳媒大規模改變了這一切，每一個人都可以耳聞目睹遠方的生活，身臨其境，聲氣相接，天涯若比鄰。域外文明已不再僅僅是幾個外交使臣、不再是少量的外貿貨品和外國傳奇讀本，而是通過視聽技術潛入普通民宅並且與我們朝夕相處的男女來客。他們密集的來訪和鬧騰甚至使我們無暇與真正的鄰居和親友們來往。他們金髮碧眼奇裝異服喜怒不定非吻即殺，常常使我們對倫

〔註36〕 《馬克思恩格斯選集》第 1 卷，第 254、255 頁。

敦、巴黎、莫斯科，繼而對東京的銀座與紐約的曼哈頓、皇后區、
華爾街、第五大道更熟悉，對天天在門前掃地或拉車的同胞反而更
感覺陌生〔註37〕。

全球化猶如鏡中之舞，似乎全部的精彩均近在眼前，真實可觸，但實際上，
這「天涯若比鄰」的「鏡中之舞」既不能碰觸，也不能身臨其境地參與其中
──這恰恰是韓少功為什麼一再強調「具象」的因由所在：具象在人生中，
具象在社會中。對所有人來說，全球化的震驚體驗，既猝不及防而又捉摸不
透，既陌生刺激而又無所適從，而具體對中國人來說，這種震驚體驗既摻雜
了新世紀、新千年的預期承諾，還無法完全抹去 20 世紀的創傷記憶。

　　如前所述，2001 年，中國人的全球化體驗可以說是變得更加深切，所有
的困頓、蕪雜、迷亂，都有待中國人的消化反芻。從這一意義上說，2002 年，
對中國來說，或許還只是「全球化」全面進入「食道」之後啟動消化的一個
開始。也因此，我們看到，在發表出版於 2002 年的《暗示》中，「全球化」
不僅是小說實質內容或社會時代背景的呈現──「我」以及小說人物的空間
活動範圍從中國延伸到了世界各地，而且是一種內在的精神結構法則。換言
之，小說的形式與全球化在中國落地的具體後果二者之間，恰好構成一種象
徵性的對應關係。有論者指出，《暗示》「與其說是反映了後現代精神，不如
說是對於『歷史的終結』和『全球化』霸權的抗議和質疑」〔註 38〕，這種觀
察基本上是從小說具體內容層面來指證的，若綜合地聯繫小說的形式，我們
便會發現，《暗示》不僅僅是對全球化的抗議和質疑，更是對全球化的小說藝
術結晶，毋寧說提供的就是一副「全球化」的中國鏡像。在小說「地圖」篇
中，作家寫道：

　　　　我們可以為他繪製這樣一幅地圖：

　　　　最近範圍：上海、北京、廣州、東京、新加坡等核心城市，即
　　噴氣客機半日內可達之處，加上平時常去消費的酒店、商廈、健身
　　房、酒吧等場所。

　　　　次近範圍：紐約、倫敦、法蘭克福、巴黎等核心城市，即噴氣
　　客機半日以上一日之內可達之處；還有黃山、盧山、香格里拉、張
　　家界、敦煌、凡爾賽宮、尼亞加拉大瀑布等旅遊地，飛機若不可直

〔註37〕韓少功：《暗示》，人民文學出版社，2008 年版，第 233～234 頁。
〔註38〕廖述務編：《韓少功研究資料》，天津人民出版社，2008 年版，第 430 頁。

達，或者飛機航班不夠多，便有高速公路或高等級公路供汽車駛抵。建在順德或寧波某個郊區的生產基地，也屬這種情況。

較遠範圍：境內和境外一切沒有公路或者公路等級太低的漁村、林區、山寨、牧場等；還有高速公路護欄以外的某個貧民區，雖然在數百米之內，但開著汽車找不到路口，不知如何才能接近，如何才能駛入。

最遠範圍：南極、北極、喜馬拉雅山、外層空間，還有需要爬進去的小煤礦開採面，需要爬山數日或者十數日才能看到的地質考察點或高山哨所，如此等等，同樣是他無法想像的遠方，幾乎遙不可及的旅行目的地。

於是，他的實際生活空間就是這樣：

我們還可以運用「時間性空間」的新型比例尺，爲其他身份的人繪出各自不同的地圖。在這裡，能夠搭「波音的」人，與沒錢搭「波音的」人，地圖顯然會很不一樣。〔註39〕

在全球化的圖景中，貌似每個人都可以分享全球化的果實，遠在天邊的東西似乎也能觸手可及，空間距離似乎根本不成問題，但眞實的情形則是，「世界地圖」並不是爲所有人準備的——「地圖」中的這個「他」，指的是作家擬設的「香港富商」。或許恰恰相反，對我們大多數人而言，全球化帶來的生活空間的區隔化，非但沒有讓天涯海角指日可待，反而讓近在眼前的空間場所變得愈發遙遠。身邊的五星酒店、豪華會所、高檔住宅等，哪怕僅是一墙之隔，也不能得其門而入。回到小說的解讀，事實上，即使從「全球化」的鏡像層面，我們也只能最大程度地接近《暗示》的「暗示」——韓少功的複雜正在於，他有整體性的運思指向，但又決不拘泥於某種單一的思維慣性，正如在小說的「性格」篇中寫到的那樣：

「也就是說，富蘭克林人生觀一開始並不是什麼社會主義觀念，是正統的資本主義觀念。」「我在這裡想說的是：實際上，它甚至也不是什麼資本主義觀念，而是人類一切求道者的共有精神留影，是人類社會中某種集體性格。難道在富蘭克林之前，世界上就沒有這種以身殉道的執著？就不可能有對高尚事業的渴求？爲什麼

〔註39〕韓少功：《暗示》，人民文學出版社，2008年版，第364頁。

我們後世的讀書人一定要固守自己的文字癖和觀念癖，一定要給這
段格言註冊上社會主義或資本主義的專利？」〔註40〕

韓少功由《鋼鐵是怎樣煉成的》裏的一段名言，追溯了其真正的歷史出處，而最終實現的則是在觀念層面對「社會主義」與「資本主義」的雙重否定，藉以指出某些觀念的虛妄。但對觀察者來說，困境即在於，在《暗示》的讀解過程中，我們不得不形成一種整體的觀念判斷，比如當我們上述嘗試用「全球化」來勾勒並試圖統一韓少功小說內在及外部的意義指涉時，固然能在一定程度上企及小說的寫作意向與精神指涉，但如果就單用「全球化」的觀念來讀解小說，又不免陷入到作家一再警惕的那種觀念陷阱中去。

我們看到，在《暗示》中，韓少功甚至乾脆自己給出了文學優劣的標準：「優秀的文學總是以其生活的豐富性，在歷史中尋找人而不僅僅尋找人的觀念，使歷史跳動著活魂而不是徒具死骸──比如一堆觀念的標籤。」「觀念是很重要的，卻常常是易變的，輕浮的，甚至是虛假的」〔註41〕韓少功的「元敘述評論」再度將我們置於一個左右為難的境地，使得我們在對故事進行閱讀、解釋的行為中，一個不得不面臨、而且難以掙脫的圈套是：「為了理解故事及其敘述，我們不得不首先擁有一個可以對我們自身的解釋行為進行解釋的範式」，從這一意義上說，《暗示》所具有的濃厚的「元小說的反身敘述特徵」呈示給讀者的正是這樣一個困境與挑戰．「我們能否在關於故事及其意義的建構和拆解過程中，對這一過程本身給予解釋呢？」〔註42〕我們唯一能得出的結論是，重要的不是韓少功在《暗示》中說出了什麼，而是他處處都在給我們這樣或那樣的「暗示」──至於究竟「暗示」什麼，則最好別從小說字面上去探求答案，而是回到真實的生活中去尋找線索──用韓少功同鄉殘雪的話說，「面對永恆之物，人所能做的只能是提供暗示，誰又能抓得住永恆呢？」〔註43〕

四、《日夜書》：文明的野蠻與野蠻的文明

在 2013 年發表出版的《日夜書》中，韓少功雖然不是著意用小說去翻揀

〔註40〕韓少功：《暗示》，人民文學出版社，2008 年版，第 147 頁。
〔註41〕同上，第 146 頁。
〔註42〕王麗亞：《「元小說」與「元敘述」之差異及其對闡釋的影響》，《外國文學評論》，2008 年第 2 期。
〔註43〕殘雪：《殘雪文學觀》，廣西師範大學出版社，2007 年版。

一堆陳年舊賬，但故事講述的那段知青歲月畢竟是基本的歷史事實──從這個角度說，將《日夜書》稱之爲一部「遲到的知青小說」也未爲不可，韓少功終於肯在傳統小說標準的意義上來面對那段歷史了。《日夜書》的寫作與八十年代知青題材小說相比，最大的不同或許在於，置身深重的「現代性後果」之中的作家，遠眺那一段歷史，不僅有足夠的時間和耐心咀嚼往事，更有機會在巨大的差距中撫今追昔，遙想感懷，因此這也從某種程度注定了《日夜書》不是簡單的重返六、七十年代，不是簡單地書寫一代人的傳奇，而是以此叩問現代人的生存境遇，質詢現代文明的幸與不幸。

也正是因爲有了足夠長的時間距離，幾十年之後，返城知青們的處境自然各不相同，他們或平步青雲官運亨通，或陷入生活的窘迫，跌入人生的困境，或走入婚姻的圍城又突出重圍。《日夜書》寫到了白馬湖的十一位知青，姚大甲、陶小布、安燕、馬楠、馬濤、郭又軍、賀亦民、蔡海倫等，加上綽號「酒鬼」的猴子，小說中的白馬湖知青群落一共是十二位成員。《日夜書》的故事講述，既非依時間先後侃侃而談，也非嚴格按人物出場順序娓娓道來，結構看似散漫不定，並無一定的章法可循，但細讀下來便會發現，作家實則遵循的是記憶的自由法則，準確地說是情感記憶法則，小說的內在邏輯，不是毫無節制的任意而爲，而是理性退居次席，由情感充當穿針引線的主角，而更進一步地推敲，小說情感的觸發則實則是由敘述者的現實境遇決定的，簡言之，現實才是回憶呈現的契機──從這一意義上說，《日夜書》延續了由《馬橋詞典》、《暗示》、《山南水北》以來一以貫之的「形散而神不散」的結構法則。

第一個出場的姚大甲，當年是一個十足不靠譜的「問題人物」，從其「公用哥」或「公用佬」的綽號，我們似乎也很難想像，就是這樣一個三歲紮小辮、五歲穿花褲、九歲還吃奶的初中留級生，十多年後居然遠走異國他鄉，成爲一個炙手可熱的藝術家，把畫展堂而皇之地開到了美國。而讓「我」，即故事的敘述者陶小布，對大甲印象尤爲深刻的，恐怕是跟他那次爲五十張飯票而打賭吃死人骨頭的事──類似驚悚的較勁，我們在後來的小說情節中也多有見識，馬濤爲證明自己游泳跳水並不弱於郭又軍，居然冒生命危險夜晚去堤壩練習跳水，最後落得個頭破血流也毫不在意。

知青們打賭競賽，玩笑嬉鬧，即便是表現頑劣，也是一板一眼；行爲執拗，也讓人肅然起敬，日子過得有滋有味、有聲有色。《日夜書》故事的講述，

正是在這樣一種生猛鮮活的氛圍中開始的。與同類知青題材小說比較，《日夜書》少有一種凄凄艾艾，不是觀念的鋪展，而是經過生活的一番打磨浸泡，奏響的是複雜的多聲部和弦。換言之，《日夜書》的精彩好看，正在於其酸甜苦辣鹹俱全的「重口味」。韓少功當然意不在展示地域文化風景，但小說人物所顯露的湘楚文化氣質歷歷在目，湖南人的霸蠻性格躍然紙上，無不令人印象深刻。吃得苦、霸得蠻、耐得煩——無論是馬濤跟郭又軍較勁還是陶小布和姚小甲打賭，我們都能捕捉到小說濃鬱的湖湘風味，而吳天寶、梁隊長以及後來的楊場長等白馬湖農場的「主人」，他們一個個滿口痞話，匪氣十足，更是把民夫盲流作風演繹得蕩氣迴腸，如果沒有這種鄉野生活形態的原生態展示，小說肯定會減少很多生趣。但在今天看來，姚大甲、馬濤們當年的白馬湖魯莽行徑，雖然比吳天寶們多了分書卷氣，但無疑也是為現代的文明人所不齒，甚至稱得上有幾分粗俗和野蠻。同樣，今天的人們也很難想像，成長於缺少關愛、常遭虐待家庭的賀亦民，後來離家出走，浪跡天涯，竟然在流浪漂泊生涯中無師自通地成為曠世電工奇才，不得不讓人驚歎，如此野蠻生長能成就一位大師級人物，確實是一個奇跡。

湘人毛澤東當年喊出「野蠻其體魄，文明其精神」的口號，欲用野蠻與文明來建構體魄與精神的辯證法，幾十年之後，韓少功則以小說實踐，將一段陳年舊事佐以油鹽醬醋的餌料，烹製出一道湘式大菜，重審野蠻與文明的辯證法。我們看到，《日夜書》正是在歷史／現實、往事回憶／時代精神的多重觀照下，構造起一個個「文明和野蠻」的多棱視鏡：依知青們當年的觀點，作為從先進發達的城市去到貧窮落後農村的「落魄公子」或「落難小姐」，無論是懷抱理想充滿憧憬，還是被迫無奈遠走他鄉，有一點可以肯定的是，城裏的知青們是以文明的現代人身份、以外來的他者眼光打量白馬湖農場的人和景，事與物，這幫有著優越感的「文明人」，對艱苦的生存環境和粗野的民風民俗難免感到不適應。

但有意思的是，多少年之後，時過境遷，當年的野蠻非但不再是粗俗落後的指代，還成了最文明的象徵：「我萬萬沒想到，其實沒過多少年，污言穢語在特定情形下倒是奇貨可居，在有些人眼裏甚至成了文明的前衛款和高深款——這事不大容易讓人看懂了」，「這事」指的是姚大甲在美國開了一個總題為《亞利馬：人民的修辭》畫展，一批題為《夾卵》、《咬卵》、《木卵》、《尿脹卵》、《卵毛》的畫作赫然陳列於最發達、最現代國家的藝術殿堂，成了後

現代意味十足的政治波普作品。歷史的翻雲覆雨、陰晴難料，簡直是化腐朽
爲神奇，憶往昔不可追。不惟如此，讓郭又軍、陶小布們始料不及的還有，
當年下象棋、打籃球等知青們自恃比農場人文明的生活方式，在他們的下一
代眼裏也早已落伍，郭又軍、陶小布們與丹丹、笑月們的生活理念已迥然有
別、大異其趣。

> 問題是，如果無力購買商家們開發出來的高價快樂，包括不斷
> 升級換代的流行美食，生活還有何意義？還算是生活麼？在很多人
> 看來，現代生活不就是一個快樂成本不斷攀高的生活，因此也是快
> 樂必然相對稀缺的生活？〔註44〕

從邏輯上看，這種以消費爲快樂源泉的文明論調，既無懈可擊，也無可挑剔：
寶馬香車、酒吧 KTV、大型商場超市，高級樓堂會所，不僅僅提供消費快感，
也重新規定人的身份——文明的定義以前是由知識和美德塑造，而現在早已
轉爲受資本操控。從日常的意義上說，文明不就是社會物質富裕、人民生活
水平的提高嗎？

　　很顯然，郭又軍、陶小布們對養藏獒、學法語、沿長江旅遊等更文明的
生活已感到明顯的力不從心——這倒不是說他們沒有那個經濟供給能力，身
處更現代的現實，他們反而懷念那前現代的知青歲月。白馬湖知青返城後每
年都要聚會，相互抱怨在白馬湖的時候，吃不飽、睡不夠，蚊子多得能抬人。
但在跟晚輩們聊起白馬湖時，他們又會不經意地流露出無比的自豪，慨歎今
不如昔：當年分豬油的赤誠情誼、體力勞動的火熱激情、一起打蛇吃蛇肉的
精彩紛呈等，「從白馬湖走出來的這一群要曖昧得多。他們一口咬定自己只
有悔恨，一不留神卻又偷偷自豪；或情不自禁地抖一抖自豪，稍加思索卻又
偷偷自豪……他們的自豪與悔恨串味，被一個該死的白馬湖搞得心情失調。」
〔註45〕文明是物質發達，是一種秩序井然，溫文爾雅，人類渴望進步與文明，
渴望擺脫衣不蔽體、茹毛飲血的野蠻狀態。但又無法否認的是，相比於蒼白
羸弱的吟詩作賦，文明唱和，那種「大塊吃肉、大碗喝酒」的野蠻，確實又
顯得無比的生機勃勃，雄渾強健。

　　文明是人類永恒的追求，而野蠻則是生命的原始法則，這是一個永恒的
悖論。更有甚者，「野蠻」有時則還比「文明」似乎更顯文明，賀亦民跟馬濤

〔註44〕韓少功：《日夜書》，《收穫》，2013 年第 2 期，第 112 頁。
〔註45〕同上，第 145 頁。

當年口頭叫板鬥勇鬥狠的勁兒，不是比後來他發達後簽的那些合同契約來得更認真嗎？消費享受無疑是一種高級文明，但這種文明遵循的是等價交換的市場原則，表面看起來彬彬有禮，但實則冷血至極類乎野蠻，且野蠻得沒有丁點的人情味。而伴隨人類文明發展進程的，除了人的生存改善、生活舒適，同樣還有環境污染、生態破壞、資源枯竭、戰爭不斷……這些究竟是文明還是野蠻呢？

　　在《日夜》中，韓少功對文明與野蠻的思考，並未停留在歷史與現實的互文發現中，我們看到，小說敘事似乎是不可避免地滑向了相對主義的深淵。以小說關注的「讀書」話題為例，讀書無疑是歸化文明的最佳途徑，但謙謙君子般的讀書人，他們的表現有時又著實讓人大跌眼鏡，正如小說裏所討論的那樣：「讀書是好事嗎？當然是。但讀書人之間的相互認同，一不小心就在相互挑剔、相互質疑、相互教導下土崩瓦解，甚至在知識重載之下情緒翻車，翻出一堆有關智商和品德的惡語。」〔註46〕品德的修養與知識的積累，並不總是呈正相關的關係，恰如民諺所說的那樣，「仗義每從屠狗輩，負心多是讀書郎」，歷史上陳世美的例子數不勝數。小說中堂堂海外知名學者、民間思想家馬濤，號稱「新人文主義」的首創者，竟為一件黑人球星贈送的球衫，逼得陶小布連夜折騰回幾百公里外的地方去取，又哪有半點人文關懷？而馬濤的夫人肖捷則一邊居高臨下地貶斥腐敗行徑，一邊又理所當然地享受著「腐敗的果實」。終日操持文明事物，幹出的卻又是讓人不齒的野蠻勾當，作家的用意或許並不在於揭示知識分子的嘴臉，而是為道出生活中無處不在的相對主義真理？

　　至此，我們看到小說似乎陷入到一種模棱兩可、無可把捉的相對主義情境中去，進入到了文明與野蠻的辯證循環裏。從某種意義上說，韓少功的相對主義價值觀並非到《日夜書》才浮出水面，毋寧說是一以貫之的延續，這一如作者十年前的《暗示》所言，「我就是那樣一身黑煤地急切地投入了文明，投入了都市，更大的都市，更更大的都市，更更更大的都市，直到幾十年後的現在，重新獨坐在山谷裏，聽青山深處一聲聲布穀鳥的啼喚。我並不後悔，而且感謝這些年匆忙的生活，使我最終明白了文明是什麼：它既不在古代也不在當代，既不在都市也不在鄉村，只是在每一個人的心裏」〔註47〕。如果

〔註46〕韓少功：《日夜書》，《收穫》，2013年第2期，第120頁。
〔註47〕韓少功：《暗示》，人民文學出版社，2008年版，第274頁。

這種相對主義氛圍，只是停留在往昔古今的對比中，如果只是把文明翻轉爲野蠻，或把野蠻重新釋義爲文明，那麼《日夜書》又何以成爲「日夜書」呢？如前所述，《日夜書》的知青回憶，難免會帶進作家現實處境的思考，問題不在於作家現實思考的深度，也不在於回憶往事的眞實，而是看回憶與思考的交織，指向怎樣的語言事實和想像圖景，從而黏合成一個有機豐饒的文學文本，因爲小説畢竟是藝術實踐，重要的是提供一種自由的詩性空間，而不是描摹現實或教條說理。

《日夜書》由現實入思考，以回憶盛情感，敘述者或悲或喜的是知青們的命運遭際，但困惑無解的同樣也是這諸種斑駁現實：丹丹直呼其父郭又軍之名，馬濤舍下親生女兒不管不顧，郭又軍、賀亦民的兄弟之情壓根經不起推敲，而無論是馬濤跟肖捷，還是陶小布跟馬楠，他們的愛情都並非忠貞不渝，很難經得起推敲考驗。還不僅是所有的感情都千瘡百孔：陶小布想堅持工作原則，卻被掃地出局；賀亦民欲堅持愛國理想，卻被世人諷爲瘋子，最樸素的原則和理想都無法保全。比起返城時沒文化的大粗人梁隊長說的那番話，「你們有文化，是幹大事的人。不過，萬一哪天你們在外面不好混，就回來吧。這裡沒什麼好東西，但有我們的一口乾，就不會讓你喝稀」〔註 48〕，很難斷言錦衣玉食、披紅帶綠的這一切究竟是社會文明進步，還是人類的野蠻倒退？或許這就是爲什麼在題爲「準精神病」一節，小説會作結到「我們差不多都是異常者，是輕度精神病人」〔註49〕的原因吧。

歷史車輪滾滾向前，時代腳步拾級而上，人的清醒與迷頓，困惑與澄明，統統被裹挾進不確定性的漩渦之中，文明和野蠻變得模棱兩可。韓少功著意的並不在於提供一個現成的答案，或開出一個療效管用的藥方，而是以個人命運的倫理敘事，將現實之思、未來之憂和歷史之慮，將家國命運、社會變遷和個人經歷，以小説的藝術樣式和盤托出。韓少功的文字無意糾纏於文字語言的追逐嬉戲，也無意一味地在虛構想像的疆域奔突馳騁。作家反思的指向不惟指向遠去的歷史，更像是基於蕪雜的現實有感而發。

「逝者如斯夫，不捨晝夜」，《論語》中的「逝者」是指時光的意思，但如果我們做一個更寬泛的理解，「逝者」又何嘗不包括時光中的事物和生命呢？從這一意義上說，《日夜書》可看成是對逝者的緬懷，事實上也確乎如此，

〔註 48〕 韓少功：《日夜書》，《收穫》，2013 年第 2 期，第 95 頁。
〔註 49〕 韓少功：《日夜書》，《收穫》，2013 年第 2 期，第 136 頁。

在對郭又軍、吳天寶、賀亦民等的回憶中，故事敘述者陶小布難掩心中的遙寄失落，小說的輓歌情調溢於言表。但《日夜書》顯然並沒有僅停留在故友追思或往事再現的層面，《日夜書》之「日夜」無疑是時間的隱喻，日夜輪迴永恆，時間周而往復，《日夜書》所書的，是浩然天地間的宇宙意識，是叩問滄桑體察萬物的生命哲學，一言以蔽之，是一曲有關時間主題的詠歎調。

五、「尋根」的未完成：有信仰的適度虛無

「韓少功 90 年代為數不多的小說仍著力於現代啓蒙和批判的傳統，尤其對人性的關注延續了他 80 年代以來長期探索的命題」〔註50〕，一般而言，寫作經歷豐富的作家，他們長久的創作既有思想的「連續性」，也會有某種風格上的「斷裂」——從這一意義上說，90 年代、新世紀的韓少功，與 80 年代的韓少功，既是同一個韓少功，也是三個不同的韓少功。「同一個韓少功」，即是說綜觀韓少功迄今為止的所有創作，小說或非小說，文學性的或理論體的，都不難發現其「尋根」的整體性樣貌——「從腳下的土地開始」〔註51〕，或換一種說法，韓少功的寫作似乎總離不開其 6 年的知青經歷，「知青經歷」與「從腳下的土地開始」在這裡不過是同一意思的不同表述：韓少功因知青經歷而眷戀「土地」，也因接觸「土地」而凝有「知青情結」。「從腳下的土地開始」意味著，韓少功虛構或非虛構的寫作，既不是精緻的文字遊戲或優美的語言花腔，也不是向所謂文學經典致敬的頂禮膜拜，而是一種執著生命意義的實踐修行，一種尋求心靈歸宿的精神超越，「著力於現代啓蒙和批判的傳統」不過是這種實踐修行的其中一個面向。而需要指出的是，這裡的「土地」既是指地理意義的物理空間，即著者成長生活的長沙、馬橋、太平圩、八溪峒等，也喻指現代政治意義的國家、歷史文化意義上的民族、生活共同體意義上的族群。「從腳下的土地開始」意味著他將自己留在「土地」上的步履印記，一一拾掇採擷，形諸有形文字，留待回望或前瞻，反思或冥想。有時恰恰是借助於不同文體、不同文本的互文參照，「從腳下的土地開始」的統一整體性才愈發明顯。

「三個不同的韓少功」，旨在說明，歷經將近四十年的創作不止筆耕不輟，我們看到韓少功的文學格局、氣度、境界愈發寬廣厚重，深沉豐饒，從 80 年

〔註50〕孟繁華：《庸常年代的思想風暴》，《文藝爭鳴》，1994 年第 5 期。
〔註51〕韓少功：《想明白》，四川出版集團，2012 年版，第 266 頁。

代的中短篇到 90 年代、新世紀的長篇小說，小說題材隨時代更替而有所變化，
敘事範圍因社會變遷而自然舒展——與其說韓少功是一個高產多變的作家，不
如說是一個創造性的作家來得眞切，「創造性作家本身就是知識分子，對他們
來說，客觀的原始素材僅僅是供他隨意參考使用的材料庫，如果他要使用這些
材料，也只需根據他自己獨特的審美目的」〔註52〕，對韓少功來說，事實也的
確如此，寫作從來不是僅指向文類意義的文學那麼簡單，而是跟一個現代意義
的文人或者說公民的責任擔當緊密聯繫在一起的，「作者必須很講求政治功利
——這個命題曾一度是革命文學的宗旨。文學離不開政治，當代的政治與人們
生活的聯繫日趨緊密，想完全超脫政治是不是瘋人囈語？」〔註53〕，需要指出
的是，儘管韓少功強調文學的政治功利性，但切身經歷並熟稔中國當代歷史的
他，並不是在政治直接支配文學，即文學直接反映政治的維度上來理解文學與
政治的互動關係，而是在一個更高、更開放的層面上來把握二者的複雜辯證。
作爲一個理論型作家，有論者認爲，韓少功的創作一直具有強烈的社會關切，
「對公平、正義的社會理想的追求，構成了他寫作的潛在的核心主題。其中也
隱含著政治哲學的啓示」〔註54〕。韓少功的文學具有「深刻的政治性的視野」，
〔註55〕這種「政治性視野」意味著對一種好生活的追求，對於未來的更合理、
更美好、更公正的生活的追求。質言之，在韓少功身上，經世致用與理想浪漫
的湘楚文化精神，互爲表裏地支配著他的整個寫作。

　　「我是有信仰的，但也是有一點適度虛無的，兩個東西互爲表裏。」〔註56〕
韓少功的所謂的信仰，當然不是指精神的宗教皈依，而是一種基於現實體驗
的對價值生命的尊重與美好生活的嚮往，所謂的虛無，正是來自對「價值」
與「美好」的終極追問，亦即在何種意義、何種程度上，「價值」與「美好」
是堅不可摧、牢不可破的？我們看到，這是一種獨斷論與相對論的奇怪組合。
「虛無主義的造反剝奪了各種意識形態虛擬的合法性，促成了一個個獨斷論
的崩潰……問題在於，在一種誇大其詞的風氣之下，虛無論也可能成爲一種

〔註52〕 利奧‧洛文塔爾：《文學、通俗文化和社會》，甘鋒譯，中國人民大學出版社，
　　　　2012 年版，第 188 頁。
〔註53〕 韓少功：《面向空闊而神秘的世界》，浙江文藝出版社，1986 年版。
〔註54〕 劉復生：《文學的歷史能動性》，崑崙出版社，2013 年版，第 144 頁。
〔註55〕 劉復生、張碩果、石曉岩：《另類視野與文學實踐：韓少功文學創作研究》，
　　　　北京大學出版社，2012 年版。
〔註56〕 韓少功、李曉虹、和歌：《要搗亂，要狂飆，必是情理所逼》，《黃河文學》，
　　　　2012 年第 3 期。

新的獨斷，一種新的思想專制。」〔註57〕這也並不奇怪，因為「本體論上的相對主義蘊含著認識論上的懷疑主義」〔註58〕，也就是說，對韓少功而言，所謂信仰，恰恰是一種相對主義式的信仰，即相信世界或生活總存在那麼一個合理的改善改進空間，「相對來說，是有眞理可言的。這就是防止虛無主義。認為所有的模式都是有限的，並不意味著所有的東西都沒有意義，而意義常常表現為：相對來說，這個模型比那個模型更有效」〔註59〕。借用伯林在《兩種自由概念》表達的觀點，認識到一個人信念的相對有效性，卻又毫不妥協地堅持它們，正是文明人區別於野蠻人的地方。

　　韓少功熱衷以馬橋、太平圩、八溪峒等爲表現對象，並非是想當然地認爲鄉村文明天然地優於城市生活，也不是他眼中的農民就一定比市民可親可愛，而是「從腳下的土地開始」的「人生」與「實事」，始終是曾與土地打過交道的韓少功文學創作的根本旨歸——至於狹義的文學或藝術成就，作家本人似乎並不那麼看重，這正如他一再申說的文學新舊之別那樣，「對於一個文學作品來說，最重要的不在於它是否新，而在於它是不好。因為求新之作大多數並不好，正如襲舊之作大多數也是糟糕……正像我不會把『新』當作文學價值的標準，我當然也不會把『舊』當作這樣的標準」〔註60〕。對並非以文學爲信仰而是將現實和人生放在第一位的韓少功來說，他又何曾將教科書意義的文學好壞標準放在心上呢？但或許也正是這一「後撤」的姿態，才使得他的文學獲得了某種「經典」的意義，並在日益開放的世界文學格局中打上了中國當代文學的烙印。

第二節　中國當代文學認同危機的「新實驗」先鋒
——殘雪小說論

一、激進孤獨的「新實驗」先鋒

　　「殘雪是本世紀中葉以來中國文學中最有創造性的聲音……簡言之，一位新的世界大師在我們當中產生了，她的名字是殘雪」〔註61〕，「就中國文學

〔註57〕韓少功：《想明白》，四川出版集團，2012 年版，第 283 頁。
〔註58〕俞吾金：《哲學史：絕對主義與相對主義互動的歷史》，《復旦學報》（社會科
　　　　學版），1996 年第 5 期。
〔註59〕韓少功：《小說的後臺》，山東文藝出版社，2001 年版，第 185 頁。
〔註60〕韓少功：《自述》，《小說評論》，2004 年第 6 期。
〔註61〕殘雪：《最後的情人》封底，花城出版社，2005 年版。

來說，殘雪是一次革命……她是多年來出現在西方讀者面前的最有趣最有創
造性的中國作家之一」，〔註62〕美國當代小說家羅伯特‧庫弗與文學批評家夏
洛特‧英尼斯大致相當的斷言，跟他們的同行蘇珊‧桑塔格的判斷幾乎如出
一轍，後者在將其批評的目光轉向美洲大陸之外的中國時，曾對殘雪的創作
給予過如此讚譽：「如果要我說出誰是中國最好的作家，我會毫不猶豫地說：
『殘雪』。」〔註63〕相信以批評標準嚴苛著稱的桑塔格，並非其與殘雪的同女
性性別才對她偏愛有加——進入這位美國女文學理論家視野的中國當代女作
家絕不止殘雪一位——究其高度評價殘雪小說創作的原因，她著名的《反對
闡釋》一書的開篇或許能給出一個恰切的解釋：「最早的藝術體驗想必是巫術
的，魔法的；藝術是儀式的工具」〔註64〕，殘雪的小說創作，也許並不只是
以一種「藝術的工具」來臨抵「最早的藝術體驗」，但從「三十二歲發表第一
篇小說」〔註65〕起，到如今包括各類小說、散文隨筆、文學評論等在內總計
40 餘部的著作等身，縱觀殘雪的小說，「巫術」、「魔法」的確構成殘雪藝術世
界中一個相當重要的審美指向。

　　從某種意義上說，至今仍保持旺盛創作力的殘雪，是二十世紀「80 年代
文學」僅存的碩果——「殘雪在她出現之後就沒有消失。這是一個如此獨特
的作家，又是一個如此頑固得重複自己風格的作家。這種作家一旦現身就會
深深地刻寫在文學史上。」〔註66〕——如此斷言，並不意味著於 80 年代與殘
雪差不多同時成名的作家，如今不再重要或退出了歷史舞臺，而是說當年的
同道中人或早已轉型，或乾脆另改行當。唯獨剩下「拒絕融化」的殘雪，這
位當年即聲名鵲起的女「先鋒」作家，幾十年磨同一劍，一如既往地保持著
現代「先鋒」的創作姿態——儘管她自己並不願領受所謂「先鋒」的名號，「我
並不認為自己是『先鋒』，尤其是批評界提倡的那種先鋒。我對自己的文學的
定位是『新實驗』文學」〔註67〕。但問題或在於，「獨特」並「頑固」到一再
「重複自己的風格」，也許是一種原地踏步的低水平複製，也許是獨特風格本

〔註62〕同上。
〔註63〕殘雪：《五香街》封底，作家出版社，2011 年版。
〔註64〕蘇珊‧桑塔格：《反對闡釋》，程巍譯，上海文藝出版社，2011 年版，第 1 頁。
〔註65〕殘雪：《藝術復仇——殘雪文學筆記》，廣西師範大學出版社，2003 年版，第
　　　　268 頁。
〔註66〕南帆：殘雪的荒誕，《華麗的枷鎖》，北京三聯書店，2010 年版，第 66 頁。
〔註67〕殘雪：《殘雪文學觀》，廣西師範大出版社，2007 年版，第 136 頁。

身的自我深化——只不過外人缺乏足夠的耐心與細心去品讀。兩相比較，殘雪無疑屬於後者——不然，很難解釋一個所謂重複自己風格的作家，爲什麼會「墙裏開花墙外香」般的國際聲譽日隆？一個在國內掌聲稀落從沒有開過作品研討會的作家，何以在國外擁有專門的學術研究機構？

1989 年，《紐約時報》發文評價殘雪的創作，「中國女人寫的這些奇妙的使人困惑的小說，跟同時代的中國文學的現實主義，幾乎都沒有關係。實際上，它們令人想起的是，艾略特的寓言、卡夫卡的妄想、噩夢似的馬蒂斯的繪畫」；1991 年的日本《讀賣新聞》也大篇幅介紹報導殘雪的小說，「現在有叫做『世界音樂』的新的動向。它學會了世界最新的表現形式後，再表現先進諸國衰弱的感受力所抓不到的根源世界和人的力量。殘雪的作品不就是新的『世界文學』強力的、先驅的作品嗎？」；1992 年英國《時報》有學者撰文稱「殘雪的小說，是中國近年來最革新的——她的小說也不能放進任何單一的範疇。它們還不如說是：以比喻表現爲中心來創造威脅、恐怖、傷感的不可能、易受傷性等氛圍。」〔註 68〕此外，美國的西北大學出版社、耶魯大學出版社，日本河出書房新社、春秋文藝出版社，意大利理論出版社，法國伽利瑪出版社、中國藍出版社，德國魯爾大學出版社等 10 餘家知名出版社都出版過殘雪的作品。殘雪的小說早已成爲美國哈佛、康乃爾、哥倫比亞等大學及日本東京中央大學、日本大學、日本國學院的文學教材，是中國唯一被收入美國大學教材的作家，其作品被美國和日本等國多次收入世界優秀小說選集。一些國家還成立了專門的殘雪研究機構，如日本 2008 年成立的「殘雪研究會」，該研究會每年定期出版有《殘雪研究》學術刊物〔註 69〕。

國內外關於殘雪小說「最革新」、「最現代」等的審美辨識，與其說是對其獨特風格的概括定位，不如說就是作家「巫術」、「魔法」行文路數的別一種說法。探究殘雪小說風格的成因，就小說風格跟地域文化的某種內在關聯而言，殘雪的小說無疑典型地體現了湘楚文化理想浪漫的特質來，「我所寫的小說是幻想的小說，所有裏邊的東西都是道具」〔註 70〕「我所依仗的，就是

〔註 68〕以上外國媒體報導均摘錄自日本漢學家近藤直子《吃蘋果的特權》一文，見於殘雪：《殘雪文學觀》，廣西師範大出版社，2007 年版。

〔註 69〕日本的殘雪研究會是日本唯一一個以作家名字命名的研究會，該研究會 2008年成立，設在日本大學，每年發行《殘雪研究》刊物。見谷川毅：《中國當代文學在日本》，《中國圖書評論》，2011 年第 5 期。

〔註 70〕殘雪：《殘雪文學觀》，廣西師範大出版社，2007 年版，第 99 頁。

我天生的冥想能力，然後用邏輯來對獲取的意象加以整合，貫通。」〔註71〕
這種寫作路向，某種程度上也是作家性格的寫照，「我從小形成的性格特點其
實是『認死理』，即：不信命，不將成功寄託於某種奇跡」〔註72〕，這也體現
了典型的湖南人霸蠻性格，湘楚文化精神在殘雪這裡得到了最極致的解釋。
但需要指出的是，殘雪現代理想浪漫的小說風格，很容易讓人誤以爲作家本
人在日常生活中也是兩耳不聞窗外事，一心只讀聖賢書，是那種不與外界來
往、不食人間煙火的封閉型性格，其實不然。殘雪在她的精神自傳中有這樣
一番自我澄清：

> 鑒於我的小說是那種描寫人的純精神的超脫之作，表面看同世
> 俗根本掛不上號，很多讀者便認爲我是那種內向乖張，整天坐在家
> 中很少參與外界爭端的、對社會生活態度冷漠的人。抱著這種看法
> 的讀者的思想方法基本上還是中國傳統式的。可以説，從事藝術活
> 動的人，都是由於對世俗生活有極大的興趣，割捨不了塵緣，才去
> 從事藝術創作的……我的創作需要關起門來將自己囚禁，但我絲毫
> 沒有因爲囚禁就減弱了對外界的興趣。我每時每刻都在參與，都在
> 暗暗地爲某些事激動，遠遠地超過了一般的人〔註73〕。

可以看得出來，傳統「文如其人」的指謫判斷，並不適用於殘雪。殘雪
清絕的外表下內含有一顆經世致用的熱心——毋寧說她那些不爲世俗所喜的
小說，是從反面映證了她積極的事功心理：以完全不同於生活形式的文學方
式來對抗現實，不正是文學介入現實的另一種方式麼？正如捷克學者評價卡
夫卡時說的那樣，「卡夫卡是 20 世紀最偉大的現實主義作家，他以典型情境
表述了當時異化的現實」〔註74〕，此類評價也同樣適用於殘雪。殘雪帶有絕
決意味的創作姿態，某種程度上正暗合了湘楚文化創新獨立的精神品質，這
種創新獨立的精神內涵，既指那種勇立潮頭浪遏飛舟的擔待，也包含不爲環
境所左右不隨波逐流。而從現代性的刻度意義上說，這種「文」「人」相異、
知行並不合一的寫作姿態和處事方式，恰好構成現代性更爲隱秘的一種深度

〔註71〕殘雪：《殘雪文學觀》，廣西師範大出版社，2007 年版，第 88 頁。
〔註72〕殘雪：《趨光運動——回溯童年的精神圖景》，上海文藝出版社，2008 年版，
　　　　第 159 頁。
〔註73〕殘雪：《趨光運動——回溯童年的精神圖景》，上海文藝出版社，2008 年版，
　　　　第 270～271 頁。
〔註74〕葉廷芳主編：《論卡夫卡·前言》，中國社會科學出版社，1988 年版。

症候。

　　殘雪的第一次文學亮相，是 1985 年在當時湖南的文學刊物《新創作》上發表的小說《污水上的肥皂泡》〔註75〕。此後，她相繼發表了《黃泥街》、《山上的小屋》、《公牛》、《霧》、《蒼老的浮雲》、《布穀鳥叫的那一瞬間》、《阿梅在一個太陽天裏的愁思》、《曠野裏》等短篇小說。這一時期的代表作爲《蒼老的浮雲》、《公牛》、《曠野裏》。90 年代，殘雪開始涉足長篇小說，以兩性關係爲主題的長篇處女座《五香街》（又名《突圍表演》），用殘雪自己貌似王婆賣瓜的話說，這「是一本有著深奧主題的實驗小說，它用別具一格的手法對於東方人的兩性觀進行了嚴肅的探討，其深度是空前的，其戲謔的風格無人能傚仿」〔註76〕。這一時期還發表有《痕》、《思想彙報》等中篇小說，主要是「集中在一種深層的東西上，以藝術家本身的創作爲題材」（殘雪語）。進入新世紀，殘雪的長篇創作繼續發力，《最後的情人》、《呂芳詩小姐》、《新世紀愛情故事》等以男女感情關係爲著眼點，探討人與人之間的愛欲糾葛。殘雪的小說創作，風格凌厲而日趨成熟。當代「先鋒」小說或中國現代／後現代的文學屬性指認並不重要，重要的是其所體現的新奇文體特徵和實驗美學精神爲人所矚目。

二、「創世紀」的「動物世界」

　　殘雪一系列充滿著噩夢囈語的小說，故事情節荒誕不經，精神指向飄忽不定，小說意象怪異多元，時空場景錯亂晦暗──早期「先鋒」的指認，不過是流於小說表面的風格描述而已，並未起到實質性的闡釋作用。但略顯尷尬的是，除了「先鋒」的標籤之外，好像又很難以更合適的文學類型標准予以歸類。而問題的關鍵恰在於，欲有效地討論殘雪變化多端的小說創作，我們又不得不借助某一整體的闡釋框架，找到貫穿殘雪小說始終的那樣一根「經線」。換言之，我們究竟在一個怎樣統一的層面才能更好地理解殘雪小說先鋒的「巫術」、「魔法」風格？殘雪小說獨特的風格，對作家自己或者說對當代文學而言，究竟意味著什麼？

　　縱觀殘雪所有的小說，其中一個非常引人注意的詭異現象是，她的小說

〔註75〕據殘雪自己的回憶，《黃泥街》的寫作其實從 1983 年就開始了，比《污水上的肥皂泡》更早，不過小說的完成發表則遲至 1985 年。
〔註76〕殘雪：《五香街》自序，《五香街》，作家出版社，2011 年版。

幾乎到處都充斥著形形色色的動物形象或動物元素。從早期的《山上的小屋》（1985 年第 7 期，《人民文學》）、《黃泥街》、《公牛》、《霧》、《布穀鳥叫的那一瞬間》、《阿梅在一個太陽天裏的愁思》、《曠野裏》等到後來的長篇小說《五香街》、《邊疆》、《最後的情人》、《呂芳詩小姐》以及最新的《新世紀愛情故事》等，我們看到，在殘雪的小說中，天空飛的、地上爬的、土裏埋的、洞中藏的、樹上掛的等，各種蟲魚鳥獸、魚鱗片甲應有盡有。而殘雪直接以昆蟲動物名字來命名小說或小說題目中含有動物名字的小說，就有《蚊子與山歌》、《公牛》、《布穀鳥叫的那一瞬間》、《飼養毒蛇的小孩》、《蛇島》、《馬》（2013 年，《作家》第 2 期）等。走進殘雪筆下詭異的「動物世界」，我們便會發現殘雪小說中的動物，不僅是怪誕可疑的實存物象，還經常毫無來由地出現在小說人物的講述和回憶裏，有時甚至是侵入到小說人物的夢中。在《蒼老的浮雲》中，「夜晚，在楮樹花朵最後一點殘香裏，更善無和隔壁那個女人做了一個相同的夢，兩人都在夢中看見一隻暴眼珠的烏龜向他們的房子爬來。」〔註77〕在《最後的情人》「馬麗亞去旅行」一章裏，馬麗亞在火車上做了很多稀奇古怪的夢，醒來後就僅記得其中一個關於蛇的夢，「在夢裏，那些靈活秀氣的綠蛇無孔不入地往她的脖子裏鑽。後來屋子裏響起陌生人的說話聲，蛇就一條一條地遊向空中消失了。」〔註78〕暴眼珠的烏龜和靈活秀氣的綠蛇，由實到虛地出現在更為虛幻的夢裏——毋寧說，殘雪筆下的動物角色就是一個通靈的臨界之物，類似於神奇的「柯勒律治之花」。

而有意思的是，與常規小說習用的擬人修辭背道而馳，殘雪特別喜歡將小說人物的形象或動作「擬動物化」，或者說形象和動作擬動物化的人物，與小說裏的動物其實是處在了同一平面，並沒有主次之分。在《黃泥街》中，小說開篇就寫到當「我」逢人就問這是不是黃泥街的時候，所有人都向「我」瞪著「死魚」的眼珠，而到後來，「我」的眼珠大概也成了「死魚」的眼珠。小說中的老孫頭、齊婆、宋婆、老郁、齊二狗、王四麻、胡三老頭、王子光、楊三癩子、趙滅資、區長、朱幹事等，他們有的像屎殼郎一樣爬著，有的雙手像雞爪一樣細瘦，有的則喉嚨裏發出雄雞的啼叫。例如，小說中的宋婆是一隻豬投胎的，燒蝙蝠吃，而那個區長則像一隻猿猴那樣攀援著梯子下來。

〔註77〕殘雪：《最後的情人》，花城出版社，2005 年版，第 131 頁。
〔註78〕殘雪：《蒼老的浮雲》，小說集《蒼老的浮雲》，時代文藝出版社，2001 年版，第 89 頁。

在《阿娥》中，殘雪先是把玩到天黑被家長罵回去吃飯的孩子比作像「老鼠」一樣悄悄地溜回去，爾後又把阿娥的父親形容爲老鴨，「但我好久沒再見到阿娥，她父親那老鴨似的身影倒是常出現」。接下來，「我」邀細碎去山裏挖蕨根，「我」「將阿娥形容成一條蟒蛇，夜裏遊出去吞吃小雞。」〔註79〕而小説中的舅舅，一會被比喻成一頭駱駝，一會又成了一頭大黑熊。甚至靜態的屋頂也會比作動物，「風呼呼地吹著樹林，青色的屋頂像在林海間浮動的老烏龜」〔註80〕。後來的長篇《最後的情人》也有類似跟《阿娥》中把人形容爲老鴨一樣的比喻，小説中的阿麗是「笨重的身軀像老鴨一樣搖擺著走開了」〔註81〕。眾所周知，動物與人的混雜，或者說通過構建動物世界的寓言來諷喻人與人的關係，可以說是世界現代文學的一個鮮明特點，以現代文學大師卡夫卡爲例，卡夫卡也偏好動物元素，《地洞》中的鼴鼠，《變形記》中的甲蟲等不一而足。從這個意義上說，熟稔卡夫卡小説並寫過卡夫卡評論、且注意到卡夫卡「在《致某科學院的報告》中通過一隻猿變成人的幻想故事，逼眞地描繪了人性誕生之際那種慘烈的生死搏鬥」〔註82〕的殘雪，她的小説與卡夫卡的世界也的確有某種相通之處。

　　《山上的小屋》是殘雪進入文學史的一篇短篇成名作，在這篇以家庭關係爲切入點的小説中，家庭成員之間充滿著莫名的冷漠和敵意，而小説所展現的陌生疏離的家庭關係，很大程度上是以「昆蟲動物」的介入來完成的。「我發現他們趁我不在的時候把我的抽屜翻得亂七八糟，幾隻死蛾子、死蜻蜓全扔到了地上，他們很清楚那是我心愛的東西。」〔註83〕除了死蛾子、死蜻蜓之外，出現在這篇小説中或通過小説人物比喻講述的昆蟲動物，還有大老鼠、蚯蚓、天牛、狼等，小説裏的這幾種昆蟲動物，很難分清究竟是「我」親眼所見、親耳所聞，還是「我」的內心幻覺的產物。耐人尋味之處或在於，「我」心愛的東西竟然是讓人噁心的死蛾子、死蜻蜓——從生活的常理來講，無論是出於家庭的乾淨衛生考慮還是家長對孩子身心健康的擔憂，「他們」清理

〔註79〕　殘雪：《阿娥》，小説集《蒼老的浮雲》，時代文藝出版社，2001 年版，第 46頁。

〔註80〕　殘雪：《阿娥》，小説集《蒼老的浮雲》，時代文藝出版社，2001 年版，第 52頁。

〔註81〕　殘雪：《最後的情人》，花城出版社，2005 年版，第 44 頁。

〔註82〕　殘雪：《殘雪文學觀》，廣西師範大出版社，2007 年版，第 146 頁。

〔註83〕　殘雪：《山上的小屋》，小説集《蒼老的浮雲》，時代文藝出版社，2001 年版，第 2 頁。

「我」的抽屜，都並無任何不可或不當。但問題在於，人的愛好，特別是童年時的愛好，很難完全用一般生活常識去解釋。因此，我們看到，恰恰就是在這樣一種雙方看似都合情合理的情況下，本該融洽親密的家庭成員關係最後不可避免地陷入到了一個乖戾的僵局。正是從這一意義上説，「山上的小屋」無疑是人的難以理解的孤獨處境隱喻。我們看到後來的《蒼老的浮雲》基本上也延續了此一模式。《蒼老的浮雲》以家庭鄰里生活為切口，但在小説中，家庭關係或鄰里關係已很難再看到日常的人間煙火面目，而是墮入了一種怪誕荒謬甚至是扭曲變形的境地之中，作家對夫妻關係的描述同樣離不開動物的介入性參與。

> 隨著歲月的流逝，他才惶恐地發現，原來老婆是一隻老鼠。她悄悄的，總在「嘎吱嘎吱」地咬噬著什麼東西，屋裏所有的傢具上都留下了她那尖利的牙齒咬痕。有一天睡到半夜，他忽然覺得後腦勺上被什麼東西墊了一下，驚醒過來之後用手一摸，發現了手上的血跡。他狂怒地推醒了她，吼道：「你要幹什麼？！」「我？」她揉著泡腫的眼，揉得手上滿是眼屎，「我抓著了一隻小老鼠，它總想從我手裏逃脱，我發了急，就咬了它一口。「原來你想咬死我！」「咬死？我咬死你幹什麼？」她漠然地對著空中喃喃低語，然後打了一個哈欠，倒下睡去了〔註84〕

藏身陰暗角落，偷食東西、啃噬對象的老鼠，再次令人不解同時也令人不安地出現在小説中，從而使得整部小説充滿了「巫術」、「魔法」的意味。殘雪猶如一個通靈的現代女巫，這些不合時宜的昆蟲動物，在她的「巫言」下召之即來揮之即去。苟且猥瑣、見不得陽光的老鼠，實際上是一種象徵，它不僅隱喻了陰暗的人性與現代人那種焦慮躁動的精神處境，也道出了現代人際關係乃至家庭成員互相提防的本相。如果説殘雪小説中的人物關係似是而非，故事情節荒誕不經的話，那麼，很大程度上正是經由這些「動物」們參與轉換的結果。

到了《黃泥街》這裡，小説中動物元素的密集出現，簡直到了一種無以復加的地步。不過，值得一提的是，這部小説的寫作和發表也較為富有戲劇性，它是在殘雪做裁縫的時候完成的，「白天幫顧客量身、出式樣、管理各項

〔註84〕殘雪：《蒼老的浮雲》，小説集《蒼老的浮雲》，時代文藝出版社，2001年版，第125頁。

事務、帶小孩，還要見縫插針地在筆記本上寫下我的靈感。到了晚上再將那些片段整理好」〔註85〕，小說的發表也是一波三折，據牛漢回憶，「殘雪的《黃泥街》，我看過說好，楊桂欣居然未通過編輯部審議就退了。我讓打電話追回來」〔註86〕。但恰恰就是在一種最庸碌瑣碎生活狀態下完成的這部小說，最終呈現的卻是最不常規的文本風景：「我覺得我們這裡是一個地洞，老是不停地長出蜈蚣呀、這些東西來」〔註87〕，「黃泥街落怪雨，落過三次，一次落死魚，一次落螞蟥，還有一次，是黑雨，黑得像墨汁。」〔註88〕小說裏的蟬、蛇、蛆、蝸牛、蛞蝓、跳蚤、螞蟥、蒼蠅、蚊子、老鼠、蟑螂、白蟻、蝎子、蜈蚣、蜥蜴、螃蟹、烏鴉、死貓、瘋狗、瘟豬、蝙蝠、麻雀、貓頭鷹、毒蜘蛛、金龜子、黑公雞、黃鼠狼等層出不窮，總計有 30 餘種昆蟲野鳥及家禽家畜，基本上每隔幾段到一頁的樣子，便會出現鳥獸蟲魚，鍋裏頭、床底下、墻角縫裏，幾乎無孔不入。昆蟲野鳥與家禽家畜動物的出沒，在《黃泥街》中似乎已然成為一種慣性——與其說小說是以人的潛意識和非理性行為為中心，還不如說是一個人畜共處的「非人的世界」來得真切。

　　儘管殘雪的小說隨處可見昆蟲從天而降、動物神出鬼沒，但細讀下來，我們會發現，這些昆蟲飛鳥、家禽野獸通常都是反常的非死即瘟，非瘋即殘，很少看到她筆下的動物有正常生命活動的細節展現——至少前期的作品大致如此。換言之，殘雪小說中的動物元素，幾乎都是置於人物的感官視野之下，是人的感官的對象性攝入，或是人的形象、動作的擬動物化，而很少具備一個獨立功能主體的能力。仍以《黃泥街》為例，「黃泥街的動物愛發瘋。貓也好，狗也好，總是養著養著就瘋了，亂竄亂跳，逢人就咬」〔註89〕，讓人捉摸不透，這究竟是上天的譴責還是生活的異端事故？總感覺作家是在向我們暗示什麼。概言之，殘雪小說中的這些昆蟲動物，大多帶有一種令人不安或不適的感覺，要麼是一種不祥的預兆，要麼是某種骯髒不潔的象徵：《黃泥街》寫齊婆去楊三癩子家裏串門，跟他說她家的老鼠把一隻貓咬死了，讓人匪夷

〔註85〕殘雪：《把生活變成藝術》，時代文藝出版社，2007 年版，第 15 頁。
〔註86〕牛漢口述，何啓治等編撰：《我仍在苦苦跋涉——牛漢自述》，北京三聯書店版，2008 年版，第 215 頁。
〔註87〕殘雪：《黃泥街》，小說集《蒼老的浮雲》，時代文藝出版社，2001 年版，第221 頁。
〔註88〕同上，第 238 頁。
〔註89〕殘雪：《黃泥街》，小說集《蒼老的浮雲》，時代文藝出版社，2001 年版，第165 頁。

所思；《蒼老的浮雲》中的小麻雀剛學會飛就被人打死，裝進牛皮紙信封裏被偷偷扔到鄰居院子裏，蟋蟀則是整日鳴叫，最後心力交瘁而死；《阿梅在一個太陽天裏的愁思》，講述人阿梅整整一個上午都在院子裏鏟除蚯蚓，「又肥又長、粉紅粉紅的」的蚯蚓，阿梅整整一個上午鏟來鏟去，總也鏟不完。

　　但值得一提的是，與那種有著明顯寓言結構的小說又略有不同，比如莫言的《酒國》，「站在驢街，放眼酒國，真的是美吃如雲，目不暇接：驢街殺驢，麂街殺麂，牛街殺牛，羊巷殺羊，豬廠殺豬，馬胡同殺馬，貓集狗市殺狗宰貓……數不勝數，令人心煩意亂唇乾舌燥，總是，舉凡山珍海味飛禽走獸魚鱗蟲介地球上能吃的咱酒國都能吃到……驢街二里長，殺驢鋪子列兩旁。飯店酒館九十家，家家都用驢的屍體做原料，花樣翻新，高招迭出，吃驢的智慧在這裡集了大成。」〔註90〕可以看到，《酒國》的動物是小說人物大飽口福、享用消費的食欲對象，莫言通過描繪酒國人對動物的殺戮吞噬，展示人的一種狂歡式的貪婪欲望。再比如奧威爾的《動物莊園》，更是一部明顯的政治寓言，小說寫一個農莊的動物不堪莊園主的壓迫，在兩頭豬的帶領下起來反抗，最終成功地趕走了莊園主，建立起一個屬於它們自己的家園，奉行「所有動物一律平等」的原則。但在造反成功後，那兩頭領頭的豬卻為了權力爭鬥而發生了內訌，它們互相傾軋，勝利者一方宣布另一方是叛徒、內奸。奧威爾是以隱喻的形式書寫暴力革命的發生以及革命的背叛，實際上是用動物對人類抗爭後自建家園的魔幻現實，來再現前蘇聯的歷史情形。也就是說以這上述這兩部關涉到動物寫作的小說，其實均有著明顯的寓言結構。

　　而殘雪小說的怪異在於，諸多動物角色及動物參與場景的設置，儘管就出現頻率而言，達到了與小說人物等量齊觀的地步，但往往還不是置於構造性的情節驅動情境中，而是以一種氛圍烘托與背景底色的樣態出現——在殘雪的小說中，有時哪怕是兩個並不怎麼相關的小說人物的對話，也同樣繞不過動物的情景性介入。《黃泥街》交代黃泥街的人很少進城，有的根本從未進過城，關於這個不知從何說起的問題，有人問胡三老頭。小說寫到，每當有人向胡三老頭提起這個問題，他便朦朧著棕黃色的老眼，擦著眼屎做夢似地說：「從前天上總是落些好東西下來，連陰溝裏都流著大塊的好肥肉。要吃麼，去撿就是。家家養著大蟑螂，像人一樣坐在桌邊吃飯……你幹嗎問我？你對

〔註90〕莫言：《酒國》，南海出版公司，2000年版，第146～147頁。

造反派的前途如何看？」〔註91〕胡三老頭的答非所問，讓人丈二和尚摸不著頭腦，「家家養著大蟑螂」明顯是有意游離主題的虛晃一槍，「對造反派的前途」似乎是在有意暗示，但具體所指為何又沒了下文，小說敘述始終語焉不詳。小說中老郁回答楊三癲子問起委員會究竟是個怎樣的機構時，同樣也是以如此方式作答：

> 委員會？我應該告訴你，你提的這個問題是一個很深刻的問題，牽涉面廣得不可思議。我想我應該跟你打一個比方，使你對這事有一個大概的瞭解。原先這條街上住著一個姓張的，有一回街上來了一條瘋狗，咬死了一隻豬和幾隻雞，當瘋狗在街上橫衝直撞的時候，姓張的忽然打開門，往馬路上一撲就暴死了。那一天天空很白，烏鴉鋪天蓋地地飛攏來……〔註92〕

老郁這一通文不對題的胡言亂語，不僅讓提問者摸不著頭腦，也讓讀者滿頭霧水，但重要的還不在於此，而是我們看到再次出現了動物場景的鋪排，「瘋狗」、「死豬」、「死雞」、「烏鴉」，不潔與不祥的徵兆再次密集突顯，小說情境愈發顯得撲朔迷離，一個非人的世界漸入讀者眼簾。實際上，縱觀殘雪的小說，她筆下的飛禽家畜，蟲魚鳥獸，經歷了一個逐漸從被動的作為靜物布景呈現，到主觀行為能動的歷史過程。越到後期的創作，殘雪小說裏的動物越漸漸恢復常態——那些動物不但有了自主行動能力，而且動物本身在小說中承擔的意象內涵，也越發變得清晰起來。

在《最後的情人》中，動物明顯有了生命活動的氣息。奔跑的灰狼，飛翔的海鷗、鸚鵡等，不斷口出惡言，蛇和馬蜂則主動攻擊人，小說延續了殘雪之前那種人的擬動物化以及人物關係動物化的路子。喬的妻子馬麗亞，一直將喬所在的古麗服裝公司的老闆文森特稱作「老狐狸」，烏拉有時覺得自己是頭「山羊」，而埃達則說自己是一隻「蜂」。對於自己跟那個名叫清的情人關係，烏拉這樣解釋：

> 我是因為害怕才成了他的情婦的。你不知道啊，馬麗亞，我的日子有多麼難。白天裏，我去各家安慰那些痛苦的人，另外我還得飼養金龜，接待像你這樣的遠方客人，忙忙碌碌的倒也不覺得心煩。

〔註91〕殘雪：《黃泥街》，小說集《蒼老的浮雲》，時代文藝出版社，2001 年版，第165頁。
〔註92〕同上，第214頁。

> 可是到了夜裏，一切都變了。每天夜裏我都要發狂。有天夜裏，我
> 覺得自己變成了山羊，將門口的青草吃掉一大片！這樣，一到早晨
> 我就會痛不欲生。後來清就來了，他站在星光下，他那狼一樣的目
> 光一下就把我震住了。我們這兩個無家可歸的人就這樣走到了一
> 起。〔註93〕

烏拉將自己對清那種既依附又害怕的情感態度比作「羊」跟「狼」的關係，
這或許也道出了情人關係的本質：並不具有道德合法性的情人關係，是一種
禁忌的誘惑，但同時，禁忌的挑戰本身又要面臨不可測的風險承擔。從這個
意義來理解小說中頻頻現身的蛇，或許也就能自圓其說了——不僅馬麗亞的
夢中出現有蛇，南方橡膠園的農場主里根，就養了六七條劇毒青花蛇作爲寵
物。眾所周知，在西方文學經典中，蛇是引誘亞當夏娃偷吃禁果的蠱惑者，
同時也是男女性活動的暗示，我們看到小說男女主人公的每次意淫或偷情，
都會適時有蛇的出現。小說的第八章寫馬麗亞旅行，馬麗亞去的那個名爲北
島的村子，當地人有一個奇怪的風俗：飼養金龜，清向馬麗亞介紹說，以前
金龜是野生的，後來成群地跑到村裏來，跳進當地人的水缸了蹲著不動了，
於是養龜就成了他們的專職。不過令人奇怪的是，北島村的金龜身上沒有外
殼。用清的話說，金龜是欲望之龜，而每個水缸則都是一座地牢。如果說沒
有外殼的金龜是人的欲望的敞開，那麼水缸則象徵了對欲望的囚禁。小說寫
北島村裏有位老奶奶，屋裏全是鑽來鑽去的小動物，而她最喜歡的就是有點
像玻璃球的那隻老鼠，因爲它「代表了自己一生犯過的最大的錯誤」。在「文
森特去賭城」一章裏，麗莎告訴文森特，外面來的旅人管賭城叫「鴿子之鄉」，
「在玫瑰色的晚霞裏，滿天的白鴿游來游去」〔註94〕，每一個從賭城出來的
人肩上都停著一隻白鴿。在文森特看來，鴿子就是賭徒的心靈形象，而麗莎
年輕的奧秘就在於有一隻夜鶯在她心中歌唱。可見，在《最後的情人》中，
金龜、老鼠、白鴿等都有了一一對應的隱喻內涵。

　　殘雪 2011 年出版的《呂芳詩小姐》，大致延續了《最後的情人》的寫作
路數，探討的也是深層次的男女情感問題。小說寫一個性工作者與地毯商人
的情愛故事。《呂芳詩小姐》也像殘雪以前的小說那樣，人物行蹤詭秘，來去
無影。《呂芳詩小姐》猶如一個動物園大展覽，小說中出現了鸚鵡、山雀、海

〔註93〕殘雪：《最後的情人》，花城出版社，2005 年版，第 138 頁。
〔註94〕同上，第 205 頁。

鷗、大雁、山貓、豹子、黑熊、鱷魚等諸多常見或不常見的動物，這些來歷不明的動物，跟殘雪以往的一樣，在小說中神出鬼沒，來去無蹤。對比可以發現，殘雪愈到後來的小說，動物逐漸由低級過渡到高級，形體比前期小說的更爲宏大，活動空間也從原來的主要在室內移到了室外。小說一再提到的「紅樓」，猶如一個原始森林，除此之外，大海、沙漠、荒原等，也是《呂芳詩小姐》常涉及的自然空間所在。

　　對於殘雪小說的動物敘事，恐怕很難將其徹底還原到一個理性的邏輯層面上來理解，這正如殘雪自己對藝術的理解那樣，在她看來藝術本身就是不可思議的，「當我們拋開我們那陳腐的自信，赤身裸體面對藝術的時候，才會發現，那無比遙遠的距離，那黑暗中涌動咆哮的泥石流，永遠是人類的不解之謎。我信仰的是一種神秘之物，我用有點神秘的方式來實踐我的信念。」〔註95〕但問題在於，作者所說的「神秘的方式」或「神秘之物」，究竟是一種神秘的不可知論，還是說背後有一個強大的依據支撐，只不過她自己尚未意識到而已？這可能是我們不容迴避的一個問題——因爲對這個「神秘」問題的解答，其實也是對殘雪動物敘事成因的回答，更是對殘雪小說「巫術」、「魔法」風格及小說意義的雙重回答。

　　在殘雪看來，「文學作爲文學自身要站起來，就必須向西方學習」〔註96〕，她曾說自己的小說是「成了移栽的成功的例子——異國的植物長在了有五千年歷史的深厚的土壤之中」〔註97〕，殘雪從來都不掩飾自己對西方現代文學的迷戀以及對西方文化的熱愛。從殘雪小說的精神源頭講，這無疑是我們進入殘雪藝術世界最重要的一條線索。而眾所周知，無論是西方現代文學，還是傳統西方文化，它們的精神源頭，刨根究底，都得追溯到《聖經》那裏，或者說《聖經》傳統，是西方現代文學與西方傳統文化精神三大來源中最重要的一脈〔註98〕——這一點殘雪自己也有一定程度的自覺，「西方現代主義思潮是從古代發源的，你去讀那些西方經典，裏面都有這樣的原型、這樣的要素」〔註99〕，更明確直接的表述則是，「對於我來說，整個《聖經·舊約》裏

〔註95〕 殘雪：《在幽冥的王國裏》自序，《在幽冥的王國裏》，民族出版社，2000 年版。
〔註96〕 殘雪：《殘雪文學觀》，廣西師範大出版社，2007 年版，第 1 頁。
〔註97〕 殘雪：《在幽冥的王國裏》自序，《在幽冥的王國裏》，民族出版社，2000 年版。
〔註98〕 一般人們習慣稱西方文化（文明）爲「基督教文化」或「基督教文明」，基督教傳統、古希臘理性傳統與古猶太文明被認爲是西方文化的三大精神源頭。
〔註99〕 殘雪：《殘雪文學觀》，廣西師範大出版社，2007 年版，第 91 頁。

面那些簡樸的、在今人的眼裏顯得晦澀的故事，所記錄的全部是關於人類的
精神從誕生、建立，到發展、成熟，直至壯大的過程。」〔註100〕而她又是一
個無比看重文學精神事物的作家：「精神的層次在當今正以比以往任何時代都
要明晰的形式凸現著……當複雜的精神世界呈立體狀顯現之時，文學便開始
了正式的分野。事實上，從文學誕生之日起這種分野就一直在暗中自覺或不
自覺地進行，這是由文學的本質決定的」〔註101〕。也就是說，要進入殘雪的
精神世界、真正理解殘雪的小說藝術，不僅要追溯其所傾慕的西方現代文學
譜系，更要回到西方現代文學與西方文化的最初源頭。從《聖經》的精神傳
統看，殘雪小說中的人畜共生或共處，特別是後期小說中一再提到的雨林、
沙漠、雪山、孤島、礁石、大海等，以及一絲不掛的守林人、震耳欲聾的山
洪、密集的冰雹、「世界的真正入口」（小說《最後的情人》中喬伊娜的花房），
那種蠻荒原始的味道溢於言表，某種程度上說，「創世紀」的元初意味在殘雪
的小說中已經呼之欲出。

　　神說：「地要生出活物來，各從其類；牲畜、昆蟲、野獸，各從其類。」
事就這樣成了。於是神造出野獸，各從其類；牲畜，各從其類；地上一切昆
蟲，各從其類。神看著是好的。神說：「我們要照著我們的形象，按著我們的
樣式造人，使他們管理海裏的魚、空中的鳥、地上的牲畜和全地，並地上所
爬的一切昆蟲。」神就照著自己的形象造人，乃是照著他的形象造男造女。
神就賜福給他們，又對他們說：「要生養眾多，遍滿地面，治理這地；也要管
理海裏的魚、空中的鳥和地上各樣行動的活物。」〔註102〕

　　從《聖經》「創世紀」及其隱喻的悠久傳統看，「海裏的魚、空中的鳥、
地上的牲畜和全地，並地上所爬的一切昆蟲」，不也正是殘雪小說最常見詭異
的風景麼？她那些從地裏生出活物來、從天上掉下活物來、人與動物混處的
小說，從精神同構的角度看，不正是活靈活現的現代版的「創世紀」麼？而
也正是從「創世紀」的角度，我們才能真正理解殘雪小說呈現的故事場景和
背景環境為什麼大多都是「一次性的」：不可複製、不可再現的一次性經驗，
構成殘雪小說一道獨特的景觀，這即是說，殘雪小說中出現過的場景和環境

〔註100〕殘雪：《藝術復仇——殘雪文學筆記》，廣西師範大學出版社，2003年版，第
　　　　242頁。

〔註101〕殘雪：《藝術復仇——殘雪文學筆記》，廣西師範大學出版社，2003年版，第
　　　　272頁。

〔註102〕《新舊約全書》，中國基督教協會印發，1989年版，第1頁。

很少會再次出現，而即使是再次出現，也絕不會雷同，給人以完全陌生的感覺──不可重臨的經驗很難傳遞，更難與他人分享，這正是殘雪的小說為什麼讀起來艱澀難懂的重要原因所在。以《呂芳詩小姐》來說，小說中出現的京城、新疆等地以及酒吧、夜總會等場所，每次在小說中的出現都好像是初次出現的那樣，場景和氛圍都會有所不同，讓人驚異不已。而稍加留意，我們便不難發現，殘雪早期小說的荒蕪（《山上的小屋》）、混沌（《黃泥街》黃色的塵埃、《公牛》的雨濛濛、《下山》白茫茫一片霧）無不展現出一種現代「創世紀」的原始圖景來。或許也正是從《聖經》精神傳統和「創世紀」的隱喻角度說，我們才能理解為什麼中國的批評家們對殘雪的小說感到無比陌生，而對《聖經》傳統了然於胸、神會於心的西方歐美作家、批評家卻由衷喜歡她的小說。

二、內宇宙的「自我」迷津

　　稱殘雪的小說藝術是一種現代版的「創世紀」，這當然是一種比喻的說法──小說終究不是神話，殘雪也不可能像萬能的上帝那樣，原封不動地去重複鴻蒙開荒的創世神話。因此，所謂現代版的「創世紀」，即注定要在既有世界的基礎上去開創另一個全新的世界，也即意味著是對已有的現實世界的否定。也因此，我們才不難理解殘雪為什麼會一再在她的小說中表達對世界的排斥與否定：「世上不管什麼都是爛得掉的，鐵也好，銅也好，完了都變成蟲子」（《黃泥街》）、「我覺得世界的末日要到了」（《阿娥》）。也正是從這一意義上說，作家自稱「我要將陳腐不堪的表面事物通通消滅，創造一個獨立不倚的、全新的世界」〔註103〕才並非虛妄之言。再具體點說，稱殘雪的小說藝術是現代版的「創世紀」，事實上仍也離不開其作為一個中國作家的現實境況，即是說，殘雪的「創世紀」也是相對於中國本土的小說傳統而言的──在此意義上，殘雪的小說獲得了一種雙重的獨特性：作為賡續西方現代文學與西方文化傳統的作家，她鮮明地區別於她的中國同行（這也是她不願意承認自己是所謂先鋒作家的根源所在）；而作為一個中國作家，殘雪即使在精神譜系上屬於西方文學，但也仍不可避免地打上了東方作家的烙印──由此，殘雪獨具個性色彩的現代版「創世紀」意義才凸顯出來。

　　如果說《聖經》中「創世紀」的上帝說要有光，宇宙世界便有了光，那

〔註103〕殘雪：關於《最後的情人》，《最後的情人》代序，花城出版社，2005 年版。

麼在殘雪這裡，以小說藝術來完成的「創世紀」，則指向的是一個不同於外宇宙的「內宇宙」。質言之，指向現代人的「自我」的內宇宙，才是殘雪現代版「創世紀」的真正內涵所在。也就是說，殘雪借昆蟲鳥獸等動物來造境或設喻，其用意並不在於動物本身，而恰恰是在人，或者更準確點說是在複雜的人性：一方面動物與人取得了某種平等的地位；另一方面，殘雪小說中動物的隱喻意義，實際上是人的「自我」欲望、情感、意志、心靈等的某種投射。「自我反省是創作的法寶，但這種特殊的自我反省不同於被動的自我檢討。這種反省是運用強力進入深層的心靈世界，將所看到的用特殊的語言使其再現，從而使靈界的風景同我們所習慣的表層世界形成對應，以達到認識的深化。所以藝術性的自我反省實質上是一種創造行為，是主動下地獄、自設對立面、自相矛盾，並在殘酷的自我廝殺之中達成統一的、高度自覺的創造。其動力，則是藝術工作者要否定自身世俗的、肉體的存在的渴望。」〔註 104〕殘雪所謂的「自我」指向的是「深層的心靈世界」，並沒有固定的邊界和止境，不同於弗洛伊德意義的「自我」——毋寧說殘雪所謂的「自我」是一個總體的概念，它事實上是涵括了弗洛伊德意義的「自我」、「超我」及「本我」。即是說，借用弗洛伊德「自我」的概念，殘雪的「自我反省」實際上是從「自我」導向「本我」與「超我」的縱深挺進。創作的無邊自由，也就是自我的未完成的可能性。殘雪小說「自我」空間的擴張，我們從其故事空間的騰挪也可見一斑，殘雪的小說從來都不是遵循現實生活的平面邏輯，裏面的人物或飛翔、或爬行、或潛伏，從天空到地下，由密室至墓地，出入圖書館或博物館，故事空間總是充滿了各種詭異。正如作家自己所說「時刻準備這去進行那種異質的發揮」〔註 105〕那樣，殘雪小說的故事空間往往也是異質的。也正是在這種異質的故事空間中，一個陌生的世界才成為可能，一個殘雪意義的「自我」才成為現實。

值得注意的是，殘雪所說的「特殊的語言」並非是完全不同於世俗生活的語言，而是就其精神指向和獨特的文學生成方式而言的。就是說，面對她這樣一個如此獨特決絕的作家，我們很難用中國傳統文學語言的標準去衡量，中國傳統小說那種唯美雅致、溫柔敦厚的修辭效果，很難在殘雪小說中

〔註 104〕殘雪：《殘雪文學觀》，廣西師範大出版社，2007 年版，第 121 頁。
〔註 105〕殘雪：《趨光運動——回溯童年的精神圖景》，上海文藝出版社，2008 年版，第 115 頁。

覓到蹤影。以《五香街》的一個片段為例：「難道不正是她，使得整條五香街蠢蠢欲動，人欲橫流？她足不出戶，來勢卻如調集了千軍萬馬，使這千把人的長街猝不及防，混亂不堪。她的這種本事究竟從何而來呢？為什麼和她朝夕相處的人統統被她同化，而變得莫名其妙，做出種種離奇的怪事來，且又一個個理直氣壯，不思悔改？」〔註106〕我們看到，在這總計才 128 字的篇幅中，作家竟然一氣連用了 10 個成語。而眾所周知，連篇累牘的成語，其實是以追求陌生化效果為旨歸的文學性語言的大忌。不妨再來看《蒼老的浮雲》中的一個片段，「重要的是要有一種實際的態度，切忌精神恍惚。隔壁那一對是你的前車之鑒，以前我怎麼觀察也覺得他們的行為不可思議。那種自以為與眾不同的、莫名其妙的舉動導致了什麼樣的後果呢？」，這同樣也是成語的密集堆砌。可能這樣的尋章摘句因隨意性較大，或許會顯得有失偏頗，但事實上，無論是像中短篇《黃泥街》、《蚊子與公牛》、《蒼老的浮雲》，還是長篇《五香街》、《最後的情人》、《呂芳詩小姐》，好用成語即使算不上殘雪小說語言的最大特色，也可以說是一種習慣表達。就小說敘述而言，成語的鋪排會加快敘述的節奏，敘述從而變得更加連貫流暢，或者說更有力度。因此作家才自稱「殘雪小說對詞語的講究是一種反傳統的講究。」〔註107〕

　　既然是以內宇宙的「自我」為最終旨歸，因而殘雪小說的人物，也就不可能像傳統現實主義小說中的人物那樣，具備所謂典型的人物性格和人物形象。她小說中的人物，大多承擔的是符號意象的功能，是一種人格分裂的存在，或是某個抽象觀念的軀殼，多種欲望的集合體。《最後的情人》中馬麗亞對著鏡中的自己說：「其實啊，你不是父親的女兒，也不是任何人的女兒，你是這個小鎮的女兒。現在這個小鎮已經消失了，沉到了地下，所以你的思緒也轉到了地下，你成了一個出土文物了」〔註108〕，馬麗亞「鏡像」的游移不定和一再否定，顯然是其自我意識分裂的結果，表徵了馬麗亞自我認同所遭遇的危機。《呂芳詩小姐》裏的呂芳詩小姐並非一個單純的歌廳舞女，而是有著神秘的多重身份；小說中的瓊姐就像一道風，飄忽不定，無處不在；那個獨眼龍則「似乎將呂芳詩童年時代的種種遐想付諸實施了」〔註109〕，毋寧說

〔註106〕殘雪：《五香街》，作家出版社，2011 年版，第 13 頁。
〔註107〕殘雪：《殘雪文學觀》，廣西師範大出版社，2007 年版，第 104 頁。
〔註108〕殘雪：《最後的情人》，花城出版社，2005 年版，第 95 頁。
〔註109〕殘雪：《呂芳詩小姐》，上海文藝出版社，2012 年版，第 47 頁。

獨眼龍就是呂芳詩自我分裂的另一個隱在鏡像。

殘雪的小說藝術之所以念念不忘「自我」的迷津，說到底，是根源於她對人性複雜的深刻領會——毋寧說在她那裏，「自我」跟「人性」其實就是同義語，「一個作家要深入探討人性就必須使自我對象化、陌生化……不管是現實主義還是現代主義，只要解決了自我的問題，就會提高作品的檔次」〔註110〕。就小說湖南的現代傳統而言，如果說沈從文的文學小廟裏供奉的是「人性」，那麼作為沈從文湖南老鄉的殘雪，她的文學小廟裏供奉的可以說也同樣是「人性」。有所不同的是，前者的人性更多的是從區別於獸性的美好人性入手，而後者的人性則是一個開放的概念。這其實也是她為什麼選擇疏離中國文學而迷戀西方文學的依據所在，因為在她看來，文學的標準很大程度上就在於「人性」：「人性的深度，創造力的大小才是體現一部作品到底成功還是失敗的根本，」而歷來的中國文學，「在人性刻畫上都是平面的，沒有層次而幼稚的」〔註111〕，因此她才說，「我學習西方文化傳統，並不是學那些表層的東西，而是學習人類共有的精神的東西，學習那個文化中的人性內核。我學會了他們的方法之後，運用到我的創作實踐中來，一頭扎進潛意識這個人性的深層海洋，從那個地方發動我的創造力。」〔註112〕「從根本來說，對人性的把握才是最重要的。先得看有沒有自我分析的習慣。要使作品達到一個人性的高度，就必須先從自己的靈魂、精神通道開始，去挖掘。到一定程度的時候，就會達到人類共同人性的王國。」〔註113〕

那麼，從創作方法論的角度說，殘雪究竟是怎樣來進入到「自我」的深層世界中去的呢？如前所述，殘雪小說中的動物敘事已經為我們展現了作家別具匠心的努力路徑，她筆下的動物一般是作為人的欲望隱喻、本能的象徵出現的（蛇、老鼠、狼等），而那種不分的人畜混處，則是人性晦暗不明以及人的現實處境的詩學結晶。殘雪進入「自我」縱深世界的另一大特色，是以「夢」為橋，試圖連接那深不可測的人性深淵，「我認為『自我』是一個能動的層層深入的東西，它的發展是螺旋地向內旋入的。我將平時可以意識到、可以用理性分析的那些東西看作表層的自我，而將文學的創造物看作深層的自我……當

〔註110〕殘雪：《殘雪文學觀》，廣西師範大出版社，2007年版，第29頁。
〔註111〕殘雪：《殘雪文學觀》，廣西師範大出版社，2007年版，第3頁。
〔註112〕殘雪：《殘雪文學觀》，廣西師範大出版社，2007年版，第8頁。
〔註113〕殘雪：《殘雪文學觀》，廣西師範大出版社，2007年版，第11～12頁。

然，『日有所思，夜有所夢』，表層自我和深層自我是緊密相關的。」〔註114〕
這也解釋了殘雪爲什麼老是寫夢的原因，因爲在她看來，「儘管人已經掌握了
認識心靈的方式方法，但人仍然要爲無法把握心靈的變化而痛苦和絕望……人
無論如何努力也只能獲得有限的知識。於是，想要跨越鴻溝弄懂那些書，人必
須借助夢（寫作）」〔註115〕，在殘雪看來，心靈是一個謎，人的理性認識只是
破解這個謎團的一種方式而已，並且殘雪也本能地懷疑理性認識的限度。在殘
雪看來，「夢」與「寫作」差不多是一對同義語，夢提供的含糊混沌狀態，是
人的意識思維的一種症候，夢是越出人的理性能力之外的重要認識論補充。

　　客觀而言，現代小說內宇宙的「自我」指涉現象，當然並不是殘雪的獨
特發現，「任何時代的所有小說都關注自我之謎，你一旦創造出一個想像的
人，一個小說人物，您就自然而然要面對這樣一個問題：自我是什麼？通過
什麼可以把我自我？這是小說建立其上的基本問題之一。」〔註116〕昆德拉所
謂的「任何時代的所有小說」都要面對自我的問題，這或許有點誇大其詞，
符合實際的應該是，小說發展到現代階段，自我問題才成爲一個嚴峻的課題。
如前所述，殘雪主要通過動物敘事和夢境構造來抵達深層次的人性「自我」，
事實上，殘雪這種現代版的「創世紀」仍是依託於東方文化傳統的現實語境，
這即是說，她有意摒棄了那種以確定的秩序和諧的文化爲寫作價值取向，走
向了充滿不確定性的自由，同時也是走向了一種分裂、掙扎的動蕩不安。我
們看到，「不確定性」確實堪稱殘雪小說的常態景觀。《黃泥街》中，那個王
子光究竟是否眞有其人，一直都是含混不清，曖昧不明，小說中的朱幹事說
過有這樣一番話，「我覺得大家都相信有這麼一個王子光，是上頭派來的，只
是因爲大家心裏害怕，於是造出一種流言蜚語，說來了這麼一個王子光，還
假裝相信王子光的名字叫王子光，人人都看見他了。其實究竟王子光是不是
實有其人，來人是不是叫王子光，是不是來了人，沒人可以下結論。」〔註117〕
《五香街》開篇第一節「關於X女士的年齡及Q男士的外貌」，實際上就是一
則不確定性的寓言。X女士的年齡，在五香街流傳有好幾個不同版本，是五香

〔註114〕殘雪：《殘雪文學觀》，廣西師範大出版社，2007年版，第92頁。
〔註115〕殘雪：《藝術復仇──殘雪文學筆記》，廣西師範大出版社，2003年版，第183
　　　　頁。
〔註116〕米蘭・昆德拉：《小說的藝術》，董強譯，上海譯文出版社，2004年版，第29頁。
〔註117〕殘雪：《黃泥街》，小說集《蒼老的浮雲》，時代文藝出版社，2001年版，第
　　　　192～193頁。

街人茶餘飯後的熱議話題。「關於 X 女士的年齡，在我們這條五香街上，眞是眾說紛紜，莫衷一是。概括起來，至少有 28 種意見，因爲最高者說她 50 歲左右（暫且定爲 50 歲），最低者則說她 22 歲」〔註 118〕小說交代 X 女士的年齡的疑案始終沒有解決，豈但沒有解決，到後來疑團還越搞越大了：不僅 X 女士的年齡是個問題，X 女士有沒有過婚外情，跟誰有的婚外情等等，都是閃爍其辭，一團亂麻。從這個意義上說，殘雪小說人性主題和戲謔風格之所以成爲可能，賴因於作家對「不確定性」的持續挖掘。

不同於也不樂意接受流俗的「先鋒」稱謂，殘雪把指向「自我」的寫作，稱之爲「新實驗」寫作。在殘雪那裏，這當然不是術語名稱上的改頭換面那麼簡單，而是有著文學精神的本質不同——殘雪所謂的「新實驗」並不單指一種文學上的標新立異，因爲在她看來，「人的精神活動就是由接連不斷的實驗構成的」〔註 119〕。換言之，精神的自由，構成殘雪「新實驗」寫作的根本依據。「人性」或「自我」的敞開，對殘雪來說是一個有待開掘的淵藪，是充滿了一定創作難度的技術性任務。「凡屬傑作——即那些觀點明確、條理清晰的作品——作者無不嚴格要求我們從他自己的透視角度去看待一切」〔註 120〕吳爾芙所言非虛，但事實上「觀點明確、條理清晰的作品」的限定顯得有點多餘。準確地說，眞正的傑作，應該是不管哪種類型的，其作者無不嚴格要求我們都從他自己的透視角度去看待一切。對「在小說中講的是自己的故事，我是一個始終只講自己的故事的寫作者」〔註 121〕、「只根據自己的能力來調整自己的行動計劃」〔註 122〕的殘雪來說，有著現代版「創世紀」意味的小說傑作的誕生，不正是如此麼？

第三節　湘楚文化精神的「中國當代文學」內涵

在小說湖南的視域中，自中國對外開放氛圍中起步並迅速成熟起來的韓少功和殘雪兩位作家，與其說是代表著兩種風格迥異的寫作路數，還不如說

〔註 118〕殘雪：《五香街》，作家出版社，2011 年版，第 3 頁。
〔註 119〕殘雪：關於《最後的情人》，《最後的情人》代序，花城出版社，2005 年版。
〔註 120〕吳爾芙：《普通讀者》，劉炳善譯，北京十月文藝出版社，2005 年版，第 203 頁。
〔註 121〕殘雪：關於《最後的情人》，《最後的情人》代序，花城出版社，2005 年版。
〔註 122〕殘雪：《趨光運動——回溯童年的精神圖景》，上海文藝出版社，2008 年版，第 159 頁。

是對「中國當代文學如何走向世界」這一相同文學危機現實做出的兩種差異反應：前者以後撤的姿態心繫天下，胸藏萬民，緊貼時代潮流步調，以蒼生爲懷，始終跟現實保持一種適度的張力；後者則以激進的步法遺世獨立，自成一體，沉溺於自己構築的「創世紀」藝術世界，幾十年一以貫之一種獨特風格。如果說對韓少功而言，「作家也有比文學更重要的東西」〔註123〕、「生活是更大的文學」〔註124〕的話，那麼對殘雪來說，或許剛剛反了過來，「文學是更大的生活」。不管是「後撤」抑或「激進」，二者創作的努力方向其實是內在一致的，即懷揣「走向世界」的文學夢想，讓中國當代文學更好地回到文學自身，與世界文學展開平等對話、發生積極聯繫。

一、湘楚文化精神的矛盾構成及調和解析

　　從作家文學價值取向生成的地域文化因素角度講，韓少功與殘雪可以說是分別對應了湘楚文化經世致用與理想浪漫地域文化精神的兩個維度——當然，這僅是就二者創作表現的主要風格取向而言的，並不是說在韓少功那裏沒有理想浪漫的因子，而殘雪的小說則了無經世致用的影子。恰恰相反，一如毛澤東「一半是虎，一半是猴」（毛形容自己的性格）的性格成就了其蓋世偉業那樣，對他們兩位來說，正是經世致用與理想浪漫的互爲表裏，才有力構築起他們眞實的文學世界。

　　經世致用與理想浪漫精神的創造性調和，構成湖南地域文化精神的主要特點，這表面看似矛盾衝突，不好理解，實則二者互爲表裏，因襲相承。誠如一個人的性格有著多重矛盾一樣，一個國家、一個民族或一個區域的精神性格同樣也會呈現出內在的矛盾衝突來。本尼克特在《菊與刀——日本文化的類型》中勾勒日本人的民族性格時寫道：「刀與菊，兩者都是一幅繪畫的組成部分。日本人生性極其好鬥而又非常溫和；黷武而又愛美；倨傲自尊而又彬彬有禮；頑梗不化而又柔弱善變；馴服而又不願受人擺佈；忠貞而又易於叛變；勇敢而又怯懦；保守而又十分歡迎新的生活方式。」〔註125〕不惟日本人的民族性格充滿歧義矛盾，任何一個民族的民族性格，都有其內在構成的

〔註123〕廖述務編：《韓少功研究資料》，天津人民出版社，2008 年，第 67 頁。
〔註124〕韓少功：《生活是更大的文學——韓少功、胡仲明訪談錄》，《江南》2013 第 2 期。
〔註125〕魯思・本尼迪克特：《菊與刀——日本文化的類型》，呂萬和等譯，商務印書館，1990 年版，第 2 頁。

複雜一面，別爾嘉耶夫在《俄羅斯思想》中討論斯拉夫民族的民族精神時就說到，「在俄羅斯身上可以發現矛盾的特徵：專制主義、國家至上和無政府主義、自由放縱；殘忍、傾向暴力和善良、人道、柔順；信守宗教儀式和追求真理；個人主義、強烈的個人意識和無個性的集體主義……」〔註126〕。從這一意義上說，湘楚文化精神的經世致用與理想浪漫非但不衝突，毋寧說構成了湖南地域文化精神的主要標記。

關於湖南地域文化精神經世致用與理想浪漫的矛盾統一特徵，我們從湖南人對待洋務運動的態度上也可看得很清楚。1895 年，譚嗣同在《瀏陽興算記》的開篇中指出，「中國沿元明之制，號十八行省，而湖南獨以疾惡洋務名於地球。及究其洋務之謂，則皆今日切要之大政事，惟無教化之士番野蠻或不識之，何湖南乃爾陋耶？然聞世之稱精解洋務，又必曰湘陰郭筠仙侍郎、湘鄉曾劼剛侍郎，雖西國亦云然，兩侍郎可為湖南光矣，湖南人又醜詆焉，若是乎名實之不相契也。」〔註127〕一方面，湖南「以疾惡洋務名於地球」，但另一方面，在中國「精解洋務」的還當推湖南人。

但懸而未決的問題在於，對文學來說，既然如前所述，地域文化不是作家創作的決定性因素，那麼在何種意義上，我們說湘楚文化的經世致用與理想浪漫精神的調和，構成湖南作家獨特的創作心理標記？因為就文學創作方法論而言，公允地說，重視現實經驗的經世致用與倚重主觀想像的理想浪漫，可以說是但凡所有成就卓著作家的共通之處──寫實與想像不正大致涵蓋了所有小說的創作類型嗎？若孤立地僅就兩位作家的風格表現來看，韓少功與殘雪儘管典型地代表了經世致用與理想浪漫兩種文化精神的調和，但似乎仍不足以顯示出湘楚文化的特異性來。

對經世致用與理想浪漫精神互為表裏的創造調和在何種意義上構成湖南地域文學獨特標記這一問題的回答，事實上有賴對湘楚文化精神發生機制的回答。簡言之，唯有釐清湘楚文化精神勃發的約束條件，經世致用與理想浪漫精神創造性調和的這一文化外在表現維度，才能真實凸顯出來。為澄清湘楚地域文化精神凸顯的種種發生前提，實有必有考察湘楚文化精神的完整歷史脈絡，這裡不妨先以經世致用精神在湖南的形成、傳播、影響為例。

〔註126〕尼・別爾嘉耶夫：《俄羅斯思想》，雷永生、丘守娟譯，三聯書店，1995ian版，第 3 頁。
〔註127〕《譚嗣同全集》（增訂本）上冊，中華書局，1981 年版，第 173～174 頁。

不可否認，從總體來看，講究積極入世和實用理性的經世致用，或也是中國傳統學術的重要特徵之一，「儒者之學以經世爲用」〔註128〕，即使是在崇尚「無爲」老莊那，「經世」思想也可見端倪：「春秋經世，先王之志，聖人議而不貶」(《莊子‧齊物論》)但就地域來看，這一學術價值取向的體現在各地區也分不同情況，並不是始終如一的連貫延續。「自乾隆中葉後，海內士大夫興漢學，而大江南北尤盛。蘇州惠氏、江氏，常州臧氏、孫氏，嘉定錢氏，金壇段氏，高郵王氏，徽州戴氏、程氏，爭治詁訓音聲，爪剖析，視國初崑山、常熟二顧及四明黃南雷、萬季野、全謝山諸公，即皆擯爲史學非經學，或謂宋學非漢學，錮天下聰明智慧使盡出於無用之一途」〔註129〕可以看到，乾隆中葉時期，書生士人大多噤若寒蟬，不敢對朝政妄加非議，而只能用心於音韻訓詁之學。但對湖南來說，或是個例外，嘉道年間，「留心時政之士夫，以湖南爲最盛，政治學說亦倡導於湖南。所謂首倡《經世文編》之賀長齡，亦善化人。而澍以學問爲實行，尤爲當時湖南政治家之巨擘。」〔註130〕有論者據此指出，「清代漢學盛行時，在某些省份經世致用思想是不被重視的，但是在湖南卻是始終一貫的，到了近代則在全國處於領先的地位。」〔註131〕換言之，湖南士人有著強烈的政治事功心理，即使是在國家思想言論管制無比嚴苛的政治文化環境中，他們仍心繫國家社稷，指議朝政，「苟通義理之學，而經濟該乎其中」的治學修身旨趣始終如一。蓬勃於 20 世紀 20 年代的近代湖南自治運動便是一例。

在近代民族危難和國家存亡之際，湖南人經世致用的政治事功心理表現得更加急切。確切地說，是自鴉片戰爭之後，經世之學在湖南的濫觴已成爲「近百年獨特的湖南學風」〔註132〕，「魏源通經而欲致之用，胡林翼、曾國藩、左宗棠扶危定傾以傚節於清，郭嵩燾、譚嗣同、章士釗變法維新以迄於革命」〔註133〕，可見，無論是曾國藩、魏源、譚嗣同，還是後來的黃興、蔡鍔、毛澤東、劉少奇等，他們都是在國家民族陷入危難之時身先士卒，挺身而出。

〔註128〕王畿《王龍溪先生全集》卷十四，道光二年刻印本。
〔註129〕《魏源集》上冊，中華書局，1976 年版，第 358～359 頁。
〔註130〕孟森：《明清史講義》下冊，中華書局，1981 年版，第 618 頁。
〔註131〕王興國：《略論近代湖湘文化的經世致用特點》，《湖南大學學報》社科版，2004 年第 6 期。
〔註132〕林增平、范忠程：《湖南近現代史》，湖南師範大學出版社，1991 年版，第 35 頁。
〔註133〕錢基博：《近百年湖南學風》，嶽麓書社，2010 年版，第 4 頁。

我們看到，經國勢時局的放大，以政治爲價值取向的經世致用學風影響所及，本是士大夫階層的學風轉而普及成爲影響深遠的民間世風，成了湖南地域文化精神的精髓。正如湘楚文化的精魂嶽麓書院歷經七戰七毀、如今依舊巍然屹立一樣，經世致用精神在湖南有著一個大致完整的歷史發展脈絡。

那麼，經世致用與理想浪漫這兩種看似矛盾的心理定勢取向，究竟是如何達成精神構成的統一的呢？我們不妨以譚嗣同爲例。在清廷甲午戰敗簽訂喪權辱國的《馬關條約》後，譚嗣同感到「大化之所趨，風氣之所溺，非守文因舊所能挽回者」，與康有爲、梁啓超等等仁人志士共同倡導戊戌變法。恰如後來評者所述，譚嗣同是「在民族危機日益深重的情況下，愛國熱情更加激昂，改革中國的願望也愈加迫切」〔註134〕。變法失敗後，譚嗣同本來有機會去國避險，但他卻毅然選擇留下來，「各國變法無不從流血而成，今日中國未聞有因變法而流血者，此國之所以不昌也。有之，請自嗣同始。」我們看到，譚嗣同一方面懷有強烈的經世致用的政治事功心理，著書立說，興辦學堂，抨擊時弊，參與變法；但另一方面，譚欲以犧牲個人生命來促變法成功，顯然是對三千年未有之變局想得過於簡單，或者說是理想浪漫得近於天眞了。

從一般的意義上說，經世致用倡導學以致用、學有所用，且這種「用」又並非世俗個人利益的獲取之用，而是指向超越個人的國族之用，即對國家有益，對民族有利。經世致用精神倡導讀書治學應以積極參與現實爲旨趣，而理想浪漫則是一種基於清醒認識現實、勇敢面對現實而設定的個人目標願望，是一種基於改造現實的自我承擔。也因此，我們才不難理解爲什麼以實用主義哲學著稱的杜威會突出強調「我」：「我們甚至可以承認，如果沒有『我』就不能夠存在。自我通過對於事物的專有而獲得其充實的內容與形式，這種專有使它們同我們所稱作爲我自己的任何東西相統一起來」〔註135〕，即是說參與改造現實的驅動力與目標性指向是經由「我」來完成實現的。從這一意義上說，經世致用的講究政治實用與理想浪漫的不切實際，可以說是一枚硬幣的正反面。

那麼，湘楚文化的這種矛盾統一精神，何以在 80 年代反哺小說湖南，並

〔註134〕楊天石：《譚嗣同的〈獄中題壁詩〉》，《哲人與文士》，中國人民大學出版社，2009 年版，第 119 頁。

〔註135〕杜威：《人的本性和行爲》，1922 年英文版，第 116 頁。轉引自歐陽英《重讀毛澤東》，人民出版社，2006 年版，第 370 頁。

使得後者一躍成為領全國風騷的「文學先鋒」？換句話說，湘楚文化精神在80年代湖南文學領域突顯勃發的契機又是什麼？眾所周知，80年代的對外開放，具體到「新時期」的文學語境中來，主要表現為歐美以及拉美現代文學的大量譯介引進，中國當代文壇在80年代中期形成了一股迅猛的「走向世界」的文學思潮。

　　從文學發生的歷史背景看，中國「新時期」的對外開放，既打開了年輕一代中國作家的世界文學視野，讓他們意識到中國文學的生存發展「危機」，進而強化了從傷痕文學、反思文學等僵化文學模式中掙脫出來的決心和勇氣，同時也重塑了他們審視本土文化傳統的價值眼光，為重新發現本土寫作資源提供了機會。也就是說，由對外開放帶來的這種文學危機意識，必然加深、加速當代文學的現代（性）化進程，因此，發生在文學領域眼花繚亂的創新，也只有在以下兩個維度上展開才能得到真正的理解：一方面，其時的作家急於走向世界並汲汲渴求融入現代世界文學的洪流之中，這本身即帶有一種強烈的功利動機（儘管是文學意義的）；另一方面，在自覺地將世界文學（諾貝爾文學獎）構想為一個追趕、超越的他者的同時，中國當代文學也意識到，要想躋身「世界」之林，或許存在兩條路徑：一是自身提供獨特的「中國經驗」（拉美文學提供的啟示），二是直接以世界文學（主流西方文學）為摹本。「尋根」文學與「先鋒」文學的實踐則分別對應了這兩種路徑。

　　早在《文學的「根」》中韓少功就表現出了這種文學「危機」意識，「模仿翻譯作品來建立一個中國的『外國文學流派』，想必前景黯淡」，後來則說得更加直截了當：「當時中國青年面臨一個向西方文學吸收的問題，大部分是簡單的複製，引進新觀念、技巧來說，自有它的意義：可以作為一種補課。但複製與引進是創造的條件，卻不能代替創造」〔註136〕，也正是在文學「危機」——中國文學走向世界以及如何走向世界——的意義上，湘楚文化的經世致用與理想浪漫精神再度凸顯出來，並由韓少功、殘雪等賦予了其新的當代文人內涵。換言之當代以來的小說湖南，事實上是受經世致用的學風與世風浸染，強化並豐富了湘楚文化的概念內涵，「『經世致用』作為一種學術取向，它已內化為湖湘人的一種人格特徵，一種心理積澱，文學正是這種心理積澱的外化和人格特徵」〔註137〕。

〔註136〕韓少功：《在小說後臺》，山東文藝出版社，2001年，第122頁。
〔註137〕聶榮華，萬里主編：《湖湘文化通論》湖南大學出版社，2005年版，第502

就小說湖南而言，70 年代末、80 年代初湘楚文化經世致用與理想浪漫精神的調和，主要表現爲以莫應豐、古華兩位作家爲代表的對社會主義危機的敏感、對中國政治改革的呼聲籲求；而到了 80 年代中後期及至此後，湘楚文化精神在作家小說創作中的表現又有了相應的變化，即在韓少功與殘雪那裏，已經變由之前對社會危機的呼應轉爲對文學自身危機的自覺。這即是說，小說湖南是在一個相對更爲自律、內在的層面來映照中國對外開放的後果與現實。而在第三章的王躍文、閻眞兩位以表現所謂官場見長的湖南小說家那裏，湘楚文化經世致用的精神特徵，因時代環境的變化，再度呈現出新的特質來。

二、一個文學史命題的簡要回顧

無論從怎樣的意義上說，作爲湖南人的毛澤東對文學的理解，都歷史地構成中國當代文學本質規定性的一重重要內涵，誠如孟繁華先生指出的那樣，「對毛澤東文藝思想的理解和認識，是闡發當代文學發展的關鍵」〔註 138〕。但對於由毛澤東所主導的當代文藝政策，無論是建國前的《在延安文藝座談會上的講話》，還是建國後提出的一系列文藝創作指導方針，我們一般都習慣於從馬克思主義中國化的路徑來考察闡釋。但問題在於，當我們將毛澤東文藝思想視爲馬克思主義中國化的成果產物時，對於「中國化」的依據往往缺乏必要的澄清。換言之，馬克思主義何以在毛澤東那裏成功地中國化？對毛澤東本人來說，是什麼樣的氣質稟賦使得他能親緣性地將馬克思主義創造性地加以轉化？

我們一般將毛澤東 1942 年《在延安文藝座談會上的講話》〔註 139〕視爲其文藝思想的綱領性文件。但事實上，早在此前的 30 年代，作爲共產黨黨的主要領導人的毛澤東，就文藝問題至少有過兩次公開的演講談話。一次是 1937 年 10 月 19 日在陝北公學紀念魯迅逝世週年發表的講話，毛澤東簡要概括地提出了著名的「魯迅精神」一說；另一次是 1938 年 4 月 28 日，他在魯迅藝術學院做的一個公開講演，這次講話，毛澤東強調「我們在藝術論上是馬克

頁。

〔註 138〕孟繁華：《毛澤東文藝思想》，《中國當代文學通論》，遼寧人民出版社，2009年版，第 20 頁。

〔註 139〕延安文藝座談會其實是三次會議的總稱，即 1942 年 5 月 2 日、5 月 16 日、5月 23 日召開的三次會議。

思主義者，不是藝術至上主義者」，並就他所理解的「馬克思主義藝術論」做
了詳細的闡釋：

> 我們主張藝術上的現實主義，但這並不是那種一味模仿自然的
> 記流水賬式的「寫實」主義者，因為藝術不能只是自然的簡單再現。
> 至於藝術上的浪漫主義，並不是完全沒有道理的。它有各種不同的
> 情況，有積極的、革命的浪漫主義，也有消極的、復古的浪漫主義。
> 有些人每每望文生義，鄙視浪漫主義，以為浪漫主義就是風花雪月，
> 哥哥妹妹的東西，殊不知積極浪漫主義的主要精神是不滿現狀，是
> 用一種革命的熱情憧憬將來，這種思潮在歷史上曾發生過進步作
> 用。一種藝術作品如果只是單純地記述現狀，而沒有對將來的理想
> 的追求，就不能鼓舞人們前進。從現狀中看出缺點，同時看出將來
> 的光明和希望，這才是革命的精神。〔註140〕

我們看到，在這次講話中，初具雛形的「革命現實主義」與「革命浪漫主義」
構成了他所謂的「馬克思主義藝術論」兩大內核。這或許也是毛澤東首次系
統闡述他的文藝理論主張，而他的這一藝術上主張，在此後可以說是得到了
一以貫之的延續──如果說這次的講話是闡明了文學在創作方法論上應當怎
樣具體地來回應社會現實，那麼1942年的在延安文藝座談會上的講話則進一
步將此創作方法論在「革命」上做了更為集中的表述，即文學工作者應與工
農兵結合、為工農兵服務、塑造工農兵形象。建國後的1958年，在成都的一
次會議上，毛澤東在談到新民歌時指出：中國詩的出路，第一條民歌，第二
條古典。在這個基礎上產生出新詩來，形式是民族的，內容應當是現實主義
與浪漫主義的統一。同年5月，在中共八大二次會議上，毛澤東再次強調指
出：「革命精神與實際精神的統一……在文學上，就是要革命的現實主義和革
命的浪漫主義相統一」。至此，萌芽於30年代、發展成形於40年代的「革命
現實主義」與「革命浪漫主義」文藝思想，在50年代終於明確地「相統一」
地結合到了一起。

　　也就是說，在既是政治家本身也是文學愛好者的毛澤東那裏，文學始終
存在一種「結合」的張力，即不僅存在「人」的結合（文學工作者與工農兵
結合），同樣也存在「文」的結合：圍繞「革命」的中心現實，「現實主義」

〔註140〕中共中央文獻研究室編：《毛澤東文集》（第二卷），人民出版社，1993年版，
　　　　第121～122頁。

與「浪漫主義」如何彼此互動。因此，從這一意義上説，對毛澤東來説，「文學爲政治服務」並不是一個外延勻質簡單、內涵變動不居的預設構想，而是內部充滿著內在的矛盾運動。這一切的由來，從某種意義上與其説是馬克思主義中國化的結晶，還不如説是湘楚文化經世致用與理想浪漫精神的馬克思主義包裝。這即是説，如果説在文學創作方法論的意義上，經世致用與理想浪漫分別對應的是寫實與想像兩種不同的寫作路徑，那麼，在文學功能主義的考察語境中，文學的「經世致用」精神究其根本是就外在功用而言的，而「理想浪漫」説到底，則是就作家創造主體性而言的，一般傾向認爲這是文學的本質。竹內實敏鋭地指出，毛澤東在延安時期開展的整頓作風、文風和學風等運動，「與湖南的傳統學風不無關係」，在他看來，「寫筆記、不斷反思等湖南的學風，成了整風運動時批評與自我批評的原型」〔註141〕。從發生學的角度講，也的確如此：作爲湖南青年伢子的馬澤東，是在走出湖南後，才成爲一個馬克思主義者的毛澤東的。

有意思的是，在毛澤東明確提出「革命現實主義與革命浪漫主義相結合」創作方法後，將他的這一文藝思想進一步闡釋並發揚光大的同樣也是湖南人。大躍進時期，同是湖南人的周揚，成了毛澤東文藝思想的主要闡釋者，他在極力闡釋毛的這一創作方法時指出，「毛澤東同志提倡我們的文學應是革命的現實主義和革命的浪漫主義的結合，這是對全部文學歷史的經驗的科學概括，是根據當時時代的特點和需要而提出來的一項十分正確的主張，應當成爲我們全體文藝工作者共同奮鬥的方向。」經過周揚等當時文藝政策主導者的權威闡釋，「兩結合」迅速成爲全國性的文藝創作方法綱領。在周揚的理解中，「沒有浪漫主義，現實主義就流於鼠目寸光的自然主義，浪漫主義不和現實主義相結合，也會容易變成虛張聲勢的革命空喊或知識分子式的想入非非」〔註142〕，周揚爲「兩結合」所展開的辯護之所以能切中肯綮，從某種意義上説，與他本人深受湘楚文化浸淫不無關係。換言之，在對湘楚文化經世致用與理想浪漫精神的理解發揮上，周揚大致與毛澤東存在內在的一致性。

如果説上述將革命現實主義與革命浪漫主義的結合理解爲湘楚文化經世致用與理想浪漫精神調和在中國當代文學的發生應用還稍顯高蹈淩虛的話，

〔註141〕竹內實：《毛澤東的詩詞、人生和思想》，張會才等譯，中國人民大學出版社，
　　　　 2012 年版，第 280 頁。
〔註142〕周揚：《新民歌開拓了詩歌的新道路》，《紅旗》，1958 年第 6 期。

　　那麼我們從毛澤東自己的文學創作層面來看，便會發現，毛澤東提出的「兩結合」與其説是一種馬克思主義中國化的文藝政策，不如説是他基於湘楚文化精神影響而生成的創作經驗的創造性發揮——因爲毛自己的文學詩詞創作，事實上遵循的就是「現實主義與浪漫主義結合」的路子。

　　　　「別夢依稀咒逝川，故園三十二年前。紅旗卷起農奴戟，黑手高懸霸主鞭。爲有犧牲多壯志，敢教日夜換新天。喜看稻菽千重浪，遍地英雄下夕陽。」這首著名的《七律・到韶山》是毛澤東 1959 年回到闊別多年故鄉時寫下的，整首詩氣象磅礴，豪氣干雲。有論者曾據此指出，作者是「把革命的浪漫的現實主義的酒，裝進古老而美麗的古典形式的瓶子裏。」〔註 143〕而毛澤東的另一首《蝶戀花・答李淑一》，詩風也跟此大致相似：我失驕楊君失柳，楊柳輕揚直上重霄九。問訊吳剛何所有，吳剛捧出桂花酒。寂寞嫦娥舒廣袖，萬里長空且爲忠魂舞。忽報人間曾伏虎，淚飛頓作傾盆雨。郭沫若在評價這首詞時指出，「主席這首詞正是革命的浪漫主義和革命的現實主義的典型的結合」〔註 144〕從這一意義上説，所謂革命現實主義與革命浪漫主義的結合，正是湘楚文化經世致用與理想浪漫精神的釋義表述，才顯得更加眞切。

　　在中國當代文學的發展建制過程中，現實主義與浪漫主義這一廣義的文學錯動矛盾，被深受湖南地域文化浸潤的毛澤東改寫爲「革命現實主義與革命浪漫主義相結合」法則。「革命現實主義與革命浪漫主義相結合」顯示出論者欲在一種矛盾運動中，將現實主義的眞實性、批判性與浪漫主義的主體性融爲一爐，從某種意義上説，與其説是共產主義政黨的文藝政策在全國的強化普及，不如説是占得領導地位的湖南人，借政治權威將湖南地域文化精神推向到了全國。

〔註 143〕轟華苓，保羅・昂格爾：《革命的領袖，浪漫的詩人》，見《外國學者評毛澤東》第三卷，第 421 頁。
〔註 144〕郭沫若：《答〈文藝報〉問》，《文藝報》，1958 年 7 月。

第三章 「斷裂」危機中的「小說湖南」
——「社會主義市場經濟中國」的文學鏡像

　　當代中國的社會主義市場經濟自 90 年代初起航，將內含於 80 年代「改革開放」中的經濟議題進一步細化、深化，從而使「改革開放」納入到一個更加明確、也更加「經濟」的軌道中來。換言之，「改革」與「開放」在「社會主義市場經濟體制」的目標框架中黏合得更加緊密。自 90 年代實施社會主義市場經濟，中國的經濟開始進入增長的快軌道，但也正是在經濟迅速增長的同時，社會發展卻「與經濟增長開始呈現明顯的脫節」〔註1〕，中國社會 90 年代中後期已出現明顯的「斷裂」危機。近年來，中國不同社會群體、不同地域之間的貧富分化愈演愈烈，基尼係數高於幾乎所有發達國家和大多數發展中國家，居民收入差距早已超過合理限度，社會矛盾越來越突出，「收入分配差異已經到了一個相當危險的邊界。中國社會沒能像很多人所期望的，成爲一個多元社會，而是迅速向高度分化的方向發展」〔註2〕。據有關專家統計，1993～2005 年間，中國的社會群體性事件上升了近 10 倍〔註3〕。而就中國官

〔註 1〕孫立平：《20 世紀 90 年代以來的中國社會》，社會科學文獻出版社，2003 年版，第 20 頁。

〔註 2〕鄭永年：《爲中國辯護》，浙江人民出版社，2012 年版，第 175 頁。

〔註 3〕于建嶸：《轉型期中國的社會衝突》，《鳳凰周刊》，2005 年第 7 期，轉引自陸學藝主編《中國社會結構》，社會科學文獻出版社，2012 年版，第 5 頁。1993 年 8700 起，1999 年 32000 起，2000 年 50000 起，2003 年 58000 起，2004 年 74000 起，2005 年 86000 起，2006 年 90000 起，2008 年超 100000 起。相關數據見楊繼繩：《中國當代社會階層分析》，江西高校出版社，2013 年版，第 387 頁。

僚系統的生態健康狀況來看，形勢也不容樂觀〔註4〕。

在當代中國的文學文化領域，繼所謂的「人文精神」危機討論不了了之之後，中國當代文學事實上在 90 年代後期陷入了更深重的內在性危機之中：這早已不是 90 年代初的那種文學不再受大眾關注而起的冷落危機，而是說文學自身的表現力日趨疲頓，幾乎失去了對中國當下複雜社會現實的把握能力〔註5〕。從上述意義上說，正是在中國當代社會與當代文學雙重危機的時代背景下，秉承經世致用與理想浪漫湘楚文化精神的王躍文與閻眞兩位湖南作家，以長篇小說回應了中國社會與當代文學的危機現實。王躍文與閻眞兩位湖南小說家，各以一部代表作馳名世紀之交的當代文壇，且各自的代表作在精神指向上存在相當程度的相似：2004 年 6 月，由《紀檢與監察》雜誌邀請部分作家、評論家評選出「十大經典反腐小說」，王躍文的《國畫》和閻眞的《滄浪之水》榜上有名。《國畫》與《滄浪之水》時至今日的暢銷不衰，其大眾化的接受度並不有損作品本身的審美品位——這兩部小說最初都是由人民文學出版社出版發行，這或許也反過來印證了郁達夫當年的觀點，「文學的大眾化非但不妨礙文學本身的尊嚴，反足以證出文學的偉大與有力來」〔註6〕。

第一節 「市場經濟」與「90 年代」的再認識

在中國當代文學創作以及當代文學評論研究的語境中，「市場經濟」向來都是「90 年代」區別於「80 年代」的一個根本標誌。但問題在於，從共時的角度說，中國 90 年代的「市場經濟」跟西方資本主義的「自由市場經濟」是同義語嗎？再或者，以歷時角度論，90 年代的「市場經濟」跟新中國成立之前的市場經濟又該作何種區分〔註7〕？換言之，我們究竟是在怎樣的意義上來

〔註4〕據總部設在德國柏林的透明國際（the Transparency International）發佈的國際腐敗洞察指數報告顯示，1998 年中國大陸得分 3.5 分（透明國際對腐敗的定義是「濫用公權力為私人謀利」，最高 10 分，得分越低，腐敗情況越嚴重。得分在 6.0 或 5.5 以下的國家都是腐敗比較嚴重的國家）在所調查的 85 個國家和地區中排名第 52 位，比 1997 年排名倒退 11 位；1999 年在所調查的 99 個國家和地區中得分 3.4，排第 59 位；2004 年第 68 位，2005 年第 78 位，2009 年在全球 180 個國家和地區中，排在第 79 位。

〔註5〕誕生於 90 年代有影響力的長篇小說，《長恨歌》、《白鹿原》、《塵埃落定》、《豐乳肥臀》幾乎都與當下社會現實保持了一定的距離。

〔註6〕郁達夫：《郁達夫全集》（卷十一），浙江大學出版社，第 27 頁。

〔註7〕據經濟史專家的研究成果表明，中國長期存在商品和市場，但快速發展演變

言説 90 年的「市場經濟」〔註8〕的？

　　正是從這一意義上，我們説當代文學評論研究界對文學外部環境條件的
這一指認，可能從一開始就存在一個有意無意的忽略，即漠視中國 90 年代「市
場經濟」概念構造的特殊限定，將中國特色的「社會主義市場經濟」縮減為
「市場經濟」，或將「市場經濟」直接等同為中國特色的「社會主義市場經濟」。
強調當代中國「市場經濟」的「社會主義」前提限定，當然不是在玩文字遊
戲，我們看到，在官方正式的會議與文件中，從來都是完整的「社會主義市
場經濟」的提法表述，即「社會主義市場經濟」才是中國「市場經濟」的特
色——略顯尷尬的問題還在於，我們已言説多年的「市場經濟」客體，至今
並未獲得世界上絕大多數國家的承認〔註9〕。

　　當然，公允地説，將「社會主義市場經濟」縮減為「市場經濟」，或將「市
場經濟」直接等同為「社會主義市場經濟」並非是當代文學創作與評論研究
界所特有的現象，某種意義上，整個民間社會都是循此説法，甚至連專業的
經濟研究界也是如此。即使是回顧「社會主義市場經濟」的概念提出始末，
主要也是依據當下的經濟建設成就來確認鄧小平當年的英明決斷，亦即無一
例外將中國的經濟成就簡單歸結為「市場經濟」運行的結果，並由此確立「市
場經濟」敘事的無尚權威。問題或在於，這種有意無意的縮減指稱，究竟是
一種語詞上的經濟用法，還是無意識的一廂情願呢？如果回答是後者，那麼
不禁要問，這種「偏差」究竟是怎樣被生產出來以及由此又將導致怎樣的歷
史性後果呢？

一、「社會主義市場經濟」：敞開與遮蔽

　　眾所周知，發軔於 90 年代的中國「社會主義市場經濟」政策理論，將「市

　　　成市場經濟，卻是從 1911 年的辛亥革命開始到 1937 年抗日戰爭全面爆發時
　　　已經基本成型。參見朱蔭貴：辛亥革命與近代中國市場經濟的發展，《學術月
　　　刊》，2012 年第 7 期。
〔註 8〕市場，市場經濟和市場社會是三個不同的概念，「什麼叫市場經濟？不僅僅一
　　　般消費品，當勞動力、土地、貨幣也都變成商品，變成市場交易的標的物時，
　　　才能講到市場經濟……只有當要素市場也存在的時候，才存在市場經濟；如
　　　果生產要素沒有市場化，那麼你只有市場，沒有市場經濟。」見王紹光著：《波
　　　蘭尼〈大轉型〉與中國的大轉型》，三聯書店版，2012 年版，第 17 頁。
〔註 9〕時至今日，美國、歐盟、日本等大多數發達國家和地區（也即大多數的資本
　　　主義自由市場經濟國家）都不承認中國的市場經濟地位。

場經濟」由一個姓「資」還是姓「社」的意識形態問題轉化爲社會主義內部
調整的「經濟問題」，經歷了一個十分曲折的歷史過程。事實上，中國經濟改
革的轉型推進，從來就不是一帆風順。雖然自十一屆三中全會始，中國共產
黨將工作重心由階級鬥爭轉移到經濟建設上來，但如何發展經濟以及發展什
麼樣的經濟，並未有一個明確的界定。也因此，我們才會看到，直到 90 年代
初，那種認爲計劃與市場只是資源配置的兩種形式，而不是劃分社會主義與
資本主義的標誌主張，「在 1991 年 4 至 11 月間受到了有組織的批判」〔註 10〕。
彼時頗具影響的《當代思潮》雜誌 1990 年第 1 期發表《用四項基本原則指導
和規範改革開放》一文，「私營經濟和個體經濟……如果任其自由發展，就會
衝擊社會主義經濟」，該文指出，有些人正是想通過發展私營經濟，「妄圖把
我國的社會主義制度通過改革開放，和平演變爲資本主義制度」。由此可見，
「社會主義市場經濟」的概念並非一蹴而就，「社會主義」與「市場經濟」最
初的概念矛盾衝突，遠比我們今天想像的要複雜激烈得多。

　　1992 年 1 月，鄧小平南下廣東深圳等地視察，發表了著名的南方談話
〔註 11〕，爲歷史提供了轉機。在南方談話中，鄧小平強調，「不堅持社會主義，
不改革開放，不發展經濟，不改善人民生活，只能是死路一條」〔註 12〕，我
們看到，80 年代初確立的「以經濟建設爲中心」的觀點在此進一步得到確認。
而更重要的則在於，關於如何改革開放、怎樣發展經濟，鄧小平給出了明確
的方向指示，「計劃多一點還是市場多一點，不是社會主義與資本主義的本質
區別。計劃經濟不等於社會主義，資本主義也有計劃；市場經濟不等於資本
主義，社會主義也有市場。計劃和市場都是經濟手段」〔註 13〕。「談話」實際
上是對「社會主義」與「市場」進行了雙重的鬆綁釋義，從而在經濟層面爲
「社會主義」與「市場經濟」實現對接找到了契合點。同年召開的中共十四
大，很快便明確我國經濟體制的改革目標是建立社會主義市場經濟體制，緊
接著 1993 年，中國共產黨在 11 月召開的十四屆三中全會上，審議並通過了《中
共中央關於建立社會主義市場經濟體制若干問題的決定》。該《決定》從多領

〔註 10〕　吳敬璉：《建議確立社會主義市場經濟的改革目標》，《吳敬璉改革論集》，中
　　　　　國發展出版社，2008 年版，第 43 頁。
〔註 11〕　1992 年 2 月 28 日，中央以 1992 年 2 號文件的名義，向全黨下發傳達了鄧小
　　　　　平的南方談話。
〔註 12〕　《鄧小平文選》第三卷，人民出版社，1993 年版，第 370 頁。
〔註 13〕　《鄧小平文選》第三卷，人民出版社，1993 年版，第 373 頁。

域、全方位提出了社會主義市場經濟體制的基本框架，這個基本框架成為此後經濟改革的行動綱領。「社會主義市場經濟」這一全新表述，終於獲得認可保證。

　　但對鄧小平來說，「市場經濟」的方法論意識，其實在 90 年代之前就已成型。1979 年 11 月 26 日，鄧小平在會見美國和加拿大客人時說，「說市場經濟只存在於資本主義社會，只有資本主義的市場經濟，這肯定是不正確的。社會主義也可以搞市場經濟」〔註14〕；1985 年 10 月 23 日，鄧小平在同美國企業家代表團的談話中指出，「社會主義和市場經濟之間不存在根本矛盾」，「只搞計劃經濟會束縛生產力的發展，把計劃經濟和市場經濟結合起來，就更能解放生產力，加速經濟發展」；1987 年，在中共十三大召開前夕，鄧小平指出：「為什麼一談市場就是資本主義，只有計劃才是社會主義呢？計劃和市場都是方法嘛。」〔註15〕據統計，從 1979 年到 1990 年間，鄧小平先後在 10 次重要談話中指出，社會主義可以搞市場經濟〔註16〕。

　　事實上，跟「市場經濟」的設想一樣，鄧小平關於何謂「社會主義」或「社會主義本質」的獨特理論構想，同樣也是在 80 年代就已初露端倪，而並非 90 年代才生成定型。鄧小平早在 1980 年 5 月 5 日會見幾內亞總統時就談到：「社會主義是一個很好的名詞，但是如果搞不好，就不能正確理解，不能採取正確的政策，那就體現不出社會主義的本質。講社會主義，首先就要使生產力發展，這是主要的。只有這樣，才能表明社會主義的優越性」〔註17〕；1986 年鄧回答美國記者邁克・華萊士提問時再次指出：「社會主義原則，第一是發展社會生產力，第二是共同富裕」；同年 12 月，他又進一步指出，「我們要發展社會生產力，發展社會主義公有制，增加全民所得。我們允許一些地區、一些人先富起來，是為了最終達到共同富裕，所以要防止兩極分化。這就叫社會主義。」〔註18〕由此可見，在 80 年代甚或更早些時候，鄧小平獨具個性理解色彩的「社會主義」與「市場經濟」思想其實均已嶄露頭角──對

〔註14〕　鄧小平：《社會主義也可以搞市場經濟》，《鄧小平文選》第二卷，人民出版社，1993 年版。
〔註15〕　《鄧小平文選》第三卷，人民出版社，1993 年版，第 203 頁。
〔註16〕　馬立誠、凌志軍：《交鋒：當代中國三次思想解放實錄》，人民日報出版社，2011 年版，第 140 頁。
〔註17〕　中共中央文獻研究室編：《中國特色社會主義理論體系形成與發展大事記》，中央文獻出版社，2011 年版，第 27 頁。
〔註18〕　《鄧小平文選》第三卷，人民出版社，1993 年版，第 195 頁。

比鄧小平 92 年的「南方談話」與其八十年代的觀點論調，我們很容易發現，「南方談話」基本上是他 80 年代有關「社會主義」與「市場經濟」論述的系統加強版，或者說是一個自然的延續。

但問題在於，中國共產黨 70 年代末自十一屆三中全會起就決定進行改革開放，確立起「以經濟建設爲中心」的議題——既然已意識到市場經濟只是一種「方法」，計劃經濟的種種弊端又暴露無疑，且社會主義的原則是發展生產力和實現共同富裕，那爲什麼到了 80 年代，作爲改革開放總設計師的鄧小平仍未主張大張旗鼓地搞市場經濟呢？爲什麼「計劃」與「市場」並不是劃分社會主義與資本主義劃分標誌的理論觀點在 1991 年還會受到有組織的批判？一言以蔽之，爲什麼到 80 年代及至 90 年代初，「社會主義」與「市場經濟」還未有機結合到一起？簡單說來，這或許與鄧小平剛恢復工作尚未取得牢固的黨內地位有關，但進一步的困惑仍在於，爲什麼進入 1992 年，短短幾個月的時間，國內風向立馬發生了根本性的轉變呢？換句話說，具有重大歷史轉折意味的鄧小平「南方談話」，其直接誘因又是什麼？

在追問 92 年初的鄧小平「南方談話」誘因之前，有必要回到 92 年前兩年的歷史現場。1990 年 3 月 3 日，鄧小平同中央負責同志談話，發表對柏林墙倒塌、立陶宛、愛沙尼亞、拉脫維亞、烏茲別克斯坦等相繼退出蘇聯的國際政治形勢的看法，他指出，「對國際形式還要繼續觀察」，「不管蘇聯怎麼變化，我們都要同它在和平共處五項基本原則的基礎上從容地發展關係，包括政治關係，不搞意識形態的爭論」。直到同年年底，鄧小平在談話中再次告誡全黨，不要在意識形態上頭腦發熱，「我們千萬不要當頭，這是一個根本國策。這個頭我們當不起，自己力量也不夠。當了絕無好處，許多主動權都失掉了」。而同樣有意味的是，也是在這次談話中，鄧小平明確表現出他對國內經濟形勢的擔憂，「現在要特別注意經濟發展速度滑坡的問題。我擔心滑坡。百分之四、百分之五的速度，一兩年沒問題，如果長期這樣，在世界上特別是同東亞、東南亞國家和地區比，也叫滑坡了。」也就是說，儘管鄧小平看到了國內當時不容樂觀的經濟形勢，並且也早就意識到市場經濟對發展經濟的重要性，但在意識形態這樣的重大問題上，他還是表現得非常的小心謹慎。歷史的轉機出現在 1991 年。眾所周知，在 1991 年年底，國際政治格局發生重大突變，1991 年 12 月 25 日，蘇聯宣布解體，蘇共丟掉了執政權，社會主義政權「變天」，國際社會主義陣營遭受重創。蘇聯解體不到一個月，鄧小平就迫

不及待地開始了他的南方之行，目的地直指當時作為中國改革開放橋頭堡的
深圳經濟特區。

深圳提供的啟示在於，一方面當地經濟面貌有了翻天覆地的變化，人民
生活水平顯著提高；另一方面，更重要的是，從政治上講，中國共產黨的執
政地位牢固穩定，並未受到任何動搖挑戰。可以說，正是在東歐劇變、蘇聯
解體，國際社會主義格局出現重大變化，「社會主義」面臨嚴重危機的國際政
治背景下，鄧小平親臨中國改革開放的前沿陣地，聯繫國內實際，審時度勢，
從概念形式上對「社會主義」進行了部分調整，對極具國際政治意味的「社
會主義」概念進行了一番大膽的經濟改裝，即對蘇聯《政治經濟學教科書》
中「社會主義=國有制+計劃經濟」的陳舊觀念的一次改寫，才使得「社會主
義」與「市場經濟」成功實現聯姻。上述這一簡單的勾勒，肯定無法呈現此
中關係的錯綜複雜，但本文的目的並不在此，而旨在說明，恰恰是「社會主
義危機」和深圳經驗為鄧小平重新釋義「社會主義」提供了歷史契機，從而
最終有了後來「社會主義市場經濟」這一概念浮出水面的可能。換言之，80
年代的「以經濟建設為中心」，說到底，主要遵循的還是政治的邏輯，並未完
全按經濟自身的規律操作。但仍需指出的是，傳統意義的「社會主義」觀念
根深蒂固，鄧小平 90 年代對「社會主義」概念的改造並非一勞永逸的完成，
而不過是一個嶄新的開始而已。

但這一「開始」卻足以寫進史冊，並構成了鄧小平政治遺產的主要內容。
換言之，鄧小平政治遺產的最大貢獻，並不在於在社會主義政治框架下引進
「市場經濟」，而恰是借蘇聯解體、社會主義遭受重創之機，開創性地對「社
會主義」概念進行中國式組裝，由此撕開的豁口將有著本質規定性的「社會
主義」重新釋義為一個開放的動態概念。我們看到，後來經濟學家著力於市
場經濟體制改革的推動深化，也正是從這一點入手的。1997 年，社會主義市
場經濟走過 5 年歷程，陷入了僵持的現實困境。著名經濟學家、社會主義市
場經濟理論的主倡者吳敬璉先生上書中央領導人，「當前改革的重點和難點，
是國有企業的改革和國有經濟的戰略性重組。然而在這項事關全局的工作
中，卻由於沒有完全突破蘇聯模式的束縛，受到蘇聯《政治經濟學教科書》
關於『社會主義=國有制+計劃經濟』的陳舊觀念的影響而受到阻礙。為了打
破這種障礙，有必要根據鄧小平關於社會主義本質在於實現共同富裕的思
想，把社會主義經濟界定為以實現共同富裕為目標的市場經濟，使人們清楚

地認識到，一個國家是否具有社會主義性質，並不是由國有經濟所佔份額的多寡決定的。而在公有制爲主體、多種經濟成分共同發展的條件下，只要共產黨採取了正確的政策，有效地防止財產佔有的兩極分化，我們國家的社會主義性質是有保證的。」〔註 19〕可見，鄧小平當年對「社會主義」的鬆綁釋義雖然是一項開創舉措，但畢竟事關重大，後人的膽子和步子都不怎麼敢放開。吳敬璉先生仍是依據鄧小平當年對「社會主義」概念的鬆綁釋義爲國企改革尋找合法性依據的，在他看來，社會主義性質的關鍵，是看共產黨採取什麼樣的政策措施，這跟鄧小平當年的設計思路基本上相符。

對鄧小平來說，若在「社會主義」與「市場經濟」二者間做一個比較選擇的話，他看重的向來都是前者而非後者。「市場經濟，在封建社會時期就有了萌芽」〔註 20〕。如前所述，市場經濟對鄧小平而言，只是一種經濟手段而已，他的這一思路從 80 年代到 90 年代一貫如此。與此相反的是，對他來說，「社會主義」才是一個最根本性的問題，「我們建立的社會主義制度是個好制度，必須堅持。現在我們搞經濟改革，仍然要堅持社會主義道路，堅持共產主義的遠大理想，年青一代尤其要懂得這一點。但問題是什麼是社會主義，如何建設社會主義。我們的經驗教訓有許多條，最重要的一條，就是要搞清楚這個問題。」〔註 21〕我們看到，鄧小平巧妙地運用了矛盾修辭，或者說一定程度地偷換了「社會主義」的概念：既然社會主義制度已經建立並且必須堅持，那又何來什麼是社會主義的問題呢？但有意思的是，恰是這一藝術化的矛盾修辭，最大限度地解放出了「社會主義」概念的闡釋空間。

1993 年，鄧小平在同弟弟鄧肯的一次談話中指出，他再次明確重申了中國市場經濟的社會主義性質的重要性和優越性，「社會主義市場經濟優越性在哪裏？就在『四個堅持』。『四個堅持』集中表現在黨的領導……當時我講的無產階級專政，就是人民民主專政，講人民民主專政，比較容易爲人所接受。現在經濟發展這麼快，沒有『四個堅持』，究竟會是個什麼局面？……黨的領導是個優越性。沒有人民民主專政，黨的領導怎麼實現啊？『四個堅持』是

〔註 19〕 吳敬璉：《關於社會主義的再定義問題》，《吳敬璉改革論集》，中國發展出版社，2008 年版，第 47 頁。
〔註 20〕 《鄧小平年譜》（1975～1977）（上），中央文獻出版社，2004 年版，第 580 頁。
〔註 21〕 《鄧小平年譜》（1975～1977）（下），中央文獻出版社，2004 年版，第 1037 頁。

『成套設備』。在改革開放的同時，搞好『四個堅持』，我是打下個基礎，這個話不是空的。」﹝註22﹞鄧小平的邏輯非常清晰：「社會主義市場經濟」的優越性在於80年代就已提出的「四個堅持」，「四個堅持」又集中表現在黨的領導，亦即「社會主義市場經濟」的優越性集中表現爲黨的領導，換言之，中國共產黨的領導才是「社會主義市場經濟」之「社會主義」的最根本釋義。「中國執政黨與國家政權一體化的程度很高，在很長時期裏，黨的組織在很大程度上相當於國家機構，直接行使國家權力，對國家甚至對社會發號施令，黨的政策取代法律直接成爲舉國遵行的行爲規範，國家政權機構不同程度地存在著『虛位』現象」﹝註23﹞，中國共產黨一黨執政、直接執政、全面執政的特點既是中國特色「社會主義」的本質內涵，也是中國特色「社會主義市場經濟」的優越性所在。

　　1990年代，雖然出於中國國情的現實需要，鄧小平爲「社會主義」注入了新的概念內涵，但這種修訂實際上是以守護社會主義的底線，即共產黨的領導執政爲根本前提的。新注入的「發展生產力，共同富裕」等內涵元素，非但沒有觸及社會主義的底線，還很好地將「社會主義」底線包裹藏匿起來。也就是說，中國特色的市場經濟的社會主義性質，不是通過「社會主義市場經濟」中的「社會主義」渠道來呈現，而是轉由黨的基本路線來輔助完成，「社會主義市場經濟」中的「社會主義」只具備概念肉身的物質外殼意義。但儘管如此，「社會主義市場經濟」的「社會主義」前提限定仍不可或缺。據當年參與《中共中央關於建立社會主義市場經濟體制若干問題的決定》的起草者回憶，「十四大確立了社會主義市場經濟體制的改革目標，並且強調兩點：一是，『社會主義市場經濟體制是同社會主義基本制度結合在一起的；』一是，『我們要建立的社會主義市場經濟體制，就是要使市場在社會主義國家宏觀調控下對資源配置起基礎性作用』。《決定》的起草，一開始就是以這兩個基本論斷爲指導來設計各個方面的改革方向和措施的。」﹝註24﹞上述論斷在這裡再次得到印證，由中國共產黨領導的社會主義制度和社會主義國家是中國市場經濟的根本前提。

﹝註22﹞　《鄧小平年譜》（1975～1977）（下），中央文獻出版社，2004年版，第1363
　　　　～1364頁。
﹝註23﹞　許寶友，常欣欣主編：《從哈佛看中國──中國問題學術演講集》，人民出版
　　　　社，2010年版，第161頁。
﹝註24﹞　王夢奎：《王夢奎改革論集》，中國發展出版社，2008年版，第212頁。

這也恰恰解釋了爲什麼我們在提「社會主義市場經濟」的時候，會有意無意造成「社會主義」的前提遺忘。因爲經過鄧小平對「社會主義」概念的經濟改造，在「市場經濟」的層面，「社會主義」與「市場經濟」確有相通之處。若只孤立地限定在「社會主義市場經濟」的概念框架中來看「社會主義」與「市場經濟」的關係，二者剛好形成一個內部循環的同義互證。如前所述，鄧小平的意義在於，自從他首次大膽對「社會主義」進行概念改造之後，在92 年之後黨的若干次重要會議上，「社會主義」就不再是一個一成不變的靜態封閉概念，而毋寧說是一個具有強大生產性的、且有著豐富層次感的開放概念。在不同的歷史階段，「社會主義」具有不同的概念內涵，可以不斷進行自我修復、調整和完善〔註 25〕。當然，「社會主義」的概念底線是共產黨領導，這點毋庸置疑。「社會主義」開放的概念結構，並不意味著任何社會主體都可以隨意闡釋，而是只有作爲執政黨的共產黨具有唯一的概念定義合法性。

二、政治的經濟與經濟的政治

我們看到，儘管「社會主義市場經濟」理論試圖將市場經濟由一個姓「資」還是姓「社」的意識形態問題成功轉化爲社會主義內部調整的經濟問題，但這仍然是以承認社會主義爲前提的，換言之，「社會主義市場經濟」首先是政治化的經濟。或者說，建立或完善社會主義市場經濟體制，只是中國特色社會主義理論體系的一部分，社會主義市場經濟體制只是回答了什麼是社會主義、怎麼建設社會主義，建設什麼樣的黨、怎樣建設黨，實現什麼樣的發展、怎樣發展三大基本問題的其中之一。「從改革開放之初，中國人民便開始在更大範圍內體驗自由，但是同時他們也感受到了隨之而來的責任。規劃森林，使人們可以栽種新樹苗、進行新試驗，固然很重要，與此同時，鄧小平堅持了大的政治框架——社會主義，在這一大的政治框架內制定新的經濟框架。」〔註 26〕簡言之，社會主義市場經濟體制最終仍需統一於「社會主義」的總框架中來。

至此，我們可以做這樣一個小結：發端於 90 年代初的中國市場經濟改革，

〔註 25〕 在新的歷史形勢下，「三個代表」思想和科學發展觀爲「社會主義」注入了新的內涵，可以預見的是，「中國夢」也必將是「社會主義」的有機組成部分。

〔註 26〕 約翰・奈斯比特，多麗絲・奈斯比特：《中國大趨勢：新社會的八大支柱》，魏平譯，吉林出版集團，中華工商聯合出版社有限責任公司，2011 年版，第62 頁。

自起始之日起就有一個嚴格的政治限定，即不同於資本主義的市場經濟，社會主義市場經濟並不是社會資源配置從計劃轉向市場那麼簡單。所謂社會主義市場經濟的「社會主義」，並不是一個外在的語境修飾，而是有著嚴格的內涵規定：它不但指明了社會主義市場經濟的實施推動主體是共產黨領導的社會主義國家政權，而且對市場經濟的發展目標有其事先的約定。1994 年 12 月，江澤民也再次重申了這點：「我們搞的市場經濟，是同社會主義基本制度結合在一起的。我們搞的是社會主義市場經濟，『社會主義』這幾個字是不能沒有的，這並非多餘，並非畫蛇添足，而恰恰相反，這是畫龍點睛。所謂『點睛』，就是我們的市場經濟性質。」〔註 27〕只有將社會主義的根本規定性納入到「社會主義市場經濟」的概念理解中來，我們才能理解「社會主義市場經濟」的複雜性，才能抵達 90 年代複雜現實的真實性。而也恰恰是在這一點上，我們發現，在「市場經濟」提法上，官方與學界一向就有著微妙的差異〔註 28〕。2003 年 10 月 10 日，中共十六屆三中全會將完善社會主義市場經濟體製作為會議重要議題，並作出了《中共中央關於完善社會主義市場經濟體制若干問題的決定》，明確提出了完善社會主義市場經濟體制的目標和任務。「社會主義市場經濟」體制從「建立」到「完善」歷經了 10 年時間。

「社會主義市場經濟」作為國家經濟體質改革目標被定義，但事實上，社會主義條件下的市場經濟所承載的意義功能，遠不止經濟本身那麼簡單。隨著「社會主義市場經濟」的目標確立，自 90 年代起，「經濟」逐漸成為中國首要的「政治議題」，「在社會主義條件下發展市場經濟，是前無古人的偉大創舉，是中國共產黨人對馬克思主義發展作出的歷史性貢獻……由計劃經濟體制向社會主義市場經濟體制的轉變，實現了改革開放新的歷史性突破，打開了我國經濟、政治和文化發展的新局面。」〔註 29〕也就是說，「社會主義市場經濟」其實是開啟了新一輪的改革開放，或者說改革開放從此有了更

〔註 27〕 中共中央文獻研究室編：《中國特色社會主義理論體系形成與發展大事記》，中央文獻出版社，2011 年版，第 255 頁。

〔註 28〕 國內政經理論界一般不太看重市場經濟的「社會主義」限定，比如，「要的是現代市場經濟」（于光遠，1992）、「必須繼續推進流通市場化和市場制度化」（李劍閣，1995）、「用市場經濟激勵群眾用民主政治團結群眾」（杜潤生，1999）、「完善市場經濟體制注重制度建設和創新」（高尚全，2003）、「中國從計劃經濟向市場經濟轉軌的經驗」（林毅夫，2004）等。

〔註 29〕 江澤民：《全面建設小康社會 開創中國特色社會主義事業新局面》，人民出版社，2002 年版，第 6 頁。

新的內涵──而經濟在社會主義條件下，也儼然成了一種「非政治的政治」，是具有統攝全局的一個決定性環節。事實上也的確如此，90年代至今，在中國共產黨的歷次全國代表大會或全委會上，經濟問題從來都是置於政治問題之前而被擺在最前列。「社會主義市場經濟」利用「市場經濟」的全球化經濟敘事，將「社會主義市場經濟」的「社會主義」眞實政治意圖日益捲入到一個愈來愈模糊的全球化經濟叢林之中。長此以往，「社會主義市場經濟」也就愈發凸顯出它的形式主義意味來了──毋寧說「社會主義市場經濟」在中國成了一種整全的「政制」，正如施特勞斯所指出的那樣，作爲共同生活的生活的形式，政制是社會的生活和生活再社會中的方式，意味著一個社會的生活形式，生活風格、道德品位、社會形式、國家形式、政府形式以及法律精神〔註30〕。

上述略顯繁冗的論述可能暫時偏離了文學的主題，但爲召喚回「社會主義市場經濟」的「社會主義」眞身以及對「社會主義市場經濟」這一概念裝置做一拆解，從而眞正理解90年代的特殊性與複雜性，這其實已經是最大限度的精簡了。儘管鄧小平對「社會主義」概念進行了非常精巧的組裝改造，使得「市場經濟」的這一全球化想像有機會參與到本土的政治經濟學敘事中來，但「社會主義」形式化的去政治努力與「市場經濟」的全球化想像二者本質內在的牴牾並沒有取消。相反，二者的矛盾在「社會主義市場經濟」的形式框架中反而愈來愈隱蔽化、精緻化，且在某種意義上又構成雙重的二律背反：一方面確實讓「市場經濟」在「社會主義」的框架內有限度的地發揮自身優勢，並且因爲經濟的政治性訴求（GDP政治化考核），促成了經濟高速增長；而另一方面，當市場經濟獲得一定的發展空間之後，市場經濟內部的矛盾也逐漸生成與激活（傳統90年代的「市場經濟」欲望敘事正是著眼於此），而當其發展到一定的成熟階段且具有主體性時，必然沿著自身的邏輯尋求向非經濟領域的擴張〔註31〕，甚至尋求向「社會主義」的邊界突破。因此，也

〔註30〕 列奧·施特勞斯：《什麽是政治哲學》，李士祥等譯，華夏出版社，2011年版，第25頁。

〔註31〕 一個十分有意思的社會現象是，自90年代以來，有兩個詞的出現頻率非常高，一是「產業化」的後綴，二是「老闆」的泛化。以教育、文化爲例，一個國家的教育、文化本是公共事業，但中國90年代以來的教育、文化事業卻經常面臨「產業化」的改編危險，似乎唯有教育產業化、文化產業化，教育和文化才有發展出路；而「老闆」的稱呼則也愈來愈成爲一般的社交招呼用語，不僅個體戶商販被人稱爲老闆，就連很多政府官員、大學教授也常被下屬和

是不可避免地，「社會主義市場經濟」必然會呈現出動盪而蕪雜的一面來，所謂的「中國模式」也正是從這一層意義上而言的。

從現實來看，「社會主義市場經濟」的宏大敘事，生產並導致了政治與經濟的雙重變異，即經濟的政治與政治的經濟，兩者互相媾和，互為補給加強，形成了一個非常嚴密而封閉的社會統治結構。我們不妨以全國人民代表大會的代表人員構成為例，現今的全國人大代表主要是由官員與企業主構成，而省市一級人民代表大會則更甚〔註32〕。「經濟的政治」有兩層含義：一是政治不再是天下為公的理想設計，權力分配也不是按公開、公平、公正的政治原則來運作，而是一種官僚集團利益最大化的經濟共享，也就是說，真正的政治問題，即「權力的分配和權力的正當性證明是最重要的政治問題」〔註33〕幾乎被人們徹底遺忘了；二是經濟本身以非政治的政治形式出場，取代或取消政治本身。政治的經濟，意味著以政治為目的經濟發展並不完全取消經濟的獨立性，而是將市場化的經濟納入到為政治服務的軌道上來──我們看到，GDP 生產是作為考核地方官員的主要政績指標來看待的，「把 GDP 的增長作為各級政府政績的主要標誌，不光在黨政機關考核幹部時如此，社會輿論也是如此。整個社會都形成了這樣一種觀念」〔註34〕。政治，準確地說是政黨政治，為（市場）經濟提供保障，而（市場）經濟則為政黨政治提供支撐，正是在這一意義上，我們說中國的「市場經濟」是有著中國特色的「社會主義市場經濟」。而排除在這一互動封閉結構之外的文化，則只能是作為某種補充性的存在，附著於經濟與政治的共謀結構之上。

學生稱為「老闆」。

〔註32〕以 2014 年 2 月 10 日在長沙召開的湖南省十二屆人大第三次會議為例，在出席本次會議的 767 名人大代表中，企業主和企業高管共有 270 人，占總人數的 35.2%。在全部 15 個代表團中，企業主所佔比例最高的分別是益陽（53.1%）、邵陽（51.3）、湘潭（50%），只有解放軍代表團裏沒有企業主。除了企業主，其餘代表絕大多數都是官員，共 489 人，占比 63.8%，官員加上企業主，共占比 99%。見 http://chenjieren.blog.sohu.com/300856507.html。（另據新華社發佈的官方報導，在第十二屆全國人大代表的人員構成中，黨政幹部人數為 1042 名，占 2987 總代表人數的 34.88%）

〔註33〕趙汀陽：《壞世界研究：作為第一哲學的政治哲學》，中國人民大學出版社，2009 年版，第 163 頁。

〔註34〕吳敬璉：《中國經濟的高速成長怎樣才能夠持續》，《吳敬璉改革論集》，中國發展出版社，2008 年版，第 158 頁。

第二節　「社會主義市場經濟」的小說藝術

一、《國畫》及王躍文小說創作簡論

王躍文被譽爲「官場小說第一人」，是 1998 年《國畫》出版之後的事情。儘管王躍文自己並不願意領受這一帶有炒作意味的後設名號，但自《國畫》之後，當代文壇所謂的「官場小說」盛極一時卻是不爭的事實〔註 35〕，甚至還由此衍生出了《國器》（習曉思）、《國色》（汪宛夫）等有傍名之嫌的官場題材小說。從這一意義上說，「官場小說」的命名與其說是一種總結定位，倒不如說是一種啓示召喚——對王躍文來說亦乎如此：繼《國畫》之後，他又先後推出《梅次故事》、《蒼黃》、《大清相國》等官場題材小說，而相對於《國畫》而言，後面的幾部小說倒越來越像官場小說了。

在王躍文《國畫》之後的「官場小說」創作中，我們不難發現一個有意思的現象，即不論是《梅次故事》、《蒼黃》還是《大清相國》，官場主人公都有一種隱匿的曾國藩式的「完人情結」：他們一方面心繫國家社稷，胸懷天下，一方面又謹慎處世，明哲保身。就小說主人公體現的那種當代文人情懷而言，王躍文的小說創作有著前後期的內在的一致連貫性。因爲即便是他早期的《亡魂鳥》，小說中那個只有 19 歲的鄭秋輪，「本來是個孩子。可是他卻是眞正的心憂天下，也並不顯得幼稚，更沒有一絲故作姿態的樣子」〔註 36〕。就此而論，湖南人心憂天下的家國情懷與政治意識在王躍文小說中再次表露無遺。

對王躍文及其《國畫》來說，尷尬之處則在於，小說「持續至今」的流行暢銷雖則讓作家有了一筆相當可觀的經濟收入〔註 37〕，但學院派批評研究卻有意無意地將《國畫》打入「官場小說」的另冊，排除在嚴肅創作之外——大眾的熱捧反過來恰恰成了小說「非文學性」的絕好印證。評者全然不顧作家的一番苦心孤詣辯解而冠以《國畫》「官場小說」之名，事實上正證實了這點：「官場小說」的命名其實原本就內在地預設了一種文學審美等級，注定了這一小說類型的先天劣勢。因爲，在當代文壇，似乎一般傾向認爲，官場

〔註 35〕據統計，僅在 2009 年 1～3 月，官場小說品種就達到 123 種，與 2008 年全年官場小說約 118 種相比，持續高溫。

〔註 36〕王躍文：《亡魂鳥》，新世界出版社，2010 年版，第 35 頁。

〔註 37〕王躍文以 435 萬的年收入位列 2007 年中國作家富豪榜第九位。但小說的命運其實頗具曲折性：小說出版三個月後即被官方列爲禁書，十二年後才得以解禁。

小說「大多僅具新聞性和社會信息功能，審美含量和藝術貢獻極度匱乏」，而其依據也是籠統的似是而非，在持此論者看來，「官場本身就是一種缺乏深厚審美意味和人文底蘊的生存形態，難以與鄉土平民生活所具有的詩意相提並論，因而不具有深厚的審美潛能。」〔註38〕我們看到，這種當年受蘇聯文學影響的題材決定論，時至今日依然有一定的市場。

但筆者感興趣的並非是官場小說的「文學性」幾何，也不是「學院」與「民間」的隔閡，進而探究學院趣味的狹隘偏見是怎樣形成的。若依當下流行的「官場小說」的概念設定而言，《國畫》顯然不是所謂的「第一部官場小說」，在此之前的當代小說以官場為故事題材的比比皆是：柯雲路的《新星》、劉震雲的《單位》、《官場》、《官人》等不一而足。但為什麼偏偏是《國畫》引起轟動效應且獲得「官場小說」之命名？如果說《國畫》較之前的改革文學或以政府機關為背景的小說有很大不同，那麼要問的是，區別是在於小說的表現重心呢，還是時代背景？如果說決定性的因素是「講述故事的年代」而非「故事講述的年代」，那麼，我們要問的是，小說 1998 年的創作出版，是一個偶然時間年份，還是作家極具藝術嗅覺的一次必然發現？如果說「官場小說」真有一定的指示意義，要問的或許恰恰是「官場小說」之「官場」是如何塑形的？換言之，重要的不是從人性的角度去考察官場權力遊戲規則的運作，而應嘗試去探問官場的權力遊戲規則是如何被規定的，即人性究竟在怎樣的一種現實條件下成為可能的？

奇怪的是，《國畫》的故事時間語焉不詳，但小說持續至今的暢銷依據，又恰在於通常認為其真實深刻地反映了當下包括官場在內的社會現實。這裡的「當下」即是說從發表之初一直延續到了 15 年後的今天——小說反映社會現實的真實深刻以至於被很多人當成一本生動的社會生存手冊或官場入門秘籍，不少年輕朋友，「他們大學或研究生畢業的時候，老師鄭重建議他們讀《國畫》」〔註39〕——儘管作者一再申說「不願意這本書被誤讀成策與計之類的東西」。但恰恰就是在「真實深刻反映社會現實」的層面上，《國畫》的命運出現了戲劇性的一幕：大眾讀者愛不釋手，官方將其列為禁書，而專業評論者則相當冷淡的不予置評——即使正視文本，也是另眼相看。官方、民間、學

〔註38〕 劉起林：《官場小說的價值指向與王躍文的意義》，《南方文壇》，2012 年第 2 期。

〔註39〕 王躍文：《國畫》再版後記，《國畫》，華文出版社，2010 年版，第 497 頁。

院三者的態度呈現如此大反差，這一現象本身就值得細細思量。就專業評論者與大眾讀者的分歧而言，前者將小說「眞實深刻反映社會現實」的重心落在了以「反映論」爲旨歸的後半截，即認定小說現實主義的俗套表現，在藝術上並不足觀；又加之將「社會現實」主要認定爲官場，文學題材因此也顯得輕浮；而後者則如前所述，社會的複雜現實在小說的觀照下得以文學性呈現，且小說的眞實深刻又讓其具有一種實用性的工具參考價值，「能夠引發社會關注的文學現象，更多的恰恰是它的『非文學性』，恰恰是文學之外的事情。我們不能說這一現象多麼合理，但它卻從一個方面告訴我們，在中國的語境中一般讀者對文學寄予了怎樣的期待、他們是如何理解文學的。」〔註 40〕對前者來說，遺憾在於，如果說大眾讀者的「誤讀」情有可原，那麼專業人士的「誤讀」就有點顯得滑稽可笑了，「急劇變化的中國現實，不僅激發了作家介入生活的情感要求，同時也點燃了他們的創作衝動和靈感。」也就是說，「作家介入生活的情感要求」帶來的「眞實深刻反映社會現實」恰恰是需要專業人士予以專業回答的，不幸的是，就「眞實深刻」、「反映」以及「社會現實」這三者的指認清晰度而言，我們的專業水準和大眾水平均無任何實質差異。

那麼，爲何《國畫》的故事時間不詳，但卻絲毫不妨礙我們將小說與社會生活做以直接對接，且認定前者就是後者的眞實反映呢？小說究竟在何種眞實、何種現實上達到了藝術與生活的高度統一？換言之，我們是在何種意義上來評斷小說的現實主義色彩的呢？《國畫》雖沒有明確的故事時間指示，但小說的成書年份與地點在結尾處清晰可見：「1998 年 11 月於長沙韭菜園」，筆者依據的版本則是出版十二年之後的重新修訂版。如果我們將故事時間與小說成書時間看成是大致同步的話，亦即「故事講述的年代」與「講述故事的年代」是一致的，那麼朱懷鏡的故事也應當是發生在 90 年代中後期。

有一點是可以肯定的，無論是就哪一方面來說，講述或描述 90 年代，我們都繞不開「市場經濟」的前提設定，文學當然也不例外。自上世紀 90 年代以來，「市場經濟」，一直都被視爲最重要的文學外部環境誘因，直接或間接影響著當代文學的創作發生，事實上也構成當代文學研究的一個關鍵視角，幾乎所有的研究敘事基本上都是圍繞「市場」、「經濟」、「商品」、「消費」、「欲望」等來展開的。但「市場經濟」是如何嵌入文學內部制約小說的結構生成

〔註40〕 孟繁華：《文學革命終結之後——新世紀文學論稿》，現代出版社，2012 年 5
月版，第 197 頁。

與精神限度，似乎並未被恰當地提出來。本文將以小說《國畫》爲例，從文學研究的角度力圖闡明，正是這一有意無意的漠視和縮減，嚴重遮蔽了 90 年代的現實複雜性，也沒有眞正認識到《國畫》的藝術成就和重要性。

二、「社會主義市場經濟」的形式主義與《國畫》的現實主義

從 1992 年算起，到《國畫》成書的 1998 年底，「社會主義市場經濟」恰好走過了七年時問。在「社會主義」與「市場經濟」結伴而行的七年中，中國經濟迅猛增長，取得了舉世矚目的成就。如前所述，鄧小平「發明」的「不爭論」〔註41〕，事實上是將「社會主義」與「市場經濟」的「先天矛盾」暫時擱置了起來。「不爭論」固然是將矛盾成功地掩藏於無形，爲中國的經濟發展贏得了時間與機遇，但「不爭論」並不意味著矛盾的不存在，更不意味著矛盾的徹底解決。或許恰恰相反，隨著「社會主義」與「市場經濟」的成功聯姻，二者彼此影響，互相支持，反倒出現了新的更隱蔽的矛盾。以國民收入爲例，收入最高 10%群體和收入最低 10%群體的收入差距，從 1988 年的 7.3 倍上升到 23 倍，行業差距達到 8 倍，地域差距近 3 倍，由此引發了很多社會不和諧因素〔註42〕。可以說社會主義市場經濟運行的七年，也是「成就」與「矛盾」同行的七年。而加之 1997 年爆發的亞洲金融危機的影響，中國的經濟與社會均也遭遇了不同程度的危機。王躍文的《國畫》，正是從小說藝術的層面，靈敏地回應了「社會主義市場經濟」的建制，是對「社會主義市場經濟」敘事一次成功的文學「複寫」，完美地隱喻了「社會主義市場經濟」的矛盾鏡像。

我們看到，《國畫》中不同人物群體的命運基本上是「社會主義市場經濟」安排的結果：朱懷鏡、皮德求、張天奇、方明遠等政府官僚與裴大年、雷拂塵、袁小奇等商人同聲相應、同氣相求，小說中的他們均是「社會主義市場經濟」的受益者；而李明溪、曾俚、卜未之等「文化人」則處於「社會主義市場經濟」的結構之外，作爲一群邊緣化的存在出現在小說中。李明溪的最終結局是不知去向，不知所蹤，卜未之老人則無疾而終，而一腔熱血的曾俚被逼無奈遠走他鄉。小說寫曾俚離開荊都的時候（曾俚諧音眞理）他留給朱懷鏡一封信：

〔註41〕鄧小平自己曾明確說過「不爭論是我的一大發明」的話。
〔註42〕厲以寧、石軍等著：《中國經濟改革警示錄》，人民出版社，2013 年版，第 226 頁。

> 我從來就不善於玩，哪怕小時候別人玩遊戲，我也是在一旁看
> 熱鬧。這也許很宿命地決定了我一輩子都只能看別人玩。滿世界都
> 在玩，玩權術、玩江湖、玩政治……玩！玩！玩！成功的就是玩家！
> 玩，成了一個很輕薄的字眼，此皆輕薄世風所致。豈止輕薄！我不
> 屑於玩，一本正經的想做些對得住良心的事，卻偏偏在別人眼裏，
> 我反倒成了不通世事的老頑童。眞是滑稽！〔註43〕

「玩」構成《國畫》的核心語法，小說展示的正是不同人對「玩」的態
度以及怎麼「玩」的過程——大眾讀者某種意義上也正是從獲悉「玩」的祕
密角度來指認小說的價值的。曾俚這番「玩」的論調，我們在朱懷鏡曾經烏
縣的部下龍文和在荊都共事的同事鄧才剛那裏，同樣有所見識。龍文在朱懷
鏡面前評價張天奇說，「他任縣委書記幾年，整個兒是玩江湖」〔註44〕，張天
奇太會演戲了，「他媽的口口聲聲組織，什麼蠅營狗苟的事都可以借組織的名
義來做，冠冕堂皇。」〔註45〕也就是說，「玩」本身是有學問的，並不是誰都
可以隨便「玩」——李明溪、卜未之的玩賞字畫並不在「玩」的框架之內，
皮德求、張天奇、朱懷鏡等玩弄權術於股掌，才是眞正的「玩」。有意思的是，
簡體字的「玩」恰好詮釋了玩的實質：「王」權與金「元」的組合搭配。

在社會主義市場經濟時代，「玩」的辯證法在於，首先是得有「玩」的能
力，即要麼有權，要麼有錢；其次是對有能力、有意願參與「玩」的人來說，
既要有「玩」的目的性默認共識，又要精通「玩」的方法，不能破壞「玩」
的遊戲規則。這樣一來，有兩類人自然會被排除在外：一類是想玩、卻沒有
玩的能力的，二是有能力玩、卻不願意玩的，或不屑於玩的。朱懷鏡一開始
屬於前者，他想參與玩的遊戲，卻苦於沒有後臺。小說寫的就是他如何尋找
後臺、投靠後臺，最終是怎樣利用後臺參與到玩的遊戲過程中來的事，而在
此過程中，朱並非完全認同「玩」，也表現出一定的自我反省能力，反映出他
「玩」的態度的曖昧性；而曾俚則屬於後者，作爲一名有職業操守的記者，
他先是要曝光烏縣的假農資事件，後在朱懷鏡的友情干涉以及烏縣政府通過
曾俚家人的要挾，最終妥協；後來曾俚又要在報上發表魯夫曝光袁小奇的文
章，領導規勸未果，最終遭到放逐。張天奇自然是精通玩的藝術，但小說中

〔註43〕王躍文：《國畫》，華文出版社，2010年版，第431頁。
〔註44〕同上，第361頁。
〔註45〕同上，第362頁。

會玩、會演戲的人又何止張天奇一個？用小說的原話，《國畫》中的人物大多「都是場面上走的人」，包括朱懷鏡在內的每個「場面上走的人」都很會玩，連表面看似木訥的私企老闆裴大年，朱懷鏡後來才意識到他看走了眼，作為商人的裴大年其實相當之精明，是一個不折不扣的會「玩」的高手。

如上所述，「玩」是「王」權與金「元」的暗通款曲，而這很大程度上正是「社會主義」與「市場經濟」勾連的結果。通過前面分析的結論，「社會主義」對「市場經濟」的支配並不是在前臺直接進行的，而是轉為後臺隱蔽地操縱。「政黨的國家化也就意味著政黨本身勢必介入複雜的利益關係」〔註46〕，但因「社會主義」的原初政治境地，「社會主義」對「市場經濟」的支配徵用又不可能是赤裸地直接介入，即從政治安全考慮，「在多數情況下，官員手中的權力資本不是由他本人或其子女去轉化為貨幣資本，而是通過一個中介」〔註47〕。反之，因為「市場經濟」自身的規律性質，「市場經濟」對「社會主義」的支持也不太可能是直接性的。也就是說，「玩」本身必須藝術化，而不是沒有遮羞布的赤裸裸。反映在《國畫》中，誠如有論者指出的那樣，王躍文的官場小說「矛頭無意於針對一個或幾個腐敗分子，而重在表現一種關係……也不像一般作家那樣著力表現腐敗和反腐敗的尖銳對立，而是很藝術地把腐敗設計成背景。」〔註48〕

從態度上講，「玩」不需要真誠，但又需要假裝真誠，「這世界，沒有真誠的卻在假扮真誠，有真誠的卻要掩飾真誠」〔註49〕，這是「玩」的秘訣之一，即表面的去功利化。要想獲得玩的資格，還想玩得轉，就得憑一定的手段和手腕，「場面上的人」都擅長逢場作戲的表演，圍繞某個核心人物形成一個不容小覷的既得利益集團。我們看到小說中大多數的故事場景不是在「官場」，而是大都發生在酒店或飯局上，政府機關只不過是一個過度場景。比如小說寫皮德求去考察裴大年的飛人製衣廠，表面上是為考察民營經濟發展（從政績角度看倒也不假），但收受贈禮以及與美女記者逍遙纏綿，或許才是考察

〔註46〕 汪輝：《去政治化的政治：短20世紀的終結與90年代》，三聯書店，2008年版，第55頁。
〔註47〕 楊繼繩：《中國當代社會階層分析》，江西高校出版社，2013年版，第98頁。
〔註48〕 王先霈主編：《新世紀以來文學創作若干情況的調查報告》，春風文藝出版社，206年版，第93頁。
〔註49〕 王躍文：《國畫》，華文出版社，2010年版，第310頁。

的真實意圖。這顯示出，地方官僚實際上是將自己隱秘或公開的企圖光明正大地編織進政治對經濟的支配中去——公開的也是隱蔽的，隱蔽的又是公開的，無論是官對商的照應，還是商對官的饋贈，其實都有一套非常精緻靈巧的程序，這才是「玩」的辯證法精髓。用小說的原話，玩的遊戲規則稱之為「含蓄」：「含蓄差不多等於藝術，有領導藝術的領導往往是含蓄的。」〔註50〕領導通過手勢、言語等的程序化加密，形成了一套縝密的政治修辭術，含蓄既是下級虛溜拍馬的藝術，也是領導控制下屬的藝術，重要的是雙方對流於表面的含蓄都能心領神會。

官場本不該含蓄的含蓄，是權力高度形式化操演的表徵，這也正是「社會主義市場經濟」形式主義的內在訴求。在《國畫》中，我們看到，權力操演的形式感，是作家著重表現的一個重點。小說寫朱懷鏡幾次接打電話的心理活動以及在酒局上的裝腔作勢，無不都揭露出權力形式化運作的秘密。有次，朱懷鏡跟皮德求同坐一輛車，他上車的時候直接從車頭繞過去，「但當他走過車頭時，突然很不自然了，似乎自己處在聚光燈下。他猛然意識到自己一緊張，就犯了個禮節錯誤。按規矩，他應從車尾繞過去，而不是從車頭。」〔註51〕因為，用小說的原話解釋，「官場裏，人人都得按自己的職務、地位、身份，謹慎地守著這些規矩，不敢輕易出格半步。事實上沒有哪個文件規定了這些規矩，可它卻比法律條文定了的還要根深蒂固。」〔註52〕政治公權力的運作，本該是陽光下的公開透明，但「社會主義市場經濟」生產出的經濟的政治卻不然。權力的形式感，通過權力的日常生活化而滲入到了生活中的每一個微小的細節中去。皮德求跟朱懷鏡說：「為官之道，貴在用忍」〔註53〕，「用忍」所表達的跟「含蓄」其實是同一個意思。因為經濟的政治不具有政治合法性，所以用忍也好，含蓄也罷，最終無不是為了抹平權力尋租的骯髒勾當，完成由政治而經濟的暗度陳倉。

在《國畫》中，王躍文面臨的難題在於，如果官場的種種隱蔽規則與為官伎倆在小說中不予詳細解說，而代之以間接的「反諷」表現，或以春秋筆法寫微言大義，那麼所謂的「為官之道」便很難得以清晰展現；而如果對官

〔註50〕王躍文：《國畫》，華文出版社，2010年版，第345頁。
〔註51〕同上，第163頁。
〔註52〕同上，第154頁。
〔註53〕同上，第483頁。

場見聞予以詳細描述說明，個中細節大費筆墨，則又難免「辭氣浮露，筆無藏鋒，甚且過甚其辭」，給人「以合時人嗜好」〔註54〕的印象觀感。因此，從某種意義上說，只有在充分理解了王躍文的這種兩難處境，我們才能真正進入《國畫》的藝術世界。

官場權力的威嚴，並非通過猙獰可憎的面目示人，恰恰相反，在表面上還會顯得斯斯文文、溫情脈脈，但這種溫情的含蓄或用忍終究是形式的，一旦涉及到實質性利益，形式的內容意圖便顯露無疑。所謂經濟的政治，是指公權力的運用遵循的不是公開、公正、公平的政治原則，而是市場交易的經濟原則，在《國畫》中則體現爲地方官僚如何的中飽私囊。官場上的上下級關係，實爲一種出於利益考慮的「算計」。朱懷鏡爲快速升遷，人情往來只是表面工夫，實際都得以「送禮」爲前提，朱送給皮德求的那副李明溪創作的價值 28 萬的「國畫」，皮德求輕鬆笑納，對於畫的價值，皮其實是心知肚明。小說寫皮德求去烏縣視察洪災災情，批給烏縣一些救災物資，但即使是市長的批示，下級單位也得「拜碼頭」才能將市長的承諾兌現，也就是說，官場的行政指令必須通過經濟環節才能最終發生效力。而小說中寫到的烏縣買官、要官現象，更是經濟化的政治典型表徵。

三、《國畫》的「社會主義市場經濟」命運

如前所述，「社會主義」與「市場經濟」的隱蔽互動形成了一個嚴密的閉環結構，這一結構支配著社會幾乎所有的利益資源。唯有進入或依附於這一結構，才有參與分享社會資源的可能。《國畫》主人公朱懷鏡的發跡，最初緣起於失業的四毛來荊都找工作。小說交代，四毛原先是在烏縣老家的王老八那做小工，而烏縣換了縣長之後，當地大大小小的建築工程，後來全被縣長張天奇的弟弟張天雄壟斷包攬了，所以才失業來荊都找朱懷鏡夫婦幫忙。但當時有職無權的朱懷鏡並沒有能力給四毛安排工作，後來四毛找工作受騙而被打住院，才因禍得福，朱懷鏡也才從此結識了宋達清、雷拂塵、梅玉琴人等，朱懷鏡後來平步青雲，四毛也跟著大發其財。小說寫皮德求因病住院，他平日常去的那家理髮店師傅得知消息後，經常買花去醫院看望，而當人知道市長常去這家理髮店理髮後，從此生意變得異常紅火，四毛和理髮店師傅

〔註54〕 魯迅：《中國小說史略》，《魯迅全集》（第 9 卷），人民文學出版社，2005 年版，
第 291 頁。

的例子，均再次印證了「經濟」只有依靠「政治」才能有所起色。而「社會主義」與「市場經濟」互通款曲的聯姻，並非是無關它涉的自行其是，而很大程度上是以損害另一部分人的利益為基礎的。小說寫朱懷鏡有次送兒子上學路過市政府門口，看到很多下崗工人圍在市府門口示威抗議，朱其實心裏很明白這背後所涉及到的一些人事利益與關係，但也只能是在心底裏略表同情而已，他也無能為力。也就是說，包括下崗工人在內的社會相當一部分人是被甩出了「社會主義市場經濟」的軌道之外，他們無法進入社會主義市場經濟這一結構中來參與改革成果的分配與分享。而與此形成鮮明對照的則是社會主義市場經濟鎖閉結構中的「社會主義」的實際代言人，即各地的地方官員，他們可以「名正言順」地享受甚至是揮霍「市場經濟」提供的種種好處。小說寫朱懷鏡當上財政局副局長之後，銀杏園賓館的吳經理，專門為他在賓館開了個豪華大套房，表面看起來不用朱懷鏡掏一分錢的腰包，但實際上一切費用均由政府買單。「這大套房三百八十塊錢一天，一年就是十三萬多。局里正副局長六位，一年就是八十多萬。既然住在這裡，免不了還要吃，有時還要招待客人，至少也得花一二十萬。這麼一算，光是局長們在這裡吃飯睡覺，一年就得百把萬。」〔註 55〕從某種意義上說，類似這樣的公款「促進消費」確實也帶動了 GDP 的增長。在現實生活中，同樣類似的還有所謂的「政績工程」、「面子工程」，雖然有勞民傷財之嫌，但客觀上也對經濟（提供就業機會、消耗投資產能等）有一定貢獻，這正是中國「社會主義市場經濟」複雜的一面。

在《國畫》中，女人與其說是作為男性的欲望對象而存在，不如說是作為一種隱秘的象徵「資本」攀附於權力，或者說是權力渴望征服的對象。因為「政治」若毫不隱晦地直接支配「經濟」並不具有政治上的合法性，因此，女人便成了權力自我增值的絕好證明。僅因為女人問題，頂多有道德敗壞之虞，而政治風險則相對來說要低得多。小說寫朱懷鏡把雷拂塵出事被抓的消息告訴梅玉琴，梅很吃驚地問是什麼事情，朱回答說：「這年頭還能有什麼問題？沒有政治問題，女人不成問題，只有經濟問題。」〔註 56〕這說明朱懷鏡其實深諳此道。我們看到，「組織」對女人問題容忍默認，同樣也是權力圈子內部含蓄的潛規則：在《國畫》中，皮德求跟女記者陳艷不正當的男女關係，

〔註 55〕 王躍文：《國畫》，華文出版社，2010 年版，第 464 頁。
〔註 56〕 王躍文：《國畫》，華文出版社，2010 年版，第 458 頁。

以及柳秘書長在外包養情人，在機關其實是公開的秘密，但小說表現得非常
隱晦。朱懷鏡跟梅玉琴的關係，朱懷鏡以爲沒有外人知道，事實上在他們那
個圈子裏則是盡人皆知。

　　「社會主義市場經濟」的概念藝術在於，它從形式上將經濟變成了最大
的政治，而眞正的政治，即執政合法性的問題，則巧妙地通過「市場經濟」
的敘事掩護自行藏匿起來。也就是說，通過「市場經濟」的強有力敘事，「社
會主義市場經濟」得以建構起一套非常精緻而隱蔽的形式主義，即以經濟外
衣來包裹政治內核，從而來達成「社會主義」的目的遺忘。但又值得注意的
是，也正是因爲有政治的目的內驅力，「社會主義市場經濟」的形式主義才強
大到支配起整個社會的運行邏輯的程度。就當代文學而言，由 80 年代中後期
建構起的文學形式主義趣味，到了 90 年代，已由作家轉移到了文學批評研究
界，形成了所謂「學院」的專業領域，而這恰好也暗合了「社會主義市場經
濟」的形式主義敘事訴求，或者說文學以及文學研究的形式主義也參與到了
「社會主義市場經濟」的形式主義加密過程中來，所以，這就不難理解爲什
麼廣受大眾讀者歡迎的小說會遭到學院派的冷眼。因爲《國畫》剛好相反，
小說對權力形式主義的表現揭示，恰恰是反形式主義的，是一種植根於故事
內容的現實主義。通過工躍文的「解說」，官場上心照不宣的含蓄，不動聲色
的微妙，權術的精緻化運作惟妙惟肖地顯示了出來。當然，作家此意並不是
爲滿足讀者獵奇的心理，而主要是爲把官場的「含蓄」面皮撕裂開來，而不
得不把一些不成文的規矩形諸文字——從小說的表現手法來看，《國畫》確實
並無太多新穎之處。但也正是從這一意義上，我們才能眞正理解作家的夫子
自道，「我是一個現實主義作家。我寫的那些東西不僅僅是寫官場，我寫的還
是現實和社會生態。官場小說說法太狹窄了。眞誠地思考，眞誠地寫作，這
是我的創作態度。」〔註57〕

　　本文從「社會主義市場經濟」概念生成構造的角度進入小說，意在指出
「社會主義市場經濟」的結構嵌入了《國畫》的小說內部，或者說《國畫》
恰好共享了「社會主義市場經濟」的時代精神結構。也就是說，「社會主義市
場經濟」既是《國畫》所眞實深刻反映的外部「社會現實」，也是小說的內部
結構，而「官場小說」的言說則嚴重削減並遮蔽了《國畫》的豐富性，一言
以蔽之，《國畫》的「眞實深刻反映社會現實」只有從小說完美隱喻「社會主

〔註57〕熊育群：《雄風勁起 湘軍再著風流》，見 2002 年 9 月 4 日《湖南日報》。

義市場經濟」鏡像的層面才能得以眞正回答。當然，這也並不意味著「社會主義市場經濟」的解釋框架足以解釋小說全部的複雜性。客觀而言，小說呈現的官場權術的精緻而隱蔽的運作以及經濟對政治的隱秘支持，跟中國固有的傳統文化也不無聯繫，或者說「社會主義市場經濟」恰恰爲傳統文化中消極的一面提供了便利的容身之地，二者之間恰好也形成了一種隱秘的互動，而這可能也是以「官場小說」來言說《國畫》部分合理的地方。

歷經七年左右的時間，中國的「社會主義市場經濟」所隱藏的內在矛盾逐漸凸顯暴露出來，也就是說 90 年代末的中國，事實上是出現了文學與社會的雙重危機：一方面社會貧富差距觸目驚心，群體性事件層出不窮，社會矛盾尖銳集中；另一方面，當代文學似乎也失去了對中國當下複雜社會現實的捕捉把握能力，紛紛跌入「歷史」的泥淖而不能自拔（《白鹿原》、《活著》、《長恨歌》、《古船》、《豐乳肥臀》、《妻妾成群》、《僞滿洲國》等）。正是在此背景下，秉承經世致用與理想浪漫的湘楚文化精神的王躍文，某種意義上可以說第一個從小說藝術的層面有效回應了這種雙重危機，《國畫》只是小說層面的一個鮮明例證。

其實「社會主義市場經濟」所隱含的內部矛盾的爆發，在知識界同樣也有所反映。我們看到，跟《國畫》的發表出版時間幾乎同時進行的，還有那場著名的「新左派」與自由主義之爭。在這場爭論中，簡言之，「新左」派是將吏治腐敗歸因爲「市場經濟」的推行；而自由主義則一口咬定，是「市場經濟」促進了經濟發展和人民生活水平提高，相反倒是「社會主義」改革的不徹底才導致種種的社會問題。質言之，「新左派」與自由主義之爭，其實正是「社會主義」與「市場經濟」內在矛盾的一次集中展演。但這場爭論影響甚微，影響範圍所及僅局限在知識界內部，並未引起官方的重視。與此形成鮮明對比的是，小說《國畫》的暢銷倒是引起了官方的注意，並很快將其列爲禁書。當然，個中原因也很簡單：《國畫》暢銷帶來的社會影響大大超過了「新左派」與自由主義的「圈子」之爭。我們發現，《國畫》的命運境遇恰恰也是「社會主義市場經濟」式的：「出版後三個月內重印五次」，暢銷熱賣遵循的是「市場經濟」的邏輯，而馬上被官方所禁，「此後再也沒有印行」〔註58〕則恰恰又是「社會主義」介入的後果。

〔註58〕王躍文：《〈國畫〉再版後記》，《國畫》，華文出版社，2010 年版，第 497 頁。

第三節　知識分子的生存境遇與精神危機

一、《滄浪之水》及閻真小說創作簡論

　　從小說數量上講，迄今為止的三部長篇，對作為一名小說家的閻真而言，遠稱不上高產；而從小說題材與命意角度論，三部長篇「應該都是『知識分子寫作』」〔註59〕的同質化，或許也算不上涉獵廣泛、取材宏富。但也正是憑這僅有的三部「知識分子寫作」長篇，「其中更加典型的」《滄浪之水》出版11年來，已由人民文學出版社「再版了52次」，而另外的兩部長篇《曾在天涯》和《因為女人》「也多次重版」〔註60〕——從作品接受認可的廣度上說，作為一個在學院有教職的小說家而言，閻真交出的無疑是一份不錯的答卷。

　　儘管閻真在長篇小說創作之初並未明言有「三部曲」的創作情結，但從題材上講，將《曾在天涯》、《滄浪之水》、《因為女人》稱之為作家內在連貫、有機統一的「知識分子三部曲」應該不會有太大異議。閻真的處女長篇《曾在天涯》，講述的是內地知識分子留學海外的心路歷程。就小說故事的環境背景而言，《曾在天涯》或許算是呈現了真正「市場經濟」條件下中國知識分子尷尬的生存境遇：對出身歷史專業的小說主人公高力偉來說，加拿大既是「在而不屬於」異域他鄉，也是西方意義的「市場經濟」的大本營，這是地域與精神的雙重疏離。高力偉漂泊海外多年最終還鄉，並不是因為生存生活環境的不適，而是中國知識分子精神家園的尋而不得。從這一意義上說，《曾在天涯》勾勒的無疑是一幅海外知識分子的鄉愁圖景。

　　閻真自稱「是一個民族性傾向非常強的作家」，在他看來，中國人心目中的偉大文學著作，「還是得由中國人來完成」〔註61〕。這當然並不就意味著作家是一個文學趣味狹隘的民族主義者，而是說他的文學經典尺度，始終植根於對中國人生存經驗的真實開掘，並不一味盲崇所謂「西方現代」標準。我們看到，《曾在天涯》並沒有在小說技法上大做文章，而遵循的大致是有頭有尾、敘事連貫的中國傳統現實主義的寫實路子。公允地說，《曾在天涯》在發表之初，並沒有引起多大反響——與其說這是小說技術選擇性失誤的後果，

〔註59〕楊經建：《是作家，又是學者——閻真訪談錄》，《創作與評論》，2013年第4期。

〔註60〕同上。

〔註61〕閻真：《作為一個「藝術至上」論者（創作談）》，《創作與評論》，2013年第4期。

倒不如說是主人公留學海外的經驗在當時尚不具備國人生活經歷的普遍性。經驗的陌生化，自然很難引起讀者的共鳴，小說傳播接受的乏善可陳也就在情理之中了。但《曾在天涯》的表現平平，並沒有讓閻眞因此放棄傳統現實主義的寫實路子，從其創作前後期的承續意義上說，這種「現實主義」的努力反而在隨後的《滄浪之水》中得到了進一步強化。或者說，本土生活經驗用「現實主義」來表現托出，反倒顯得更加得心應手——這種「技術選擇」的堅持不僅讓《滄浪之水》的一書成名，同時也讓《曾在天涯》再度以「閻眞」之名進入人們的視野。從這一意義上說，《滄浪之水》的創作對閻眞來說無疑具有「承前啟後」的意義：《滄浪之水》不僅讓他之前的《曾在天涯》「捲土重來」，也讓此後的《因爲女人》甫一出版便備受矚目。

在《滄浪之水》一書成名之後，閻眞推出了他探討現代人感情困境的《因爲女人》。如果說《滄浪之水》反映的是知識分子在社會主義市場經濟條件下的現實境遇，那麼在《因爲女人》中，作家則把小說主角由知識分子置換成了女人。從90年代中國知識分子與女人的總的當代社會處境來看，二者其實很難說有眞正的獨立性可言。他們都是政治——經濟鎖閉結構利用的工具，前者在思想上被政治強權「閹割」，後者則在身體上被經濟欲望「強割」，無一例外地都是弱者。

《因爲女人》延續了《滄浪之水》一以貫之的批判現實主義路子。小說題目很容易讓人陷入「因爲……所以……」的邏輯推斷，但事實上，這種邏輯推斷在小說中既具有一定的誘導性，同時又很成問題。即是說，小說在社會主義市場經濟條件下，既突出了女人性別的特殊性，拷問了女人獨立生存生活的嚴峻性，但同樣也可能遮蓋了其他重要的非性別因素。比如在富商公子哥舉行的派對上，小說中年輕靚麗的女人們自甘做有錢男人的玩物（獵物），在有錢男人的眼裏，確實是因爲她們都是有姿色的「女人」。在社會主義市場經濟條件下，女人只能用身體充當兌換經濟資本的工具，從而獲取自己的一席之地，這在一定程度上道出了社會生存環境的嚴酷性。但另一方面，我們看到，小說的女主人公柳依依，從在校時的溫婉嫻熟，到後來大學畢業後流產墮胎、染上性病，並在結婚後還幻想著一夜情，當二奶小三，又並不全是因爲社會環境的嚴苛。比如，我們看到，同樣也是女人的柳依依的同學吳安安，她就過著一種相夫教子的普通女人的生活。柳依依到後來的自甘墮落，說到底，很大程度上是其虛榮心作祟的結果，這與其說是女人的性別因

素起作用，倒不如說是普遍貪婪的人性欲望使然。

奠定閻眞文學史地位的還是他的《滄浪之水》。對於《滄浪之水》究竟是「知識分子小說」還是「官場小說」之類的題材界定，糾纏於這類爭論其實毫無意義。因爲「知識分子小說」或「官場小說」的言說無非是對小說主人公「知識分子官場經歷」的強調側重點不同而已。重要的或在於，《滄浪之水》所涉的是怎樣的一個官場？而作爲一個問題域，「知識分子」是如何提出的，即小說主人公的知識分子身份究竟是在何種語境中來得以確認的？如前所述，從小說技法看，《滄浪之水》仍舊是傳統現實主義的路子，但就故事情節而言，又可以說是洋溢著濃鬱的「理想浪漫」色彩：小說主人公池大爲僅僅用了十五年的時間，就完成了一個普通科員到正廳級幹部的華麗轉身（池大爲本科畢業是 1981 年，三年的研究生深造之後參加的工作），這在現實生活中，簡直令人難以想像。

二、「圈子」的「圍城」

《滄浪之水》的主人公池大爲，研究生畢業後，帶著「我是一個知識分子」的期許，被分配到了原籍的省衛生廳當辦公室幹事。參加工作之初的池大爲並沒有想過以仕途升遷來大有作爲，而是仍一心想鑽研本職研究業務。我們看到，從辦公室政治的失意受挫，到後來在現實生活中四處碰壁，池大爲最初確實保持了一種跟現實較勁的執拗姿態。池大爲的「覺醒」轉變，是發生在他結婚生子之後的事情。在養家糊口的家庭壓力下，他才逐漸「洗心革面」的漸入門道，特別是兒子那次的意外燙傷住院，讓他「有了最後的勇氣，把心中的想法付諸行動」〔註62〕，從而最後竟一路升遷官至衛生廳廳長。

小說主人公池大爲的「覺醒」入世，一方面固然是被現實生存壓力所逼而「幡然醒悟」；但另一方面，從某種意義上說，很大程度上是始於他對「圈子」的理性辨識，即如果不是在「圈子」之中，他不但不可能得到一個知識分子應有的尊重，而且妻兒家小也會跟著自己吃苦受罪。小說的故事進展因而可以概括表述爲，池大爲從最初對「圈子」的抗拒排斥，到後來對「圈子」的理解接受，繼而從「圈子」外進到「圈子」裏，最後從「圈子」邊緣躍居「圈子」核心位置。在小說中，我們發現作者提到「圈子」的地方不下十處：「圈子裏就是這麼回事」、「你不知道那個圈子裏其實有多冷」、「段子風靡全

<hr>

〔註62〕閻眞：《滄浪之水》，人民文學出版社，2001 年版，第 164 頁。

國，特別是在圈子裏盛行」、「想起來呆在圈子裏眞沒意思」、「我在圈子裏活動了半年，覺得自己還算一個有悟性的人」、「在圈子裏活動，最重要的就是對周圍的人特別是大人物的心思瞭如指掌」等不一而足。與「產業化」、「老闆」等說法在 90 年代的盛行一樣，「圈子」也是 90 年代以來特別是 90 年代後期中國社會頗爲流行的字眼。

　　一般日常意義的「圈子」，是指以某一共同的興趣、愛好爲紐帶而形成的社交單元，或者以行業、職業爲類別的比喻意義的社會角色區分。隨著社會主義市場經濟的發展，中國的社會階層不斷分化，社會組織日趨多元，社會在某種意義上已演變成爲一種「圈子」化的生存環境。而隨著社會階層的固化，不同階層的社會利益共享流通近乎停滯，從而一般意義的「圈子」愈來愈「政治化」，即「圈子」日漸成爲某一利益共同體或特殊利益集團的代名詞。尤其是 90 年代實行社會主義市場經濟以來，特殊語境中的「圈子」往往成了某一權貴利益集團的指稱。

　　在社會主義市場經濟條件下，「圈子」無處不在，「圈子」無所不能。以規模與約束程度論，「圈子」有大小鬆緊之別；依據可支配的資源及其社會地位，又可分成核心「圈子」、重要「圈子」以及邊緣「圈子」，邊緣「圈子」往往依附於核心「圈子」、重要「圈子」而存在。比如，在歸類意義的政治圈子（官員幹部）、經濟圈子（企業家老闆）、文化圈子（學者教授）這樣的區分中，「政治」是核心圈子，而「文化」則無疑屬於邊緣依附型圈子。我們看到，90 年代以來的中國社會，同一類屬的圈子在上下層級間的流動性不是很大，但聚集著優越雄厚的政治資源、經濟資源及文化社會資源的社會對等的核心「圈子」之間則常會有交集〔註63〕。

　　在《滄浪之水》中，「圈子」並不簡單地等同於「單位」或「體制」。也就是說，在單位體制內，並不見得就一定在「圈子」中。比如小說中的晏之鶴，是在衛生廳的單位體制內，但他並不在「圈子」中。至於「圈子」的界線，用小說的原話叫，「也沒有誰去劃一條界線，可這條界線卻是如此清晰。別看大家一樣天天坐在那裏上班，在不在份上，就是不同啊！」〔註 64〕質言之，在衛生廳這樣一個體制單位內，「圈子」的界線亦即政治權力的大小有無。

〔註63〕常見的說法像「官商勾結」，而在掃黃打黑的相關新聞中，我們經常會聽到「保護傘」之類的說法。
〔註64〕閻眞：《滄浪之水》，人民文學出版社，2001 年版，第 115 頁。

位居「圈子」中心的人,也即權力最大者;遠離圈子,也就意味著權力的喪失。在池大爲看來,行將退休的衛生廳長馬垂章,「無論如何都捨不得離開圈子,離開了圈子,他的世界就坍塌了」〔註65〕,道理也即在此。

作爲社會利益結構日趨封閉僵化的隱喻,「圈子」的形成以利益爲樞紐軸心。而在社會主義市場經濟條件下,幾乎所有的利益最終都要兌現爲看得見摸得著的經濟利益。因此,不同「圈子」在參與多種利益的社會分配競爭時所遵循的也是經濟意義的「叢林法則」:「利益最大化的原則滲透到了圈子裏」〔註66〕。同樣的,「圈子」內部的利益分配也是遵循「利益最大化原則」,只不過這種分配在特定的「圈子」內部(尤其是政治圈子)又是以服從權力遊戲規則爲前提的,即政治權力越大,分享到的經濟利益也最大。因此,從這一意義上說,「把官場腐敗僅僅歸結於商業主義或市場意識形態霸權的建立是不夠的。事實上,它背後最具支配性的因素是權力意志和權力崇拜。」〔註67〕此處邏輯關聯的微妙在於,將腐敗歸因於商業主義或市場意識固然有失偏頗,但權力意志或權力崇拜的根本依據止在於權力的尋租,即政治主宰了經濟利益的分享與分配。質言之,官本位莫不最終都是以經濟利益爲驅動攫取指向的。《滄浪之水》的小說表述,將這種隱蔽的政經關聯推向一個極端:「有了職稱,又有了位子,好事要送到你鼻子底下來,不要都不行」〔註68〕。

在《滄浪之水》中,通過池大爲的第一人稱視角,我們看到馬垂章、丁小槐等「圈子」中人是如何通過「圈子」來攫取利益、坐享其成的,身處「圈子」之中,他們可以盡享「圈子」的利益好處。那麼,對身處「圈子」之外或者說根本就沒有圈子可言的人來說,他們的生存狀況又如何呢?小說的第11節寫池大爲有次從機關大院出來,碰見一個在衛生廳門口長跪不起的基層赤腳醫生,經詢問他才知道這位赤腳醫生原來是得了胃癌,因無錢醫治,希望省裏的衛生主管部門能伸出援手。池大爲勸赤腳醫生回去想辦法,跟他解釋說衛生廳也不是慈善機構,那位赤腳醫生則對池大爲說出了下面這樣一番話:

> 回去有辦法想,我也不會走到這一步。不是到了生死關頭,誰

〔註65〕閻眞:《滄浪之水》,人民文學出版社,2001年版,第302頁。
〔註66〕閻眞:《滄浪之水》,人民文學出版社,2001年版,第337頁。
〔註67〕孟繁華:《政治文化與官場小說》,《游牧的文學時代》,作家出版社,2009年版,第163頁。
〔註68〕閻眞:《滄浪之水》,人民文學出版社,2001年版,第227頁。

願出這個醜？窮人的臉也是一張臉呢。可人就是這個低賤命，你怎麼辦？家裏就一個茅草屋了，拿什麼去賣錢？兒子還上著初中呢，女兒沒叫她讀書了。想想兒子女兒吧，我不想死，要我再把茅草屋賣了，他們住到哪裏去？我不能回去，我死也要死在外面，死在家裏就禍害了家裏人，葬都葬不起。〔註69〕

小說中這段最悲慘的對話幾乎從未引起過評者的注意。池大爲聽說了赤腳醫生的情況後跑回辦公室並跟馬垂章做了彙報，但最後的結果是，他僅從計財處那領到了馬特批的 15 塊錢。拿著連自己都感到羞愧的這 15 塊錢，池大爲不知如何跟那位赤腳醫生說起，於是他把自己的當月工資捐獻了出來。儘管如此，對一位身患絕症又身無分文的病人來說，這也是杯水車薪。赤腳醫生最後跳河自殺，而對池大爲來說，他的善舉不僅沒人理解，反而還遭到了單位領導同事的譏諷。而小說中這位赤腳醫生的經歷並不是孤例，在池大爲後來跟同事去基層做血吸蟲抽樣調查的那次工作經歷中，底層的殘酷見聞同樣讓他揪心不已。池大爲在一個村子做調查，他發現很多病人窮得連不算貴的基本藥物都買不起，村裏的一個老頭對他說：「池醫師，你是國家的人，你知道我們的苦？我們吧殺蟲藥的藥是沒辦法才買的，還吃得起護肝的藥？我慢血都好幾年了，好了又發作了，要不是有家在這裡，我就流浪去了。」〔註70〕從 90 年代以來的中國社會現實來看，小說中池大爲的所見所聞並非孤案，有研究者指出，「目前數量龐大的農村弱勢群體，由於沒有任何的醫療保障，常常陷入『因病致貧因病返貧』的困境和『貧—病—貧』的惡性循環中」〔註71〕。那位老農說的「你是國家的人」顯然是把自己跟池大爲他們區分了開來，老農說的「國家」當然不是指民族國家意義的國家，而是指一種社會體制，說白了即是「圈子」的另一種說辭——正是在這裡，90 年代以來中國社會「圈子」化生存的不義與不公得以充分體現出來。小說的批判現實主義的力量也得以彰顯，即作家對社會底層的苦難沒有做任何技術上的加工，而是代之以最大程度的寫實記錄。

面對赤腳醫生和患病老農的悲慘處境，作爲「國家的人」的池大爲愛莫

〔註69〕閻眞：《滄浪之水》，人民文學出版社，2001 年版，第 40 頁。
〔註70〕閻眞：《滄浪之水》，人民文學出版社，2001 年版，第 154 頁。
〔註71〕董克用主編：《中國經濟改革 30 年・社會保障卷》，重慶大學出版社，2008 年版，第 83 頁。

能助。但另一方面，作為當事人的他，確實又親眼目睹過另一重現實，「圈子」內的人大肆公款吃喝，頓頓都要茅臺，收受紅包好處。在池大為看來，「廳裏用錢浪費實在太大了，這對那些苦人兒實在太不公平。有些人賺錢是何等艱難，而另一些人花錢又是何等輕快」〔註72〕，「我越發看清了世界上有兩種人，一種人要什麼有什麼，他每一根毫毛都得到無微不至的關愛，另一種人要什麼沒什麼，他的手啊腳啊都沒處擱」〔註73〕也就是說，特定圈子的既得利益的壟斷獨享，是以犧牲圈子之外的大多數人的利益為代價的（赤腳醫生和貧病農民的案例說明，這種代價有時可能是他人的生命）。也正是通過這種「圈子」內外的對比觀察，池大為作為社會良心的知識分子角色意義得以凸顯。

發現基層衛生單位種種觸目驚心的違規違法問題後，池大為想寫信檢舉揭發，甚至連信都寫好了。後來妻子董柳發現了他藏匿的舉報信，以下跪相逼，求他為家庭考慮放棄舉報念頭。在舉棋不定之際，跟晏之鶴的一番長談，讓池大為最終未能舉報。因為檢舉揭發不僅會有損「圈子」的利益，同樣也會直接傷及他自己的切身利益。對池大為來說，「圈子」的「圍城」困境，也正在此得以充分揭示：一方面，池大為覺得「呆在圈子裏真沒意思」，但另一方面，上有老下有小的他又沒有縱身一跳、徹底脫離「圈子」的勇氣，「想來想去，唯一的亮點還是在單位」〔註74〕。

但其實進入「圈子」（入局）也並非易事，這是池大為後來才意識到的。對池大為來說，進入「圈子」存在難以逾越的「雙重障礙」：一是如何「進入」的具體操作性，「進入」即意味著必須曲意奉承、溜鬚拍馬，由此帶來的是獨立人格的分裂扭曲；二是對「圈子」的態度轉變，也即以前認為是骯髒不義的不潔存在，如今為分得一杯羹，自己也要同流合污地置身其中，完成從否定批判到肯定認同的轉變——小說流露的「知識分子」問題意識，也正是在這「雙重意義」上凸顯出來，即知識分子的生存危機和精神危機，歸根結底是因「圈子」之故。換言之，作為有著獨立人格思想的社會良心承擔者的知識分子，在社會主義市場經濟的語境中，不僅兼濟天下不再現實，就連獨善其身也變得不再可能，知識分子的角色身份遭遇了前所未有的危機。

在「圈子」中生存，並不是比拼人格尊嚴孰優孰劣或道德水準孰高孰低，

〔註72〕閻真：《滄浪之水》，人民文學出版社，2001年版，第47頁。
〔註73〕閻真：《滄浪之水》，人民文學出版社，2001年版，第241頁。
〔註74〕閻真：《滄浪之水》，人民文學出版社，2001年版，第174頁。

而是比誰「玩」的技術更精湛。也就是說，看誰能在圈子裏玩得轉或者乾脆是玩得轉圈子。「大玩家啊！如今的大師玩家遍地開花，我還能相信有誰在認真？」〔註75〕圈子裏的「玩」，既是一種人格分裂的表演，也是一種見利忘義的勾心鬥角。依其在圈子裏的位置地位，玩家也有大小之分。小說裏的丁小槐很會「玩」，但在領導面前的溜鬚拍馬、趨炎附勢的丁小槐，充其量還只是一個「小玩家」。小說中的馬垂章才是一個「大玩家」。在池大爲等人下基層做血吸蟲調查前，馬垂章有過這樣一番講話：

> 這次調查，是一項嚴肅的任務，希望大家本著對人民負責的態度，把工作搞好，不能有半點馬虎。我們需要的是準確的數據，數據是下一步工作的依據。廳裏給血防辦的文件已經下去了。大家知道，這幾年我省在這方面的工作是下了大力氣的，成績是很大的，省裏部裏都一再給予肯定。我們要珍惜成績，珍惜廳裏的榮譽。〔註76〕

馬垂章的講話可謂滴水不漏、無懈可擊，充分顯示了其高超的「玩」的藝術：講話的前半部分要求此次調查要實事求是，拿出準確數據，但後半部分話鋒一轉，又強調廳裏的成績和榮譽，在一個「數字出官，官出數字，數字就是他們的命」〔註77〕的時代，又怎麼可能做到拿出準確數據的實事求是與珍惜廳裏成績榮譽的二者兼得呢？講話的眞實用意再明顯不過了。「玩」圈子的遊戲規則，說到底是用來維護圈子的最大利益。

三、「世紀末」的「灰燼」

「文學價值的等級每一級都相當於精神生活的等級」〔註78〕，但精神生活的等級絕非自說自話的自我標榜，換言之，文學的價值等級如若眞以精神生活爲評判標準，那麼在何種意義上來確認精神生活的深度與廣度，也就成了回答文學價值等級不容迴避的一個問題。就此而言，或許還是小說家的現身說法比較有說服力，中國當代小說家王安憶認爲，「生計的問題，就決定了小說的精神的內容」〔註79〕，在她看來，「如果你不能把你的生計問題合理地

〔註75〕同上，第313頁。
〔註76〕閻眞：《滄浪之水》，人民文學出版社，2001年版，第149頁。
〔註77〕同上，第155頁。
〔註78〕丹納：《藝術哲學》，傅雷譯，江蘇文藝出版社，2012年版，第352頁。
〔註79〕王安憶：《小說課堂》，商務印書館，2012年版，第219頁。

向我解釋清楚，你的所有的精神的追求，無論是落後的也好，現代的也好，都不能說服我，我無法相信你告訴我的。」〔註80〕

　　從上述意義來講，不但《滄浪之水》所探討的知識分子精神危機得以眞實呈露，而且小說的文學價值也因此凸顯了出來。也就是說，正是在「生計問題」的生存困境層面，池大爲的精神危機才得以確認，其知識分子的自我預設也才能夠自足自洽。爲充分說明這點，不妨將新世紀初的《滄浪之水》與上世紀90年代初的另一部同樣也是講述當代文人知識分子現實境遇的《廢都》作一縱向比較。

　　我們看到，與《滄浪之水》的池大爲面臨嚴峻的家庭「生計問題」有所不同，《廢都》裏的莊之蝶等西京「四大名人」，他們生活十分優渥，社會地位顯赫一時，他們四個人本身即構成一個文化「名人」圈子。通過與其他圈子的交往，這個文化名人圈完成的是文化資本與經濟利益、社會地位間的流通與轉化。儘管在《廢都》中，莊之蝶流露出了某種無聊頹廢的意味，賈平凹似乎欲以此來實現其「社會批判」的指向，但不可否認的是，小說多少還是有點沾沾自喜的慶幸（對《廢都》的指責正是從這一意義上得到確證）──至少莊之蝶對自己在玩女人（有的還是有夫之婦）方面的得心應手、遊刃有餘從未見過有道德反省。也就是說，如果說《廢都》保有知識分子的批判意味，那也只是停留在了對「圈子」利益趣味的膩煩上。從根本上說，作爲「西京城文壇數一數二的頂尖高手」的莊之蝶並不排斥圈子化的生存邏輯，因爲他正是「圈子」中的那個核心人物：「在他周圍聚集了一批『食客』──一條社會生物鏈，在這個鏈條上，各個環節相互依存，有『食客』在，莊之蝶才成其爲『名人』，但莊之蝶反過來必須提供和分配『食物』，他像個小朝廷的君主或小幫會的大哥……顯然有義務『罩』著兄弟們，帶領兄弟們參與更大範圍的社會交換」〔註81〕。小說中的唐宛兒、牛月清、柳月、阿燦等對莊之蝶的投懷送抱，與其說她們是欣賞莊的才華，不如說是對其持有的文化身份的「可兌換性」充滿興趣。從經濟學的交易成本上說，這些女人依附於文化資本，既在交易成本上顯得相對低廉，較爲可靠，更重要的是，比之於赤裸裸地傍大款還更爲文雅體面。唐宛兒們通過跟莊之蝶的床上交易，換得

〔註80〕同上，第234頁。
〔註81〕李敬澤：《莊志蝶論，〈廢都〉代序一》，賈平凹：《廢都》，安徽文藝出版社，2011年版。

的是進入「圈子」內的生存安全感——這在跟周敏私奔到西京的唐宛兒身上
體現得尤爲明顯。從這一意義上說，小說結尾莊之蝶的出走，固然有精神迷
茫空虛的因素，但更多或許是莊意識到了以他爲中心的「圈子」，在新的社會
條件下，參與更大範圍的社會利益交換已不再像之前那麼容易，即在「社會
主義市場經濟」結構中生存的「文化」人或許會越來越顯尷尬。

我們看到，90 年代以來的中國社會，「社會主義市場經濟」法則占絕對
主導地位地支配著整個社會結構的分層分化與社會利益的分享分配。有論者
指出，「價值中性的『市場經濟』是指現代社會裏通過市場組織的經濟生活；
而現在正在出現某種可以被稱作『市場社會』的?象，即社會整體本身正在
被看成甚或演化成市場……一個社會，如果把經濟市場的邏輯擴展到所有的
方面去，就會出現整個社會內在的不穩定性，出現社會的可持續性的問題。」
〔註 82〕論者將中國「市場社會」的形成歸因於「市場經濟」的大行其道只是
看到了問題的一個方面，而忽略了非常隱蔽地支配著「市場經濟」法則背後
的「社會主義」權力遊戲規則。也就是說，「市場經濟」事實上是「社會主義」
規劃的結果。「社會主義市場經濟」生產出了一種合法的鎖閉社會利益結構，
即「政治——經濟」利益共享結構：「社會主義」支配「市場經濟」，「市場經
濟」支持「社會主義」，政治與經濟緊密的黏合在了一起——90 年代中後期通
常所說的「圈子」正是在這找到了最貼切的形象比喻。我們看到，這「社會
主義市場經濟」的語法規則中，是找不到「知識」或「文化」的位置的。在
新型的社會語法規則中，不僅將自我身份設定爲「知識分子」的池大爲很難
找到自己的生存位置，而且莊之蝶們的文化圈子也將面臨邊緣化的危險。

這其實也並不難理解，「社會上有三種資源：政治資源、經濟資源、知
識資源。知識分子是掌握知識資源的主體。他們的命運取決於他們和另外兩
種資源主體的關係。」〔註 83〕，或者說，作爲知識資源生產者的知識分子，
「只有在與權力、經濟與社會場域的交涉關係中才能確立知識場域的自主
性」〔註 84〕，政治對經濟的支配，經濟對政治的支持，當政治資源與經濟資
源兩大主導性資源互爲利用地緊密媾和在一起時，知識資源的邊緣化也就在

〔註 82〕顏海平：《堅韌地橫過歷史》，《讀書》，2013 年第 11 期。
〔註 83〕楊繼繩：《中國當代社會階層分析》，江西高校出版社，2013 年版，第 283 頁。
〔註 84〕劉擎：《當代中國的知識場域與公共論爭的形態特徵》，《懸而未決的時刻》，
　　　　新星出版社，2006 年版，第 288 頁。

所難免了。在當代中國的語境中,「社會主義市場經濟」的悖論在於,它一方面確實生產出了經濟自身的誘惑魔力:社會生產力得到長足發展,人民生活水平有了顯著提高;但另一方面,在「社會主義」與「市場經濟」之間,因缺少公平的社會制度安排和平等的社會利益分享機制,社會不公(貧富差距)與正義缺失(倚強淩弱)愈演愈烈,成為一個顯著的社會問題。在「社會主義市場經濟」結構中,承擔著公平正義理念呼籲與制度設計角色的知識分子,則遭遇了雙重的放逐,除非爲「社會主義」或「市場經濟」服務,參與「社會主義市場經濟」社會結構的內部鞏固,否則知識分子沒有栖息容身之地。將「知識」置換成「文化」,也是如此,文化若想在社會格局中佔有一席之地,也只能將自身裝扮成一種依附性的存在,即不再是依靠自身的創造性生產來獲得承認與尊嚴,而唯有遵循經濟的邏輯(文化產業)才能有一定的地位。

有意思的是,我們看到,中國社會結構定義法則的轉型過程在《滄浪之水》中得到了完整的印證。剛畢業分配的池大爲,一開始本是要去中醫學院上研的,後在廳長馬垂章的授意卜,作爲當時唯一一名研究生的池人爲被留在了廳裏。也就是說,「政治」對「知識」的重視程度在 90 年代初並沒有完全減退,「文化」在當時尚還一定的「資本」。而隨著「社會主義市場經濟」法則的展開及深入,作爲「知識分子」的池大爲越來越感到自己的貶值,我們看到,此後的六七年裏,池大爲的工作都沒有任何起色(小說寫幾年之後又分配來幾名研究生,但他們已不可能像池大爲當年那樣還能得到廳長的垂青重視)。

在《滄浪之水》中,我們看到,隨著時間的後移,愈到小說後半部分,「社會主義市場經濟」的圈子意味愈濃厚。在小說的第 76 節,已當上處長的池大爲,爲鞏固自己的圈子地位,或者說爲了向圈子的更核心位置靠近,本想著春節要去拜幾位在省委任職的同鄉的「碼頭」,後來接到電話說,第二天同鄉聚會。那天的聚會是在丘山酒家擺了兩桌,來的大多「是廳長一級的人物」,酒店的崔老闆親自出面,請來國宴級廚師主理,並「不時地過來斟茶遞煙,很知趣地不坐下來說話,他明白這裡沒他說話的份」〔註 85〕。這樣的場景,我們並不陌生,在王躍文《國畫》中可以說是屢見不鮮,龍興大酒店老總雷拂塵每次遇到實權派人物在酒店用餐,肯定出面招呼。丘山酒家的這次聚會再次表明,不僅「社會主義」有圈子(池大爲的這個圈子是以老鄉關係爲紐

〔註85〕閻眞:《滄浪之水》,人民文學出版社,2001 年版,第 285 頁。

帶），而且，在市場「經濟」圈子面前，社會主義「政治」圈子擁有絕對的權威。

在進入「圈子」並榮任衛生廳廳長占得「圈子」核心地位之後，池大為才真切地感受到，爲官一任也並非易事，其中大有學問。也就是說，在複雜難纏的社會利益面前，即使是權力在握，也不得不考慮到各方利益的協調平衡。因此，池大爲原先種種理想化的想法，在他當上處長、副廳長之後仍不得不降低姿態。走馬上任衛生廳廳長之初的池大爲，的確是「想做點事」，他首先想到的是爲當年下基層做血吸蟲調查的「還債」。池大爲重新組織人力調查全省血吸蟲防治情況，並將數據如實上報爭取到了上級兩百萬的撥款，加上省裏配套的兩百萬，池大爲組織了八個醫療隊並且親自帶隊在下面跑了半個月，走了四個縣。在《滄浪之水》中，池大爲最初看重的是知識分子的人格獨立的尊嚴與社會良心的承擔，但在小說中，作家也沒有一味美化知識分子的形象，而是在對「圈子」進行批判的同時，蘊含了對池大爲人格心理的剖析與批判。在小說的後半部分，我們看到，池大爲不僅抵擋住了 60 萬現金的行賄誘惑，也婉言拒絕了老情人拋過來的橄欖枝。但在此過程中，池大爲並不是毅然決然，其間也有過猶豫和動搖，也就是說，他身上始終保持著自我反思的性格張力的同時，也有人性欲望的自然流露，這也是《滄浪之水》之稱爲「知識分子小說」的另一重依據所在。

但畢竟位居衛生廳「圈子」的核心位置，池大爲已經不可能再回到知識分子的期許上去，「人走上這條路心態就變了，感覺世界的方式也變了，就沒有回頭路可走了」〔註86〕，連他自己都承認，「池廳長不是池大爲」〔註87〕。池大爲在進入「圈子」的核心之後，不僅對「圈子」的批判日漸消弭，而且也愈來愈固化爲一個「圈子」利益的鞏固者。換言之，池廳長的池大爲跟「帶著知識分子期許」的池大爲已判若兩人。從這一意義上說，「池廳長」必須跟「池大爲」有一個形式上的決裂。在小說中，這一「了斷」出現在了小說的結尾，既是池大爲故事的終了，也是小說的結局。小說故事時間的 1999 年 12 月 30 日，官居衛生廳廳長的池大爲回到了闊別多年的故鄉。這是一次精神的還鄉，也是一次精神的告別。第二天，也即 1999 年 12 月 31 日，這不僅是一個世紀的收官之際，也是一個千年的終點。在這一充滿象徵意味的時間節點，

〔註86〕閻眞：《滄浪之水》，人民文學出版社，2001 年版，第 287 頁。
〔註87〕同上，第 355 頁。

池大為衣錦還鄉回到了三山坳，在父親的墳墓前，池大為將父親珍藏的《中國歷代文化名人素描》像用打火機點著了，小說也到此結束。《中國歷代文化名人素描》被燒為了灰燼。

> 我左手把書拿起來，紙已經脆了，一碰就掉了一塊。我把火湊上去，書被點燃了。火花跳動著，熱氣衝到我臉上，書頁在黑暗的包圍之中閃著最後的光。我死死地盯著那一點亮色，像要把它雕刻在大腦最深處的褶皺之中，那裏是一片無邊的黑煩，一點亮色,在黑暗中跳動。……我雙手撐著土地站了起來，在直起身子的那一瞬，我看見深藍的天幕上布滿了星星，泛著小小的紅色、黃色、紫色，一顆顆被凍住了似的，一動不動。我呆住了。我仰望星空，一種熟悉而陌生的暖流從心間流過，我無法對它做出一種準確的描述。我緩緩地把雙手伸了上去，儘量地伸上去，一動不動。風嗚嗚地從我的肩上吹過，掠過我，從過去吹響未來，在風的上面，群星閃爍，深不可測。〔註88〕

這是一個悲涼且又無不悲壯的告別，充滿了象徵意義的儀式意味。《中國歷代文化名人素描》的化為灰燼，意味著「克己復禮、萬世師表」（孔子）、「捨生取義、信善性善」（孟子）、「忠而見逐、情何以堪」（屈原）、「內不愧心、外不負俗」（嵇康）等中國傳統知識分子價值觀在現代社會的徹底崩塌。但《中國歷代文化名人素描》的化為灰燼，是否就意味著中國知識分子的精神危機也就此隨風而逝、得以化解了呢？這並不是《滄浪之水》所能回答的問題。

居廟堂之高則憂其民，處江湖之遠則憂其君，這既是中國傳統士人先天的使命承擔，也是一種社會角色選擇的既定宿命。近現代以降的知識分子更是如此，面對民族危亡，社會危機，無論是寒舍陋室伏案疾書，抑或天際曠野仰望星空，其實都難掩心中的苦悶，有幾個能真正超脫外物？對現代小說家而言，國族文化想像與歷史風雲際會，只能借表意性的象徵實踐來完成，以筆為旗並搖旗吶喊。從這一意義上說，在 20 世紀走到盡頭之際，湖南作家閻真為當代文學貢獻的《滄浪之水》及池大為這一飽滿的人物形象，無疑是對新世紀之交中國社會危機以及知識分子身份危機的有力回應。

〔註88〕閻真：《滄浪之水》，人民文學出版社，2001 年版，第 359 頁。

第四章 「鄉土中國」與「市井中國」的湖南景觀

　　從《將軍吟》、《芙蓉鎮》的「改革中國」的先聲表達，到《馬橋詞典》、《暗示》、《九香街》的「開放中國」的圖式再現，繼而切換到《國畫》、《滄浪之水》的「社會主義市場經濟中國」的文學鏡像，如果說小說湖南的長篇巨製，呈現出的是豐富多樣的危機現代性的結晶文本，那麼就其中、短篇小說而言，則有著大致相似的鄉土市井特色。前三章在從歷時的角度討論了小說湖南與宏大敘事中國的隱秘互動聯繫之後，本章將以小說湖南為例，試圖呈現共時的日常敘事中國的鄉土與市井一面。

第一節　山南水北與鄉土特色

一、鄉圩集鎮敘事

　　在小說湖南的視域中，一批地域文化特色鮮明的鄉土小說蔚為大觀。單從《浮屠嶺》、《蒲葉溪磨坊》、《在水碾坊舊址》、《爬滿青藤的木屋》、《山道彎彎》、《那山　那人　那狗》、《栗坡紀事》、《沒有航標的河流》等透露著濃鬱山土氣息和水韻氣味的小說題目上，也可見小說湖南的鄉土特色端倪，有論者甚至認為「湖南作家群基本上是一個鄉土文學的作家群」〔註1〕。就小說湖南的現代傳統而言，湖南的現代鄉土小說從來就自成一派，別具一格，「無

〔註1〕《湖南新時期 10 年優秀文藝作品選・文藝理論卷》，湖南文藝出版社，1990
　　　年版，第 288 頁。

論從時間、出生地還是文化取向等方面來說，20 世紀 30 年代前後的湖南鄉土小說家都比較分散，但湘楚地域文化內在的共性把他們凝聚在一起，他們的創作以鮮明的地域特色，蓬勃發展，前後相繼，形成了一個繼魯迅開創鄉土文學體式、引領浙東鄉土作家群之後較早出現的另一個地域特色鮮明的鄉土小說創作群體」〔註2〕，現代湖南鄉土小說的集大成者，無疑當屬創造有「邊城世界」的沈從文。

如果說小說湖南的現代鄉土文學傳統其來有自，那麼在中國經濟建設及城市化取得驚人飛躍、現代化成就舉世矚目的「新世紀」語境中來討論小說湖南的鄉土文學，實有必要回到「鄉土」概念的原初界定上來。有論者試圖將現代鄉土文學的「鄉土」空間邊界確定爲：「鄉土文學一定是要不能離鄉土的地域特色鮮明的農村題材作品，其地域範圍至多擴大到縣一級的小城鎮」。〔註3〕將行政區域意義的縣城確定爲「鄉土」的外延邊界，有一定的合理性，但究其實質，這不過是出於概念外延界定的必要爲之，嚴格說來，並無實質性的約束意義。我們看到，即便是現今地市一級的大城市，仍有很多地方保有城鄉結合部的痕跡。「鄉土」的空間邊界，說到底是從經濟角度予以界定的，即生產力和生產方式的發展程度，決定了「鄉土」的外延範圍。大體而言，在現代化進程尚未完全展開的 20 世紀前半葉，農業生產方式占主導地位的中國，大部分疆土可謂都是鄉土世界，就此而言，現代文學的半壁江山，其實也都是由鄉土文學的實績所支撐。以文學地理空間爲例，我們看到，魯迅的「魯鎮」、沈從文的「邊城」、師陀的「果園城」、蕭紅的「呼蘭河」等，莫不都與農村、農民有著千絲萬縷的聯繫。

對於「新時期」以來湖南鄉土小說呈現的地方特色，有研究者曾以「茶子花流派」來命名概括，欲以此跟「山藥蛋派」等當代文學知名的地方文學流派展開對話聯繫。「茶子花流派」是「以周立波爲首，包括柯藍、周健明、謝璞、未央、孫健忠、古華、葉蔚林、譚談、彭見明等 36 位作家，主要是湖南的作家。他們創作了數以百計的優秀作品，得過的國際和國家級的獎勵三十餘次。」〔註4〕而就茶子花而言，周立波也的確曾創作過以茶子花爲表現內

〔註2〕張瑞英：《地域文化與現代鄉土小說生命主題》，中國海洋大學出版社，2008年版，第 104 頁。

〔註3〕丁帆：《中國鄉土小說史論》，江蘇文藝出版社，1992 年版，第 25 頁。

〔註4〕蔣靜編著：《茶子花流派與中國文藝》，湖南師範大學出版社，2006 年版，第1 頁。

容的文學作品：「我想起了／山茶花下的金色的年頭／……最難忘記的／是微風十月的秋山裏，飄蕩著的／標致的藍布小圍裙／那正是潔白的山茶花，雜著紅葉，斑斕的／掩映在青松林裏的時節／金色朝陽／已經布滿了林間／花片上的露珠還滴／誰最美麗？／是含露的山茶花／是花下的人的微笑／還是人的情意？／……」這是周立波三十年代在上海參加中國左翼作家聯盟以後的早期詩歌中的一首，我們看到，在這首名為《我想起了山茶花下的笑和情意》的現代白話詩中，山茶花成了一種寄託鄉愁的意象。以山茶花的自然景物來命名一個有待證實的文學流派，還主要是就這些風格大致相似的小說所體現的審美旨趣與文本風格而言的，即主要還是在比喻的意義上來確證湖南的鄉土文學特色。但具體到小說湖南的「鄉土」實質內容構成上說，茶子花並不足以支撐起湖南「鄉土」的全貌來：湖南現代鄉土文學著墨茶子花的並不多見，新時期以來的湖南鄉土小說，即使寫到茶子花的，也大多是以襯景形式出現。

就湖南鄉土小說的「鄉土」構成，或者說與其他地方省市鄉土文學的區別來說，水邊「碾坊」與邊地「集鎮」或是最常見的風景。而以小說湖南的現代傳統而論，在湖南鄉土小說的集大成者沈從文那裏，「集鎮」與「碾坊」也恰恰構成他筆下最「鄉土」的兩個母題。大家一般都比較熟悉沈從文的「邊城」世界，但其實在以愛情為主要表現對象的《邊城》中，作為一個特色小鎮，「邊城」更像是一塊虛構的飛地〔註5〕，集鎮生活的枝枝葉葉並沒有得到過多的展現，在《又讀〈邊城〉》中，汪曾祺就認為：「『邊城』不只是一個地理概念，意思不是說這是個邊地的小城。這同時是一個時間概念，文化概念。『邊城』是大城市的對立面。這是『中國另一地方另外一種事情』」（《邊城題記》）。反而在他的另一部長篇力作《長河》中，鄉圩集鎮的活色生香景觀才得以生動呈現。《長河》的故事周轉站是一個叫呂家坪的小水碼頭，據小說交代，呂家坪離辰溪縣約一百四十里，是辰河中部一個腰站，作者稱之為「小埠」，究其實質，就是一個靠水邊的鄉圩集鎮：

> 三八逢場，附近三五十里鄉下人，都趁期來交換有無，攜帶了
> 豬、羊、牛、狗和家禽野獸，石臼和木碓，到場上來尋找主顧。依
> 賴飄鄉為生的江西寶慶小商人，且帶了冰糖、青鹽、布匹、紙張、
> 黃絲煙、爆竹以及其他百凡雜貨，就地搭棚子做生意。到時候走路

〔註 5〕吳曉東：《邊城世界的虛構性》，《中華讀書報》，2011 年 6 月 22 日。

來的，駕小木船和大毛竹編就的筏子來的，無不集合在一處。布匹花紗因爲是人所必需之物，交易照例特別大。耕牛和豬羊與農村經濟不可分，因爲本身是一生物，時常叫叫咬咬，作生意時又要嚷嚷罵罵，加上習慣成交以前必盟神發誓，成交後還得在附近吃食棚子裏去喝酒掛紅，交易因而特別熱鬧。飄鄉銀匠和賣針線婦人，更忙亂得可觀。銀匠手藝高的，多當場表演鍍金發藍手藝，用個小管子吹火焰作鑲嵌細工，攤子前必然圍上百十好奇愛美鄉下女人。此外用「賽諸葛」名稱算命賣卜的，用「紅十字」商標拔牙賣膏藥符水的，無不各有主顧。若當春秋季節，還有開磨坊的人，牽了黑色大叫騾，開油坊的人，牽了火赤色的大黃牯牛，在場坪一角，搭個小小棚子，用布單圍好，竭誠恭候鄉下人牽了家中騾馬母牛來交合接種。野孩子從布幕間偷瞧西洋景時，鄉保甲多忽然從幕中鑽出，大聲吆喝加以驅逐。〔註6〕

《長河》中的這段略帶導覽性質的趕場（或曰趕圩）描寫，活潑輕鬆，生靈活現。我們看到，在呂家坪的集市上，三教九流各顯神通，販夫走卒應有盡有，既極富鄉圩集鎮的底層生活氣息，同時呂家坪的集市也可說是現代中國農村經濟的一個縮影。作爲內陸農業大省的湖南，工業化與城市化發展曾一度落後於全國平均水平，不光解放前如此，解放後也未得到明顯改觀。進入「十一五」後，湖南全省不斷推動城鄉、區域和經濟社會的協調發展，城鎮化率由 2000 年的 29.75%提高到 2012 年的 46.65%，年均提高 1.41 個百分點，城鎮化水平得到明顯提高，但仍低於全國平均水平。截止 2012 年，湖南全省的農業從業人員仍有 1668.99 萬人之巨〔註7〕。而農村勞動生產的物質需求與農民日常生活的物質資料補給，很大程度上都是依靠集鎮來完成的。在題爲《小城鎮 大問題》一文中，費孝通談到：「我早年在農村調查時就感覺到了有一種比農村社區高一層次的社會實體的存在，這種社會實體是以一批並不從事農業生產勞動的人口爲主體組成的社區。無論從地域、人口、經濟、環境等因素看，它們都具有與農村社區相異的特點，又都與周圍的農村保持著不能缺少的聯繫。我們把這樣的社會實體用一個普通的名字加以概括，稱之

〔註 6〕沈從文：《沈從文文集》第七卷，三聯書店，1988 年版，第 40 頁。
〔註 7〕湖南省統計局：http://www.hntj.gov.cn/fxbg/2013fxbg/2013jczx/201312/t20131224
_106367.htm。

為『小城鎮』」〔註 8〕，費孝通將小城鎮分為三種層級：縣屬鎮（即縣行政中心所在地，也是我們通常所說的縣城），鄉屬鎮和村鎮。其實小城鎮三種層級的邊界也並不是那麼涇渭分明，比如鄉屬鎮與村鎮這兩級，有時往往是混為一談的，本文所說的鄉圩集鎮即屬於這一類。

鄉圩集鎮是農民農事生產以及日常生活場所的空間延伸，農村生活、生產物資的補給更新無需上縣城，更沒必要去省城一類的大城市，一般通過鄉圩集鎮貿易就能得以實現。而追溯鄉圩集鎮的形成，其本身就是由地處要塞中心、交通往來便利的村莊發展而來，因此，鄉圩集鎮的常住人口，也大多是由剛脫離農村生活的人而來，他們在鄉圩集鎮或通過某一門手藝活，或長期從事一種買賣生意，形成最初的原始積累，從而得以擺脫相對繁重苦役的農村生產勞動。可以說在鄉圩集鎮，自發地形成了初等級的市場經濟。北方人俗稱的趕集，湘南老百姓一般叫「趕圩」、「趕鬧子」、「趕場」，類似說法在小說湖南的長中短篇中屢見不鮮、比比皆是，即使在今天的現實生活中，這種說法也仍在沿用。而湖南當地的很多集鎮，乾脆就是以「圩」來命名的。以湖南永州為例，該市有像井頭圩、凡龍圩、零頭圩、菱角圩、太平圩、上江圩、回龍圩、金盆圩、祠堂圩、郵亭圩、牛角圩等以「圩」為名的鄉圩集鎮（村）不下 20 個〔註 9〕。

湘南各鄉圩集鎮每月的圩期一般都是交叉錯開，因地而異，此地一三五逢單，它處則就二四六逢雙日。正像沈從文《長河》所描繪的那樣，逢圩日，四里八鄉的農民，聚集到鎮上的集市，農副產品交易，日用零雜買賣。集鎮的集市一般都是臨時的露天場所，買賣生意甚至都沒有連固定攤位，趕圩從一大早開張，能持續至整個上午，約大半天的時間，下午一二點散圩收場。在湘南有的地方，每年還會有一次趕圩的「大狂歡」，即「趕社」，類似於北方的「廟會」。趕社的那天，可以說是一年中最隆重的圩日，甚至連整個縣城的主乾道都會成為臨時攤點的擺放場所。與現當代鄉土文學中常見的地方景觀一樣，湖南鄉土文學或者說 1978～2013 的湖南小說，最獨特的還是所謂的城鎮，更準確點說，是鄉圩集鎮。即以古華聲名遠播的《芙蓉鎮》為例，嚴

〔註 8〕費孝通：《小城鎮四記》，新華出版社，1985 年版，第 10 頁。
〔註 9〕詳見湖南地名網：http://www.hndmw.gov.cn/。不妨再以深圳為例，「深圳」作為地名最早出現於明代早期（1410 年），在原居民的傳統理解上，只是指現今東門市場一帶，即「深圳圩」。

格說來，芙蓉鎮是集鎮而非城市，更談不上是繁華都市。

在 1978 年以來的小說湖南視域中，古華的鄉圩集鎮描寫因《芙蓉鎮》的獲獎廣爲傳播而堪稱影響最大。《芙蓉鎮》寫解放初時，芙蓉鎮的圩期因循舊例，逢三、六、九，一旬三圩，一月九集。而 1958 年的大躍進，加上區、縣政府的批判城鄉資本主義勢力運動，則使得「芙蓉鎮由三天一圩變成了星期圩，變成了十天圩，最後變成了半月圩」〔註 10〕，圩期的頻繁更改，給當地農村生產勞動和農民生活造成極大不便，農村經濟由此受到嚴重的負面影響，直到 1961 年下半年，縣政府下公文改半月圩爲五天圩，但終究是元氣大傷，「芙蓉鎮再沒有恢復成爲三省十八縣客商雲集的萬人集市」。古華實際上是以芙蓉鎮之小見中國之大，反映出文革給整個國民經濟造成的傷害。在古華後來的小說《「九十九堆」禮俗》中，同樣也有趕圩場景的描繪，不過《「九十九堆」禮俗》則是以主人公的視角來打量集市的趕圩場景，「楊梅姐不覺來到了山口芭蕉圩上。如今上級政策放寬，開放農貿土產市場，但見滿圩滿街人成河，攤攤擔擔，花花綠綠，叫叫喊喊，拍拍滿滿……真是吃的穿的用的要的，五花八門，賣什麼的都有。」〔註 11〕與《芙蓉鎮》所不同的是，《「九十九堆」禮俗》中的趕圩描寫匯入了主人公的視野，也即小說敘事者的視角與小說主人公的眼光重疊到了一起。

芙蓉鎮的圩期由原來的半自發的形成約定到人爲的政策干預規定，圩期的更改延長，也一定程度地重新塑造著農民的日常生活空間：圩期週期越改越長，也就意味著農民們自發集會見面的機會越來越少，農民間的往來聯繫，越來越受到嚴格的政治干預控制。因爲趕圩或趕場所承擔的並不僅僅是經濟貿易的功能，同樣還有社會交際、消息傳遞的額外附加功能。趕圩的這一額外功能價值在莫應豐的小說《美神》中就有很好的體現：

> 「這一天是農曆十二月二十五日，逢五逢十，趕場的日子。」
>
> ……
>
> 「常有那許久不見的親戚在街上碰面了，讓開擁擠的人流，走到僻靜一些的地方，或站著，或蹲著，拿出煙包來，用從算術本上撕下來的硬紙片卷上兩支煙，吞雲吐霧，談起各自的家事。臨別前

〔註 10〕 古華：《芙蓉鎮》，人民文學出版社，2005 年版，第 3 頁。
〔註 11〕 古華：《「九十九堆」禮俗》，《浮屠嶺》，中原農民出版社，1986 年版，第 137 頁。

招手說一聲：『過年來耍呀！』」〔註12〕……

　　「又到了趕場的日子，山民們穿著寬大的棉布衣褲，挑來了他們的時令土產。太陽烤得人頭上冒汗，人們把貨擔子擺在街市的一側，陽光充足的另一側留給過往的行人。

　　　除了做買賣，還兼傳遞新聞，這是山鄉集市的一大特色。」

〔註13〕

趕場或趕圩塑造的是一個流動混雜的公共空間，它不僅暫時性地將農民從繁重的體力勞動中解脫出來，也為親朋的聯繫見面提供了機會，節省了時間成本。同時，趕圩還使得農民得以有機會參與到一個社會輿論塑造的事發現場，甚至是投身於一個公眾娛樂的舞臺中——正如沈從文的《長河》所揭示的那樣，走江湖的民間藝人多喜歡在觀眾集中的趕圩、趕鬧子的場合亮相表演。鄉圩集鎮承擔起了農村溝通城市的中介功能，「中介性使小城鎮擁有了與城市和鄉村相同又相異的社會、生活場景和文化特性，或者說它調和了處於鮮明對比中的城市與鄉村，那些大多由農村小集市、小村落發展起來的小城鎮，必然與廣大的鄉土中國血脈相連，保留了更多傳統的民族、民間文化，擁有豐富而複雜的地域文化；而介於城鄉之間的獨特位置，也必然使小城鎮比鄉村有更早和更多的機會、途徑，接觸到來自城市的新生事物與文化。」〔註14〕但在一個特殊的年代，趕圩這種自發的不可控的空間流動性，對有著嚴格秩序訴求的政治運動來說，顯然是一種存有風險的不穩定因素。因此，從社會秩序控制的角度講，政府對圩期的一再更改並且是越改越長，也就不難理解了。與《芙蓉鎮》圩期頻仍更改大致相似的，還有土家族作家孫健忠的《甜甜的刺莓》（1980年第1期《芙蓉》，1977～1980全國優秀中篇小說二等獎獲獎作品）中的里耶小街：

　　　離柝木寨十多里遠近，有一條行得機帆船的叫做酉水的大河；酉水拐彎處，有一條將近五百戶人家的叫做里耶的小街。當地習俗，每逢四、九趕場。近年裏，上級貼出布告，為著少耽擱生產，把五天一場改成十天一場，把場期定為每月的初十、二十、三十三天。

〔註12〕 莫應豐：《美神》，上海文藝出版社，1984年版，第3～4頁。
〔註13〕 莫應豐：《美神》，上海文藝出版社，1984年版，第219頁。
〔註14〕 趙冬梅：《溯源與比較：當代海峽兩岸的小城小說》，北京大學出版社，2011年版，第22頁。

　　今天逢十，是春耕大忙前的最後一個場期。下街趕場的人眞多
啊！有人是來看姑娘家背起竹背簍甩同邊手的；有人來趕狗肉、豬
雜碎下酒的口福；有人來賣脫豬兒、羊、雞和雞蛋，採辦一些火柴、
鹽和各色零碎的東西，備足大忙期間的繳用。因爲往後的個把多月，
每逢場期都是『冷場』，忙得兩頭黑的土家人，那些天是沒得工夫再
到里耶來光顧的。〔註15〕

看得出來，里耶小鎮的規模，跟芙蓉鎮大致相當，其趕圩的場景也跟芙蓉鎮
大致相似。在特殊的歷史時期，里耶的圩期跟芙蓉鎮一樣，也是越改越長。
反諷的是，文革動亂期間，趕圩週期的延長依據是「少耽擱生產」，但這種調
整事實上是對自發的市場經濟的人爲干預，非但不能達到「少耽擱生產」的
目的，往往還會適得其反。另外，在國民經濟調整時期，農村經濟並未獲得
長足發展，我們看到里耶集鎮的商品貿易，仍基本以農副產品交易爲主。

　　在這次趕圩過程中，碧蘭大嬸，也就是桴木寨的黨支書，知道了女兒竹
妹跟布穀寨的黨支書向塔山交往的情況，她極力反對女兒跟向塔山的戀愛關
係，但竹妹不聽母親勸告還是跟他走到了一起，並最終釀成了一段婚姻悲劇。
從小說情節進展的角度說，「趕圩」成了整篇小說的一個轉折點，即竹妹的感
情由之前的三牛倒向向塔山，在趕圩這得到了反映。而以「趕圩」來結構小
說，並不僅限於孫健忠《甜甜的刺莓》，某種意義上也是「新時期」湖南鄉土
小說的一大特色，上述莫應豐的《美神》可以說表現得更爲典型，《美神》的
上部正是對稱式地以趕集的場面描寫爲始終：

　　　　「凍得鼻子通紅的山民們，挑著籮筐，提著籃子，挎著背簍，
　　或三五成群，或單行獨步，從若干條崎嶇的山間小路上走來，陸續
　　踏上了那條僅能行駛一輛卡車的土公路，匯成一股斷斷續續的人
　　流，朝小集鎮走去。」

　　　　「這一天是農曆十二月二十五日，逢五逢十，趕場的日子。」
　　……

　　　　「集鎮上擠滿了人，交換的貨物大都是不值錢的。紅薯米、
　　乾辣椒、白蘿蔔、芋頭片、竹籃子、木火箱、棕蓑衣、紙燈籠、
　　大石蛙、穿山甲、麂皮鞋、虎骨酒，就連最難找到買主的粗糠殼

<hr>

〔註15〕孫健忠：《甜甜的刺莓》，《文藝報》編輯部編：《1977～1980 全國獲獎中篇小
　　　　說集》（下），上海文藝出版社，1981 年版，第 1332 頁。

> 也有人挑來賣。運氣好的早早地賣掉了挑來的土貨，擁進供銷社
> 打一瓶醬油，買兩包廉價餅乾，扯一段花布，高高興興地穿過街
> 市回家去。」〔註16〕

在莫應豐筆下，開篇的九龍山趕圩成了一道展示當地民風、民俗、民情的流動風景。這一本地山民無比熟悉的生活場景，在接下來出場的女主人公節節青眼裏，卻顯得異常的陌生而有趣，「像到了外國似的，一切都很新鮮」。而也恰恰是她這種不明就裏的好奇與無知者的無畏，加上心地善良純真，讓她做出了於鬧市中救風眼婆於困境的舉動，從而一下子將自己無形地置於了本地複雜的人物關係網中，結構性地推動了小說情節的緊湊進展。

從另外一方面說，鄉圩集鎮也可謂是農村經濟的晴雨錶，集市的農副產品交易，一定程度反映了農民的生活水平。對比莫應豐《美神》與沈從文《長河》中的集鎮趕場片段描寫，我們明顯可以看出，湖南農民的生活水平，在解放之後似乎並沒有得到實質性提高，集鎮的貨物貿易基本上還是幾十年前的老樣子——這一垷實後果在多大程度上是由文革十年的政治動亂造成的，我們或許很難逐一細細量化。不過值得一提的是，儘管文革政治動亂給農村經濟帶來了沉重打擊，但農民們樂天的生活熱情，並未受到太大的影響，這從農民們的趕圩態度上也可見一斑。在小說開篇的這段趕場描寫中，集市上隨處可見政治口號與大幅標語，但趕圩的山民「差不多完全無人注意街市兩邊牆上的標語，好像山民們都是不識字的。」對九龍山山民來說，儘管帶有強制性的自上而下的政治運動，席捲了整個九龍山區，但這並不妨礙他們的生活重心還是圍繞柴米油鹽的日常生活而展開。

小說湖南所呈現的鄉圩集鎮的盎然生機景觀，除了大多數用以「本地人」的熟悉眼光來觀照之外，還存在一個「外來者」的陌生視角——莫應豐《美神》中的節節青即是一例。在小說湖南的集鎮敘事視野中，「外來者」與「本地人」的眼光差異，為我們全面考察鄉圩集鎮景觀提供了不可多得的機遇。跟落難遣送至九龍山的節節青母女境遇相差無幾的，還有後來上山下鄉的知青們。在韓少功的《西望茅草地》中，作家就是以一個「外來者」的知青身份對集鎮風情做了詳細描繪：

> 這是靠甘溪的一個小鎮，四周有小城牆，是以前為防土匪修建
> 的。牆內麻石「管道」通小碼頭，有各種店鋪。碰到「趕鬧子」，總

〔註16〕莫應豐：《美神》，上海文藝出版社，1984年版，第3頁。

是人群擁擠不通，熱熱鬧鬧。其中最引知青們興趣的時竹器、草田
柚、大板栗，還有一些老婆婆叫賣的粉紅色糖酸蘿蔔。〔註17〕

「趕鬧子」也即是趕圩、趕場、趕集，在地攤前或買或賣，討價還價，人聲
鼎沸，「趕鬧子」的說法，可謂再形象不過了。在韓少功那裏，鄉圩集鎮的「趕
鬧子」是作爲知青眼中的一大特色風俗出現的，某種意義上說，「趕鬧子」是
知青們農村生活的一大節日。韓少功知青時代「趕鬧子」的記憶歷久彌新，
這在他最新創作的長篇小說《日夜書》中，同樣得到了貼切的展現：

每逢農曆三、六、九，農民們來此趕集，交換一些土產品，以
貨易貨，調劑餘缺，大多聚集在豬市、牛市以及竹木市。知青們則
大多是衝食物而來，見到甜酒，米粉，豬血腸，糍粑，包子，板栗，
菱角，楊梅一類必興奮不已。本地小販都不大喜歡這些外地人。有
人說，這些街痞子，太沒規矩，用磁鐵塊暗貼稱砣，一個錢買兩個
錢的貨，太歹毒了。還有人說到更無聊的事：買一個包子，吃完半
個後假裝失手，把剩下的一半落在油鍋裏，氣得女店主欲哭無淚，「祖
宗，你吃包子就吃包子，這一下吸走我二兩油呵。」〔註18〕

在這段以知青眼光爲觀照視角的文字中，趕圩成了一道具有薰染色彩的故事
背景。但也恰正是在趕圩這一併不多見的生活場景中，我們看到，知青跟當
地百姓的關係得到了別一種呈現。或者說，知青跟農民的關係，在一個陌生
的語境中反倒體現得更加眞實。作爲下放到農村接受勞動改造的「外來者」，
知青們在平時的農事生產勞動中不占任何優勢，即是說，作爲城裏人的身份
優越感及知識智力上的優越感是受到壓抑的──事實上，接受貧下中農「再
教育」也正是知青下放運動的初衷。而只有到了具有臨時性質的趕圩「市場」
上，知青們見過些世面的經歷優勢以及城鄉對比下的身份優勢，才得以恢復
性地顯現出來。他們玩弄手段伎倆，佔盡小便宜，這既帶有年輕人的天性頑
劣，其實也不乏知識分子對農民的作弄。因此，本地農民並不喜歡這些行爲
略顯輕浮的年輕知識分子。

但關於鄉圩集鎮「趕鬧子」的場面，不管是本地視角，還是外來者的觀
察視角，終歸都是一種置身事外的旁觀，眞正以一個「在場者」的身份來打
量集鎮，或許還得是置身其中的參與者才行。如前所述，在孫健忠《甜甜的

〔註17〕韓少功：《西望茅草地》，《歸去來》，作家出版社，1996年版，第34頁。
〔註18〕韓少功：《日夜書》，《收穫》，2013年第2期，第120頁。

刺莓》中，限於中篇小說的篇幅以及小說的主旨，政府干預圩期帶來的影響以及熙攘的趕圩場面在小說中都並未完全鋪展開，似乎多少顯得意猶未盡，這在他後來的長篇小說《醉鄉》中得到了補償。《醉鄉》裏集鎮趕圩的場面描寫，以一個既入乎其內、又出乎其外的參與者的主人公視角，而達到了一個相當繁複的高度：

> 從地理位置上說，此刻，矮子貴二正在龍溪坪場集的中心。這裡有一條河，河的兩岸，木、石、火磚結構的房屋櫛比鱗次，形成兩條青石板小街。各種款式的吊腳樓、騎馬樓和轉角樓，隔河憑窗相望。一座蓋瓦、吊簷、有欄杆的長橋，橫在河上，將兩條河街連結攏來。長橋現在成了集市的中心，除去幾座肉案，還有擺地攤的，借了居民戶的門板和長凳，架起一個攤子的，也有將貨物抱在懷裏，拿在手上做生意的。橋上人擠人，背簍擠背簍，前邊的人走不動，後邊的人推著走。污濁的空氣裏，散發出刺鼻的汗臭，黴腐味、騷味和腥味，飄蕩者討價聲、還價聲、賣主的自誇以半聲，買主的挑剔詆毀聲，各種各樣的喊叫聲和爭吵聲。這些聲音混合起來，形成嗡嗡嗡一片，將平時顯得很大的河水聲壓下去了。如果透過這捉摸不定的聲音，透過這繁榮和熱鬧，深入仔細地研究一下，便會發現這裡是一座人生的大舞臺，同時表演著一千齣內容豐富的戲劇。到處有生存的競爭，有智力的較量，有心理的考驗；有真誠，有虛假；有欺騙，有上當；有吹牛者的成功，有謙遜者的失敗；有公平合理的交易，有乘人之危的落井下石；有賺了五分錢而心中竊喜的，有虧了一角錢而捶胸頓足的；有分明賺了錢反以為蝕了本的，有蝕了本卻誤以為賺了錢的…… 〔註19〕

我們看到，小說敘述者非常有耐心，用了差不多整一小節的篇幅來極力渲染描繪矮子貴二趕圩的見聞，展現的堪稱是「新時期」以來湖南鄉土小說中集鎮敘事最為豐富多樣的一幅全景畫面。而難能可貴的是，在這段趕圩場景見聞描寫中，孫健忠放棄了那種一味對農民進行簡單道德美化的塑造方式，而代之以真實公允的客觀視角。即是說，在原始粗放的初等級市場經濟環境中，我們看到，中國農民小富即安、貪圖便宜的傳統小農心理陋習在作家筆下一一呈現，絲絲入扣。若以「趕圩」見之於小說標題，則「醉鄉」之「醉」，既

〔註19〕孫健忠：《醉鄉》，上海文藝出版社，1986 年版，第 60〜61 頁。

有農村經營體制改革成果帶來的陶醉之「醉」，其實也包含了農民們目睹市場經濟繁榮而生的那種茫然迷惑的眩暈之「醉」。

上世紀 80 年代初實施的「包幹到戶」新政策，極大地活躍了農村經濟，給農民帶來了生活的希望──也正是這次因請客而起的趕圩見聞，讓矮子貴二敏銳地嗅到了農村未來發展的機遇所在，萌生了在雀兒寨開油榨坊的主意。最終憑其靈活的商業頭腦和敏銳的政策嗅覺，貴二搶先一步將老碾坊承包下來，成了雀兒寨第一個先富起來的人。「在《醉鄉》裏，社會經濟結構的變革提供了一種強大的動力，它震塌了雀兒寨原有的價值觀、愛情、婚姻結構的基礎，導致價值觀、愛情、婚姻形態的巨大變動。」〔註 20〕但論者顯然是就農村新政策的歷史結果而言的，事實上，農村的生產經營體制改革在具體執行過程中，並不是我們想像中的那般順利，從改革之初落後觀念的羈絆拖延，到改革深入之後的利益糾纏不清，其間伴隨有很多隱秘的陣痛，這些並未都通過鄉圩集鎮敘事得以全面體現，而在小說湖南的碾坊故事那裏，我們才有所認知。

二、水邊碾坊故事

如果說小說湖南獨特的鄉圩集鎮展覽，提供的大致是一場眾聲喧嘩的無人稱敘事，那麼相對來說，有著故事結構意義的碾坊敘事，則無疑更具目的針對性和地方特色。再次回到小說湖南的現代傳統，相對於無聲地淹沒在「長河」中的集鎮敘事，沈從文筆下的碾坊故事則表現得分外的引人注目，影響也更加深遠。沈從文的確有濃厚的碾坊情結，甚至從某種意義上說，他的很多小說的故事就是圍繞「碾坊」來結構的。在其名作《三三》中，小說開篇就寫道：

> 楊家碾坊在堡子外一里路的山嘴旁。堡子位置在山灣里，溪水沿了山腳流過去，平平的流，到山嘴折灣處忽然轉急，因此很早就有人利用它，在急流處築了一座石頭碾坊，這碾坊，不知什麼時候起，就叫楊家碾坊了。

這段不疾不徐、有點傳統說書架勢的文字，頗具靜水深流、天人合一的意味。《三三》講述的是一個發生在水碾坊的「草色遙看近卻無」的愛情故事，作為楊家碾坊的小女主人，三三天真無憂地生活在桃花源般的世界中。在這年

〔註20〕凌宇：《神酣意熱話〈醉鄉〉》，《讀書》，1985 年第 8 期。

夏天，城裏來的「少爺」打破了三三內心的寧靜，而最終又因城裏少爺的病故，讓一段不甚了了的愛情，還沒開始就不了了之。在《三三》中，碾坊既是故事背景，也是小說的情節引子。在沈從文後來的經典名篇《邊城》中，作家也為天寶兄弟構設了選擇碾坊還是要渡船的愛情困境。

在沈從文的小說中，細數碾坊對農村農民日常生活影響最緊密的當屬《長河》：「蘿蔔溪是呂家坪附近一個較富足的村子。村中有條小溪，背山十里遠發源，水源在山洞中，由村東流入大河。水路雖不大，因為長年不斷流水，清而急，鄉下人就利用環境，築成一重重堰壩，將水逐段潴彙起來，利用水潭蓄魚，利用水利灌田碾米。沿溪上溯有十七重堰壩，十二座碾坊，和當地經濟不無關係。〔註21〕」一條水路並不大的小溪竟然攔有「十七重堰壩，十二座碾坊」，可見碾坊跟當地經濟的依存關係。小說後來寫老水手上長順家幫忙摘橘子，吃過飯後，一家人依然去園裏幹活，長順卻邀老水手向金沙溪走，到溪頭去看新堰壩，也就是新碾坊。作家用了整一個自然段的篇幅來描寫碾坊所見，直到兩個人沿溪看了四座碾坊，方從堰壩上邁過對溪，抄捷徑翻小山頭回橘子園——很顯然，這段小插曲並非是無用的閒筆，而是揭示了碾坊在農村的存在價值：碾坊在當地不僅具有農用生活生產價值，還是一道別具特色的工事工藝風景，「工藝體現了人的大腦的智慧與雙手的才能，並反映著一個民族的審美特性與一種文化品質。中國人歷來就很重視工藝，並對工藝有著不同尋常的見解」〔註22〕。在後來的《從文自傳‧我上許多課仍然不放下那一本大書》中，沈從文同樣有「到場上去我們還可以看各樣水碾水碓，並各種形式的水車」的記載。若從經濟事功的角度看，在沈從文那裏，碾坊在當時是被多數人視為一種固定資產的財富象徵，是家族勢力榮耀的標記——也正是在這一意義上，天寶兄弟的「渡船」與「碾坊」選擇才構成為一個真實的兩難困境。而綜觀沈從文的碾坊故事，碾坊在沈從文筆下基本上是處在一個「被仰視」的位置，是小說人物身份地位的一種暗示，也就是說「人」與「碾」的關係，某種意義上是依賴與被依賴的關係。

檢閱「新時期」以來湖南小說家們的創作，我們發現沈從文《三三》、《邊城》以及《長河》的碾坊敘事，提供的可以說是一個帶有起源性的母題原型——「新時期」以來的湖南小說家們，幾乎人人筆下都有一個「碾坊」故事，

〔註21〕沈從文：《沈從文文集》第七卷，三聯書店，1988年版，第40頁。
〔註22〕曹文軒：《作坊情結》，《南方文壇》，1997年第3期。

或以碾坊爲中心鋪展時代巨變、人情世故，或將一個男女愛情故事圍繞碾坊來次第展開：孫健忠的《水碾》、《醉鄉》、莫應豐的《在水碾坊舊址》、古華的《蒲葉溪磨坊》、何立偉的《石匠留下的歌》、《好清好清的杉木河》等，從文學主題銜接傳承的意義上說，這些新時代的後來者，正是對沈從文所開創的水邊碾坊故事的再度演繹。當然，時代環境不一樣，所呈現的碾坊故事自然也會有新的內涵。

水碾坊，有的地方也叫磨坊，是在現代化機器生產尚未普及、機械化程度不高的農村，利用水力的衝擊帶動碾石轉動來碾製穀物的一種半機械裝置。湖南境內多河流小溪，水利資源豐富，農民的生產生活往往也因勢就便，充分利用自然環境提供的天然優勢。湘南地區一帶的碾坊，明清時期甚或在更早的時候就有了，解放後的很長一段時期也依然保留著。碾坊大多帶有半手藝、半工藝的性質，其所有權也大多是半公半私。就小說敘事的文學空間而言，碾坊的開放性、公眾性，提供的是一個極具故事意義的小說空間，而就故事本身構成來說，碾坊的半公半私性質（所有權歸公，使用權、管理權歸個人）也爲小說情節的變化介入提供了極富延展性的彈性餘地。自新中國成立及其後來的改革開放，隨著農村生產力和農村經濟的發展，那種依靠原始水力的碾坊，已不再能滿足農民的生產生活需求，而農村經濟政策與土地政策的調整，更是加速使得水碾成爲被改造的對象。在「新時期」以來的湖南鄉土小說中，碾坊往往是作爲一個動蕩的被改革對象而存在。

在「新時期」湖南鄉土小說的碾坊故事中，孫健忠的《水碾》不但從題目的提示上直接明確了小說的故事題材，同時也是創作時間上發生最早的一篇（小說 1981 年 9 月 26 日脫稿）。《水碾》圍繞水牛寨村支書田蕎子跟老庚向八五因碾坊經營去留問題而起的矛盾展開，小說的故事發生在湘西一個叫水牛寨的小山村：

> 山邊多溪流，溪邊多水碾。楠木樹腳下、溪溝邊的這座水碾，是聰明的祖宗佬造的。石壩已年久失修，碾子屋遭風雨剝蝕，看來它是很古老很古老的了。據水牛寨老輩人講：一百多年前，一個姓彭的財主佬，拿了兩百多擔穀，從一個什麼人手裏買下來。那時它叫彭家碾子。後來，隨著主人的更換，它又被叫做王家碾子、田家碾子、廖家碾子……到向巴五懂事時候，它是一戶秧姓財主的產業，叫秧家碾子。阿爸是秧家守水碾的長年，一年三百六十五天，天天

在碾子屋裏，往碾軸上抹茶油，把穀子很均勻地倒進碾槽裏。到抽
開水閘，溪水衝動「水打傘」，石碾盤跟著在碾槽裏滾動，他便撿把
竹掃帚，在碾盤子背後打轉，不時攪勻碾槽裏的穀子。〔註23〕

這段簡短的文字將水牛寨碾坊的歷史鉤沈了出來，而「年久失修」、「風雨剝
蝕」、「很古老很古老」等暗示意味頗強的字眼，也預示著碾坊未來注定的命
運結局。解放前，水牛寨的碾坊屬於地方財主的私人財產，向八五父親是替
財主守碾坊的長工，後來向八五是接父親的班繼續替秧家守水碾。解放後，
碾坊的所有權收歸集體所有，但日常管理經營依然交由向八五個人。小說交
代，後來當上水牛寨黨支部書記的田蕎子，是向八五父親當年在碾坊收留下
的流浪兒，小時的向八五雖跟田蕎子情同手足，但長大成人後，兩個人的思
想觀念卻大不一樣：前者傳統保守得近乎頑固，後者則大膽開放得有點激進。
田蕎子先是未經商量把向八五的兒子向龍山報到州裏當國營工，後來又積極
鼓動向八五拿碾坊入社，參加農業學大寨運動。如果說兒子當國營工的事，
讓作為父親的向八五有點始料不及——向八五本來是想讓兒子繼承自己收水
碾的事業的，那麼，在水碾坊入社、參加農業學大寨等事上，向八五則表現
得態度十分堅決，可以說是寸步不讓。

水牛寨支書田蕎子在寨子裏掀起農業學大寨運動，可自己的老庚向八五
卻消極應對，袖手旁觀，既不肯借錢解燃眉之急，也不願出力，從而使得哥
倆關係出現了裂痕。為了使向八五屈服就範，田蕎子嚴禁村民去碾坊碾米，
兩人矛盾進一步激化，而水牛寨支書要拆水碾安裝現代化的打米機，則讓二
人的矛盾變得不可調和，最後的結局是以向八五領著女兒離家出走而告終。
我們看到，無論是童年時期在碾坊共同成長，還是後來因碾坊兩人心存芥蒂，
田蕎子跟向八五兩人的關係從始至終都是圍繞碾坊來展開的。而從小說藝術
上講，在最後兩人的矛盾激化處理上，作家安排向八五攜女出走的方式來「化
解」疙瘩顯得有點牽強，似乎也不太具有說服力。

古華的《蒲葉磨房》，雖然情節跟孫健忠的《水碾》有一定差異，但小說
表現主旨也是圍繞因水碾而起的家庭糾紛來反映農村經濟改革的曲折坎坷與
錯綜複雜——從這一意義上說，二者的故事情節模式大致是異曲同工、殊途
同歸。我們看到，《蒲葉溪磨房》中的水碾，不僅所有權歸屬經歷跟孫健忠《水
碾》裏的大致相同，且狀貌也相差無幾：

〔註23〕孫健忠：《水碾》，《鄉愁》，湖南人民出版社，1983年版，第260～261頁。

　　蒲葉溪從大山裏出來，清得照人，綠得透底，流到哪裏，肥到哪裏。……蒲葉溪地方最爲出名的，是那座古老的石頭磨房。磨房坐落在三岔路口，一片常年蒼翠的柏樹林裏，是四周圍那些遠遠近近、大大小小的村落互相往來的必經之地。整座磨房皆由青條石築成，厚實、牢固得就像古時候的城堡似的。由於地面潮氣重，石墙四周都長著青苔、地衣，爬著些鳳尾草、首烏藤。磨房的窗戶開得又高又小，還安著粗圓的鐵條。加上四周都長著枝幹擎天的老柏樹，一年到頭綠幽幽、陰森森，更給磨房罩上了一種古樸的氣氛。……磨房中，依次安放著石磨、石碓、油榨。旁邊還有些供人歇息的抽煙的石墩。南墙根有個石頭砌成的拱洞，拱洞外安裝著一個長滿青苔的水輪，水輪連著磨軸，磨軸連著石磨、石碓。磨房開工時，只要磨工到房外石壩上，抽掉那塊厚重的木閘板，溪水便會順著南墙根轟然而下，飛濺起一道銀白色的瀑布，沖打、轉動起水輪，水輪又吱吱嘎嘎地帶動起磨軸，磨軸再帶動起石磨，整座磨房便會發出一陣轟轟隆隆的巨響。這聲音，那樣雄渾、古樸、悠遠，使人肅然，令人神往。彷彿這石頭磨房夜以繼日，春秋流轉，已經轟響了千年萬年……〔註24〕

在這段小說開篇的描述性文字中，水碾就像是一個逐漸拉近的特寫鏡頭的聚焦中心被有力地突出出來。我們看到，蒲葉溪的這座磨坊，跟水牛寨的碾坊何等的相似！水碾的組件構造、功能原理在古華筆下得以最全面詳細的介紹。而稍加留意便不難發現，作家細膩的筆觸所及，從一開始就預設了一種極強的象徵意味，即山雨欲來風滿樓的農村經濟改革，必將給予沉寂的農村一場風暴洗禮。敘述者的視鏡明顯夾雜了兩副截然不同的視角眼光：一是自然風景的觀賞眼光（蒲葉溪的清、綠、肥）；另一則是工業現代性的審視眼光（陰森森、古樸）。而隨著故事的深入，時代背景漸次展開，「觀賞」的聚焦退居次席，由「審視」而來的「改造」終成爲全篇表現的中心。

　　小說寫躊躇滿志的復員軍人莫鳳林回到家鄉蒲葉溪想幹一番轟轟烈烈的事業。作者交代，莫鳳林復員回家的第一句話就是：「老天爺！世界都在大變樣，唯獨這老磨房，仍是石壩水閘，水輪石磨，破破爛爛，幾百年一變不變」

〔註24〕古華：《蒲葉溪磨房》，《浮屠嶺》，中原農民出版社，1986年版，第176～177頁。

〔註 25〕，莫鳳林所言的「世界都在大變樣」，準確地說應該是指 80 年代初施行家庭聯產承包責任制給農村帶來的巨大變化。眾所周知，中國的經濟體制改革的浪潮，首先是從農村掀起，其主要內容就是實行家庭聯產承包責任制，告別人民公社制度。80 年代的這一遵循「農村包圍城市」路線的經濟改革是有道理的：1979 年 9 月 28 日通過的《中共中央關於加快農業發展若干問題的決定》，其中在政策背景中寫到，「從 1957 年至 1978 年，全國人口增長 3 億，非農業人口增加 4000 萬，耕地面積卻由於基本建設用地等原因不但沒有增加，反而減少了，因此，儘管單位面積產量和糧食總產量都有增長，1978 年全國平均每人全年的糧食大體上還只相當於 1957 年的水平，全國農業人口平均每人全年收入只有 70 多元，有近四分之一的生產隊社員收入在 50 元以下，平均每個生產大隊的集體積累不到一萬元，有的地方甚至不能維持簡單再生產。」〔註 26〕，可見，農村經濟的凋敝已經瀕臨破產邊緣，而當時占人口絕大多數的農民，他們的物質生活水平更是十分堪憂。家庭聯產包責任制，既是一種新型農村土地制度，也是一種農業生產的經營方式。但就歷史實情來看，「家庭聯產包責任制」〔註 27〕在農村的接受也有一個過程，農村的「大變樣」並非一帆風順，甚至說遭遇了意想不到的阻力，這一阻力矛盾首先就反映在了「家庭」之中。

莫鳳林要承包並改造蒲葉溪磨房，第一個極力反對的不是別人，而恰恰就是他的父親莫老爹。在莫老爹看來，兒子復員回家把旁人艷羨的終身大事放在一邊不管不問（莫鳳林與村長女兒訂婚在先）卻要指望承包破舊的磨房發家致富，這純粹就是異想天開、不務正業。父子兩人的觀念、語言衝突在小說中占到了很大的篇幅。而接下來圍繞承包改造磨房的辦手續、託關係、簽合約等也是一波三折，處處受村部掣肘。莫鳳林作為軍人的剛烈正直，容

〔註 25〕 同上，第 179 頁。
〔註 26〕 中共中央文獻研究室編：《三中全會以來重要文獻彙編》上冊，人民出版社 1982
年版，第 274 頁。
〔註 27〕 1981 年 10 月，時任國家農委主任的杜潤生提出了「聯產承包責任制」的概念，
用以概括改革之初的農村所實行的各種諸如包產到組、聯產到勞、包產到戶、
專業承包、聯產計酬、包幹到戶等的聯繫產量計算報酬的責任制。農民以家
庭為單位承包的土地是要承擔沉重的責任的：第一是對國家承擔的責任，即
農業稅；第二是對鄉鎮承擔的責任，即五項統籌，包括教育附加費、計劃生
育費、民兵訓練費、民政優撫費、水利道路費等；第三十村提留，包括管理
費、計劃生育費、公積金、公益金，還有義務工。土地屬於債權。

不得他低三下四委曲求全，但基層權力組織處處刁難，從中作梗，沒有他們的支持，又不可能順利行事——我們看到，後來蔚然成風、見怪不怪的社會風氣，在 80 年代初就已經有了萌芽——性格潑辣靈活的女電工最終幫了莫的大忙，小說由此也鋪展開他們兩位的愛情故事。莫鳳林和女電工兩位思想解放的青年人，不僅爲蒲葉溪帶來了新鮮事物，也爲閉塞落後的文化注入新鮮血液。而當時中國農村經濟的調整與風氣變化確實也是由青年帶動的，「社隊企業的工人、農業技術員、科技專業戶、農機手、電工、電影放映員、會計、民辦教師、赤腳醫生等，絕大多數是青年，大小隊幹部，也是青年占多數。」〔註 28〕最終，在莫鳳林與女電工的共同努力下，蒲葉溪的老柏樹磨房成功地轉型爲「莫記農副產品綜合加工廠」，正所謂「老磨坊開出了新葉」。而就湖南農村施行家庭聯產承包責任制的歷史結果來看，1980 年，開始對農產品收購體制進行改革；1982 年，湖南全省 98%的農戶實行了不同形式的生產經營責任制；1984 年，取消了「三級所有，隊爲基礎」的體制，建立了鄉（鎮）政府和村委會。通過改革，放寬了農村政策，搞活了農村經濟，湖南全省農業增加值由 1978 年的 59.83 億元增加到 1984 年的 128.28 億元；農村居民家庭人均收入由 1978 年的 143 元增加到 1984 年的 348 元。〔註 29〕可見，家庭聯產承包責任制這一生產經營方式的改革，極大的解放了湖南農村的生產力。從這一角度說，古華筆下的「蒲葉溪」確實具有典型意義。

相對來說，跳出「家庭」這一單位機制，農村經濟改革遭遇的阻力則沒有在家庭語境中表現得那般複雜。我們看到，孫健忠的《醉鄉》雖然欲從全景的角度來表現經濟改革給農村帶來的變化，但小說同樣也涉及到一個碾坊改造的故事。小說的男主人公貴二是個孤兒，他在鄉圩集鎮上嗅到了農村改革可能帶來的機遇，從而萌生了將雀兒寨的碾坊承包下來改造爲油榨房的念頭。在貴二去碾坊打聽這一想法的操作可行性有多大時，雀兒寨的碾坊進入了我們的視野：

> 渡船口下邊，不到三十丈處，斜刺裏從山邊上流出一條小溪，
> 清澈透亮的溪水，潺潺注入河中……春夏之交雨水多，從壩上和魚

〔註 28〕 中共中央宣傳部宣傳局編：《當前農民隊伍狀況的調查》，農村讀物出版社，1983 年版，第 6 頁。

〔註 29〕 湖南省統計局：《改革開放促發展 三湘兒女創輝煌》，http://www.hntj.gov.cn/zhuanlan/reform_and_opening_30_anniversary/200812050030.htm。

> 梁上過。壩頭上有一座並不古老的水碾坊。原來的水碾坊，在小溪
> 上游，離此不過一箭之地，也是被一場突發的『強盜水』衝垮的。
> 如今在它的遺址上，仍可看到被荒廢的碾臺、碾槽和碾盤，一副躺
> 在地上的水磨，以及橫在溪上的半截石壩。〔註30〕

　　儘管貴二是依靠承包並改造碾坊發家致富，但畢竟有待改造的碾坊不是作家
表現的中心，因此小說有關碾坊的筆墨並不是很多。雀兒寨碾坊的自然荒廢，
爲貴二改碾坊爲油榨房提供了條件上的便利，但貴二的想法之所以能順利實
施，而未曾像莫鳳林那樣遭遇家庭方面的阻力，最主要的是因爲貴二是無依
無靠的孤兒，也或是這一特殊的身份，村裏相對來說比較照應他，因此，貴
二很快通過改碾坊建油榨房而成爲雀兒寨第一個富起來的人。

　　「新時期」小說湖南的碾坊故事，除涉及到農村經濟改革帶來的變化外，
也有以男女愛情爲線索的鉤沈。莫應豐的《在水碾坊舊址》，講述一段曾經發
生在水碾坊的父輩恩怨，是如何將兩個青年男女的愛情推向瀕臨破裂的境
地。小說的結局誠如小說題目所示，已經成爲舊址的水碾坊終將被廢棄，他
們的愛情最終獲得了新生。

　　在新時期文學以來的湖南碾坊故事中，寫得最輕靈飄逸的當屬何立偉的
小說處女作《石匠留下的歌》（發表於 1983 年 5 月號的《人民文學》）——第
一篇小說就與水碾坊主題有關，水碾題材在湖南鄉土小說中的重要性也可見
一斑。《石匠留下的歌》以第一人稱行文，人物關係與故事場景都異常簡單：
父子二人與一個「走四方、吃四方」的石匠，以及一座磨蝕了的水碾坊。這
位陌生石匠的突然造訪桃花寨，不僅是讓碾坊重又發出了清越悠揚聲音，更
重要的讓小說中的「我」，一個什麼都不曉得的細伢子，一下子好像「長大了」
似的。對「我」來說，儘管「我」自然也「願這紫紅臉膛的石匠，以他的手
藝，讓我們村前的水碾子，重又流出好聽的山歌來」〔註31〕，但其實「我」
眞正好奇的並不是石匠的手藝，而是他「從山外頭來」的身份。石匠留給「我」
更多的是有關「山外頭」的無盡想像，但小說恰恰也是在此戛然而止。這種
藝術化的極簡處理，爲後續的想像騰出了空間，從而使得小說帶有某種「成
長小說」的意味。小說中，「山外頭」世界與「山裏頭」世界借「石匠留下的

〔註30〕 孫健忠：《醉鄉》，上海文藝出版社，1986 年版，第 142～143 頁。
〔註31〕 何立偉：《石匠留下的歌》，《跟愛情開開玩笑》，新世界出版社，2002 年版，
　　　　第 285 頁。

歌」發生了聯繫，並且「石匠留下的歌」已在「我」心中播下了種子——從這一意義上說，稱「我」就是那個後來參軍當兵的「莫鳳林」也未爲不可，而古老的水碾遭遇不可知的改變，也幾乎可以說是一種必然性的命運。

第二節　市井趣味與長沙風情

一、「鄉土中國」與「市民社會」雙重參照下的「市井中國」

如果說約 70 年前經由費孝通先生奠基性的開創性研究，「鄉土中國」成了我們認知近現代中國最熟悉的闡釋框架，那麼歷經半個多世紀的滄桑巨變，如今面對傳統與現代糾纏不清、全球化與本土性難分伯仲的當代中國，又該作如是觀呢？是另起爐竈提煉一種全新的概念型構，還是在「鄉土中國」基礎上補充、調整並逐漸使之豐富？誠然，任何一種適用於中國實情並具有啓發性的闡釋框架都並無不可，「鄉土中國」也從來不是我們觀照中國的唯一選擇。正如費孝通先生自己所言，「鄉土中國」也只是一種概念工具而已，「並不是具體的中國社會的素描，而是包含在具體的中國基層傳統社會裏的一種特具的體系，支配著社會生活的各個方面」〔註32〕。在「鄉土中國」這一概念框架中，涵括了諸如「差序格局」、「禮治秩序」、「長老統治」等豐富的概念構成要素。從這一意義上說，與其說是「鄉土中國」最恰切地揭示了近現代中國的本質，不如說是「鄉土中國」的概念構成要素最大程度地充分涵括了近現代中國的現象與現實。或許還是吉登斯的說法一語中的，在吉登斯看來，在現代性條件下，所有的知識，自身都是循環性的〔註33〕，儘管這種「循環」在自然科學和社會科學中的含義有所不同，「社會科學創造的所有知識，原則上都是可修正的；並且，當它們循環性地往來於它們所描述的環境時，實際上它已經是『修正』過的知識了」〔註34〕。

〔註32〕 費孝通：《〈鄉土中國生育制度〉重刊序言》，《鄉土中國 生育制度》，北京大學出版社，1998 年版。

〔註33〕 我們發現，或許也正是在對「循環性」這一概念的理解上，吉登斯表現出了對後現代性知識學的不滿與不屑。因爲作爲一種知識話語，現代性本身也帶有可不斷「修正」的循環性特徵。因此之故，吉登斯才斷定，在整個社會科學中，人們對現代性的理解仍然極爲膚淺。他認爲我們實際上並沒有邁進一個所謂的後現代時期，而是正在進入這樣一個階段，在其中現代性的後果比從前任何一個時期都更加劇烈化更加普遍化了。

〔註34〕 安東尼·吉登斯：《現代性的後果》，田禾譯，2011 年版，第 154 頁。

可以預見的是，在未來相當長的一段時間，「鄉土中國」仍會有其概念適用性與闡釋的有效性，或者說它仍會不斷地被循環地使用或「修正」。但另一方面，隨著中國經濟的快速發展，中國的現實社會生態、社會利益結構確實呈現出了新的質素。就90年代以來的中國而言，自社會主義市場經濟實施以來，城市及城鎮經濟得到了長足發展，一個相對自足的市民意義的社會空間得以發育起來。2011年，據官方統計數據顯示，中國的城市化比重首次超過農村，城市化水平進入到一個全新的歷史階段，城市文明呼之欲出。在這一意義上說，90年代以來的中國社會，尤其是在城市——或倒真有點馬克思意義的「市民社會」意味了：「現代的市民社會是徹底實現了的個人主義原則，個人的生存是最終目的；活動、勞動、內容等等都不過是手段而已」〔註35〕。與此相應的，學界的洞察跟進其實也早已展開，早在90年代，以鄧正來先生為代表的社會學家就已開始在社會學研究領域引入西方學界盛行的「市民社會」概念——儘管論者意識到於20世紀中葉在西方國家重新興起的市民社會研究，主要是試圖對國家與社會之間極度的緊張做出檢討、批判和調整，以求透過對市民社會的重塑和捍衛來重構國家與社會間應有的良性關係。但不可否認的是，在積極探討這一西方政治社會學概念在中國的適用性時，城市化水平無疑也是其中的一個條件背景，「國家與市民社會範式在中國的興起，可以說是在一定程度上反映了中國改革開放以來國家與社會關係的深刻變化以及相關論者對這些變化的認識和思考」〔註36〕。從「市民社會」概念對中國的借鑒意義上說，鄧正來等或算是接續了杜贊其研究晚清中國的一個思路，在後者看來，市民社會的研究框架不失為把握中國晚清某些發展趨勢的好方式〔註37〕。因此，本文提出的「市井中國」正是從中國經濟社會發展的時代語境出發，而基於本土「鄉土中國」理論與西方「市民社會」概念雙重參照的一種設想。

正如「鄉土中國」並非一個地理空間概念一樣，本文提出的「市井中國」也不是就地理空間來定義的，而主要是就城市以及城鎮居民的生活趣味、生活方式以及生存秩序而言的。市井中國的對象主體構成主要是市民，詞典學

〔註35〕 馬克思：《黑格爾法哲學批判》，《馬克思恩格斯全集》第1卷，第442頁。
〔註36〕 鄧正來：《關於「國家與市民社會」框架的反思與批判》，《吉林大學學報》（社科版），2006年第3期。
〔註37〕 杜贊奇：《「封建的譜系」：對市民社會與國家的敘述》，《從民族國家拯救歷史》，王憲明等合譯，江蘇人民出版社，2008年版。

意義的市民又稱城市居民，通常是指具有城市有效戶籍和常住在市區的合法公民。構成我國市民概念的基本要件依次是：具有城市戶口（身份）、居住在市區內（地域）、從事非農事生產勞動（職業）的合法公民。「市井」比「市民」概念更爲寬泛，在古代是指城邑中集中買賣貨物的場所，所謂「處商必就市井」（《管子・小匡》），《初學記》卷二四云：「古者二十畝爲井，因井爲市，故云也。」可見，市井在古代既指街頭街市，也有商賈商販之意，尤指行爲無賴狡猾，粗俗鄙陋，城市中流俗之人。也因此，在傳統重農抑商的封建社會，才有「市井之子孫，亦不得仕官爲吏」（《史記・平準書》）一說。進入現代社會，「市井」的意義得到了延續與更新，由市民爲主的街坊鄰居所構成的生活社群與街道組織社區逐漸成爲新的城市社會單元。

　　現代意義的市井中國的對象主體，某種程度上被結構性的政治──經濟力量所剔除，或者說在占主導的政治──經濟秩序中並沒有他們的位置。他們放棄宏大社會理想建構以及對個人修養才能的追尋，泯滅掉各種不切實際的衝動，回到日常生活〔註38〕的水平面上來，或者說既無政治資源也無經濟優勢的城市（城鎮）平民，實際上被甩出了社會主義市場經濟的鎖閉結構之外。正如里爾克在《給朋友的安魂曲》中寫到的那樣：「在某處，藏著古老的敵對關係／我們的日常生活與偉大作品之間」。從這一意義上說，王朔所提供的「頑主」形象即是這方面的典型例證。而當日常生活成爲生活全部的目的之後，一切以追求感性刺激享樂的行爲，也就顯得名正言順、理所當然了──因爲追求自己的幸福成了一種主體「權利」。概言之，現代語境中的市井中

〔註38〕作爲一種系統的理論建制，日常生活理論是西方哲學自身歷史和邏輯的發展產物。胡塞爾將與科學世界相對的世界稱之爲生活世界，認爲生活世界是前科學的世界，他把生活世界看作是「在意識上爲我們存在的有效的世界」；而海德格爾則以存在爲切入點，區分了存在與存在者，他將日常生活世界看作是全面異化的世界，是有待人反省與批判的世界，日常生活的此在是「常人」，其生存狀態時沉淪，在海德格爾那裏，「詩意地栖居」正是構成對日常生活的批判；而列菲弗爾與葛蘭西的日常生活理論則植根於對資本主義社會的理性批判，列菲弗爾從既然狀態和應然狀態兩個層面來界定日常生活，一方面，日常生活是人的感性存在方式，是總體的人的總體生活方式，這是日常生活的應然狀態，而另一方面，日常生活又是乏味、陰暗、同樣行爲的重複，這是日常生活的既然狀態。日常生活批判的意義就在於突破既然狀態達到應然狀態。中國當代文學論域的日常生活言說，基本上就感性事實而言的，而尚未進入到概念自覺的學理層面。限於本文的論證方向，筆者並不想就這一現象展開討論，故只能在一個約定俗成的共識起點上進行言說，概念界定暫時存而不論。

國，偏指於生活趣味意義，毋寧說就是一個區別於宏大政治的專屬平民百姓的文化概念。

就中國當代文學而言，如果說在 80 年代新寫實小說那裏，小市民那種灰色庸常的市井生活，多少還有點扭扭捏捏的意味，那麼到 90 年代，經過王朔橫空出世的創造性發揮，聲色犬馬的市井生活早已不再躲躲閃閃——正是從這一意義上說，文學意義的「市井中國」也才成為可能〔註 39〕。我們看到，無論是方方的《風景》（1987）、池莉的《煩惱人生》（1987）、《不談愛情》（1989）還是劉震雲的《單位》（1989）、《一地雞毛》（1991）等，新寫實小說主要還是以「單位」和「家庭」為故事中心，主題基本不離崗位工作（職稱職位評定）與家庭生活（衣食住行安排）兩大事項。但到 90 年代之後，所謂「都市小說」或「新市民小說」市井趣味的體現，不再通過「家庭」和「單位」等相對傳統的小說空間來呈現，小說人物的活動空間主要是圍繞街道、酒吧、飯店、賓館、公園、麻將館、咖啡屋、電影院、檯球廳、KTV 歌舞廳等消費場所展開。換言之，相比於 80 年代的新寫實小說而言，90 年代城市居民的日常生活主題，開始從工作勞動、家庭生活轉為了娛樂消費。從生活目的的意義上說，以休閒為目的的「玩」取得了與工作勞動、家庭生活同等重要的地位，甚至說「家庭」和「單位」反倒成了一種生活中介的手段。用何頓小說《太陽很好》女主人公寧潔麗轉述朋友的話說，「現在這個世界還不認真玩一玩，以後就沒時間玩了」，而《太陽很好》裏的章明、孫軍等個個都是「玩家」（章明在朋友圈裏小名叫「玩師傅」）。

勘察「市井中國」視域中的湖南景觀，何立偉與何頓兩位作家最為引人注目，這兩位出生長沙同時又以表現長沙市民生活為主的作家，在他們筆下，長沙市民生活的市井趣味可以說是最大程度地得以還原。何立偉《北方落雪 南方落雪》中的紅燈籠夜總會、《短暫》裏的蒙娜麗莎酒吧、福地茶樓、《老康開始旅行》的商務會館及臨江酒店，何頓《太陽很好》裏的富豪娛樂

〔註39〕在 90 年代的中國當代文學領域，「市井中國」這一生活——文化空間的形成，蓋源於施行社會主義市場經濟之後。「市井中國」的文學表達，在新寫實小說那已初見端倪，而到 90 年代最初則是以「新狀態」寫作這一比較含混的術語來表徵的。1994 年 4 月，《文藝爭鳴》和《鍾山》雜誌聯袂推出了「新狀態」的概念，用來指稱何頓、韓東、陳染、林白、述平、張欣等人的小說創作，欲以此區別於新寫實小說；1994 年 7 月，《上海文學》與《佛山文藝》聯合推出「新市民小說聯展」，「市井中國」的文化意涵再次得以凸顯。

城、《弟弟你好》中的鴻運歌舞廳、《黃泥街》裏的金帝酒家、華天酒家、巨洲酒店、麓山賓館、芙蓉賓館、北方賓館等是小說中頻頻出現的故事場景，成了「玩家們」的聚集地。而其中市井趣味最濃厚、長沙風情最爲矚目的則當屬麻將及麻將館。

二、麻將：「市井中國」的裝置縮影

麻將從某種意義堪稱中國的「國粹」，它既是一種娛樂休閒，也是一種健身遊戲〔註40〕，同時又因其遊戲的博弈性質，在民間往往染有不同程度的賭博色彩而遭人詬病。臺灣學者陳熙遠指出：「晚清出現的馬將（麻將、麻雀），遊藝上具有相當特殊的地位：儘管它們都是市井的小玩意（著重號爲筆者所加），但卻不失成爲士林大傳統中種種政治與文化論述所關注的議題。它們由於極具感染，從閭間、閥閱到閨閣，竟得跨越階級，身份與性別的藩籬，風潮所至，幾成眾樂同歡的全民活動。」〔註41〕陳的判斷大致沒錯，國學大師梁啓超就極喜打麻將，他曾說過一句名言：「只有讀書可以忘記打牌，只有打牌可以忘記讀書」；胡適早在 1919 年就著有《麻將》一文。在文中他寫到：英國的「國戲」是 Cricket，美國的國戲是 Baseball，日本的國戲是角抵，中國呢？中國的國戲是麻將。男人以打麻將爲消閒，女人以打麻將爲家常，老太婆以打麻將爲下半生的大事業！毛澤東也說，中國對世界有三大貢獻：一是中醫；二是曹雪芹的《紅樓夢》；三是麻將牌。就麻將在當代中國社會的傳播而言，不僅受眾廣大，普及面廣，而且全國各地的玩法各異〔註42〕。

何頓的小說《無所謂》，以長沙師範學院畢業的幾個同學參加工作後不同

〔註40〕 1985 年，公安部下發了《關於公安機關不再干預麻將、紙牌的製造、銷售問題的通知》，通知指出：「麻將、紙牌雖然容易被用來進行賭博活動，但又是我國傳統的娛樂活動工具，我們要嚴格禁止賭博，但不必禁牌」，通常稱這一通知爲「麻將解禁」；1998 年，國家體育總局社體中心編寫《中國麻將競賽規則》，標誌著麻將從單純的休閒遊戲向競技運動邁進了一步。

〔註41〕 陳熙遠：《從馬弔到馬將——小玩意與大傳統交織的一段因緣》，中央研究院歷史語言研究集刊，第八十一本，第一分。

〔註42〕 麻將的玩法全國各地不一，如有北京麻將、天津麻將、上海麻將、成都麻將、江蘇麻將、廣東花牌麻將、臺灣麻將、貴州麻將、蘇州老式打法等等。據相關研究資料表明，中國民眾至少有 2 億多人對麻將運動有著不同程度的認識、實踐和喜好。600 多萬市民的香港，有近五分之二的人是麻將愛好者，打麻將已成爲我國最具規模和影響力的智力體力活動。見皮建英：中國麻將將何處去，《湖北體育科技》，2001 年 12 月。

的人生遭際爲線索，表現的是長沙市民庸常的日常生活。在小說中，我們看到，能將大家畢業後聚到一塊的理由藉口或者說聯繫紐帶，最常用的方式便是打麻將。概言之，麻將在某種程度上主要承擔了市井中國的社交組織功能——也恰恰是在圍坐的麻將桌上，市井趣味通過人物關係以及身份位置的微妙變化得以烘託出來。

> 4 個男子漢就坐在桌前打麻將，打得很小，因爲都是朋友，以玩爲主，都不想進行大的「廝殺」。小魯就坐在一旁看，時而看這個的牌，時而看那個的牌。「哎呀，你的手氣幾好。」小魯贊美王志強說。「哎呀，你的手氣也可以。」小魯稱贊劉小平說。「哎呀，」小魯又贊美我說，「羅平的牌打得好咧。手上抓個沒點用的八萬，就是不打。你剛才一打就是放大炮，王志強七小對弔八萬。」「你蠻喜歡長別人的志氣啊，」李建國臉上有點不悅，因爲他打了 1 個小時了，就他一個人還沒開糊。〔註43〕

在這段文字描寫中出現了眾多與麻將相關的術語，打法如「弔」、「放大炮」（點炮）以及像「八萬」、「七小對」之類的麻將牌的名詞叫法。而另一個有意思的現象是，我們看到，看牌的小魯比打牌的那幾個還活躍，評點起來頭頭是道，這也直接引發了小魯老公李建國的不滿。從某種意義上說，麻將牌局有人在一旁觀戰式地評點參與才顯得氛圍十足，熱鬧非凡。在告別革命的宏大政治之後的日常語境中，文學語境下的人性言說，唯有在一種日常生活的微觀政治中才能絲縷畢現。而麻將營造的就是日常生活中最常見的一種微觀政治情境，在牌桌上，人性的微妙與幽暗得以閃現。麻將牌友們圍坐一圈不動聲色、溫情脈脈的表面，實則掩藏著小市民鬥勇鬥狠、機巧詭詐的算計心理。當然，某種意義上說，棋牌麻將也是一種心理調節機制，生活中的煩惱不快等不良情緒，盡可以在麻將桌上傾吐發泄。

表面看，李建國對妻子小魯看牌時說個不停的不滿，是因爲他自己打了一個小時還沒嘗勝果，實際上，更深層次的原因是源自他們四個人的現實差距：在校時作爲一班之長的李建國原本相當優秀——用小說的原話叫，「我們原以爲他將來是要當省長的」。沒曾想畢業後事業屢遭挫折，反倒是在校時表現平平的王志強混得風生水起，其他幾個人的境遇也都比他要好。這種巨大的反差，在互相攀比的心理作用下放大爲一種失意挫折，這才是李建國心生

〔註43〕何頓：《無所謂》，《太陽很好》，中國華僑出版社，1996 年版，第 47 頁。

不快的真實原因。而小說由此折射出的是興起於 90 年代初期的知識分子下海風潮，原本一腔熱血、胸懷大志的李建國，也不得不在麻將桌上聊以度日，通過展示懷才不遇的李建國的逆境命運，以一種「英雄失意」、「知識無用」論的意味來透視映現市井趣味。而小說寫到後半部分，經由麻將透露出的市井意味則愈發明顯。到後來，幾次因工作不如意而轉型的李建國成了一名「現在什麼都無所謂」的魚販子，早起晚歸完全適應了一個小商販的角色。小說後來還寫到一次在李建國家打麻將，不過這次與上次的情形剛好反了過來，這次是李建國的妻子小魯玩麻將，李建國在一旁看牌：

> 吃過晚飯，當然又進行戰鬥，因為劉小平一個人輸得最多，他不甘心。李建國沒有上桌，但他興致很好地這個身後那個身後那個身後地輪流看牌，時而站在這個身後出主意，時而站在那個身後說：「打那張」。小魯不喜歡丈夫幫別人助威，就抬起頭看著他說：「你去睡覺，你半晚上要起來的」。李建國沒有去睡覺，而是繼續看牌，知道快 11 點鐘了，他才爬到床上去睡覺〔註44〕。

這段描寫與之前的那段打麻將場景刻畫幾乎如出一轍，略有不同的是，這次的玩麻將是持續了整個下午並將近一個通宵。在何頓後來的長篇小說《黃泥街》中，我們看到小說裏的徐紅也是如此，徐紅愛打麻將，「一天到晚就想著打牌，隨便什麼人邀她打麻將，她都會滿口答應，放下電話就飆了出去。她的同學和她的熟人都成了她的牌友，幾個人往桌前一坐就廝殺起來，總是要鏖戰到半夜三更。」〔註45〕也就是說，何頓小說人物的打麻將，已經超出了閑暇遊戲娛樂的範疇，而儼然成為了一種趣味庸俗的慣常生活形態。

　　儘管韓少功的《暗示》並不是一部「市井小說」，但充滿市井趣味的麻將，其用來社交、遊戲的功能，卻在這部小說中有精彩展現。在標題為「麻將」的一節中，與《無所謂》裏同學聚會主要是玩麻將一樣，知青們重逢聚會的主要節目也是打麻將：「聚會就這樣過去，一次又一次的聚會就這樣過去，充滿這麻將的嘩嘩聲和突然炸開來的喧鬧，是和牌的歡呼或者是對偷牌者的揭露，還有對麻將戰術氣呼呼的總結和爭辯，直到大家疲乏地罷手，重新在門前一大堆鞋子裏尋找自己的一雙，找得擁擠而忙亂，屁股撞了屁股，或是腦袋撞」。我們看到，在這段以「旁觀者」視角呈現的文字中，玩麻將的市井趣

〔註44〕何頓：《無所謂》，《太陽很好》，中國華僑出版社，1996 年版，第 92 頁。
〔註45〕何頓：《黃泥街》，湖南文藝出版社，2010 年版，第 137 頁。

味，並不只體現在玩麻將的過程本身，對牌技的褒貶評說以及相互間的鬥嘴逗樂等，甚至比玩麻將本身更有意思。但作爲一部哲理蘊含豐富的當代文人小說，《暗示》對「麻將」主題的開掘，並沒有流於居高臨下的那種審視批判，毋寧說更多的是一種基於經驗認知與社會發展現實的同情理解：「你不能不承認，麻將是無話可說之時的說話，是生存日益分割化、散碎化、原子化以後的交流替代，是喧嘩的沉默，是聚集的疏遠，當然也是閑暇時的忙碌。麻將是新的公共黏合劑，使我們在形式上一次次親親熱熱地歡聚一堂。」「我討厭麻將也尊重麻將。」〔註46〕「我」的這種矛盾心態，多少也是作家「雙重身份」聚焦的一種心理折射：既是一個有人文關懷與理想信仰的當代文人，同時又不可避免的是在城市生活的市民的一份子。

韓少功稱麻將是「新的公共黏合劑」，大概是發生在 90 年代的事。眾所周知，90 年代以來，「消費文化」的分析框架逐漸成爲當代文學研究界沿用的概念工具，而一般所謂的消費文化都是指金錢消費，消費文化的訴求大多以批判無深度的感性欲望的噴張爲目的指向。但如果拋卻這種狹義的消費文化觀，在日常生活的語境中做一廣義的理解，便會發現，事實上消費文化更多的還是一種「時間消費」〔註47〕，即對私人剩餘時間與日常生活的安排設計——毋寧說金錢消費是時間消費中常用的模式之一。

或許也正是從這一意義上來說，我們才不難理解在《日常生活的革命》一書中，爲什麼作者瓦納格姆在談到消費資料的豐富使得人們的日常生活的實際經驗變得貧乏時，總是念念不忘時間的主題。瓦納格姆認爲財富帶給日常生活的是雙重的貧乏：首先它給眞實的生活一個物品的對等物，然後又不可能讓人們依賴這些物品，即便人們想這樣亦然，因爲必須消費物品，也就是說要毀滅物品。從而出現一種要求越來越苛求的缺失，一種吞噬自身的不滿足感。在瓦納格姆那裏，受到鼓動而消費權力的人們事實上是通過延續時間來摧毀並更新權力。他認爲時間與人類的焦慮聯繫在一起，空間是時間線上的一點，時間控制實際空間，不過是從外部進行控制，讓空間經過，使之成爲過渡的事物。日常生活的點狀空間竊取了一部分「外在」時間，藉此創造一個小小的統一時空：時刻、創造性、樂趣、性欲高潮的時空。瓦納格姆

〔註46〕韓少功：《暗示》，人民文學出版社，2008 年版，第 372 頁。
〔註47〕「消費」的英文單詞 consume，consume 本身即包含有「耗費」、「打發」的意思。

最後用一個算式公式來辯證地表達他所謂的私生活（即日常生活）：經歷的真正空間＋景觀的虛幻時間＋景觀的虛幻空間＋經歷的真正時間〔註48〕。

對瓦納格姆上述觀點做一個簡單的小結，即區別於宏大意識形態敘事的市井生活，是以肯定自由支配私人時間的可能性日常生活為前提的，而日常生活之所以能成為一個主題進入人們的視野，更多的又是指向包括金錢消費在內的私人時間的打發安排。套用瓦納格姆的概念，中國語境下充滿著即時性與趣味性的亦真亦幻的曖昧時空，最典型的莫過於以麻將為軸心的裝置空間。從日常生活的休閒角度而言，打麻將的「玩」比酒吧、賓館、飯店等那種純金錢消費的「玩」，不僅更具平民色彩，而且也更需要足夠時間的填充，因此，麻將無疑更能體現出市井趣味的特色來。一言以蔽之，市井中國的市井趣味最大程度地濃縮在了麻將這一裝置中。

也正因如此，所以我們才不難看到，為什麼在張愛玲的《金鎖記》、《留情》、《色戒》，白先勇的《永遠的尹雪艷》、王安憶的《長恨歌》等諸多的現當代名篇中，麻將棋牌都是最日常的生活場景。《金鎖記》中的曹七巧「在麻將桌上一五一十將她兒子親口招供的她媳婦的秘密宣布了出來，略加渲染，越發有聲有色」〔註49〕；在尹雪艷的公館裏，打麻將有特別設備的麻將間，麻將桌、麻將燈都設計得十分精巧。而遺憾的是，在中國的社會學、民俗學中早已成為熱門研究課題的麻將，在現當代文學研究視野中，持精英姿態的學者們，往往是以批判的態度嗤之以鼻，很少對充滿市井趣味的麻將予以置評。

較之於韓少功在《暗示》中對麻將的智性思考，何立偉的《天堂之歌》則完全將麻將作為一個充滿市井趣味的小說主題來展現。《天堂之歌》寫的是長沙普通市民的市井生活，打麻將、炒股票、子女教育、亂搞男女關係（嫖娼）等市井生活主題均在這篇小說中得以真實生動呈現，而出現頻率最高的故事場景，又莫過於打麻將。在《無所謂》和《暗示》中，同桌的牌友是當年同校或下放到同一個地方的同學好友，在《天堂之歌》中，我們看到即便是在帶有經營性質的麻將館中，圍在一桌打麻將或看打麻將的，也多是熟識的街坊鄰居，也就是說，經由麻將組織勾連起的基本上是一個「熟人社會」——從這一意義上說，「市井中國」與「鄉土中國」無疑也有著某種內在關聯。

〔註48〕 魯爾・瓦納格姆：《日常生活的革命》，張新木，戴秋霞，王也頻譯，南京大學出版社，2008年版，第235頁。

〔註49〕 張愛玲：《金鎖記》，《色・戒》，北京十月文藝出版社，2007年版，第98頁。

小說寫余天華接到朱昌茂的電話時，余天華正在唐眯子的麻將室裏同三個下崗的四十多歲的堂客搓兩塊錢一片籌的麻將，麻將室是《天堂之歌》頻頻出現的故事空間。余天華的妻子平時有事找他，也是直奔麻將室而去：

> 郭淑香曉得他肯定是在唐眯子那裏，過去一看，果然在那裏搓麻將，唐眯子的麻將室開了四桌，煙霧騰騰地，基本上都是些沒事可幹的中年男女，一邊搓麻將一邊嘻嘻哈哈，除了坐著打的，還有站著看的，顯得蠻熱鬧。余天華又是跟上回那三個堂客們同桌，不過他今天開局手氣倒是不錯，莊上連摸了它三把〔註50〕。

這些「沒事可幹的中年男女」大多是熟識的街坊鄰居，他們平時的日常生活主要就是「玩」，而打麻將又是玩的主要項目——四桌麻將再加上那些一旁圍觀的，足以顯見人數眾多。從社會角色的角度說，這些麻將牌友們是 90 年代非常尷尬的一個群體，或者說是通常所謂的「失敗者」：他們中的大多數因國企改革失業下崗才「沒事可幹」，加之年齡以及自身條件的原因又很又難再融入一個新的單位。「煙霧騰騰」、「嘻嘻哈哈」，簡單的幾筆，便將一個聲色犬馬的充滿市井趣味的生活空間躍然紙上。

余是麻將室的常客，「余天華經常深夜打牌回來，就在廚房裏炒兩樣菜，然後獨斟獨酌，呷它二三兩小酒。這些年，他余天華就是在牌桌同酒桌上打發自己的光陰」，用小說的原話，「這個世界何以解憂？照余天華看來，只有呷酒同打牌」〔註51〕。值得一提的是，余天華與那幫「被下崗」的麻友們有所不同，他原來是在農機學校當老師，八十年代初辭職下海在下河街搞煙酒批發，從這一意義上說，余可以說是主動下崗。從日常生活方式的角度看，余的選擇或許能說明這樣一個問題，「閑暇之樂趣的存在於出現，為人汲汲以求，恰恰是出於對受控性社會模式的一種厭倦、對抗或補充」〔註52〕。較之於 80 年代的新寫實小說，我們看到在《天堂之歌》中出現了一種新型的市民休閒娛樂場所，即經營性質的家庭麻將室（社）〔註53〕。家庭麻將室（社）

〔註50〕 何立偉：《天堂之歌》，《跟愛情開玩笑》，新世界出版社，2002 年版，第 46 頁。

〔註51〕 何立偉：《天堂之歌》，《跟愛情開玩笑》，新世界出版社，2002 年版，第 47 頁。

〔註52〕 黃卓越：《快樂的光陰（代序）》，黃卓越，黨聖元主編：《中國人的閒情逸致》，廣西師範大學出版社，2007 年版。

〔註53〕 圍於條件限制，筆者無法統計長沙有多少家麻將室。根據筆者在網上搜索到的相關資料，在 2006 年 11 月 28 日的《瀋陽今報》上有一篇記者歷經 10 天

具體從何時起進入市民的日常生活不得而知，但作為一個有指示意味的故事空間，家庭麻將室（館）進入小說，則時間並不久遠——至少在何立偉、何頓的小說中，大概是上世紀 90 年代末的事情（《天堂之歌》發表於 2001 年的《收穫》）。

何頓的《發生在夏天》（創作於 2004 年元月）的故事幾乎就是圍繞麻將與麻將館來展開的，但畢竟「發生在夏天」的故事是一樁謀殺命案，就此而言，小說經由麻將所浮現出的市井趣味，比前面幾部小說展現得更為嚴酷複雜。成天無所事事的二牛，最常光顧的就是麻將館和異南春飲食店。二牛口袋裏沒幾個錢，也就沒膽量坐到桌前打麻將，但他可以幫人「挑土」。（「挑土」是當地的麻將術語，就是替別人打，底錢是別人的，輸了錢也是別人的）二牛午睡醒來，就會走進斜對面的麻將館看別人打麻將，這也是打發時間的好場所。他會不動聲色地看，可以看整整一個下午加一個晚上，有時候手氣痙的人會叫他挑土。小說第四節的題目叫「麻將館」，跟何立偉《天堂之歌》中唐眯子開的那家麻將室差不多，《發生在夏天》裏的麻將館聚集的也多是下崗且又不思進取的中年男女。

> 他們真的都很老了，儘管有的還只是四十來歲，但心都老了……
> 他們每天想的就是打牌，在打牌的輸贏中麻痺自己。一走進麻將館，
> 昨夜的疲勞或飢餓就不知去向了，往桌子前一坐，便開始了目光如
> 炬且互不相讓的拼殺。其實贏的不過是幾個小菜錢，或者是幾斤肉
> 或幾包煙錢而已，但這足以達到改善他們那貧困的生活了。

採訪調查形成的報導。記者通過對瀋陽部分棋牌室的調查統計，在鐵西區愛工南街一段不足 50 米的馬路上，就有 5 家棋牌室。在棋牌室玩的人，下崗職工占 30％，退休人員占 30％，附近居民占 20％。在鐵西區某工商管理所轄區內，記者瞭解到只有 3 家棋牌室辦理了營業執照，但根據記者走訪觀察，這一帶至少有 8 家像模像樣的棋牌室在營業。並且還不算設在家裏、小賣店裏的黑麻將社，這類麻將社的數目一點都不比「開業」的少。在稅務部門，關於瀋陽到底有多少家麻將社，稅務部門認同工商部門所言：很難統計出瀋陽市到底有多少家麻將社。對於麻將社的管理，鐵西齊賢派出所的一位負責人對記者說：「賭博我們也管，但是，有執照的，玩的都是小麻將，不屬於大賭、豪賭，去了我們沒辦法處理人家；沒執照的，家庭式的，若是有人舉報，我們去了，也只能是驅散牌局而已。因為取證來證明人家是真正的賭博，那可太難了。」一位在文化部門工作的朋友這樣對記者說「以前文化局、體育局都可以管轄這塊業務，現在都管不著這了，人家有執照，就可以經營，你有什麼權力管人家？」。

相對於何立偉在《天堂之歌》中對唐眯子的麻將室沒有做過多說明，何頓對《發生在夏天》中的麻將館則有詳細的交代。《發生在夏天》中這家開在光裕裏的麻將館，老闆姓張，張老闆的舅舅則是鎮派出所的副所長，正因如此之故，光裕裏附近幸福街、由義巷的人都來張老闆家的麻將館打牌，他們曉得張老闆的舅舅是鎮派出所的副所長，民警們不會來抓賭，而在別的地方打麻將那就說不准了。也就是說，家庭經營性質的麻將館、棋牌室等或許還並不具有合法性。

麻將館並非嚴肅正式的交際場合，蓋源於麻將本身就是一種休閒娛樂或博弈遊戲。因此，附著於打麻將之餘之外的戲言評說，一定程度上都是遊戲博弈行為額外生產出的帶有玩笑性質的衍生品，並不需要承擔言說責任。從社會輿論空間的意義上說，私人家庭中的麻將牌局及經營性質的麻將館，都是滋生瑣碎無聊的家長里短、捕風捉影的八卦謠言的最好溫床，是一個極度曖昧混雜的輿論空間。也正是在這一極度曖昧的空間裏，市井趣味一覽無餘。在小說中我們看到，在張老闆的麻將館裏發生了一場因麻將而起的口角打鬥，這場打鬥之所以能迅速平息、麻將館立馬恢復常態，的確是靠著張老闆當副所長的舅舅帶人來平事。

但《發生在夏天》經由麻將館這一底層社會空間，不僅流露出聲色蕪雜的市井文化意味，同時也從一個側面反映了 90 年代後期中國貧富差距懸殊的社會現實。同樣是打麻將，在張老闆的麻將室裏，以輸贏大小分成了不同的牌桌等級，玩得大的，錢數多達上萬，已經帶有賭博性質。在何立偉的《失眠時代的夜晚》中亦乎如此，同樣也是打麻將，但在婁哥的別墅裏，他們一玩輸贏就是好幾千。社會貧富差距懸殊的另一佐證是《發生在夏天》寫有時幫人「挑土」的二牛，贏錢之後就會去找街頭那些三四十歲的中年婦女「快活快活」，這些人多是下崗之後沒有了經濟生活來源，以至只能靠出賣身體來維持生存。從這一意義上說，麻將在當代中國小說中所承載的，並非僅僅是一個娛樂玩賞性質的「市井中國」，懸殊的貧富差距、脆弱的社會保障體系等複雜社會現實，同樣在麻將所勾連的「市井中國」中有所體現。也正是從這一意義上說，無論是當代社會實踐和歷史經驗都同時證明，「在中國根本不存在獨立意義的『市民社會』與『公共領域』」〔註54〕。而「市井中國」的意義

〔註54〕楊念群：《「感覺主義」的譜系——新史學十年的反思之旅》，北京大學出版社，2012 年版，第 216 頁。

也正在於此，即這一概念既能最大程度體現中國底層藏污納垢的生活趣味，同時又保有一種社會批判的張力。

三、市井趣味的長沙特色

雖然以麻將爲中心形成的社群——輿論空間是高度濃縮的市井中國的裝置隱喻，但這仍是就一般意義而言的，即是說，作爲一門「國粹」的麻將，儘管在小說湖南里得以情節化地體現，但這似乎仍不足以凸顯市井湖南的地方特色。眞正能反映湖南地域文化風俗、且又市井味十足的，是何立偉、何頓長沙等人的小說中對湖南地方飲食習慣、地方方言之類的日常生活的展示。

「新時期」文學以來，如果說王朔、劉恒是首都北京的小說家，王安憶、陳丹燕是上海都市的守夜人，方方、池莉是中部城市武漢的代言者，那麼，何頓、何立偉則無疑是湖南長沙的文學「雙子星」。何頓的小說基本上是以長沙爲故事背景，甚至有的小說直接就以長沙的街道命名（《黃泥街》）。我們看到，白沙啤酒、芙蓉王香煙、阿波羅商業城、湘江邊的大排檔夜宵、黃泥街的書市等，既構成何頓、何立偉小說主人公們日常生活的主要組成部分，也是現實生活中長沙市民休閒娛樂、消遣消費的項目內容。

何頓曾這樣表述他跟長沙的關係，「我跟長沙的關係很簡單，我生長在這樣一座城市，十分熟悉這座城市的變化，我寫長沙的街巷與事情就可以信手拈來，用不著苦思苦想。假如要我寫別的城市，我都不曉得我的主人翁吃了飯或下了班應該往哪裏走，到哪裏去消磨一天裏剩餘的時間。我習慣了用長沙話思維，用長沙話寫作業更流暢，雖然北方的讀者閱讀起來會有點不習慣，但如果他買了這本書，想讀，是完全能懂的。作家都是在寫自己熟悉的城市和人，離開了，寫不像，寫不像就不生動」〔註 55〕。一個作家的小說創作，不可能脫離開建基於「地方性知識」與「地域經驗」的寫實或虛構，但「習慣了用長沙話思維」的何頓在小說中將長沙特色的市井趣味表現得淋漓盡致並不有多稱奇，從某種意義上說，作家對生活經驗的藉重，唯有在藝術轉化的層面實現超越個人意義的「質的」飛升突破才能獲得形而上的抵達。就此而言，何頓的小說顯得市井趣味十足，而略有審美自足的欠缺。

髒話與口頭禪，某種意義上說是市井文化庸俗趣味的一大標誌。我們看

〔註 55〕 轉引自劉建彬：《城市民間的獨特言說——何頓城市小說簡論》，《山東師範大學學報》（人文社會科學版），2003 年第 2 期。

到，何頓小說中的人物經常將長沙方言的髒話掛在嘴邊。在開篇第一句即「我們是一群渾蛋」的長篇小說《我們像野獸》中，「鱉」、「寶氣」是楊廣、馬宇、黃中林等人的口頭禪，均帶有一定的侮辱性質。小說中的「我」，也自認是個「小鱉」，小鱉是長沙話，指細伢子的意思。《我們像野獸》中長沙土話的「魅力影響」，通過小說中一個臺灣人之口，有一段非常集中的「展演」：

> 臺灣鱉不在乎在大陸賺錢，但他很在乎在大陸泡妞，因為大陸妞比起韓國妞和新加坡妞來說，既漂亮十倍，又便宜得他都感到好笑了。可惜我的身體不行，他坦率地說，不然的話——他說到這裡時羨慕地瞅他們一眼，我要是你們這樣的年齡，那真是太快活了。他深思著，說我有一點弄不懂，尼采鱉那麼聰明，他居然沒結過婚，我懷疑尼采鱉連女人都沒日過。臺灣鱉受長沙人的影響，也說起了長沙話，他說的長沙話特別有味，讓他們感到好笑。黃中林說：那尼采鱉枉為一世男人了。臺灣鱉又提到了另一名哲學家，說康德鱉也沒結過婚。他感到不可思議地說：康德一生一世把時間和生命看得很重要，不願意在女人身上花時間，我覺得他活得非常冤。〔註56〕

在這段有不少粗俗字眼的文字中，我們看到，這個在長沙生活的臺灣人可謂是真正的入鄉隨了「俗」。不難發現，這段描述不僅轉述的人物語言滿口「鱉」字，而且小說敘述者的腔調同樣也是「鱉」字連篇，長沙特色市井文化的庸俗趣味一覽無餘。從對長沙市民生活原汁原味的還原意義上說，何頓確實堪稱「描畫市民生活的丹青妙手」，同時也「把湖南的市民文學由零的起點迅速提升到高峰的水平。」〔註57〕

客觀地說，《我們像野獸》中的長沙土話固然有某種「地方性知識」的原生態意味，何頓敘事立場和敘事態度的市井化傾斜，也讓90年代以來中國城市市民生活空間從長期的被壓抑狀態中解放出來，但作家一味沉溺於粗鄙趣味的自戀之中，則多少讓小說的藝術成就大打折扣。在另一位擅寫長沙市民故事作家何立偉的筆下，我們看到，他的《跟愛情開開玩笑》、《天堂之歌》等裏的主人公也同樣是「老子」、「他媽的」等髒話不離口。但較之於何頓對小說中年輕主人公滿口粗鄙髒話的自戀呈現有所不同，何立偉小說中的長沙

〔註56〕何頓：《我們像野獸》，湖南文藝出版社，2010年版，第159頁。

〔註57〕龍長吟：《關注現實人生始終是湖南文學的基本走向——新世紀初湖南長篇小說高潮思味》，《理論與創作》，2002年第6期。

市民方言更有「普遍性」，「搞麼子」、「麼子最好最貴的羅？」、「又擔心麼子
羅？」，「麼子」（即「什麼」的意思）和「羅」的尾音，都是長沙土話方言的
一大特點。

　　與何頓小說人物「玩的就是心跳」（嫖娼染性病，謀財害人命）有所不同，
我們看到，何立偉小說對長沙飲食風俗的展現，讓長沙特色的市井趣味多了
一種「家常意味」。比如他對長沙地方飲食特色的娓娓道來，「長沙人喜歡把
兩三斤以上重的大魚切成大坨大塊，然後敷上一層鹽，放在大蒸鉢裏腌上一
兩天，魚的肉腌得緊緊的、一絲一絲的，這就叫抱鹽魚。是一道蠻有特色的
家常菜。」〔註58〕除此之外，長沙人喜歡「嚼檳榔」的習慣，也在他的《天
堂之歌》等小說中有所體現。明朝王佐《詠檳榔》中描繪了南方婦女嚼檳榔
的情形：「綠玉嚼來風味別，紅潮登頰日華勻。心含湛露滋寒齒，色轉丹脂已
上唇。」臺灣民眾愛吃檳榔，內地則主要以湖南、海南、廣東等地為主，而
湖南又尤以長株潭地區（長沙、湘潭、株洲）為盛。坐在麻將桌前，嘴裏嚼
著檳榔，再叼根香煙，這既是何頓、何立偉小說中的經典故事場景，也是長
沙市民最具代表性的日常生活。

　　對比何立偉與何頓筆下的長沙「市井趣味」，我們不難發現，前者的長沙
風情多少保留了他前期小說以來的一貫「文人」色彩，即在適度表達對市井
趣味的認同時也不乏理性反思，而後者則似乎是對市井趣味予以無條件的熱
烈擁抱，或者說他的興趣在於「抓住當代生活的外部形體，在同一個平面上
與當代生活同流合污，真正以隨波逐流的方式逃脫文學由來已久的啓蒙主義
夢魘」〔註59〕。這從二者的小說題目上也可以管窺豹。何頓的《生活無罪》，
某種意義上是借題目大膽宣告，擺脫了宏大政治宰制的市井生活並不是千夫
所指、遭人唾棄——即使是嫖娼玩弄小姐，即使是賭博謀財害命，似乎也能
看出某種「生活無罪」的意味來。而反觀何立偉的小說，在《老康開始旅行》
中，我們看到美術學院的油畫系教授老康，在多個女人之間穿梭來往，與朋
友喝酒泡吧，聊天吃飯。雖然酒場歡場春風得意，但他始終難掩內心的落寞
空虛，小說的結尾寫老康決定跟舊情人去西安旅行，但這一選擇與其說是旅
行，不如說是一種逃離，既是對現實生活趣味的拒斥，也是自我的精神放逐，

〔註58〕何立偉：《跟愛情開玩笑》，新世界出版社，2002年版，第57頁。
〔註59〕陳曉明：《回到生活現場的敘事，〈太陽很好〉跋》，《太陽很好》，中國華僑出
　　　　版社，1996年版。

因為他只想著要離開生活原地，但其實也不知道究竟要去哪。

再比如，同樣是寫夜總會娛樂城的市井消遣生活，何立偉的筆觸，始終與敘事情境保持一種理性審視的距離，在小說《北方落雪 南方落雪》中有這樣一段描寫：「紅燈籠夜總會是我們這個城市娛樂場中生意最火爆的，它的包廂一般都要提前預定。你也許料到，它的節目庸俗，充滿市井趣味，然而這並不妨礙它生意紅火，更不妨礙坐在裏頭的男男女女一邊嗑瓜子一邊喜笑顏開。淺薄的快樂象胡椒粉一樣總是撒在某些人的生活的麵湯裏。」〔註60〕在這裡，何立偉不是沉入其中，而是取一種外在游離的旁觀視角，作家的觀察精準而細膩，客觀冷靜的敘事態度一目了然。

而在何頓的《太陽很好》中，面對流光溢彩的娛樂場所製造的消費幻景，小說人物則完全失去了自制力：「我打量著富豪娛樂城那很氣派的不銹鋼玻璃門，瞧著貴妃紅鏡面花崗石的墻，瞧著門廳裏豪華的擺設和裝飾，心裏有種莫名的酸澀感。我看著進進出出的人那麼神氣和瀟灑，心裏就越覺得自己活得沒勁。街上燈火輝煌，車輛行人熙來攘往，這裡那裏的高樓人廈上，霓虹燈閃耀出一片片美麗。」〔註61〕這裡的「我」即小說主人公寧潔麗，寧潔麗原本是一家公立醫院的會計，後來停薪留職，加入了好友老公開的私營工廠並成了後者的情人。上述這段心裏活動描寫及城市夜景描繪所勾勒的畫面，是描寫城市市井生活小說中常見的橋段，我們並不陌生，值得一提的是，這種第一人稱敘事具有極強的帶入感。寧潔麗在富豪娛樂城門口感到「莫名的酸澀」，實際上是被消費文化所俘虜，正如有論者指出的那樣，「遵循享樂主義，追逐眼前的快感，培養自我表現的生活方式，發展自戀和自私的人格類型，這一切都是消費文化所強調的內容。」〔註62〕在金錢消費文化的衝擊下，寧潔麗無法再謹守自持。

無論是從所謂「都市小說」到「新市民小說」，還是從所謂「晚生代」到「新狀態」，我們看到，中國當代小說中的「市井趣味」，變得愈來愈豐富而駁雜，充滿著時代層次感——也正是在這一意義上說，「市井中國」在當代文學中的出場，確實跟中國經濟與社會的轉型密不可分。因此，本文更願意將

〔註60〕 何立偉，《北方落雪 南方落雪》，《跟愛情開玩笑》，新世界出版社，2002年版，第107頁。

〔註61〕 何頓：《太陽很好》，中國華僑出版社，1996年版，第112～113頁。

〔註62〕 費瑟斯通：《消費文化與後現代主義》，劉精明譯，譯林出版社，2000年版，第165頁。

上述眼花繚亂的術語稱之為「市井小說」。如果說，「官場小說」是對「社會主市場經濟」的文學隱喻，那麼，「市井小說」無疑是在「市場經濟」敘事層面展開的紀實與虛構。

對中國當代作家來說，「市井小說」的登場，其實存在一個作家角色身份的轉換問題。以何立偉為例，何立偉 80 年代那種人文色彩濃鬱的寫作（《小城無故事》、《白色鳥》、《花非花》等），到 90 年代逐漸變為社會主義市場經濟體制中的職業式寫作，也就是說小說的社會批判功能日漸削弱，而作為一門謀生的技能意味日漸凸顯，反映在小說情節主題上即表現為對日常生活的觀照與日俱增。何頓則說得更加乾脆，「寫作」就是「維生」，他本人一開始是一個普通的中學美術教師，後來辭職下海，幹裝修，跑業務，「加入了一個新的市民社會的崛起中的出現的在自由職業者的群體之中的新的角色。」在何頓那裏，當下的社會空間形態由一種縱向國家管理下的社會「變成了更多由市民社會的橫向關係影響的社會。」〔註63〕因此，何頓小說對市井趣味的熱烈擁抱也就見怪不怪了。

〔註63〕 張頤武：何頓：《在新的狀態之中尋覓》，《文學評論》，1996 年第 5 期。

結語：危機、現代性或反映論

　　阿瑪蒂亞・森在《身份與暴力——命運的幻象》一書中探討「文化與束縛」論題時提出了一個很有啟發的問題，即在他看來，重要的不是言之鑿鑿地得出「文化很重要」的既有結論，真正的問題應該是：文化是怎樣重要的？〔註1〕阿瑪蒂亞・森提醒道，當我們想當然地以國別、民族或種族群體來對文化加以分類時，需要擔心警惕的是，「文化很重要」的結論可能會從此一分類文化觀的真實性中逃逸，並且這種簡單的概括，還會適得其反地束縛我們的思維方式。

　　從這一意義上說，諸如「湘楚文化」或「湖湘文化」之類的地域文化命名，尤其需要我們謹慎。但也正是在「文化是怎樣重要的？」意義上，湘楚文化之於當代中國的邏輯關聯才可能得以真正建立，換言之，唯有確立起一個具體真實的言說對象，「文化是怎樣重要的」問題，其外延邊界才變得清晰可觸。本文旨在指出，現代性危機是湘楚文化勾連當代中國的關節點——「若道中華國果亡，除是湖南人盡死」的豪言，也惟有在危機（民族國家危機）的意義上來理解，才並非一句空話〔註2〕。

　　就本文的論域而言，湘楚文化的經世致用與理想浪漫精神的創造性調和，很大程度上即是以當代中國的社會／文學危機為發生條件的。從詞源學

〔註1〕阿瑪蒂亞・森：《身份與暴力——命運的幻象》，中國人民大學出版社，2013年版，第83頁。

〔註2〕再以抗日戰爭為例，在侵佔廣州、武漢等大城市之後，1939到1942年間，日軍先後三次大規模進攻長沙，以期盡早結束戰爭。但始料未及的是，在長沙戰場上，日軍充分領教了湖南人的血性與勇猛，遭遇了侵華戰爭以來最頑強的抵抗，也第一次在中國戰場吃下敗仗。

上考察，「危機」（crisis）本來是一個醫學術語，指人瀕臨死亡、游離於生死之間的那種狀態。應用於現代社會學或歷史學層面的危機概念，則意指一種社會面臨解體或混亂的狀態處境。反映在文學文化上，則表徵為一種文化主體身份認同的受阻受挫，或一種傳統思維模式在新的歷史條件下的難以為繼。在哈貝馬斯看來，西語中的「危機」一詞是同「進步」、「發展」、「革命」以及「時代精神」等動態概念一樣，是在18世紀隨著「現代」或「新的時代」等說法一起出現的，並且這些語義迄今一直奏效。從概念史角度把握西方文化的現代歷史意識中出現的問題，「現代不能或不願再從其他時代樣本那裏借用其發展趨向的準則，而必須自力更生，自己替自己制定規範」〔註3〕。換言之，「危機」、「發展」等概念的現代性確證，說到底是一種高度敏感的「自我理解」。也正是在這裡，我們發現「誰的現代性」之作為討論「現代性」的重要性被凸顯出來：即是說，主要由「自我理解」來確立完成的「現代性」首先應回答的是一個「自我」的問題——也正是從這一意義上講，西語的現代性與漢語的現代性才取得了同等匹配的問題視域。

　　無論是西語中的現代性，還是漢語中的現代性，「危機」都提供了「自我理解」的現代性契機，或者說「危機」是「自我理解」的典型症候，且「危機」本身也構成一種「自我理解」。質言之，對「危機」的認定裁決，也即是對現代性意識的掘進。對近現代中國而言，「十九世紀末二十世紀初的『危機意識』的主要表現是『中國』如何以更合法的身份進入『現代國家』的行列」〔註4〕。而就文化認同或文化心理而言，這種危機程度無疑更甚，「自19世紀中葉以來，中國的文化危機隨著時序的遷流而不斷加深，一直到今天還看不到脫出危機的現象。不但如此，今天中國的文化危機反而更為深化了。」〔註5〕可見，從某種意義上說，只有在危機的約束條件下，我們才能真正觸摸到中國現代性的真實肌理，即作為一種植入式的刺激——反應模式折射的中國現代性，正是在危機的意義上被捕捉理解。

〔註3〕尤爾根·哈貝馬斯：《哈貝馬斯精粹》，南京大學出版社，曹衛東選譯，2009年版，第270頁。

〔註4〕楊念群：《「危機意識」的形成與中國現代歷史觀念變遷》，《「感覺主義」的譜系——新史學十年的反思之旅》，北京大學出版社，2012年版，第202～203頁。

〔註5〕余英時：《中國現代的文化危機與民族認同》，《現代危機與思想人物》，三聯書店，2005年版，第32頁。

本文對現代性以及對中國當代社會及當代文學的危機認定，始終植根於中國特殊的現實及歷史語境。但若就中國當代文學研究論域而言，現代性仍然是一個懸而未決的議題。我們看到，長期以來，當代文學論域中的現代性言說似乎從未做特意的區分，也即國家現代性（政治制度規劃）、社會現代性（社會組織形態）以及美學／文學現代性（又分為西方文學現代性與中國文學自身的現代性）往往是難分伯仲地纏繞在一起的。這也就使得文學論域的現代性言說經常是在國家、社會·美學／文學等不同層面偷換概念，造成模糊含混的游移與分裂——這當然不是說不同學科、不同層面的現代性不可通約，而是說作為「一項未完成的規劃」（哈貝馬斯語），現代性的討論要想取得言之有物、言之成理的有效性，我們必須將其限定一個可操作的討論框架內。更重要的是，我們必須意識到，這種將現代性討論區分為國家（政治學）、社會（社會學）、文學（美學）等不同界域的組織（學科）形態，其本身並非人為的主觀設計，而是現代性自我確證的內在要求及其內部分裂的表癥結果。套用阿瑪蒂亞森的話，重要的不是得出「現代性是什麼」（what）及「現代性很重要」的結論，而應當首先詢喚的是「誰的現代性」（whose）、「什麼樣的現代性」以及「現代性如何重要」（how）等這類問題。

為說明這種類別區分的必要性及重要性，這裡不妨以當代文學研究界引介率頗高的吉登斯的《現代性的後果》為例，吉登斯在《現代性的後果》的開篇就指出，他「將按文化與認識論研究的筆調，對現代性作出一種制度性的分析」。但究竟是怎樣的「制度性」分析，吉登斯並沒立即澄清，而是等到該著行將結束的第六部分才予以回答。在第六部分，吉登斯拋出一個本該一開始就應回答的問題，即既然《現代性的後果》的「現代性」是以西方發達國家為討論對象的，那麼究竟是在怎樣的意義上來認定「現代性」為西方所獨有呢？著者給出的答案是「民族國家」和「系統的資本主義制度」兩種不同的組織形式。至此，作者才回應本節題目中所提到的那個問題，即「現代性是一個西方化的工程嗎」？他給出的答案簡潔明瞭：「就這兩大變革力量所孕育出的生活方式而言，現代性與眾不同地真是一個西方化的工程嗎？對這個問題的直截了當的回答是：『是的』。」〔註6〕由此，我們才不難判斷，作者開篇所謂的「制度性」分析其實是就國家（政治制度）和社會（社會生產）的綜合層面而言的——這也解釋了為什麼該著從未涉及美學（文學）現代性

〔註 6〕安東尼·吉登斯：《現代性的後果》，田禾譯，2011 年版，第 152 頁。

的討論。而恰恰也是在國家與社會的層面，我們看到，就連後現代主義干將利奧塔也同意吉登斯的說法，「資本主義是現代性的名稱之一」〔註7〕。在另一部同樣有著廣泛影響的著作《現代性的五副面孔》中，著者則明確做了「資產階級的現代性」與「審美的現代性」這樣的區分：前者是資本主義工業革命、經濟發展、科技進步和社會變革的產物；後者是在現代主義文化藝術中得到集中體現。就二者間的關係而論，著者認爲「審美現代性」是對「資產階級現代性」的批判與拒絕，因此是一種強烈的否定情緒〔註8〕。

　　文學研究當然會介入到國家、社會、歷史等文學背景條件的分析中去，文學創作的發生也不可能離開此類約束條件而獨立存在。那麼，我們究竟在何種意義上可以將經過文學中介的國家、社會、歷史等同於實然的國家、社會、歷史呢？這一問題同樣也可以這樣來問，即我們是在何種意義上來理解文學的「中介性」？「文學是時代精神的反映」，「文學是社會歷史的一面鏡子」，在現代社會條件下，「反映」或「鏡子」是否仍能得到來自文學允諾的保證？就西方審美現代性對資產階級現代性的拒絕否定而言，西方現代文學難道不正是對傳統「反映」論的有意背叛嗎？一言以蔽之，中國當代文學的現代性究竟是怎樣編織進國家社會現代性之中的呢？或者說二者究竟是怎樣的一種複雜關係？對這一問題的回答，實際上不可避免地牽涉到對文學與國家社會一般關係的必要澄清。

　　「寫作或寫作的優先地位僅僅意味著一件事：它決不是文學本身的事情，而是表述行爲與欲望連成了一個它超越法律、國家和社會制度的整體。然而，表述行爲本身又是歷史的、政治的和社會的」〔註9〕。德勒茲這一有關文學寫作與社會／國家關係的觀點，是對傳統文學反映論的揚棄。英國馬克思主義文論家托尼·本尼特同樣也英雄所見略同，在他看來，把審美當作一種精神與現實之間關係的不變模式來建構，這很難與作爲一種旨在對所有的

〔註7〕利奧塔：《後現代性與公正遊戲──利奧塔訪談、書信錄》，上海人民出版社，1997年版，第147頁。

〔註8〕其實這種「現代性」的研究自覺，並非西方學者所獨有，中國當代學者劉小楓在其《現代性社會理論緒論》一書中也有這種自覺。如題目所示，《現代性社會理論緒論》是「從社會理論的位置來審理西語和漢語思想學術的『現代現象』」。涉及言語、修辭、意象等形式與內容的新變的美學/文學現代性並非著者討論的內容。

〔註9〕吉爾德勒茲等：《什麼是哲學》，張祖健譯，湖南文藝出版社，2007年版，第93頁。

社會和文化現象進行徹底的「歷史化」的歷史科學的馬克思主義概念相協調。本尼特設問，「如果精神與現實之間關係的審美模式的結構是普遍的並因此是超歷史的，而所有個人的文學和藝術實踐在它們最爲重要的方面又總是從根本上被確定爲這個審美模式的一種獨特表現，那麼，馬克思主義歷史科學的規劃如何能夠實現？」他給出的是一個明確的否定回答，「這只能導致一種疲軟的唯物主義——可以說是一種失敗的唯物主義——它只能解釋這些文學藝術實踐的偶然的、短暫的方面，而不是它們的本質，因爲早在對它們的生產、流通和接受的特定歷史條件進行分析之前，它們的結構，準確地說，它們的審美結構已經給出了這一本質」〔註10〕。而雷蒙‧威廉斯則說得更加乾脆，「真正的社會關係被深深地埋藏在寫作實踐自身與其被閱讀的關係之中。以不同方式寫作則是以不同方式生活，也就是以不同方式在不同的關係中，並且經常被不同的人們閱讀。這一可能性領域以及選擇領域是具體的而不是抽象的」〔註11〕。指稱文學超越於社會政治歷史但在精神結構上又依傍於後者，並非德勒茲、本尼特或威廉斯等西方人的發現或發明。相對來說，錢穆先生表述得更爲簡潔，他舉以《詩經》爲例：「說到《詩三百首》，主要先該懂得風雅頌的分別。而詩的分別，卻分別在政治上。不懂得當時的實際政治，如何來言《詩》？」〔註12〕也就是說，無論文學是對社會歷史現實的無條件接受承認，還是有意的超越否定，事實上大致都是在「反映論」的關係框架中來展開的，我們或可要做的是對「反映論」做多元立體的理解。

當代中國1949以來的社會主義運動與建設，可以說一直都是在與西方資本主義現代性遭遇的緊張局面中展開的：一方面，社會主義經濟建設的目標是對「趕英超美」的現代性認同，但另一方面，就政治價值取向與意識形態而言，又是以英美資本主義爲反面教材來確立起社會主義的邊界，「是基於革命的意識形態和民族主義的立場而產生的對於現代化的資本主義形式或階段的批判」〔註13〕。從這個意義上說，汪輝的判斷大致沒錯，在他看來，毛澤東的社會主義思想其實是一種反資本主義現代性的現代性理論，而汪輝所謂

〔註10〕托尼‧本尼特：《文化與社會》，王杰、強東紅等譯，廣西師範大學出版社，2007年版，第14頁。

〔註11〕Raymond Wiliams, Marxism and Lierraure, Oxford university press, 1977, p205.

〔註12〕錢穆：《中國學術通義》，九州出版社，2012年版，第329～330頁。

〔註13〕汪輝：《去政治化的政治：短20世紀的終結與90年代》，三聯書店，2008年版，第64頁。

「反現代性的現代性」觀點深刻之處在於，他不僅僅是將毛澤東思想歸因於此，並且認為這也是「晚晴以降中國思想的主要特徵之一」，甚至可以說，「對現代性的質疑和批判本身構成了中國現代性思想的最基本的特徵」〔註14〕。也就是說，中國的現代性（國家與社會制度層面），自始至終都既包含有對西方資本主義現代性的部分認同，也包含有源自自身文化傳統的理性質疑批判，正所謂「師夷長技以制夷」是也：夷夏有別，技自夷來，中西現代性判然有別；「師夷」的目的是為「制夷」，但「師夷」的起因恰恰又是被「夷」所制，即道出了中國的現代性是植入而並非原生型的客觀事實。

　　就中國文學的現代性而言，中國現代文學的「現代性」刻度，並不僅僅是從文學形式（文言轉白話、意象修辭、題材體裁等）處得以確認，而毋寧說是在現代民族國家自覺的意義上，也即在危機的意義上與「現代中國」密切起了某種邏輯關聯——魯迅的「揭出病痛，以引起療救的注意」，真意即在於此。新中國的成立，是自鴉片戰爭以來時斷時續的民族危機的最終解決，而上世紀五、六十年代的大煉鋼鐵、反右傾擴大化及至全面展開的文化大革命，最終使得中國的社會主義進程遭遇嚴重挫折，新的危機重又臨現。政治——社會意義的「新時期」以對社會主義危機的克服開始，而「告別革命」之後的「新時期」文學，也重又架構起對新型現代國家社會的想像詢喚。也正是在這裡，我們看到了中國文學現代性與西方文學現代性的本質區別：前者是對國家／社會現代性（以植入型的「危機」為表徵形態）的同步式肯定呼應，而後者則如卡林內斯庫所言是一種「批判與拒絕」的否定回應。我們看到，中國文學現代性言說的難點也即在此：一方面總是自覺不自覺地以西方文學現代性為參照，即欲在世界文學現代性的譜系中來考察「中國文學」的單兵演進；另一方面，又不得不顧及中國社會現代性的實情，在文學與社會關係的一般框架內來確證自身現代性的依據。從這一意義上說，中國現代文學的表述，注定分裂成為「中國的現代文學」與「現代中國的文學」兩種不同言路。

　　從錢穆或德勒茲、本尼特、威廉斯的意義上說，「告別革命」之後的「新時期」文學所書寫的「改革開放」，固然有著溢出社會政治意義的「改革開放」的「剩餘物」，但從根本上說，「新時期」文學的書寫，實與社會政治意義的「改革開放」構成一種內在的同構關係。當代中國的「改革開放」與「社會

〔註14〕同上，第65頁。

主義市場經濟」尚未全部完成，當代文學的「改革開放」也仍在行進之中。因此，從這一意義上說，1978～2013 年的湖南小說，事實上是對「改革開放」中國以及「社會主義市場經濟」中國的審美「反映」或現實語境的文學展開。誠如錢基博先生在《近百年湖南學風》中所言：張皇湖南，而不爲湖南，爲天下〔註 15〕，就中國當代文學的語境而言，湖南小說所折射反映出的諸多問題，既是中國當代文學自身的問題，更是當代中國社會問題的症候。

就此看來，上世紀七十年代末的政治危機，以及七八十年代之交的經濟社會危機，讓劫後餘生的中國「改革」勢在必行，莫應豐與古華兩位湖南作家分別以《將軍吟》、《芙蓉鎮》兩部長篇小說有力傳遞了「改革中國」的早期呼聲；八十年代中期，在面向世界開放的全球化競爭語境中，「春江水暖鴨先知」的當代文學首當其衝遭遇了「走向世界」的身份危機與文學話語危機，在此背景下，敢爲人先的韓少功與殘雪兩位湖南作家，前者以後撤的姿態「尋根」當代文學的中國文化傳統，後者則以激進的步法步西方現代主義文學後塵。兩位湖南人各自以其獨具特色的小說創作，試圖建立起中國當代文學與世界文學的同步關聯；90 年代中後期，伴隨社會主義市場經濟快速發展的同時，文學與社會則陷入了雙重的「斷裂」危機之中，王躍文與閻眞當仁不讓，湖南作家再次率先發難。可以說，正是當代中國每次大的社會或文學的「危機」時刻，爲湘楚文化精神的凸顯提供了恰逢其時的發生機制，而浸染地域文化精神的湖南作家，每次都是在「危機」時刻挺身而出，踐履當代文人的責任擔當，積極參與中國當代社會與文學的重建。也正是在這一意義上，我們說，小說湖南經由湘楚文化的危機意識「中介」找到了與當代中國隱秘的契合點。但客觀地說，1978～2013 湖南小說扮演的「急先鋒」角色，雖則在國家、社會以及文學本身的層面回應了當代中國的諸種危機現實，可就所謂的「文學成就」來說，似乎又並不那麼奪人耳目。

在本著中，「小說湖南」與「當代中國」的邏輯關聯表述爲，在當代中國的整體問題視域下，湘楚文化的危機反應意識，有效地黏合了國家／社會現代性與美學現代性的裂隙，即是說，本著以文學／美學言說爲支點（小說湖南），實現了對「改革開放」、「社會主義市場經濟」等意識形態的反思重構（當代中國）。誠如雷蒙．威廉斯在《文化與社會：1780～1950》1987 年版前言中說的那樣：「隨著我們自己時代危機的持續，這些早期作家的坦誠、多元化觀

〔註 15〕錢基博：《近百年湖南學風》，嶽麓書社，2010 年版，第 95 頁。

點以及對同胞的責任感，多數情況下不像是已經過時或局限於某個時期的思想，而更像是共同奮鬥的同代人所發出的聲音。換句話說，這個危機程度之深、範圍之廣，使得我們即便身處自己的世界，也隨時可以與這些最早的奉獻者們分享思想。」〔註 16〕湖南當代小説家們，矚目中國的基本國情，以高度的家國憂患意識和開放的世界眼光，指認並反思危機現實，將地方生活提煉爲一種文學性的普遍想像。借用威廉斯的話，1978～2013 的「小説湖南」，「不像是已經過時或局限於某個時期的思想，而更像是共同奮鬥的同代人所發出的聲音」。在當代中國的認知框架中，「隨著我們自己時代危機的持續」，區域文學的審美叙事轉化爲了文化政治意義的「地方性知識」，而「當代中國」的政治經濟學叙述，則是在區域文學文化視角討論下，逐漸顯明出自身的景深與複雜，矛盾與裂痕。

〔註 16〕雷蒙・威廉斯：《文化與社會：1780～1950》，高曉玲譯，吉林出版集團有限責任公司，2011 年版，第 3 頁。

後記：東北以北，湖南以南

本書是在我的博士論文基礎上修改而成的，也是我的「處女作」。

記得，當時在論文進展到第二章的時候，有一天我給姆媽打電話，問她對「喜歌堂」的風俗可否還有印象？可能是我問得有點突然，姆媽很不解地反問了一句：你問這個做什麼？當我告訴她，我的博士論文涉及到「喜歌堂」風俗的討論時，她當時在電話那頭的驚異表情，我大概能想像出來——在她看來，讀博士的兒子，做的應該是很高深的學問，怎麼會研究起這等連她們都快要淡忘的東西來呢？其實，我差點沒忍住沒告訴她，在我的論文裏，不僅牽涉到「喜歌堂」，就連平時他們熟知的「趕鬧子」、「打字牌」等也是我所要討論的對象。要是得知兒子的論文就是研究這些勞什子，不知她會做何感想呢？

就像我爸後來跟我說的，我讀大學就離開湖南來東北了，哪裏會知道東安當地的那些風俗呢？確實，本該熟稔的家鄉風俗，對我這個在東北求學十年的湘籍學子來說，顯得陌生而遙遠。從這個意義上說，畢業論文的寫作於我，與其說是求學東北十載的一個總結，不如說是對故土的一次深情回望。比如論文涉及到文學「湘軍」的討論，在查閱「湘軍」資料的過程中，我才知道小時候經常聽老人們講起的「唐癲子」（唐仁廉），原來是「湘軍」集團的一員悍將，曾被朝廷賜號「壯勇巴圖魯」。我至今依稀記得，在小學上學路經「唐癲子」村的那條土路上，他們村的同學一邊給我講「唐癲子」的傳奇，一邊遙指「唐癲子」墓的方位……

從 2003 年去大連求學，到 2011 年再一路北上，輾轉來到比大連更北的長春，到吉大讀博，能在異地他鄉回望故土，系統整理兒時的回憶，緣於有

機會做這部博士畢業論文。這得感謝十年的東北生活，感謝東北土地上這些幫我成長成熟的老師與同學們！

首先要衷心感謝我的導師孟繁華教授！為我的選題，孟師曾生過氣，發過火，此蓋源於我一時的魯莽和執拗。此番論文選題的「三提三斃」，孟師對學生的要求之嚴格，由此也可見一斑。當最終跟孟師敲定這個題目的時候，我心裏不是很有底，直到有次在電話中，他透漏出對這個題目的看好，我才稍微安心些。後來我私下揣測，為什麼敲定這個選題，可能也是跟孟師的治學取向趨近：在我這個做學生的看來，孟師的治學之道，從來都不局限於文學評論與研究，他博大的學術視野與宏闊的胸襟格局，始終與一種深入骨髓的家國情懷緊密相連，他身上那種作為老一代知識分子的錚錚風骨，讓我印象格外深刻。或從這個意義上說，選定有關「當代中國」這樣一個論題，可以說也是追隨老師治學的路子。

論文的寫作一直都是在孟師的指導下進行的。記得 2013 年暑期去北京參加一個高研班，我特意把剛完成的緒論部分提前發給孟師，見面的時候，他跟我說，「這樣寫不行，研究跟批評不是一回事」，這關鍵的一句話，得以保全我論文的方向沒有跑偏，也讓我悟到，文學評論跟文學研究完全是兩回事。以後的學術道路，究竟能否做到自如地一手寫評論、一手搞研究還不確定，但我能確定的是，孟師的教誨將深刻改寫我此後的學術之路。後來孟師十二月出國講學，出國前夕他仍不忘發郵件詢問我論文的進度。

孟師每次來長春，都是我們師門的節日，而每次「過節」，都是他掏腰包，弟子們帶一張嘴去就行。孟師的酒事，說起來都是傳奇故事，師兄師姐們多有精彩描繪，這裡我只想用《論語》的一句話來概括，那就是，「唯酒無量，不及亂」。每每喝到最後，真的是「百事盡除去，唯餘酒與詩」。

感謝劉中樹老師，記得那次是在東榮一樓的咖啡館，我跟高鵬程兄一道聆聽劉老先生的諄諄教誨，如沐春風；感謝王學謙老師，來吉大的第一個寒冬，我有幸跟王門弟子一起在王老師家的閣樓上，煮茶論文學，溫暖而愜意；感謝張福貴老師，在那次視頻製作精品課的課堂上，張老師激情洋溢的授課風格給我留下很深的印象；感謝白楊老師，她細心的指點讓我頗受啟發；王桂妹、楊樸老師在開題時的精妙點撥，也都讓我受益多多。而同樣讓我難以忘懷的，還有文學院的楊冬老師，在逸夫樓的 301 教室，楊老師的西方文論課，大大開闊了我的文論視野，每次課上，楊老師還會給我們推薦經典好書，

楊師做學問的嚴謹與對工作的兢兢業業，讓我等晚輩後學感佩不已！

　　還要感謝吉大哲學社會學院的老師們，來吉大的第一年，我謹遵師命去聽了一年哲學系的課，這不僅讓我對「馬克思主義哲學」的印象有了根本性改觀，而且還養成了一種哲學思維，或者說一種概念式思維。從這一意義上說，論文言及的「小說湖南」可以說是概念思維的一個結晶。感謝孫正聿教授！我不僅從他的講座報告中受益頗多，更是感動於他百忙中抽時間接受我的學術採訪；孫利大老師授課的縝密，張盾老師講施特勞斯和現代性，及他對學術論文「美」的追求，賀來老師講海德格爾，深入淺出，提綱挈領，先生們各具風采的授課讓我這個外系的旁聽生獲益匪淺。

　　感謝碩導張學昕這些年的關心支持，張老師一直關注我的選題和論文進展，我在學術道路上的蹣跚前行，離不開張老師的扶持相助；感謝遼師大傅星寰教授給予我嚴師慈母般的關愛，傅師的文學素養和為人操守，學生俯首敬仰，師恩終生難忘；感謝上海交大的符杰祥教授，符老師做學問的紮實低調，永遠值得我學習；感謝北大的吳曉東老師，2013 暑假的北人之行，吳老師給了我很好的建議，當然也感謝張旭東老師，是他暑期組織主持的「文學研究高研班」玉成了我那次去北大學習的機會。

　　感謝我的東北哥們與姐們們！忘不了與梁曉君、周榮、劉虹利等幾位美女師姐在阿敏煲就著美食與午間的陽光談文學。大師姐梁曉君跨專業做出的論文，一直都是我們師門的榜樣；劉師姐川妹子特有的靈秀，其文如其人；周師姐的聰慧幹練，舉手投足間有一種東北女人特有的豪爽大氣；師兄劉一秀，從瀋陽給我寄來市面上已售罄的寶貴資料，並不時過問我找工作的事；王艷榮師姐也多次詢問我的論文進度；師弟張維陽提供的幫助則從我來吉大報到時就應說起，他的細心與熱情總是那樣讓人感動，我不在學校的時候，遞交材料、收取包裹等一些繁瑣事總是他在替我跑這跑那，每次都是有求必應，不厭其煩；風雪交加天，他主動陪我去會展中心投簡歷，找工作……我只能說，有這樣一個師弟，是我的莫大的福分！感謝師妹何家歡，她在提交論文的最後關頭伸出援手，幫我校稿。

　　感謝孫大志大哥，跟著孫哥有肉吃，有酒喝，有戲看，三年來對我照顧備至，有這樣一位室友大哥，你還能說些什麼呢？印象深刻的還有一次，在一次聊天中，他以一個過來人的經驗我告訴我，畢業走向社會，千萬別怕事，類似的建議讓我想起同屆的高鵬程兄來，高兄每次來吉大幾乎都張羅局，犒

賞我這個小老弟，他有一句我很欣賞的名言「從長計議」，個中滋味確實值得琢磨。跟高鵬程兄同處一室的周青民兄，總是那麼的謙和溫婉，待人實誠而熱情。我的另一位室友姜雨峰，有著東北人的厚道仁義，朝夕相處的三年，既給我寬慰，也給我鞭策，每次電腦技術上碰到的難題，都是他及時提供幫助支持。老葛（葛宇寧）、王猛、李永勝，我們幾個「屌絲男士」經常一起出入圖書館、食堂，跟老葛曠日持久的三年文學與哲學之爭，至今也未見分曉。還要感謝一直關心我論文寫作的李勇濤、劉偉，感謝同屆的何爽、張妍、邵立坤、夏正娟等同學，跟你們在一起的討論切磋，讓我吉大的讀書生活有了色彩。

感謝我最深愛的女友岳靜！三年多的苦苦等待，其實我知道她面對的壓力遠比我大。她堅如磐石的守候，不僅讓我相信愛情，更讓我堅信，堅持是一種幸福的人生姿態。論文的寫作，不敢想像沒有她的幫助支持，會是怎樣的一種結果？如若沒有她，論文又有什麼意義？最後要感謝我的父母和弟弟！沒有他們的鼎力支持，我不可能完成我的學業。感謝表哥劉小龍，為我找工作的事，他不遺餘力地四處奔波。

談不上躬逢盛世，但又不能否認，確實是這個時代為我這個寒門子弟提供了機會。跟隨老師們求學這麼多年來，我愈加真切地感到，中國問題的複雜性，絕對不是西方理論所能闡釋得了的。記得在一次查閱資料的過程中，讀到著名社會學家曹錦清先生的《如何研究中國》一書，在書中，作者提到這樣一件有意思的事。他說 90 年代在讀日本歷史學家溝口雄三的著作時，對於溝口提出的「以中國為方法」或「以中國為中心」的說法很感興趣，覺得很新穎（事實上，「以 XX 為方法」時至今日也是一個時髦的學術命題語式）。後來他在讀毛澤東延安時期的著作時，才發現早在《如何研究中共黨史》一文中，毛澤東就明確提出我們的研究要「以中國為中心」，「要坐在中國身上研究世界的東西」。

在論文寫作過程中，我也愈來愈意識到「舶來品」終究是一種工具而已，又有幾個切合當代中國的實際呢？因此，我自覺地對西方理論保持高度警覺。不妨以我所在的那個小村子為例，一過完春節，村子基本上就空了。農民、農民工、留守兒童、空巢老人等於我而言，並不是網上新聞報導的那樣遙遠虛幻，而是一種刻骨的真實。我時常在想，對我這個一介書生而言，這些究竟意味著什麼呢？是所謂「現代性」的後果？是社會轉型的必然？也正

是帶著這些困惑與問題，我開始詢喚一個真實的「當代中國」。

　　一部中國現當代文學的博士論文，僅僅做到專業層面的自洽（這一要求本身就很高）並不太符合我的胃口。我知道「知文論世」是一種危險的嘗試，但一旦將「重思中國」設定為我的學術目標，即使在這條道路上會招來牽強附會的指責、大而不當的譏笑，我也在所不惜、一往無前——在「重思中國」的路上，我寧願做一個冒失的「風車騎士」。